塞万提斯全集

·8·

贝雪莱斯和西吉斯蒙达历险记

刘习良 笋季英 译

人民文学出版社

目　次

第　一　部

第 二 部

第　三　部

序　言

如果说为了了解作为作家的塞万提斯，关键的作品是《堂吉诃德》的话，那么，为了了解作为人、作为思想家的塞万提斯，他的最后一部作品《贝雪莱斯和西吉斯蒙达历险记》则是必要的补充。这部作品叙述的是北方的故事，于一六一七年出版。

《贝雪莱斯》概括了作者的全部理想和追求。这部作品结束得有些仓促。和其他作品相比，作者最后这部作品章节较少，而且都很简短。《贝雪莱斯》的故事与塞万提斯的生命同时结束。这部小说似乎会有一个悲惨的、不幸的结局：只差几行就要结束的时候，贝雪莱斯被剑刺穿，身受重伤。难以逃脱的悲苦命运就这样终结了吗？然而，作者青年时期的乐观精神在他临终前再次返回到他身上，主人公的敌人策划的阴谋遭到挫败，出现了一个令人愉快的美满结局。

《贝雪莱斯》的前两部反映了作者童年时期的梦想、信仰和迷信以及他英气勃勃的青年时期的浪漫行为。第三、第四部则是一位老年人久经磨砺的结果，表现了老年人特有的仁慈宽厚和善良心肠。因此，《贝雪莱斯》也就是塞万提斯的完整的一生。就作者的生平和著作而言，如果说《堂吉诃德》是塞万提斯的理想和现实之间的苦涩对照，那么《贝雪莱斯》则表明他返老还童，是一场大获全胜的合乎理想的梦幻。只要把这两部作品的情节做个比较，就足以看出这一点：在《堂吉诃德》一书中有关阿尔迪西多拉的一段故事里，主人公对其恋人的坚贞不渝只是一幅粗俗的漫画，而在这本遗作中却成为伊波丽塔和贝利昂德罗之间的恋情得到合乎理想的圆满结果的原因。在堂吉诃德身上引人发笑的行动，在贝雪莱斯身上变成了英雄行为。贝利昂德罗（即主人公贝雪莱斯，但他一直隐姓埋名）具有拉斐尔塑造的青年人（我们想起了《骑士的梦》以及《婚礼》中的那些年轻人）的形象和魅力。英勇无敌，善能克敌制胜；既有失败者的痛苦和孤寂，又有胜利者凯旋后的豪放和欢乐；有故事和迷信（如开口说话的狼、凌空飞翔的人）、神奇岛屿上的梦幻、海上的战斗、大地上奥林匹克竞技和比赛、恋爱过程和风俗人情以及各式各样被扭曲的人物（比如臭嘴克劳迪奥）。这些宛如充满诗情画意的经线编织在精美、繁丽的拜占庭式小说的纬线之中。这部小说与《堂吉诃德》不同，其故事情节和形象模糊的主要人物，显得更加生动、更为突出。这部作品同莎士比亚的《暴风雨》一样，其中插上翅膀的观念世界、漂浮于现实主义传统之上的梦幻诗（在卡尔德隆的作品里达到了顶峰）的世界，越来越明朗。有一次，贝利昂德罗描绘了一幅五彩缤纷、光彩夺目的图画：翠绿的草原，品种繁多的水果，精美的宝石，清爽宜人的天气，彩车和寓言中的人物组成色彩鲜艳的游行队伍。"一下子打破了迷梦，美丽的幻景消失了。""后来，你又睡了吗？"有人问他。"是的，"贝利昂德罗回答说，"因为我的一切好事都是在梦中出现的。"

《贝雪莱斯》是一部讲奇遇故事的巨著，一部富有诗意的骑士小说，它改变了《堂吉诃德》中英雄败北的写法。从文学角度看，这部小说情节的趣味性有失均衡；但是，和塞万提斯全部作品相比，它的风格最为紧凑、色彩最为丰富，而且最为高雅、纯正。从叙事的情趣来说,小说的最后两部超过其他部分。朝圣者在里斯本下船后,塞万提斯进入他生于斯长于斯的现实土地。他熟悉当地风光、习俗、典型人物和环境。这次长途旅行从葡萄牙开始,经过埃斯特雷马杜拉、卡斯蒂利亚、巴伦西亚、加泰罗尼亚、法兰西、意大利,终点是罗马。这次远行引发出塞万提斯对风俗小说的品评和议论。但是,这部以模糊不清、遥远神奇的北方土地为背景的小说的前两部则包含着一系列离奇的冒险故事、古典美人的逸事和迷人的神秘故事,这和紧紧贴在西班牙各地的土地上的人物形象形成鲜明的对照。

《贝雪莱斯》饱含诗情画意,拿法里内利的话来说,它是“塞万提斯的最后一个浪漫的梦幻”。这部作品把叙述文学的两种美学手段结合起来:一是对理想行为(包括淡淡的心理活动)的回忆;二是《堂吉诃德》和几篇最佳的训诫小说的作者惯用的精确刻画和回味无穷的句子以及《玻璃硕士》式的箴言警句。第一种手段是轴心,围绕这个轴心出现了作为单纯情节的心理活动和现实活动。由此可见,作者使用的技巧与《堂吉诃德》第一部恰好相反。贝利昂德罗和奥丽丝苔拉(即贝雪莱斯和西吉斯蒙达的化名)都是身着鲜艳服装的平面式人物,作为人,显得形象苍白无力,可以同玛尔塞拉或者堂费尔南多混淆起来。然而,将他们编织进主要情节,立即出现了真正的故事和小说,比如爱得着魔的姑娘的故事(第三部第二十章和第二十一章)、塔拉韦拉的朝圣女人的故事或托莱多土地上的牧童的故事,或风趣,或幽默,或涉及心理尖锐冲突,真可谓字字珠玑。

这本书形式优美,堪称清词丽句的富饶的宝库。就情节的趣味性而言,小说的前两部赶不上现实生活,而本书的后一半则写得生动活泼,冷静分析也好,鉴赏品味也好,都能找到美的因素。

《贝雪莱斯》所有的章节都写得引人入胜，出人意料。这部作品中有一部分提供了许多精辟文风的范例。第四部第一章汇集了一系列警句，使人想起了《玻璃硕士》的精彩片段。而且这不是唯一的例证。我们前面说过，这部作品追求精确、简练，作为富于表现力的形式，通篇使用了不少格言式的、碑文式的句子。我们从大量例证中引用第二部第五章中的一段："行为慎重的男人只在下面三种情况下落泪才是正常的：第一，犯了罪；第二，罪孽得到宽恕；第三，出于忌妒。为其他事流眼泪在他那张严肃的面孔上都显得不相称。"

正如塞万提斯本人所说，《贝雪莱斯》的题材源于赫利奥多罗斯的《特阿革涅斯和卡里克勒亚》(《埃塞俄比亚传奇》)。不过，看起来，除了这部作品之外，据努涅斯·德·雷伊诺索在《克拉雷奥与弗洛里莎的爱情故事》(1552 年)中所说的，塞万提斯还从阿吉雷斯·塔西奥的《克里多丰特和雷希佩的爱情》中得到启发。一六一五年十月三十一日，塞万提斯在《堂吉诃德》第二部的献词中谈及《贝雪莱斯》时是这样说的："只要上帝保佑，这部书四个月内可以完成。"如果考虑到塞万提斯不顾自己的写作能力，将文学奉献看得高于一切，而另一方面，疾病已然吞噬了他的岁月，可以想见，他答应在一六一六年二月完成这部作品的诺言迫使他匆匆忙忙草就最后几章。

安赫尔·巴尔布埃纳·普拉特

堂弗朗西斯科·德·乌尔维纳
致米格尔·德·塞万提斯

当代信仰基督的杰出天才
圣方济各会"第三会"成员将
其作为该会在俗教徒埋葬于此

墓 志 铭

四处行走的朝圣者
塞万提斯葬于此地：
土地覆盖住他的身体，
却盖不住他神圣的名字。
他走完了人生道路，
而盛名却流传千古；
他的著作是稀世珍宝啊，
代代相传，人人诵读。
他那张裸露的面孔啊，
永远不朽，寰宇仰慕。

献于奇思异想的基督徒
米格尔·德·塞万提斯墓前

路易斯·弗朗西斯科·卡尔德隆

十 四 行 诗

噢,行人啊! 这里没有巍峨的陵墓,
小小的骨灰盒安放在低矮的石碑下;
任凭记忆淡漠,任凭时光流逝,
一代天才的骨灰闪烁着神圣的光华。

辉煌的塔霍河,两岸黄沙轻轻流动,
比不上他的语言丰富多彩,洋洋洒洒;
人们至今还津津乐道他妙语连珠,
是他的名字把桂冠带给西班牙。

他那皇皇巨著,妙趣横生,
本本精雕细琢,品格端方,
谁人不惊叹啊,那高雅文风。

他才华横溢,人人敬佩,
西班牙,全世界,人所公认,
面对他的遗体啊,不由得淌下热泪。

献　词

致堂佩德罗·费尔南德斯·德·卡斯特罗

莱莫斯、安德拉德和比利亚尔瓦伯爵

萨利亚侯爵

国王陛下的侍臣

意大利最高委员会主席

阿尔坎特拉骑士团的萨尔萨封地领主

　　往昔风靡一时的古老民谣开头唱道：

　　　　脚已踏上马镫，

　　但愿此话并非专为小札而作，因仆可用几乎同样的语句开头：

　　　　脚已踏上马镫，
　　　　一心只盼死神，
　　　　尊贵的大人，
　　　　仆从给您写信。

昨日，已为仆行过涂油礼，今日方草此信。时光短促，辞世之愿时增，希望已属渺茫。然，仍存求生之念，苟延残喘，只盼亲吻阁下双足之前力阻死神降临。目睹阁下安然返回西班牙，实感无比欣慰，或可使仆起死回生。设若上天有令，仆该命丧黄泉，亦愿听天由命。唯望阁下知悉仆之心愿，仆今生今世悉心为阁下效劳，死后仍愿如此。诚如预言书所言，仆知阁下安然归来，心中无比舒畅；闻阁下大发宏论，不禁欢欣雀跃；阁下素以仁慈闻名，仆寄希望于此，果然如愿以偿，自感欣喜万分。《花园中的几星期》及《大名鼎鼎的贝尔纳多》两书，或余韵，或起始，犹存心中。倘或红运高照——非红运也，乃奇迹也，上天有好生之德，阁下当可读到拙著，仆亦以此结束阁下喜读之《伽拉苔亚》。谨以拙著，祝愿上帝保佑阁下。

您的仆从

米格尔·德·塞万提斯

一六一六年四月十九日于马德里

前　言

　　亲爱的读者,有一次,我和另外两位朋友正从著名的埃斯基维亚斯出来(那里所以出名,原因很多,一是多名门望族,二是产名贵葡萄酒),直觉得背后有人匆匆忙忙走来,看样子是要赶上我们。他还大声喊叫,要我们别走得那么快。我们等了一会儿,一个土里土气的学生骑着毛驴来到眼前。只见他上下一身黑,戴着眼镜,足下一双圆头鞋,斜挎一把带包头的宝剑,大翻领遮胸盖背,亮光闪闪,不多不少坠着两条亮光闪闪的辫式饰物。大翻领不时扭到一边,他总要费一番力气才能把翻领拉直。来人边朝我们走过来,边说:

　　"诸位走得这么急促,怕是要赶往朝廷谋得一官半职,抢个肥缺吧? 托莱多的主教大人和陛下刚好都在那儿。说实在的,我这头毛驴日行千里,不止一次受人称赞呢。"

　　听完他的话,我的一位同伴回答说:

　　"这要怪米格尔·德·塞万提斯先生的这匹'宝马',那可真像是飞毛腿。"

　　学生刚一听到塞万提斯的大名,立刻翻身从驴背上下来,坐垫、旅行袋丢得东一个西一个。刚才还那么神气十足,这会儿,朝我猛扑过来,抓住我的左手说:

　　"是啊,是啊。您就是身体健壮的独臂人,是四海闻名、性格开朗的作家,总之,是缪斯的欣慰!"

在短短的时间里听到这么多夸赞,再不回答似乎有些失礼。于是,我搂住他的脖子,把他的大翻领弄得七扭八歪,对他说:

"许多文学爱好者不知实情,实在是误会了。先生,我是塞万提斯,不是缪斯的欣慰,刚才您先生说的那些话,实在不敢当。牵上您的毛驴,骑上去,咱们边走边谈,好在路也不长了。"

那位彬彬有礼的学生照我说的办了。我们勒住缰绳,不紧不慢地赶路。在路上,谈及我的病情,那位好心的学生当即判定我身患绝症。他说:

"您这病是水肿,就是饱饱地喝完大洋里的水,也治不好。塞万提斯先生,您还是别喝水,可别忘了吃东西。这样就会好,用不着别的药。"

"好多人都这么说,"我回答说,"但凡能不喝水,我就不喝,好像我生下来就为的是不喝水。反正我活不长了,照我脉搏的跳动来看,最迟本星期天会停止,我也就活到头儿了。您恰好在这个节骨眼儿上和我认识,对您这番好意,恐怕来不及表示感谢之情了。"

这时候,我们来到托莱多大桥。我走上大桥,他转而取道塞戈维亚大桥。有关我的事迹的议论,肯定会四处传开,朋友们爱说爱道,我更是爱洗耳恭听。我再次和他拥抱,他也回过身来和我拥抱。随后,他催动毛驴,扬长而去,弄得我实在不大舒服。而他却骑在毛驴上,一派骑士风度。按说这可是个大好机会,我可以笔下生花,写一写他的潇洒风度;然而,岁月不饶人啊。也许会有那么一天,我会把断线接起来,说出这里没说完的话,说出该说的话。再见了,上天的恩赐!再见了,潇洒的风度!再见了,快乐的朋友们!我要告别人间,切望在九泉看见你们活得高高兴兴。

第 一 部

第　一　章

贝利昂德罗被提出狱；用木排将他送入
大海；遇风暴，被大船救起。

　　蛮子科尔西库博朝着地牢的窄小洞口大声呼叫。地牢深不见底，与其说是监狱，不如说是埋着许多活人的坟墓。可怕的喊叫声震天动地，远近皆闻，可是谁也听不明白他在说什么，只有不幸被关进这个无底深渊的可怜的科洛埃丽娅能听懂。

　　"嘿，科洛埃丽娅！"蛮子说，"我把绳子放下去，把前两天交给你的那个小伙子拴在绳子上，两只手照样儿反绑住，从这儿把他拉上来。你再细看看，前些日子抓进来的那些女人当中，有没有人可以上来陪陪我们，和我们一起享受一下晴朗的天空下的阳光，呼吸一下新鲜空气。"

　　说着，他把一根粗麻绳放了下去，下面的人把绳子从小伙子的双臂下面绕过去，捆得结结实实。不大工夫，科尔西库博和另外四个蛮子把小伙子扯了上来。看样子，小伙子顶多十九岁到二十岁，身穿一件粗麻布衣服，像个水手，可确实长得十分英俊。蛮子们先是检查了一下从背后捆住他双手的手铐和绳子。然后，胡噜了一下他的头发，那满头发卷恰似无数枚纯金戒指。又给他洗了洗沾满灰尘的脸。啊！一张十分姣好的面孔出现在眼前！准备把他带到刑场上去的刽子手们一下子愣住了，心也软下来了。只见那英俊少年脸上非但没有悲伤的表情，反而仰起脸，用那双似乎满含欢

乐的眼睛环顾四周,用清亮的声音、明晰的语言说:

"啊,谢谢你们!啊,伟大而仁慈的上天!感谢你们把我带到这儿,让我死在阳光普照的地方,而不是死在我刚才离开的那座阴森森、暗幽幽的地牢里。至少我希望不要死得太惨,因为我是个基督徒。但是,厄运已然如此,注定我要死去,我几乎不得不说我渴望死去。"

他的话,蛮子们一句也听不懂,因为他们说的不是同一种语言。四个蛮子先用一块大石头盖住地牢的洞口,没给小伙子松绑就把他带到海边。海边停放着一只用结实的藤条和柔韧的柳条捆扎起来的木排。他们要用这玩意儿当船(待会儿就看出来了)摆渡到离这儿大约不过两三海里的另外一个岛上去。几个人跳到木排上,让犯人坐在他们中间。一个蛮子抓住放在木排上的一张巨大的弓,将一支特大号的箭搭在弓上,箭头是用石头做的。这个蛮子用纯熟的手法对着小伙子拉满了弓,拿他当靶子,比比画画地要射穿他的胸膛。其余的蛮子拿起削成桨状的粗木棍,一个人掌舵,剩下的两个人划起桨,朝另外一个岛驶去。英俊少年只好干等着,担心那支凶神恶煞般的利箭朝他射过来,不时耸耸肩膀,闭紧双唇,挑一挑眉毛。在内心深处,他默默祷告,不求上天帮他摆脱眼前这严酷的危险处境,只求给他勇气承受这次苦难。蛮子弓箭手见此情景,心里想不该用这种方式夺去他的性命,小伙子面容姣美,他那副铁石心肠也萌生了恻隐之心。他不想老用箭对准他的胸膛,让他在漫长的折磨中死去;于是,丢下那张弓,走到小伙子身边,尽量用手势告诉小伙子,他不想杀死他。

就在这工夫,木排行驶在两个岛子之间的海峡中段,一阵风暴突然袭来。缺少经验的水手茫然不知所措,木排一下子散了架,裂成几段。小伙子留在一块大约由六根木头捆扎成的筏子上,面临被淹死的威胁,连害怕的工夫也没有了。大海中旋涡滚滚,四面吹来的狂风形成一场混战。蛮子们被大海吞没了。筏子带着绑住两手的犯人朝外海漂去。阵阵海浪劈头盖脸压过来,他不仅望不见青天,连乞求上天可怜他不幸的遭遇也办不到了。不过还好,尽管恶浪接连不断向他猛扑下来,到底没把他从筏子上冲下去,使他葬身海底。他双手反绑着,既不能抓住什么东西,也不能采取什么办法。就这样,他在海面上漂流,筏子竟然奇迹般地抗住了狂风恶浪,漂到海岛的一端。此时,已渐渐风平浪静。小伙子疲惫不堪,一挺身,坐了起来。他环顾四周,发现了一条船,几乎就停在自己身边。那条船犹如安全港一般,平平稳稳地停泊在风云多变的大海上。船上的人也发现了那几根木头朝他们漂过来,上面还有一堆东西。为了弄清究竟是什么东西,他们放下一只小艇,过来验看,只见木排上坐着那位狼狈不堪的英俊少年。大家满怀怜惜之情,连忙把他送到大船上。船上的人看见他,也是赞叹不已。小伙子被人抱上船。他一连三天没吃东西了,又受到海浪的冲击和折磨,双脚瘫软得站不起来,扑通一下倒在大船的甲板上。船长是个爽快人,天生一副慈悲心肠,立刻派人救助。不一会儿,过来几个人,给他解开绑绳,另外几个人拿来罐头和美酒。经过救治,昏迷过去的小伙子如同死而复生,总算苏醒过来了。他睁开眼睛,看了看船长,只见他和蔼可亲、衣着华贵,不由得多看了两眼,话也就来了。他说:

"好心的老爷,你给我的好处,仁慈的老天会报答你的。虚弱的身体得不到恢复,悲伤的情绪会更加沉重。我身遭大难,无法报答你的恩情,只能说一声谢谢。如果世人容许一个可怜的落难者吹嘘一下自己,那么我很清楚,世上没有人比我更懂得感谢别人了。"

说着,他试图站起来,过去吻一吻船长的脚。可他太虚弱了,没能站起来。他连试了三次,三次都跌坐在地上。船长一见,忙叫人把他带到甲板下面,给他两条小褥垫,帮他脱掉湿衣服,换上干净衣裳,让他休息休息,好好睡上一觉。小伙子照船长的吩咐办了。他一言不发,听从别人的安排。船长看见他站起来,风度十分潇洒,对他又赞叹不已。接着,就想尽快弄清他的身世,问清他叫什么名字,为什么落到如此窘迫的境地。但是,礼貌终究胜过愿望。他想还是先照顾好他虚弱的身体,然后再实现自己的愿望。

第 二 章

探知船长的身世。陶丽莎将奥丽丝苔拉
被抢事告诉贝利昂德罗;为了寻找她,贝
利昂德罗自愿卖身于蛮子。

　　船员们遵照船长的吩咐,安排小伙子好好休息。可是,他心事
重重,愁绪万千,难以入眠。再加上又听到几声忧伤的叹息和哀
怨,他觉得是从隔壁房间的木板缝隙传过来的,这下子更难入睡
了。于是,他全神贯注地仔细听,只听有人说:

　　"我爹妈种下我的时候,没赶上良辰吉日;我妈把我扔到世上
的时候,正好碰上灾星。这个'扔'字说得好,像我那种出生法儿,
与其说'生',不如说'扔'。我无拘无束,本以为一生里可以好好
享受一下阳光,可我想错了。我马上就要卖身为奴了。有谁比得
上我命苦呢。"

　　"你呀,不管你是谁吧!"这当儿,小伙子说,"常言说得好,祸
不单行,反倒轻松。来,隔着木板缝儿把你的祸事讲给我听听。即
便我不能让你轻松,也会表示表示同情。"

　　"好吧,那你听着,"对方回答说,"我会用三言两语讲清楚,命
运给我带来多少不公平。不过,首先我想知道我在跟谁说话。为
了躲避刚才的暴风雨,我们停泊在这个岛上。听说他们刚刚在几
根木头上找见一个奄奄一息的小伙子,据说这个岛上的蛮子拿那
玩意儿当船使。告诉我,说不定你就是那个小伙子。"

"就是我。"小伙子回答说。

"那你究竟是什么人?"对话人问道。

"这我会告诉你。不过,想先听听你的,你答应过要把你的经历告诉我。从刚才听到的那几句话里,我想得出你的遭遇大概不像你希望的那么好。"

对方回答说:

"你听着,我把我的倒霉事简简单单告诉你。这条船的船长和老板名叫阿纳尔多,是丹麦国王的继承人。一位千金小姐经过种种离奇的变故,最后落入他的掌握中。我伺候过那位小姐。照我看,当今活在世上的以及才智高超的画家凭想象画出来的女人,没有一个能超过她的美丽。她为人端庄,可以和她的秀丽相媲美;她的厄运却赶上她的端庄秀丽。她的芳名是奥丽丝苔拉;父母是王室贵族,家财万贯。对她来说,这些称赞还远远不够。可她被人卖了,阿纳尔多把她买了下来。过去、现在,他都坚贞不渝、真心实意地爱她,千百次想把她从奴隶变成贵妇人,成为自己的合法妻子。国王,就是阿纳尔多的父亲也愿意,他认为奥丽丝苔拉品德高尚,文雅贤淑,当王后绰绰有余。可她辩护说:她曾经发过誓,终身不嫁,不管别人许下什么诺言,还是以死相逼,她都不想改变初衷。阿纳尔多虽然心中没有把握,并未因此放弃希望,把希望寄托在岁月流逝和女人性情多变上。有一天,我那位奥丽丝苔拉小姐到海边散步消遣,完全不像奴隶,倒像是王后。这时候,开来几只海盗船,把她掳走了,去向不明。阿纳尔多王子猜想,这帮海盗就是第一次卖掉奥丽丝苔拉的那些人。他们在这一带的海面、岛屿和海滨四处流窜,掳掠、收购他们见到的最漂亮的姑娘,然后把她们带到我们现在待的这个岛上,高价出卖。岛上住着一些蛮子,都是些桀骜不驯、生性残暴的人。或许是听信魔鬼的说辞,或许是听从他们奉若圣贤的老巫师的指点，总之，他们坚持一条确定不变的、不可违反的信念，这就是，在他们当中一定会出现一位国王，他会征服、占领世界的大部分。他们并不知道自己期待的国王究竟是谁。为了找到他，巫师给他们下了一道命令：杀死所有来到本岛的男人，把他们每一个人的心脏研成粉末，给岛上最重要的蛮子喝。命令很明确，谁喝下人心粉，面不改色，不怕有邪味，就推举谁为国王。但是，征服世界的不一定是他，而是他儿子。巫师还吩咐说，凡是能买来的或是掳来的少女，一律送到岛上，把其中最漂亮的交给那个敢喝人心粉、能继承王位的蛮子。他们对那些买来的或者抢来的少女殷勤款待，唯独在这件事情上显得不那么野蛮。买来的姑娘全都价值连城，蛮子们用没有经过铸造的金块和这一带海岛沿岸盛产的昂贵的珍珠付款。许多人为了牟取暴利当上了海盗和商人。我刚才说过，阿纳尔多猜想奥丽丝苔拉可能待在这个岛上。她是阿纳尔多的心肝，没有她，他就活不下去。为了证实他的怀疑，他下令把我卖给蛮子，让我打进去，为他卧底。现在单等海面平静，就要登岛成交。你瞧，是不是我有理由怨天尤人，我的命运是和蛮子们一起过日子。凭我的长相，当王后是不抱希望了，特别是假如我那位奥丽丝苔拉小姐运气不佳，被带上这个岛的话，她可是举世无双的美人儿啊。所以，我才唉声叹气，你都听见了，就因为担心害怕，我才不住地埋怨。"

说到这儿，她停住了。小伙子的喉咙哽住了。他把嘴贴在木板墙上，泪水直往下淌，把墙壁都弄湿了。过了一会儿，小伙子问她是不是碰巧看到过某种迹象，说明阿纳尔多把奥丽丝苔拉占有了，或者是奥丽丝苔拉在别处被人迷住了，瞧不起阿纳尔多，就连一个王国这样的厚礼也不愿意接受，因为在他看来，人类七情六欲的法则比宗教法则更有力量。她回答说，据她猜想，过去，奥丽丝苔拉可能深深地爱上过一个叫什么贝利昂德罗的人，此人把她从家乡带出来。贝利昂德罗是位豪爽的骑士，各方面都很好，足以使见过他的人对他产生好感。奥丽丝苔拉不住对天哀叹自身的不幸遭遇，可谈话人从来没听见她提到过这个名字，其他场合也没听见过。小伙子又问她，是不是认识她的那个贝利昂德罗。对方回答说不认识，只是听说是贝利昂德罗把小姐带出来的，而她是在一次离奇的事件把他们分开后才去服侍小姐的。这时候，上面有人喊"陶丽莎"，这就是那位讲述自己不幸遭遇的姑娘的名字。她听到有人叫她，就说：

"准是风停了，海面平静了，所以才叫我，要把我交出去，真倒霉。再见吧，甭管你是谁，愿上天保佑你，不要把你交出去，让蛮子烧焦你的心，研成粉末，去证实他们的空想和荒唐的预言。这个岛上的蛮横无理的居民也在寻找人心，把心烧焦，也在寻找少女，留着供他们享用。"

两个人分手了。陶丽莎登上甲板。小伙子陷入沉思，他要求给他穿上衣服，他想站起来。有人给他拿来一件绿锦缎衣服，样式和他穿的那件麻布衣服一样。小伙子上来了，阿纳尔多满面春风，过来迎接他，让他坐在自己身边。人们把陶丽莎打扮得花枝招展，穿得犹如海上仙女或山林中的精灵。小伙子惊奇地看着他们给陶丽莎打扮，阿纳尔多趁机向他讲了讲自己的恋爱故事和目前的打算，还就下一步的做法征求他的意见，问他为了打听到奥丽丝苔拉的下落，用这个办法是否得当。经过和陶丽莎深入交谈，又听了阿纳尔多的叙述，小伙子思绪万千，暗中做出种种猜想，脑子里飞快地思忖着万一奥丽丝苔拉落到蛮子们手中，那会怎么样，于是回答说：

"老爷，我年幼无知，提不出什么忠告，可我愿意为你效劳。

你救了我的命,还对我盛情款待,我应该豁出命去为你效劳。我的名字叫贝利昂德罗,出身名门望族。可我一贫如洗,又祸不单行,我遇上的倒霉事实在太多了,现在不是讲这些事的时候。你正在寻找的那个奥丽丝苔拉是我妹妹,我也在到处找她。一年前,出了些意外事故,我们失散了。从你提到的名字和你极力称赞的美貌来看,毫无疑问,我认为她就是我失散的妹妹。为了找到她,我不仅可以献出生命,而且愿意牺牲期待已久的相逢时的欢乐,总之,我最看重的就是找到我妹妹。我既然关心这件事,从设想出的许多办法当中挑选了一个最保险又最简便的办法,虽然我得冒生命危险。阿纳尔多先生,你决定把这位姑娘卖给蛮子,让她混在他们中间,看看奥丽丝苔拉是不是在那儿;得到消息后,你就再把另一个姑娘卖给同一伙蛮子;陶丽莎不会没有办法,或许她能弄清楚奥丽丝苔拉是不是和那些姑娘在一起,蛮子们为了众所周知的目的收罗了不少姑娘,而且还在大力收购。你说,是不是这样?"

"确实如此。"阿纳尔多说,"为了这件事,船上一共来了四位姑娘,我没挑别人,先挑了陶丽莎,因为陶丽莎认识她,给她当过侍女。"

"这些你都想得很周到。"贝利昂德罗说,"不过,我认为要办这件事,谁也不如我合适。我的年纪、相貌以及我的关心程度,再加上我熟悉奥丽丝苔拉,这些都促使我要主动承担这项任务。你看,老爷,如果你同意这个看法,就别再迟疑,碰上困难艰险的事,就得说干就干。"

阿纳尔多觉得贝利昂德罗言之有理,没有多考虑向自己提的建议有什么不妥,就同意照办了。这次出来寻找奥丽丝苔拉,他们带来了许多华丽衣服,把衣服给贝利昂德罗穿上,看上去,他一下子变成了世人见过的最俊秀的姑娘。除了奥丽丝苔拉的美貌外,谁也无法和他相比。船上的人赞叹不已，陶丽莎惊呆了，王子也不知所措了。幸亏他知道对方是奥丽丝苔拉的哥哥，否则单凭知道对方是个男人，嫉妒的长矛就会穿透他的心窝，这种长矛坚硬无比，连金刚石也能穿透。我是想说，虽然恋人之间总会小心翼翼，嫉妒也会冲破一切信心和谨慎。最后，贝利昂德罗打扮完毕，大家把船朝海面移了移，好把自己完全暴露在蛮子们的眼前。

阿纳尔多急于知道奥丽丝苔拉的下落，没来得及先问一下贝利昂德罗和他妹妹的身世，为什么他会沦落到这步田地。按说，本来应该先弄清这些，才能对他寄以信任。然而，恋人首先想到的是想方设法实现自己的愿望，而不是满足什么好奇心。于是，该知道的事情他没来得及问；后来知道了，还不如不知道。我们刚才说过了，船离海岛有一段距离，船上挂着小三角旗和长条旗，三角旗迎风招展，长条旗轻拂海面，好一幅壮丽的景象。海上风平浪静，晴空万里。笛子及各种乐器奏出一派欢乐的战斗乐声，好不令人振奋。离他们不远的蛮子们见此情景，个个目瞪口呆。不一会儿，他们就齐集海滨，手执长弓巨箭，就是前面说过的那种弓箭。船在离海岛不足一海里的地方，他们拉响船上带来的几门巨炮。然后放下小艇，阿纳尔多、陶丽莎和贝利昂德罗，还有六名水手上了小艇，把一块白布挂在长矛上，表示来人具有和平的诚意，这几乎是世界各国的惯例。后事如何，下章再表。

第 三 章

贝利昂德罗男扮女装,阿纳尔多把他卖
到蛮子岛。

　　船离岸边越来越近,蛮子也越聚越多,个个争先恐后,想看一
看船上来的是什么人。蛮子们拿出许多白布条,不住在空中挥动,
表示对来客将以礼相待,而不是兵戎相见。他们把数不清的箭射
向天空,有些人轻快敏捷地跳来跳去。

　　那里是近海,大船不能拢岸。那儿和我们这边儿一样,潮水也
有涨有落。大约二十来个蛮子走过潮湿的海滩,来到船前,几乎伸
手就能摸到船身。他们肩上扛着一位十分漂亮的女蛮子。别人还
没开口,她先说话了,讲的是波兰语:

　　"诸位,不管你们是谁,我们的王子,更恰当地说,我们的头领
要你们告诉他,你们是什么人,有何贵干,到这儿来找什么。要是
碰巧带个姑娘来卖,我们会出好价钱。别的货物,我们不需要。在
我们这个岛上,靠上天保佑,人类生活需要的东西应有尽有,不必
到别处去找。"

　　阿纳尔多听得明明白白,就问她,她是当地的蛮子,还是让人
从那边儿岛上买来的。她回答说:

　　"请你回答我的问题,我的主人不喜欢别人跟我东拉西扯,耽
误时间,只让你们谈生意上的事。"

　　听完她的话,阿纳尔多回答说:

"我们是丹麦王国的臣民,既做生意,又干海盗买卖。能换什么就换什么;人家买什么,我们就卖什么,好把抢来的东西处理掉。我们手里的女俘当中,有这么一位,"他用手一指贝利昂德罗,"在最标致的姑娘当中,她算一位,应该说,是世上最漂亮的姑娘。我们把她带来卖给你们,我们知道你们在岛上收买姑娘要干什么用。如果你们的圣贤说话管用,他们的预言一定能在这位身材苗条、美貌无双的美人儿身上应验,她能给你们生出又漂亮又勇敢的孩子。"

几个蛮子听到这里,就要那个女蛮子告诉他们,对方说了些什么。她刚说完,四个蛮子立即离开,看样子是给他们的头领报信去了。趁他们往回走的工夫,阿纳尔多问那个女蛮子,岛上有没有买进来的姑娘,其中有没有一位和他们带来的这位姑娘一样漂亮的人儿。

"没有。"女蛮子说,"姑娘倒是有不少,可谁也比不上我。说实话吧,在那些不幸被选中给蛮子当王后的姑娘当中,就有我一个,这真是天大的不幸。"

回岛报信的人回来了,和他们一起来的还有好多人,其中就有王子。这从他佩戴的贵重饰物上看得出来。贝利昂德罗用一块薄薄的透明面纱把脸蒙上,这样就能出其不意地用闪电般的目光扫视一下那些蛮子。他们正在目不转睛地盯着他呢。头领和女蛮子说了几句,她就对阿纳尔多说:王子说,他命令给姑娘揭开面纱。贝利昂德罗撩开面纱,露出面孔。他站起身来,两眼仰望天空,装出悲叹命苦的样子。他的炯炯目光左顾右盼,最后往地上一看,才和蛮子首领的目光碰在一起,至少他觉得对方是跪在地上了。果然,蛮子首领双膝跪倒,用特有的方式向这尊美丽的神像(他还以为真是个女人呢)表示爱慕之情。蛮子首领和女蛮子交谈了一下,三言两语就成交了。为了买下这个姑娘,阿纳尔多要什么,他就给什么,绝不反驳一句。

全体蛮子动身回岛,转眼之间就带来无数金块和一长串一长串的精美珍珠。他们数也不数,把东西胡乱堆在一起交给了阿纳尔多。阿纳尔多随即拉着贝利昂德罗的手,把他交给了蛮子,并且让翻译告诉她的主人,过几天他会回来,再卖给他一位姑娘,虽然不如这位姑娘俊美,至少也值得买下来。贝利昂德罗和船上一起来的人一一拥抱,眼睛里几乎饱含泪水,倒不是因为他女性化的心肠多愁善感,而是他想起了自己经历的苦难实在太严酷了。阿纳尔多指示大船鸣炮示意,蛮子首领也下令奏乐,霎时间,炮声和蛮子的音乐声响彻云霄,各种杂乱的声音在空中响成一片。在欢庆声中,几个蛮子扛着贝利昂德罗来到陆地上。贝利昂德罗两脚踏地,阿纳尔多以及和他同来的人回到自己的船上。贝利昂德罗和阿纳尔多商量好,如果不起逆风,阿纳尔多就不远离海岛,只要不被岛上的人看见就行。必要的话,他再回来卖掉陶丽莎。根据贝利昂德罗发出的信号,他就会知道有没有找到奥丽丝苔拉。如果她不在岛上,他将设法把贝利昂德罗救出来,哪怕是动用自己和朋友的全部力量向蛮子开战,也在所不惜。

第 四 章

奥丽丝苔拉女扮男装,被人从狱中提出
来送上祭台;蛮子发生内讧,海岛被付之
一炬;一个西班牙蛮子将贝利昂德罗、奥
丽丝苔拉、科洛埃丽娅和女翻译带进
岩洞。

在随同首领前来购买那位姑娘的人当中,有一个名叫布拉达
米罗的蛮子。全岛上,他是最勇敢、最显赫的人物之一。此人目无
法纪,趾高气扬,胆大妄为,岛上无人能与之匹敌。自从看见贝利
昂德罗,他也和大家一样把他当成女人,脑子里一直在盘算着把他
据为己有,根本不想等着看预言得到验证或者化为现实。贝利昂
德罗双脚一踏上小岛,许多蛮子立刻争先恐后把他扛在肩上,兴高
采烈地把他带进一顶大帐篷里。在宁静迷人的草原上,支着许多
小帐篷。帐篷上蒙着各种动物皮子,有家畜的,也有野兽的。在谈
生意的时候当翻译的那个女蛮子一步也不离开贝利昂德罗左右,
还用他听不懂的语言不停地安慰他。

随后,首领下令大家一起到关押囚徒的岛上去,看看能不能从
岛上找到个合适的男人,把他提出来进行骗人的试验。大家立刻
照办,很快就把熟皮子铺在地上当作台布,在洁净光滑、香气袭人
的兽皮上面杂乱无章地摆了些干果。首领和几个有头有脸的蛮子

坐下来,开始吃东西,还打了打手势邀请贝利昂德罗也坐下来吃。只有布拉达米罗站着,紧靠着自己那把弓,两眼死死盯在他以为是女人的贝利昂德罗身上。首领请他坐下,他不但不遵命,反而长叹一声,背转身去,离开了帐篷。这时候,来了一个蛮子,对首领说,他和四个蛮子到了海边,正要准备过海去地牢的时候,过来一只木筏,带来一个年轻人,还有地牢的女看守。一听到这个消息,首领和在场的人立刻停止吃饭,站起身来去看那只木筏。贝利昂德罗要和他们一起去,首领欣然表示同意。

他们来到海边,囚徒和女看守已经上岸了。贝利昂德罗仔细观察,看看会不会碰巧认识那个和自己一样被厄运带入绝境的人。可他看不清对方的整个面孔,因为那个人总是低着头,仿佛故意不让人看见似的。不过,他认出了那个据说是地牢看守的女人。一看见她,贝利昂德罗的心骤然悬在半空,感官完全乱了套。他看得清清楚楚,毫无疑问,她就是科洛埃丽娅,他心爱的奥丽丝苔拉的奶妈。他本想跟她谈一谈,可又不敢,这样做究竟是对是错,心中实在没有底。于是,他紧紧咬住嘴唇,把这种想法强压下去,只等着事态的发展。首领急于进行试验,好与贝利昂德罗成其好事,当即下令马上杀死那个年轻人,把他的心研成粉,进行荒唐可笑、自欺欺人的试验。好几个蛮子立即抓住那个年轻人,也没有什么多余的仪式,只用块布蒙上他的眼睛,让他跪在地上,反绑双手。年轻人像只驯顺的羔羊,沉默不语,单等着一刀下来,结果自己的性命。上了年岁的科洛埃丽娅见此情景,大叫一声,鼓起生平最大的勇气,开口说话了:

"啊,我说大头领!瞧你干的什么事。你下令杀死的这个小伙子,他不是个男人。杀了他,对你没有任何用处,你也达不到目的,因为她是一位难以想象的最漂亮的女人。说话啊,美丽的奥丽丝苔拉,不要听任厄运摆布。他们杀害你,完全违背天意,上天会保佑你,保全你的性命,让你幸福地活下去。"

听到这番话,那些凶残的蛮子立刻住手,当时刀影已经指向那个跪在地上的人的喉咙。首领吩咐放开他,解开绑着的双手,摘下眼罩,仔仔细细地端详一番,似乎看见了一位他平生从未见过的最美丽的女人的脸蛋儿。虽说他是蛮人,还是看出来除了贝利昂德罗那张脸,世上没有第二个人能与她媲美。贝利昂德罗认出这个被判死刑又被释放的人,正是奥丽丝苔拉,此时此刻的心情真是无法用语言说清,无法用笔墨写明!他的两眼模糊了,心里糊涂了,摇摇晃晃、七扭八歪地走过去,和奥丽丝苔拉拥抱在一起。他把她紧紧地搂在怀里,说:

"噢,我亲爱的心肝!噢,我一心只盼着见到你!噢,宝贝儿,真不知道找到你是福还是祸。总该是福吧,从你的目光里,看不出什么祸!站在你眼前的是你哥哥贝利昂德罗!"

他说话的声音极低,别人听不见。他又继续说:

"你要活下去,小姐,我的妹妹。这个岛上,不会乱杀女人,你千万不要对自己太残忍了,甚至比岛民更残忍。要相信上天,到今天为止,他把你从不计其数的危难中解救出来,从今往后,无论遇上什么危险,老天还会解救你。"

"啊,哥哥!"奥丽丝苔拉(就是那个被人当作男人、自己又想一死了之的女人)回答说。"啊,哥哥!"她又喊了一声,"咱们的不幸遭遇真叫人担心,我怎么能相信这是最后一次呢。和你相见本来是件幸事,可是在这样的地方,穿这样的衣服,又是多么不幸。"

两个人都哭了。蛮子布拉达米罗看见他们流泪,还以为是贝利昂德罗遇见了熟人、亲戚或朋友,知道他要被杀,才伤心地落下眼泪,于是就不顾一切,打定主意要解救他。他走到两人身旁,一

手拉着奥丽丝苔拉,一手拉住贝利昂德罗,态度傲慢、声色俱厉
地说:

"谁要想活命,就不要胆大妄为,别碰他们一根寒毛。这个姑
娘是我的,因为我爱她。这个男人应该得到自由,因为她喜
欢他。"

话音刚落,蛮子首领就气急败坏,暴跳如雷。他把一支锐利的
长箭搭在弓上,左臂尽量伸直,右手将弓弦拉到右耳边,用百步穿
杨的箭法猛地把箭射出。刹那间,利箭射中布拉达米罗的嘴巴,封
住他的口,布拉达米罗舌头无法转动,接着就一命呜呼了。在场的
人吓得目瞪口呆,全都怔住了。虽说这支箭射得又猛又准,可也没
能救首领一命。他对人凶残,自己也同样遭到报应。科尔西库博
(就是那个送贝利昂德罗出海被淹死的蛮子)的儿子两腿好像比
弓箭更快,三蹿两跳来到首领身边,扬起胳膊,把匕首刺进首领的
胸膛。匕首是用石头打磨的,却比钢刀还要锋利。首领闭上眼睛,
永远进入茫茫黑夜。他这一死,布拉达米罗算是报了仇。可是两
家亲友群情沸腾,义愤填膺,纷纷拿起武器。转眼间,燃起了复仇
的怒火,双方用箭互射,杀伤对手。箭用完了,还有双手,还有匕
首,你杀我砍,儿子不让老子,哥哥不让兄弟。多少年来为办事不
公,似乎在他们中间积下了深仇大恨,如今要用指甲把仇人撕成碎
块儿,用匕首把对手捅得千疮百孔,任凭你是谁,也不能让他们平
静下来。

在这箭矢乱飞、你撕我打、伤亡累累、尸横遍野的气氛中,老科
洛埃丽娅、年轻的女翻译、贝利昂德罗和奥丽丝苔拉挨挤在一起,
心惊胆战、惶恐不安。有几个看来是属于布拉达米罗一派的蛮子,
在盛怒之下离开战场,跑到附近属于统治者财产的一片树林里放
火,树木着起火来,趁着风势火苗、烟雾越来越大。人人都怕被火

烧焦,被烟熏瞎眼睛。这时候,夜幕降临了,虽然天色尚早,周围已是朦胧一片,越发显得阴森昏暗。生命垂危的人不住呻吟,扬言杀人的人厉声喊叫,大火发出噼噼啪啪的声音。蛮子们怒火满腔,一心只想复仇,对此毫不在意。那几个挤在一起的可怜人心里委实害怕,不知如何是好,既不知道往哪儿跑,也不知道有什么办法。就在这一片混乱当中,上天还是没有忘记救助他们,事情实在离奇,他们都说是奇迹。天色几乎全黑了,刚才说过,夜色阴森昏暗,只有借燃烧森林的火光才能勉强看见一些东西。这当儿,一个年轻的蛮子来到贝利昂德罗身边,用他能听懂的卡斯蒂利亚语说:

"跟我来,漂亮妞儿,叫你的同伴们也一起来。只要上天保佑,我能把你们救出去。"

贝利昂德罗没有搭腔,却让奥丽丝苔拉、科洛埃丽娅和女翻译鼓起勇气跟他走。他们踏着尸体,踩着树枝,跟在领路的年轻蛮子后面。背后烈火熊熊的树林吹来阵阵热风,催促他们加快步伐。科洛埃丽娅年纪太大,奥丽丝苔拉又太年轻,都跟不上向导的步子。那个蛮子强壮有力,见此情景,抓起科洛埃丽娅,把她扛在肩上,贝利昂德罗也扛起了奥丽丝苔拉。女翻译不那么娇弱,精力又很充沛。她勇气十足,像个男孩子似的,跟在他们后面走。就这样,正像常说的那样,一路上跌倒了又爬起来,终于来到海边,又沿着海滨朝北走出大约一海里。蛮子走进一个宽敞的山洞,海浪在洞里冲来冲去。他们在洞里走了没几步路,东拐西拐,山洞忽而逼仄,忽而开阔。他们一会儿匍匐前进,一会儿弯腰低头,一会儿脑袋触地,一会儿直起腰大步往前走,最后走了出去,似乎来到一片旷野。向导告诉他们,现在可以自由地伸直腰了。夜色如漆似墨,他们看不见向导。山林大火越烧越旺,只是照不到这里。

"上帝保佑,"蛮子还是用卡斯蒂利亚语说,"可把咱们送到地方了。这儿虽然还有危险,可不会危及生命了!"

这时候,他们看见一支巨大的火把像彗星一样(说得准确些,像在空中奔跑的流星似的)向他们飞奔过来。要不是蛮子说了话,他们又得惊吓一番。

"是我父亲,他是来接我的。"

贝利昂德罗虽然还没有醒悟过来是怎么回事,但他会说卡斯蒂利亚语,就对蛮子说:

"噢,人间的天使,不管你是谁,上天会报答你对我们的恩情的。虽说只是延长了我们死期,我们还是把它看作天大的恩典。"

这工夫,手持火把的人来到眼前。看样子也是个蛮子,从脸上看,五十来岁。来人把火把放在地上,那是个粗大的松明火把。他张开两臂朝他儿子走过去,用卡斯蒂利亚语问他,带来这么些人到底是怎么回事。

"爸爸,"小伙子回答说,"到咱们家去吧。要谈的事很多,需要想一想的事更多。岛上起火了,几乎所有的岛民有的被烧成灰,有的被烧得焦头烂额。眼前这几个人是幸存者,全靠老天帮忙,我带他们离开火海,躲开了蛮子们的刀锋。走吧,爸爸,到咱们家去吧,让妈妈和妹妹大发慈悲,好好照料一下我这几位筋疲力尽、心惊胆战的客人。"

父亲头前带路,大家跟在后面。科洛埃丽娅打起精神自己走。贝利昂德罗不愿意放下美丽的姑娘,奥丽丝苔拉是他在世上的唯一财富,扛着她不会觉得沉重。走了没多远,他们来到一块高大的岩石面前。岩石脚下有一块宽阔的空地,或者说是石洞吧。屋顶、墙壁就是大岩石。两个身穿蛮子衣裳的女人手持燃烧的松明火把走了出来。一个是十五岁左右的姑娘,另一个大约有三十多岁。年长的女人长得挺俊的,小姑娘更是俏丽无比。一个说:

"啊,爸爸,哥哥!"

另一个只说了一句:

"欢迎你,我的心肝!"

女翻译在一边听见那两个蛮子装束的女人说的是另一种语言,不是岛上常用的话,感到十分惊奇。她刚要过去问一问她们怎么会说那种话,实在太怪了。这时,父亲吩咐妻子和女儿用厚实的毛皮装饰一下简陋的岩洞的地面。她们听从吩咐,把松明子插在墙上。不大一会儿,她们十分麻利地从靠里面的另一个洞里拿出几张羊皮和别的兽皮,用这些皮子铺地,并挡住开始向他们袭来的寒风。

第 五 章

西班牙蛮子向新来的客人讲述自己的
身世。

晚饭很简单,一会儿就吃完了。吃饭不必担惊受怕,倒也吃得
有滋有味。饭后,更换了松明火把,屋子里烟雾弥漫,不过倒是暖
烘烘的。餐具不是银的,也不是比萨的产品。女蛮子和小蛮子的
手就是盘子,几片树皮充当饭碗,比软木皮还要好使一些。没有冈
弟亚酒,但是,有清凉纯净的白水。科洛埃丽娅睡着了,上年纪的
人贪睡,不管多么有趣的谈话,也不如睡觉好。中年女蛮子把她安
置在第二个洞里,用毛皮当被褥。安顿完毕,她就回来和大家坐在
一起。那个西班牙人用卡斯蒂利亚语讲了下面这些话:

"先生们,按说呢,应该先听你们介绍一下你们的家庭情况和
经历,然后我再说自己的事。可是,我想,还是请你们忍一忍,先听
听我的。听了之后,你们就不会向我隐瞒什么了。我算走运,出生
在西班牙的一个最好的省份,我的生身父母是中等贵族。我是在
富裕环境中长大的。我曾经走到过语法学的大门(这是通向其他
科学的大门)。我天生喜欢文学,但更偏爱武器。年轻的时候,我
既没有结识克瑞斯,也没有结识巴克斯,在我看来,维纳斯①也是

---

① 克瑞斯,丰产和农业女神,司谷物的成熟;巴克斯,葡萄种植业和酿酒业的保
  护神;维纳斯,爱和美的女神。以上均为罗马神话中的神祇。

冷冰冰的。受天性的驱使,我离开了家乡,到异国参战。当时塞萨尔·卡洛斯五世陛下正在德国和当地的几个侯君作战。我是战神的骄子,获得'优秀战士'的美名,得到皇帝的嘉奖。我结交了一些朋友,尤其是学会了做一个彬彬有礼的自由人。这些美德都是在基督'战神'学校里学到的。我满载荣誉,衣锦还乡,只想和当时健在的父母共享几天天伦之乐,只想和盼望我归来的朋友们欢聚一番。可是那个叫'命运女神'的家伙,我说不清她是什么,对我的安定生活心怀忌妒。据说她手里有只轮子,她推着轮子倒转,就把我从自以为已经攀上去的高峰上推下来,让我跌入贫困的深渊。命运之神利用我的邻国领主的次子、一位骑士干了这件缺德事。

"这家伙到我们镇上来赶场。广场上,乡绅和骑士围成一圈儿,我也在他们当中。他转过身来,神情傲慢,冲着我笑嘻嘻地说:'安东尼奥先生,真是好样的。在佛兰德和意大利,大家都在谈论你,你不愧是条汉子,好心的安东尼奥,你要知道,我非常喜欢你。'我回答说:'我正是安东尼奥,承蒙夸奖,我愿意吻阁下的手,吻上一千次。说来说去,凭阁下的身份,您称赞的是自己的同胞和仆人。不过,我还是想告诉阁下,我身上的长处是从家乡带到佛兰德的,我一出世就带来了良好教养。因此,不该受别人的褒贬。我好也罢,歹也罢,总之,愿为阁下效劳,恳请阁下开恩,照顾我的良好愿望。'在我身边站着一位乡绅,是我的好朋友,他对我说:'喂,安东尼奥,我的朋友,你这是怎么说话呢。咱们这儿可不管哪位先生叫阁下。'他说话的声音不低,那位骑士全听见了,没等我开口,他就抢先说:'好心的安东尼奥说得不错,他是用意大利的方式称呼我。在意大利,人们不叫您老,只说阁下。'我说:'随便什么有教养的习惯、礼仪,我都非常清楚。我用阁下称呼您阁下,用的不是意大利的方式,而是西班牙的方式。我是绅士的后代,有功之臣,无论哪位阁下称呼我您老,我都承受得起。谁要是说别的,'说着我伸手按住剑把,'那他就是缺乏教养。'话音未落,我已经动手了,冲着他脑袋狠狠地砍了两下。这下子,他蒙了,不知道出了什么事,也没有赔礼道歉(那样倒好了),我手持寒光闪闪的利剑,沉着冷静地再要发起攻击。这时候,他那股糊涂劲过去了,立刻抽出宝剑,灵巧勇猛地试图报仇雪恨。可我没容他采取报复行动。只见他头上两处受伤,一处血流不止。周围的人骚动起来,纷纷朝我打过来。我连忙逃回父母家中,跟他们讲了事情的经过。他们一看我处境不妙,惹恼了许多有权有势的人,就给了我些盘缠和一匹良马,让我躲藏起来。我一切照办,两天后来到阿拉贡境内。眼见得不那么紧急了,我就稍缓了口气。最后,我快马加鞭赶到德国,又去为国王服役。在德国,有人告诉我,我的仇人在找我,还有好多别的人,他们想方设法要除掉我。我害怕遇上危险,谁碰上,谁都怕。于是,我回到西班牙,因为在仇人鼻子底下最安全。晚上,我去看望父母,他们又给了我一些钱和珠宝。我拿了东西去到里斯本,又搭乘一条正要扬帆开往英国的船。船上有几位英国骑士,他们是怀着好奇心到西班牙来观光的,现在游览了整个西班牙,起码看了最好的城市以后,要回国去了。

"在船上,我又为一件小事和一名英国水手发生口角,忍不住打了他一个耳光。这下子激怒了船上的其他水手和杂役,他们顺手操起各种能扔的东西,纷纷朝我扔过来。我逃到船尾的甲板上,躲到一位英国骑士背后,靠他挡着,才算免于一死。其他骑士出来劝架,定了一条,要么把我扔进大海,要么给我一条小船打发我回西班牙或者是听天由命。他们说干就干,给了我一条小船、两桶水、一罐奶油和一些饼干。我谢过了保护人的恩典,就坐上那条只有两支桨的小船。大船一开走,黑夜也就来临了。在茫茫大海中,我孤身一人,无路可走,只能顺着海浪,顺着风向驶船。我仰望苍天,用最大的虔诚祈求上帝保佑。我瞅了瞅北极星,认出该往那边走,只是不知道我待在什么地方。

"就这样,我漂流了六天六夜,与其说靠我的两臂,不如说靠上天的好生之德。我不停地划桨,两臂累得一点力气也没有了。于是,我放下桨,把桨从桨座里拔出,放进船舱里,等到海上可以划船或者我有了力气以后再用。我仰脸朝天躺在船上,合上眼睛,内心里不停地暗暗祈求众神保佑。身处困境,进退维谷(真是难以相信),可突然觉得很困,全身失去了知觉,昏昏沉沉地睡着了。这正是自然的需要,自然的要求产生了这股力量。我梦见成千种可怕的死法,全都是死在水里,有几次我好像是被野狼吃掉、被野兽咬碎。我睡睡醒醒,醒醒睡睡,无异于慢性死亡。就在我睡得很不踏实的时候,一个巨浪打来,我猛地惊醒了。海浪盖过小船,船里灌满了水。我意识到情况危险,就竭尽全力把海水淘到海里。我又拿起船桨,根本起不了什么作用。只见一阵南风抽打着海面,海水像受伤似的掀起恶浪。和别处的海相比,在这里,南风的威力似乎更强大。眼见得用那只孱弱的小船抗拒狂风、用我微弱困乏的力量抵御怒涛实在是太愚蠢了,我又收起船桨,让小船随波逐流,任意漂流。我不停地祈祷,不停地许愿,眼睛里流出的泪水和海水混在一起,我不是因为死到临头,心中害怕而落泪,而是为自作自受感到伤心。最后,不知道在惊涛骇浪、风云变幻的大海上漂泊了多少个日日夜夜,总算来到一个荒无人烟的小岛。岛上豺狼成群,四处游走。我走到海边的一块岩石下面躲了起来。因为害怕野兽,不敢跳上陆地。我吃了点儿泡湿的饼干。缺吃少喝,饥肠辘辘,顾不得那么多了。黑夜来临了,夜色不像前一天那样昏暗。

看来,大海平静下来了,明天可能更平静。我看了看天空,点点繁星预示着风平浪静。

"这时候,透过朦胧的月色,我似乎看到在权当避风港的岩石顶上站着几只狼,就是我在海边看见的那几只,其中有一只狼,这是真的,用我的语言清楚明白地告诉我:'西班牙人,你要是不愿意让我们用爪子、牙齿把你撕成碎片,你就赶快走,到别处去碰运气。你别问说话的是谁,还是感谢上天让你碰上野兽发善心吧。'

"我究竟是害怕还是不害怕,那就留给你们去考虑吧。不过,我还没有慌乱到不去采纳别人的忠告的地步。我插紧桨座,绑好船桨,两只胳膊努了把力,朝大海划去。然而,不幸和痛苦经常会搅乱人的记忆。我说不清在那一带海面上又度过了多少时日。每前进一步,生命遭到的威胁不是一次,而是一千次。最后,一阵可怕的狂风把我的小船送到这个岛上。就在你们刚才进来的那个洞口处,狂风给小船送了终。小船几乎径直冲进洞里,回头浪又把小船卷了回去。我一看,连忙从船上跳下来,手指紧紧抠住沙滩,这才没让浪头把我冲回大海。小船入海带走了我生还的希望,我也不打算把船找回来了,倒不如换一个死法,索性留在陆地上。留得青山在,不怕没柴烧嘛。"

西班牙蛮子——他一身蛮子装束,我们就管他叫"蛮子"——讲到这里,忽然从科洛埃丽娅睡觉的地方,就是里面那个洞里传出了轻轻的呻吟声和抽泣声。奥丽丝苔拉、贝利昂德罗和其他人立即拿起松明,进去看看出了什么事。只见科洛埃丽娅坐在毛皮褥子上,背靠着岩石,两眼盯住天空,直翻白眼。奥丽丝苔拉走到她身边,用充满同情的痛苦的口气对她说:

"怎么啦,奶妈?眼下,我正需要听你的忠告的时候,难道你要丢下我孤身一人不管了吗?"

过了一会儿,科洛埃丽娅苏醒过来,拉着奥丽丝苔拉的手说:

"过来,我的心肝,我的宝贝。我巴不得能活到看见你过上安定的日子,这不过分啊。要是上天不答应,我只能听从天命,恭恭敬敬地献出我的生命。我只求你一件事,我的小姐,如果有一天你交上好运,你肯定能交上好运的,如果能回到你的国家,我的双亲或者其他亲人还健在的话,请你告诉他们,我是怀着对耶稣基督的虔诚信念死去的,他们都有这个信念,也就是对神圣的罗马教廷的信念。不多说了,我不行了。"

说完这些话,她又多次呼唤耶稣的名字。随后,在茫茫黑夜中闭上了眼睛。奥丽丝苔拉见状也闭上了眼睛昏迷过去。贝利昂德罗泪如泉涌,所有在场的人也都哭成了泪人儿。贝利昂德罗急忙抢救奥丽丝苔拉,她苏醒过来,哭得更厉害了,还不住唉声叹气。她说了些话,连石头听了也要动情。大家决定改日安葬科洛埃丽娅。蛮子姑娘和她哥哥留下来守灵,其他人在天亮前去休息片刻。

第 六 章

西班牙蛮子继续讲他的经历。

岛上的大火仍未熄灭,火星乱溅,直烧得烟雾弥漫,遮住了太阳的光芒,这一天似乎天亮得比往常要晚一些。西班牙蛮子像以往常做的那样,吩咐他儿子出去了解一下岛上的情况。那天晚上,大家都睡不安稳。奥丽丝苔拉为奶妈科洛埃丽娅去世伤心难过,睡不着觉;她不睡,贝利昂德罗也跟着熬夜。他和奥丽丝苔拉走到那块平坦的地方,只见那里真是一个鬼斧神工形成的天造地设的去处。平地呈圆形,四周耸立着光秃秃的高大岩石,方圆估计为一西班牙里①稍多一点。地上遍布野生树木,树上果实累累,果肉发涩,但可以食用。地上杂草丛生,山石间潺潺流水滋润得草地四季常青。一切都令人赞叹、令人惊讶。这时候,西班牙蛮子来了,他说:

"来吧,先生们,咱们把死者安葬了,然后听我把故事讲完。"

几个人随即动手,把科洛埃丽娅埋葬在一个岩洞里,洞口封上土和小石块。奥丽丝苔拉请求西班牙蛮子在坟上放置一个十字架,表示死者是基督徒。西班牙人说,他的住处有一个大十字架,他一定会拿来,放在坟上。大家一一向死者告别,奥丽丝苔拉再次失声恸哭,惹得贝利昂德罗也跟着泪流满面。这工夫,年轻的蛮子

---

①　里程单位,一西班牙里约合五千六百米。

还没有回来,其他人都回到昨晚睡觉的石洞里,躲避刺骨的寒风。几个人坐在柔软的毛皮上,蛮子要大家安静下来,又继续往下讲:

"我把我乘坐的小船丢在沙滩上,大海又把船卷走了。我刚才说过,船没了,自由的希望也跑了,我至今也没抱什么希望。我进到这里,看见这块地方,直觉得老天为我建造了一座舞台,好演出我不幸遭遇的悲剧。看到这儿一个人也没有,只有几只野山羊和其他一些小动物,我十分惊讶;我在这块地方转了一圈,发现了这个凹进岩石里的洞,就把它权当我的住处。把周围察看了一遍,我又回到通到这里的那个洞口,想听听有没有人的声音,或者能不能找到一个人,打听一下我到了什么地方。总算运气不错,上天大发慈悲,还没完全忘掉我,给我送来一位蛮子姑娘。她大概有十五岁上下。正巧她在海边的巉岩、礁石中间寻找五彩的贝壳和鲜美的海贝。一看见我,她吃了一惊,两只脚像是粘在了沙滩上,手一抬,贝壳、鲜贝掉了一地。我一句话没说就把她抱了起来,她也没说话。我钻进洞里,把她带到我们现在待的这个地方。我把她放在地上,吻她的双手,轻轻地抚摩她的脸蛋,向她打手势、做表情,尽量表示我对她柔情似水,情意绵绵。初见面的惊吓过去后,她目不转睛地盯着我,用手抚摩我的全身。慢慢地不害怕了,不时露出笑脸,一再和我拥抱。她从怀里掏出一块像是面包那样的东西,不过不是用面粉做的。她把东西放进我嘴里,用她的语言跟我说了几句话,后来我才明白,她是让我吃下去。我实在太饿了,就把那东西吃了下去。她拉起我的手,把我带到那边儿那条小溪边上,又用手势叫我喝水。我不错眼地盯着她,依我看,她是天上的天使,而不是地上的蛮女。我回到洞口以后,用手势和她听不懂的语言恳求她再来看我,就像她能听懂似的。我再一次把她抱住,她吻了吻我的前额,显得那么单纯、慈善,她用清楚明白的手势表示她还要来看我。随后,我回到这个地方,在几棵挂满果实的树上寻找果子,试着吃了一些,我发现有核桃、榛子,还有些野梨。找到这些东西,我直感谢上帝——已经破灭的求生希望又萌动起来。当天晚上,我在这个地方过夜,等待着天明。天亮了,又等待我那位美丽的蛮女回来。同时,又很担心,怀疑她会把我暴露出去,把我交给蛮子,据我想,这个岛上到处都是蛮子。但是,天大亮时我看见她来了,像太阳一样美丽、绵羊一般温顺,身边没有一个来抓我的蛮子,还给我带来不少吃的东西,这下子我的担心也就云消雾散了。"

英俊的西班牙人把故事讲到这里,去探听岛上情况的人回来了。他说,几乎全岛都被大火烧焦,所有的蛮子,至少大部分蛮子都死了,有的被砍死,有的被烧死。即使有个把人侥幸活命,也都乘木筏出海了,到水上去躲避地上的大火。还说,大家可以离开这里,绕着岛上大火没烧到的地方转一转,各自考虑一下有什么办法逃离这块倒霉的土地。附近还有一些海岛,居民不那么野蛮,换个地方,也许能改变一下命运。

"慢点儿慢点儿,孩子,我正跟这几位先生讲我的经历呢。虽然说起倒霉事总是没完没了,我也快讲完了。"

"可别累坏了,老头子,"中年蛮女说,"你讲得够多了,准是累了吧,也许别人也听累了。剩下的由我来讲,至少可以讲到眼前嘛。"

"那我太高兴了,"西班牙人回答说,"听你讲这些事,我会很舒服的。"

"事情是这样的,"蛮女说,"我经常在这个地方出出进进,一来二去就和我丈夫生下了这个女孩和这个男孩。我管他叫丈夫,因为在我们认识不久,他就答应要做我的丈夫,还说在真正的基督徒之间就是这么办的。他教我讲他的语言，我教他讲我的语言。他用我的语言告诉我天主教是怎么回事。在那条小溪边上，他给我做了洗礼，不过，没按照他说的家乡的习俗举行仪式。他还根据他的理解向我宣讲了他的信仰，我把他的话牢牢记在心中，也尽我所能崇奉他那套信仰。我相信三圣一体。圣父、圣子和圣灵是三个不同的人，可他们三个是一位真神。圣父、圣子和圣灵不是三个彼此分开的不同的神，而是一位真神。到最后，他有什么，我信什么。他相信由圣灵主宰的、由教皇管理的罗马天主教廷，我也相信。我相信教皇是上帝在地上的代理人和总督，是圣彼得的合法继承人，是继耶稣之后的第一位牧师，是他的妻子伊格莱西亚的第一位万能的牧师。他还告诉我圣母玛利亚完成过多少伟大的业绩。她是天上的女王、天使的主人，也是我们的主人，是圣父的宝贝、圣子的珍宝、圣灵的爱，是作孽者的庇护神。另外，他还教给我许多别的东西，我就不啰唆了。我看，听了这些话，你们完全可以知道我是个虔诚的天主教徒。我这个人，很单纯，同情心重，我把一颗'大老粗'的心交给他，他呢，仰仗上天之德把我变成一个谨慎的基督徒。我把自己的身体交给了他，从来不认为这样会冒犯别人。从那时起，我给他生了两个孩子，就在这儿，你们都看见了，这又多了几个赞美真神的人。我时不时给他送来一些黄金，这岛上有的是，还有我保藏的一些珍珠，只等有一天能离开这个牢笼到别处去，那该多幸福啊，我们可以自由自在地、堂堂正正地、毫无顾忌地加入基督的羊群，你们看见那边的那个十字架了吧，我十分崇敬十字架上的耶稣。我刚才说的这些，我想就是我的安东尼奥先生没说完的话。"安东尼奥就是那个西班牙蛮子的名字，他说：

"说得对，我的莉克拉。"这是那个女蛮子的名字。在场的人听了他们讲的变化多端的故事都很钦佩，真是赞不绝口，不住地向他们表示良好的祝愿。特别是奥丽丝苔拉,她深深爱上了这两位蛮子。

年轻的蛮子和他父亲一样,也叫安东尼奥。这时候,他说大家不能在这儿闲待着,不安排安排,赶紧离开这座牢狱可不行。岛上的大火照这样烧下去,火苗子准会越过高山,要不就让大风吹过来,落到这个地方,大家都得被烧死。

"说得对,孩子。"父亲回答说。

"我想,"莉克拉说,"咱们再等两天。离这儿不远有个岛,赶上天气晴朗,风平浪静,肉眼都看得见。岛上的住户常到这儿来卖东西,或者用他们的东西换我们的东西,以货换货。我先出去。这会儿,不会有人听我说话了,也不会有人来阻止我了,因为死人不能听,也不能阻挡别人。我去和那个岛上的人商量,让他们卖给咱们一条船,价钱由他们定,就说我和子女、丈夫需要一条船逃离大火,眼下我的子女、丈夫都躲在洞里。不过,我要告诉你们,他们的船都是用木头做的,上面蒙着结实的毛皮,能防海水从两边打进来。据我所知,没有好天气,他们是不出海的。他们的船和别的船不一样,上面没有白布。我看见过有些船常到咱们这儿的海边来卖少男少女。你们已经听说了,这个岛上多少年来形成了一种胡说八道的迷信。据我看,这种小船不能进大海,因为它经不起海上经常出现的风暴。"

贝利昂德罗问道:

"安东尼奥先生在这里躲了这么多年,就没用过这个法子?"

"没有。"莉克拉说,"那么多只眼睛盯着我,我没法跟船主们商量,也找不到借口买船。"

"是这样,"安东尼奥说,"我觉得小船太单薄,不放心。现在既然上天有这个意思,我想可以这么办了。等那个岛上的买卖人过来,让漂亮的莉克拉留意去办,就按她刚才说的那种办法,不用讨价还价,买下一条备足干粮的船。"

最后,大家都同意这么办,他们从那里走出去,看见大火和白刃造成的灾难,又是感叹一番。他们看见上千具尸体,死法各异,但都是狂怒、丧失理智和愤恨的牺牲品。他们还看见有些活下来的蛮子蜷缩在几只木筏上,从远处看着家乡的熊熊烈火。有几个人已经渡海到那个囚禁俘虏的岛上去了。奥丽丝苔拉要大家到那个岛上,去看看阴暗的地牢里是不是还有人在。但是,已经没有必要了。只见一只木筏驶过来,上面有二十来人。从衣着上看,正是关押在地牢里的可怜人。他们上了岸,不住亲吻土地。那个从暗幽幽的地牢里把他们救出来的蛮子告诉他们,海岛被烧焦了,不用再怕那些蛮子了。他们听了,几乎要对这场大火顶礼膜拜了。岛上的自由人对他们给予了友好接待,尽量设法安慰他们。有些人讲述了自己的苦难,有些人沉默不语,不知从何说起。莉克拉感到十分惊讶,居然会有这样大慈大悲的蛮子肯把他们救出来,另外,躲在木筏上的人当中,有些人没有到囚徒岛上去。一个俘虏说,那个解救他们的蛮子用意大利语跟他们讲了岛上着火的悲惨经过,劝他们到岛上来,能找到金子和珍珠就拣些,补偿一下他们受的苦难。那个蛮子会乘坐停在那边的另一只筏子过来跟他们会合,再想办法救他们。他们的经历各不相同,可都离奇古怪,凄凄惨惨。有些人说得大家泪流满面,有些人说得大家捧腹大笑。

这时候,大家看见有六条小船朝海岛驶来,正是莉克拉说的那种船。小船靠岸停泊,不过,船上人没有拿出商品,因为他们觉得好像没有蛮子要买东西。莉克拉和他们商量要连船带货全都买下来,因为他们不想把货运回去。对方不肯卖掉所有的船,只卖四条,剩下两条船他们要留作返航之用。他们漫天要价,而且不让还价。莉克拉回到洞里,取出前面提到过的未经熔铸的金块,按他们的要价全部付清。他们把两条船给了从地牢里出来的人。另外两条船中的一条装载全部能收集到的食物和四个刚刚获得自由的人,另一条载着奥丽丝苔拉、贝利昂德罗、安东尼奥父子、美丽的莉克拉、机敏的特朗西拉以及莉克拉和安东尼奥的女儿苗条的康丝坦莎。奥丽丝苔拉想到亲爱的科洛埃丽娅的坟上去告别,大家就陪她一起去。她在坟前大哭一场。回来的时候,大家悲喜交集,随即准备登船。上船前,先跪在沙滩上,口中轻轻地念着虔诚的祷词,恳请上天让他们一路顺风,为他们指引航程。贝利昂德罗乘坐的船打头,其余的船跟在后面。船上没有帆,正当他们划桨出发时,一个英俊的蛮子来到海边,用托斯卡纳语大声喊道:

"要是船上的人赶巧是基督徒,请收留我这个基督徒吧,看在真神的分上,求求你们了。"

另外一条船上的人说:

"先生们,他就是把我们从地牢里救出来的那个蛮子。看来你们都是善人,要是肯发善心,"他转向第一条船的人说,"就让他上我们这条船吧,算是报答他对我们的恩情。"

贝利昂德罗听到这句话,就吩咐那条船回到陆地,让他登上装载食物的船。然后,人们高声谈笑,拿起船桨,开始了愉快的旅行。

第 七 章

从蛮子岛驶往新发现的岛。

这四条船大约航行了四海里左右,突然发现一条张满帆的大船顺风驶来,好像要对小船上的人发起攻击似的。贝利昂德罗看到大船,就说:

"没问题,这条船准是阿纳尔多的,是来探听我的消息的。即便我有再好的消息,现在也不要见他。"

贝利昂德罗已经把他和阿纳尔多之间发生的事以及两个人约定的事讲给奥丽丝苔拉听了。奥丽丝苔拉有些慌乱,不愿意再落到阿纳尔多的手里,她也简明扼要地介绍了她在阿纳尔多那儿待了一年的情况。她不想看见这两个恋人会面,即使阿纳尔多相信她和贝利昂德罗是兄妹,她还是担心假戏会被揭穿,心里七上八下的。另外,贝利昂德罗亲眼见到如此强大的对手,又怎能不产生忌妒心呢?一旦在恋人心中不幸产生猜疑,那就没有什么慎重可言,也就谈不上什么爱的信任。但是,一阵大风帮她解除了顾虑。一时间,风向倒转,吹得船帆鼓起,使大船朝相反的方向驶去。奥丽丝苔拉看见大船迅速降下船帆,还没等看清楚,大船又把船帆升起,直升到桅杆顶上。大船开始朝相反的方向快速驶去,飞也似的离小船越来越远。奥丽丝苔拉舒了口气,贝利昂德罗这才振作起来。但是,船上的其他人都想换船,转移到大船上去。那条船大,生命会更有保障,航行会更加顺利。不到两个小时,大船消失得无影无踪了,有人还想尽可能追上去。不过,这是不可能了,又没有别的办法,只好朝另外一个海岛驶去。那个岛上高山耸立,山头白雪覆盖,看来离他们不远,大约有六西班牙里吧。此时暮色苍茫,天色渐渐黑下来。风从后面吹来,船上的人趁着顺风省劲,荡起双桨,急忙向小岛驶去。

蛮子安东尼奥观测了一下北极星和大熊星座的指极星,估计抵达海岛时大约是午夜时分。此时,回头浪不大,他们轻轻划破岸边的水面,将小船拢到岸边,用手臂把船拖上陆地。寒夜,冷风刺骨,他们想找个地方躲避寒冷,可是找不到合适的地方。贝利昂德罗吩咐所有女人登上第一条船,大家挤在一起,你挨着我,我靠着你,互相取暖。女人们纷纷上船,男人们为小船巡夜。他们像哨兵似的从一头走到另一头,盼着天亮后好看看到了什么地方。当时他们没法知道岛上有没有人。心里有事,当然也不能入睡,这一群小心翼翼的人没一个能合眼的。有鉴于此,蛮子安东尼奥就对那个意大利蛮子说,为了打发时间,排遣苦度寒夜的烦恼,就请他讲一讲他的经历,也好给大家解闷。从衣着和他待过的地方来看,经历一定离奇罕见。

"我很愿意说一说,"意大利蛮子说,"我受的那个苦啊,太多了,太新鲜了,太少见了,恐怕没人会相信。"

贝利昂德罗听了他的话,就说:

"我们这些人吃的苦头太多了,什么没经历过?你说什么,我们信什么,这种事听起来总不像是真的,倒像是不可能的。"

"到这边来,"蛮子回答说,"到这几位小姐待的船这边来。听我讲故事,有的小姐也许会睡着,也许有的人睡不着,对我表示同情。一个人诉苦,看见、听见有人难过,也会觉得轻松点儿。"

"至少我想听,"莉克拉在船里回答说,"虽然我很困,可是听到你命运不济,常年受苦受累,我会同情得流眼泪的。"

　　奥丽丝苔拉差不多也这么说。于是,大家围在小船四周,全神贯注地聆听那位像是蛮子的人讲故事。他的故事是这样开始的。

第 八 章

鲁蒂利奥讲身世。

"我的名字是鲁蒂利奥。我的家乡在锡耶纳,是意大利最著名的城市之一。我的职业是舞蹈教师,在那儿独一无二,我愿意干,而且干得挺顺手。锡耶纳有一位殷富的绅士,上天赐给了他一个女儿,只是美丽有余而端庄不足。做父亲的想把她嫁给佛罗伦萨的一位绅士。可是,姑娘缺少一股机灵劲,为了让她出嫁前增添几分妩媚,那位绅士就叫我教她跳舞。和其他东西相比,地道的舞蹈能使人变得身段优美、风流潇洒,大家闺秀都应该学会跳舞,碰上需要应酬一下的场合,可以应付裕如。我开始教她形体动作,她却动了心。我说过,她庄重不足,竟把那颗心交给了我。就这样,命运的长河把我引上了不幸的道路。为了两个人过得快活,我把她从她父亲家里接出来,带她到罗马。但是,爱情乐趣的代价昂贵,犯罪的背后紧跟着惩罚,让人成天提心吊胆。她父亲派人四处寻找,我们俩在路上被他们捉住了。我的供词是我带走了妻子,她的供词是随丈夫出走。可是,这不足以减轻我的罪过。那位绅士又来软的,又来硬的,最后逼得法官判了我死刑。我被关进监狱,和其他被判死刑的犯人关在一起,他们的罪行可不如我的光彩。

"在监狱里,有一个女人来看我,据说她是因为施巫术被捕的。女典狱长曾经从监狱里把她放出去过。把她带到自己家,要她用草药和咒语为她女儿治病,这种病别的医生还不会治。最后,

还是长话短说吧,话说得太长了,再好也没人说好。我被绑在那
儿,绳子勒住喉咙,被判处绞刑,根本没办法死里逃生,只好答应巫
婆的要求,她帮我解开绳索,我做她的丈夫。她对我说,别难过,谈
话的当天晚上她就能打开枷锁,尽管还会有其他障碍,她也会帮我
获得自由;虽然敌人人多势众,她会把我带到敌人伤害不着我的地
方。我没把她看成是巫婆,而是当成上天派来拯救我的天使。我
等待黑夜来临。夜深人静,她来了,向我伸过一根竹竿,要我抓住
竹竿的一头跟着她走。我有些茫然。可我急着要出去,就移动双
脚跟她走,我发现脚上的铁镣没有了,牢房的门大开,犯人和看守
都睡得死死的。我们来到大街上,我的领路人把一块毯子铺在地
上,让我站上去,还要我振作精神,暂时别做祷告。接着,我看情况
有些不妙,明白她是要带着我凌空飞行。我是个受过良好教育的
基督徒,凭一般人的理解,对各类巫术持冷嘲热讽的态度。但是,
我刚才说过,我在还存在死亡的危险时只好听她摆布。最后,我站
在毯子中央,她马上念念有词,我一点儿也听不懂。毯子开始升
空,我吓得要命,心中连连祷告,祈求上天众神保佑。她大概是发
现了我心里害怕,感觉到我在乞求上苍,就再一次吩咐我停止祈
祷。'我真倒霉!'我说,'上帝乃是百善之源,不让我祈求上帝,还
能有什么好结果?'

"最后,我闭上眼睛,听任魔鬼——也就是巫婆的驿马——带
走。大约飞了四个多小时,在黎明时分来到一块陌生的土地上。
飞毯落到地上,我的引路人说:'到了,我的朋友鲁蒂利奥,什么人
也伤害不着你了。'说着,她就将我抱住,显得不大正派。我用胳
臂朝外一挡,定睛一看,抱住我的竟是一只狼。看见狼的目光,我
的心都凉了,感觉器官全乱了,浑身上下的力气全没了。不过,常
有这样的事,每逢大难临头,只要有一丝取胜的希望,也会产生拼

死一战的力气。我的力气不大,可还是拔出带在身上的刀子,凶神恶煞般地朝那只我认为是狼的女人胸膛刺去。只见她倒在地上,顿时失去了丑恶的形象,死在血泊中的还是那个倒霉的巫婆。

"先生们,请各位想想看,在这块陌生的土地上,没人引路,我的处境会怎么样。一连好几个小时,我等着白天的到来。可是,天却迟迟不亮,地平线上也不见太阳的影子。我离开那具尸体,待在她身边我心里害怕,十分恐惧。我的眼睛不时地仰望天空,观察星斗的运动,根据星斗的运行情况,应该是白天了。我正在茫然不知所措,忽然听到附近有人说话,真的有人。我迎着他们走去,用托斯卡纳语问他们这是什么地方。其中一个人用意大利语回答说:'这是挪威。你是谁啊,在这儿打听事?你讲的话,这周围很少有人听得懂。''我是个可怜人,'我回答说,'本想逃离死神,可又落入死神的掌心。'我简明扼要地跟他讲了我是怎么出来的,也讲了巫婆是怎么死的。讲话的人对我表示同情,他说:'好人啊,你可得好好感谢上天把你从用妖术害人的巫婆手里解救出来,这种巫婆在我们北方多的是。据说他们会变成狼,有公的,也有母的,因为用妖术害人、迷人的有男的也有女的。究竟是怎么回事,我也说不清。我信天主教,作为基督徒,我不信这些。不过,经验证明确有其事。我只能看清一点,就是说,他们变来变去,都是魔鬼的幻影,他们得到了上帝的准许,也算是对这些坏人犯下的可恶的罪孽进行惩罚吧。'我问他大概是什么时候了,我怎么觉得黑夜挺长的,天老是不亮。他回答说,在这个偏远的地方,一年分成四季。三个月是黑夜,太阳似乎绝对照不到大地上。三个月是黎明,既不是白天,也不是黑夜。三个月全都是白天,太阳一直不落。另外三个月是黄昏。当时是黎明季节,所以要想等太阳出来,只能是白等。他说,我要是想尽早回家乡去,那也是白盼,非得等到白昼季节，到那时候，才有船只运货去英国、法国和西班牙。他问我，在等着回国期间，能不能拿出什么手艺，混口饭吃。我说我是跳舞的，最大的本事就是蹦蹦跳跳，还会变戏法儿。那个人哈哈大笑，说这种运动或者手艺，甭管叫什么，在挪威也好，在这一带也好，都吃不开。他又问我会不会金匠工艺。我说，只要有人教，我就能学会。'那就跟我来吧，老弟。不过，咱们还是先把这个可怜虫埋了吧。'

"埋完了巫婆，他把我带到一座城池。城里，所有的人都举着点着的松明火把在大街上做买卖。在路上我问他是什么时候来到这个地方的，他是怎么来的，是不是真的意大利人。他回答说，他家祖上有一个人从意大利来这儿做生意，就在这儿成了家。他教给自己的孩子学意大利语，代代相传，一直传到他这一辈，已经是第四代了。'就这样我成了这儿的老住户，我爱自己的儿女和妻子，我和这儿的人血肉相连，不记得意大利是什么样子了。听父母说我们在意大利还有亲戚，可我都不认识。'

"现在我来讲讲他家的情况。我来到他家，看见他妻子和儿女以及为数不少的仆人。他很有钱。大家对我盛情款待一番，细讲起来就说不完了。总之，这么说吧，我从他那儿学会了手艺，没几个月我就能自食其力了。这时候，白昼季节到了。我的主人和师傅（我只能这样称呼他）吩咐带上大批商品到近处的其他岛上去。我出于好奇心，同时也想卖点自己的商品，就跟他去了。这次外出，我既看到了令人赞叹、令人惊心动魄的东西，也看了逗人发笑、让人高兴的东西。我注意观察当地的习俗，见到了一些从未见过的、别的地方没有的礼仪。最后，过了两个月，我们遇上一场风暴，大风持续了四十天。那以后我们来到今天咱们离开的那个小岛上。我们撞上了岩石，小船被撞得粉碎。除我之外，坐船同来的人没有一个活下来的。"

第 九 章

鲁蒂利奥继续讲身世。

"其他东西还没来得及看,我第一眼看见的就是一个吊死在树上的蛮子,这才知道我来到了野蛮人的领地。立时感到十分恐惧,眼前闪过千百种死法,一时间,真不知道如何是好。面对这种种死法,单独的也好,放在一起也好,我是又害怕,又不得不坐等。俗话说,急中生智,我终于想出了一个绝妙的主意。我把那个蛮子从树上放下来,把自己的衣服全部脱掉,埋进沙土里,穿上蛮子的衣服,还挺合身,其实所谓衣服不过是几块兽皮,谈不上什么做工、什么量体裁衣。你们都看见了,往身上裹巴裹巴就得。我假装聋哑人,不讲自己的语言,免得他们认出我是外国人。装扮完毕,我蹦蹦跳跳地走进海岛深处。

"走了没多远,就发现一大群蛮子。他们把我团团围住,你问一句,我问一句,用的是他们的语言,说得又急又快。他们问我是谁、叫什么名字、从哪儿来、到哪儿去(这都是我后来才弄明白的)。我闭上嘴不说话,尽我所能用聋哑人的手势比比画画,然后又蹦蹦跶跶地跳了一阵。我离开他们,一群孩子跟在后面,我走到哪儿,他们跟到哪儿。就这么着,我装扮成蛮子和哑巴。孩子们看见我会蹦跳会打手势,就给我一些吃的东西。我在他们当中一晃过了三年,就是过上一辈子他们也不会认出我来。我出于好奇心,注意听他们的说话,学会了很多话。我听说有一个他们十分信赖的有学问的老蛮子,提出了如何保持他们的王国世代不衰的预言。我亲眼见过他们杀死一些男人,为验证预言做试验。我还看见他们为这个买下了一些少女,直到岛上起火,先生们,这些你们都看见了。我避开大火,跑去通知关在地牢里的囚犯,你们肯定也在那儿待过。我看见这几条船,就跑到海边,蒙你们慷慨相助,答应我的请求,让我上了船,我真是感激不尽。现在,我只盼着上天的恩赐了,上天既然把我们大家从苦海里救出来,也一定会帮我们顺顺当当地到达目的地。"

鲁蒂利奥讲完了,大家听了又是惊讶,又是高兴。天亮时,天气很坏,空中阴云密布,有肯定要下大雨的迹象。奥丽丝苔拉把科洛埃丽娅去世那天晚上给她的东西交给了贝利昂德罗。那是两个蜡球。一个蜡球里面藏着一个钻石十字架,价值连城,为了不贬损它的价值,谁也不敢准确地说出它值多少钱。另一个球里藏着两颗圆圆的珍珠,也是稀世之宝。从这些宝物上可以看出奥丽丝苔拉和贝利昂德罗出身名门望族,他们风度高雅,待人和蔼,就更能说明这一点。天渐渐亮了,蛮子安东尼奥往岛的深处走了一小段路,除了高山雪岭,没发现任何东西。回到船上后,他说岛上荒无人烟,最好及早离开,另找地方躲避严寒;而且食物快要吃完了,还得补充一些。大家连忙把船只推进海里,纷纷上船,掉转船头向离这儿不远的一个岛屿驶去。这时候,每条船上只有两支桨,船和船之间保持着两支桨的距离。忽听一条船上传出轻柔的歌声,不绝如缕,人人都侧耳倾听。大家听出歌是用葡萄牙语唱的,尤其是蛮子安东尼奥(父亲)十分熟悉这种语言。歌声停了,过了一会儿又用卡斯蒂利亚语唱。没有乐器伴奏,只有船桨轻轻划过寂静的海面响起的击水声。歌词是这样的:

　　风平浪静,又见星光灿烂,

航路陌生，却又平坦怡然，

那一叶孤舟啊，

驶向美丽的海港，安全又宽展。

海上险阻①，全可置之度外，

惊涛骇浪，何必大惊小怪？

那一身正气啊，

乘风破浪，扫除一路障碍。

到达海港，即便不抱希望，

切莫简单行事，

匆匆掉转航向。

喜新厌旧，乃是情场大患……

唯有坚贞不贰，

才能幸福美满。

歌声一停，女蛮子莉克拉就说：

"歌手一定是悠闲无聊，才会在这种时候对着风唱歌。"

贝利昂德罗和奥丽丝苔拉却不以为然，他们认为歌手不是无聊，而是在热恋当中。热恋中的人最容易息息相通，同病相怜。船上的人不约而同地要唱歌的人过到这条船上来，以便就近欣赏他的歌喉、了解他的遭遇。谁在这种时候唱歌，不是感慨万端，就是没有感情。两条船靠在一起，歌手上了贝利昂德罗的船，受到船上所有

---

① 原文写作"埃斯西拉斯和卡里底斯"，是西西里岛和意大利本土之间墨西拿海峡中的一块礁石和一个旋涡的名称，此处的礁石和旋涡对航行威胁很大。

人的热情欢迎。歌手上船后,用半葡萄牙语半卡斯蒂利亚语说:

"感谢上天,感谢诸位先生,也亏得我的歌声,我才有机会挪到这条船上来,这条船更好一些。不过,我很快就会让这条船不再负载我的身体,因为我内心的痛苦告诉我,我将不久于人世。"

"上天会保佑你好起来的,"贝利昂德罗回答说,"我就活着嘛,三灾八难夺不走人的性命。"

"不幸的遭遇抗拒不住、抵消不了希望之光。"这时,奥丽丝苔拉插话说,"越是在黑暗里,光线就越发显得明亮;越是在艰难困苦当中,希望就越发显得有力。遇到难处就灰心丧气,是懦夫的行为。不管困难有多大,只要失去希望,就是天大的怯弱和自馁。"

"灵魂的两条腿,"贝利昂德罗说,"一条要放在嘴唇上,一条要放在牙齿上,不知道我说得是不是贴切。绝不能放弃拯救灵魂的希望。拒绝上帝的无限仁慈,是对上帝的冒犯,而我主是不能冒犯的。"

"是这样的,"歌手说,"尽管我一生中经历了许许多多的不幸,不管怎样,我还是相信这话。"

大家一边说话一边划船,两小时后,赶在天黑前来到一个也是荒无人烟的小岛上。岛上花木繁茂,很多树上挂满果子。虽说季节已过,果子变干,但还能吃。船上的人跳上陆地,把船拖上岸。急急忙忙折断一些树枝,搭起一个大棚子,以供夜间御寒。他们用两根干木棍互相摩擦,用众所周知、普遍使用的办法点起篝火。众人一齐动手,很快搭起一间简陋的茅屋,所有的人都躲进去。火烧得很旺,这个地方变得舒服多了,茅屋宛如一座宽敞的宫殿。吃过饭后,贝利昂德罗很想知道歌手的经历,提出请他讲讲自己的不幸遭遇(凡是到这儿来的人,是不会有什么好运的)。不然的话,大家早就睡觉了。歌手很有礼貌,丝毫没有推托。

第 十 章

热恋中的葡萄牙人讲的话。

　　"我尽量用最简洁的语言讲完我的经历；假如我必须相信昨天晚上我做的梦——搅得我心绪不宁的梦，那就借此也了结我的一生吧。先生们，我是葡萄牙人，贵族血统，家道殷实，天资不薄。我的名字叫马努埃尔·德·索萨·科迪尼奥。我的家乡在里斯本，职业是军人。和我父母家仅一墙之隔住着一位邻居，是古老的佩雷伊拉家族的后代，也是一位绅士。他有一个独生女，是万贯家财的唯一继承人，也是她父母光宗耀祖的希望和慰藉。她出身名门、家庭富足、容貌出众，葡萄牙王国所有富家子弟都在追求她。我跟她是近邻，见到她很便当。我注意看她，和她相识，对她产生了爱慕，希望有一天她能成为我的妻子，可心里又没有底。我明白，对她来说，奉承讨好、赌咒发誓、馈赠礼品全都起不了多大作用，为了抓紧时间，我决定托一位亲戚去向她父亲求亲，因为无论是出身门第，还是家财、年龄，我们都不相上下。亲戚带回来答复，说是他的女儿莱奥诺拉还没有到出嫁的年龄；还说要再等两年，他答应在此期间不会不跟我打招呼就把女儿嫁出去。这对我的耐心是第一次打击，我的希望落空了。但是，我对她一片诚心未改，在公开场合仍然为她效劳，这件事很快就传遍全城。可她却躲入谨言慎行的堡垒，不苟言笑。她的父母为人正派，她要在得到父母的允诺之后才肯接受我的好意。而且给人这样的印象：虽然对我没有以好意酬报,至少不轻视我的好意。

"这时候,国王派我去担任巴巴利海岸驻军司令,这是大官,只能委派国王信赖的人。出发的日子到了,这一天不是我的末日,既不感到空虚,也不觉得痛苦。我和她父亲交谈了几句,要他再说一遍等上两年的诺言,他对我深表同情。他为人稳重,同意我去向他妻子和女儿莱奥诺拉辞行。莱奥诺拉在她母亲陪伴下来到客厅见我,只见她神态端庄,容貌秀丽,态度安详。看见这样一位美人在我身边,我一下子呆住了。我想说话,可是声音哽在喉咙里,舌头粘在软腭上,除了沉默,简直不知道还能干什么。我的沉默表明我内心多么慌乱。她父亲很懂礼貌,办事稳重,见此情景,就过来和我拥抱,他说:'马努埃尔·德·索萨先生,人在离别的时候,舌头总是不听使唤,不必多说什么。您的沉默也许比起任何娓娓动听的话都更能说明您的为人。您自管去上任,但愿您及时回来,凡有用得着我的地方,我会尽力效劳。我的女儿莱奥诺拉非常听话,我妻子总希望我高高兴兴的,我的想法已经说过了,有了这三条,我想您一定能如愿以偿。'这些话深深印在我的脑海里、印在我心上,我从未忘记,今生今世我也永远不会忘记。美丽的莱奥诺拉和她母亲一句话也没说。前边说过,我也说不出一句话来。我去柏柏尔地区任职两年,国王十分满意。我又回到里斯本,这才发现莱奥诺拉的大名和美貌早已超越了里斯本和葡萄牙王国的范围,传到卡斯蒂利亚和其他地方,那里的公子王孙纷纷派人前来求婚。可她完全听从父母之命,根本不考虑是否允婚。

"最后,我看到两年的期限已过,又去找她父亲,求他将女儿嫁给我。天哪!说到这儿,我可不能停下来,死神已经在叩击我生命的大门,恐怕容不得我讲完我的不幸遭遇了。假如是这样,我也算得到了解脱。最后,有一天,他们来通知我,下星期日就把我的心上人莱奥诺拉交给我,听到这个消息,我差点儿没乐死过去。我邀请了亲朋好友,到处夸耀,赠送礼品,该办的都办了,为的是表明我要结婚了,莱奥诺拉将成为我的妻子。这一天到了,我在本市有头脸的人陪同下来到一座修道院——圣母修道院。据在场的人告诉我,我妻子从前一天起就在那儿等我。还说,得到里斯本大主教的允许,她很高兴在那座修道院里举行婚礼。"

说到这儿,可怜的骑士停顿了一下,好像要喘口气,好继续说下去:

"我到了修道院,那里已经布置得富丽堂皇。几乎所有葡萄牙王国的达官贵人都出来迎接我,他们和里斯本的无数上流社会的妇女在那儿等候多时了。乐楼传出响亮的奏乐声,有唱的,也有弹奏的。这时候,举世无双的莱奥诺拉在院长和众多修女的陪同下从修道院的大门走出来。修女们身穿带开衩的白缎子衣服,一色卡斯蒂利亚式长裙,每个开衩上都缀着精美的大珍珠。莱奥诺拉的长裙用金线绿布做衬里,蓬松的头发披在后背上,金闪闪的,比阳光还要绚丽,长长的,几乎拖到地上。有人说,她身上的腰带、项链和戒指价值一个王国。我再回过来说,她走出大门,那份儿俏丽、华贵、脱俗,再加上打扮得如此文雅大方,引得女人们心生忌妒,引得男人们不住赞叹。至于我,我只能说一看见她,就觉得自己配不上,即使我是全世界的皇帝,也觉得委屈了她。

"教堂中央布置成舞台模样,我们就在那里无拘无束地举行婚礼,不会受到任何人搅扰。第一个走上台去的是我那美丽的姑娘,充分展现了她的潇洒娴雅。大家似乎觉得眼睛里看到的是破晓时分的美妙曙光,或者古代寓言里说的尊贵的森林女神狄安娜。据我想,那些老成持重的人不会拿她比做什么,只会比做她自己。我登上了舞台,自以为升入了天堂。在她面前双膝跪倒,几乎要公开对她表示爱慕之情。修道院里人声嘈杂,只听见一个人大声说道:'美丽幸福的情侣,祝你们生活美满,地久天长;相亲相爱,子孙满堂;心心相印,胸怀坦荡;无猜无忌,福星高照!'这些圣洁的祝词贺语说得我心花怒放,我看到大家都为我的幸福欣喜万分。这当儿,美丽的莱奥诺拉拉住我的手,把我拉起来。站好以后,她略微提高点儿嗓门对我说:'马努埃尔·德·索萨先生,你知道我父亲曾经答应过你两年内不把我许配给人,那要从你向我求婚那天算起。如果我没记错的话,我对你说过,你苦苦追求我,我又得到你数不尽的好处,在这个世界上我只承认你是我的丈夫,这只是因为你懂得礼数,而不是我有什么美德。我父亲的话已经兑现,你已经看到了。你还会看到,我也要实现自己的诺言。我知道,欺骗,不管出自什么好意,不管带来多少好处,只要拖延下去,不思改正,难免带有,怎么说呢,带有背信弃义的色彩。我希望此时此刻就让你明白我的所作所为造成的假象。先生,我是个结过婚的人,只要我丈夫还活着,我就绝不会嫁给别人。我不是为了地上的某个男人而抛弃你,而是为了天上的一个人,他就是耶稣基督、上帝、真人。他是我的丈夫,我第一个答应的是他,而不是你。对他,我是全心全意,没有说谎;对你,我隐瞒了实情,毫不坚定。坦率地说,要是在人世间选择丈夫,没人能和你相比,可要是在天上选择,谁又能比得了上帝呢?如果你认为这是背信弃义,或者待人不恭,那你愿意怎么惩罚我就怎么惩罚吧,想叫它什么就叫它什么吧。以死相逼也好,百般允诺也好,我都不会离开我那钉在十字架上的丈夫。'她不再说下去了。这时候,院长和其他修女为她脱下外衣,剪掉一头的秀发。我简直目瞪口呆了,为了不示弱,强忍住眼中的泪水,再次跪倒在她面前,强打精神吻了吻她的手。她以基督徒的怜悯神情伸开两臂,搂住我的脖子。我站起来,抬高嗓门,好让大家都能听见。我说:'玛利亚选择得好。'说罢,走下台子,在朋友们的陪伴下回到家里。这桩奇事在我脑海里反复闪现,我都快要失去理智了。现在,由于同样的原因,我就要失去生命了。"

他长叹一声,灵魂随即出窍,他砰然倒在地上。

第十一章

到达另一个岛,受到热烈欢迎。

贝利昂德罗急忙跑过去看,只见他已经完全断气了。大家对他难以想见的悲惨遭遇无不感到茫然和惊讶。

"这位骑士长眠了,"此时,奥丽丝苔拉说,"不必再说昨天晚上发生什么事了,不必再说他都经历了什么苦难才落到如此悲惨的境地,还被蛮子抓进监狱。他的经历无疑是十分离奇的,而且找不到出路。"

蛮子安东尼奥接着说:

"难道说只有他一个人偏偏不走运,才偶然身遭不幸吗?伙伴们,大家都有倒霉的事,大灾大难,比比皆是。遭难的人只有离开人世,才能摆脱不幸。"

大家随即决定尽可能体面地将他安葬。他身上的衣服就是寿衣,白雪可以充当坟土。他是十字架骑士团的成员,在他胸前的披肩里找到一枚基督十字架,就把这枚十字架放在他的坟上。其实,根本不必通过这样一个光荣的标志来弄清他的贵族身份,因为他举止庄重、谈吐温文尔雅,足以表明他的地位。在场的人都很可怜他,不免流下同情的眼泪,他此次上路,倒也不无泪水相伴。这时候,天色大亮,大家又把小船推入海中。海上风平浪静,似乎在等着他们起航。船上的人悲喜交集,半怀恐惧,半怀希望,又继续上路了,只是不知道该朝哪里去。这一带海域,到处是岛屿,所有的岛上（起码大部分岛上）没有人烟，即使有人，也是半开化的人，性情粗野，缺乏教养，心肠狠毒，蛮横无理。尽管如此，他们还是希望能碰上一个海岛，岛上的居民愿意接待他们。据他们想，岛上的居民再凶狠，也不会比他们留在背后的雪山和陡峭的岩石更无情。他们一连走了十天，没有找到港口，没有靠近海滩，也没有找到避风的地方。船只在许多不可能住人的小岛之间穿行而过，东边一个，西边一个。最后，一座大山映入眼帘。大家奋力向那个岛划去，希望尽快到达那里，因为船已经进水，而且走了这么长的路，食物也不多了。

　　他们觉得，与其说是靠自己双臂的力量，不如说是靠上天的帮助，终于来到一个盼望已久的海岛上。他们看见海边有两个人在走动。特朗西拉大声问道，这是什么地方，由谁管辖，是不是天主教徒的地方。对方说的话，她倒是能听懂。他们说，这个岛叫戈兰迪亚，是天主教徒的土地。不过，人烟稀少，几乎无人居住，只有一座房子供来客住宿。港口就在那块大石头后面。他用手指了指说："不管你们是谁，要是想补充些什么东西，就看着我们，我们会把你们带进港去。"船上的人连忙感谢上帝。他们在海上跟着陆地上指路的人后面走，绕过那块岛上的人刚才指点的巨石，看见了一个可以称作港口的避风处。那里大约停泊着十几艘船，有小的，有中号的，也有大的。看见有人接待，他们高兴极了。这样一来，他们就有希望换一条船，有把握可以安全地航行到其他地方去。他们上了岸，船上的人和客店的人都出来迎接他们。贝利昂德罗和蛮子父子把美丽的奥丽丝苔拉扛在肩上来到陆地。奥丽丝苔拉穿着贝利昂德罗用过的服饰，就是阿纳尔多把他卖给蛮子的时候穿戴的那套东西。和她一起上岸的还有苗条的特朗西拉、漂亮的蛮子姑娘康丝坦莎和她母亲莉克拉。船上的其他人都跟在这支丽人队伍后面。看见这伙佳人，船上的人和陆地上的人又是赞叹、又是害怕、又是惊奇。大家纷纷跪在地上，对奥丽丝苔拉表示崇敬之情。一个个都默默地瞅着她，对她万分敬重，只顾看她，连舌头都不会转动了。美丽的特朗西拉和他们说过话，能听懂他们的语言。她第一个打破沉默对他们说：

"我们命运不济，今天到这儿来投宿。从我们的衣着和驯顺的态度上，你们一定能看出我们是前来寻求和平，而不是来打架的。女人和伤心的男子是不会打仗的。接纳我们吧，先生们，让我们住在宝地吧，店里、船上都行。我们坐来的船到这儿已经不行啦，不敢再出海，经不住大海的颠簸了。要是这儿能用金子、银子换取所需要的东西，你们给什么，我们都会痛痛快快地拿出大量金银偿付。不管东西卖价多高，我们都把它看作是白送。"

一个像是船上的人用西班牙语回答说（真是罕见的奇迹！）：

"美丽的女士，只有缺心眼儿的人才会怀疑你说的话是真是假。谎言需要伪装，损人利己的事总要披上真和善的外衣，可像你这样美丽的姑娘决不会干出这种事。客店的老板待人非常和气，船上的人也都彬彬有礼。你看，你是愿意上船呢，还是住客店。不管是上船还是住客店，都会受到适当的款待。"

这时候，蛮子安东尼奥看到，更准确地说，是听到有人讲自己的语言，就说：

"上天把我们带到这里，耳边又响起了家乡的动听语言，我简直可以断言，我的不幸已经到头儿了。去吧，先生们，到客店去，咱们先休息休息，再安排继续上路，旅途会比前一段安全些。"

说到这儿，只听桅杆顶上一名水手用英语大声说：

"发现一条张满帆的大船，顺风朝这边的避风港驶过来。"

大家待在原地未动，一时议论纷纷，等着正在靠近的大船过

来。待到大船靠拢后,人们发现鼓起的风帆上画着几个红十字,从
桅杆顶端的旗子上认出了英国国徽。大船边走边放了两声礼炮,
接着二十支火枪也响了起来。地上的人没有大炮可以还礼,就连
声欢呼,向他们发出和平的信号。

第 十 二 章

讲述船上都是什么人，来自何处。

刚才说了，船上的人和陆地上的人互相致意。随后，船上的人抛了锚，把小艇放入水中，四名水手先下去铺好毯子，抓起木桨。紧接着，一位六十岁左右的老者跳上小艇。他身穿一件黑丝绒长袍，一直拖到脚面，用黑色长毛绒衬里，腰间束了一条丝绦，头上戴着一顶像是用长毛绒做的尖顶高帽。跟在后面的是一名身穿黑丝绒水手装、约莫二十四岁年纪的英俊健壮的年轻人。他手持金光闪闪的宝剑，腰间斜插一把匕首。然后，一男一女像是让人推上了小艇。男的四十来岁，身上系着铁链；女的五十开外，被人用同一条铁链和那个男人绑在一起。男的身强力壮，面带愤懑的神情，女的悲悲切切，神色凄楚。水手们划动小艇，转眼间来到陆地。水手和随船前来的火枪手把这一老一少和两名俘虏扛上岸。特朗西拉和大家一样紧盯着坐船过来的人。她转身对奥丽丝苔拉说：

"天啊，小姐，请你用系在胳膊上的纱巾蒙住我的脸，要么是我头脑发昏，要么是我认识这条船上一些人，他们也认识我。"

奥丽丝苔拉给她蒙上纱巾。这时，船上的人已经来到他们身边，大家互致问候。身穿黑丝绒长袍的老者径直朝特朗西拉走过去，说道：

"假如科学之神没有欺骗我，命运之神没有帮倒忙，有了今天的巧遇，我可真是大吉大利了。"

他一边说一边揭开特朗西拉脸上的面纱,旋即倒在她的怀里。特朗西拉伸手抱住他,扶住他不让他倒在地上。可以想见,这件出乎意料的新鲜事当然使在场的人大吃一惊。听了特朗西拉的话,他们就更加惊讶了。只听她说:

"噢,亲爱的父亲!您是怎么来的?您须发斑白,劳碌终生,到了这般年纪,是谁把您带到这天涯海角来的?"

"还会有谁呢?"这时候,那个英俊的年轻人说道,"还不是出来碰碰运气?你不在,他哪里还有幸福。亲爱的小姐,我的妻子,他和我按照北斗星指引的方向来到这里,想找个地方休息休息。这不是,托老天的福,我们找到了你,小姐,快把你父亲毛里西奥叫醒吧。你要明白,我要和他分享幸福,他作为父亲心里高兴,我作为你的合法丈夫也一样高兴。"

父亲毛里西奥苏醒过来了,可紧接着特朗西拉也昏了过去。奥丽丝苔拉赶紧过去抢救。拉迪斯拉奥——这是她丈夫的名字——不敢过去,因为他欠下特朗西拉一笔债,必须老老实实表现出自尊自重。凡是因意外的喜事引起的昏迷,要么立即使人丧命,要么很快就会过去。特朗西拉昏迷一会儿就醒过来了。客店主人说:

"先生们,大家都到这儿来吧,这儿舒服一点,暖和一点,把你们的事讲给大家听听。"

大家听从他的劝告来到客店,一看里面足能容下一支船队。两个披枷戴锁的人自己走进来,押送他们的火枪手为他们提着铁链。有几个人回到船上,又迅速转回来,满怀好意地拿来各自的礼物。有人点上灯,摆好桌子,先填饱肚子,再说别的。大家吃了各式各样的鱼,肉不多,只有生长在那一带的飞禽。这件事很奇怪,正因为又少见又离奇,我不得不费点笔墨讲上几句。当地人在海水能淹到的海边和礁石之间插上一些木棍。过了不久,木棍淹在水里的那部分变得坚硬如石,而露在上面的那部分则开始腐烂,从烂木屑里生出一种小鸟。小鸟飞到陆地上长大,鸟肉极其鲜美,是上等佳肴。这种鸟盛产在爱尔兰一带,名字叫"北极鹅"。大家都急于了解新来客人的经历,总觉得吃的时间太长了。吃过饭后,毛里西奥老人重重地拍了一下桌子,示意大家注意听他说。霎时间,屋子里鸦雀无声,静悄悄的,似乎每个人的嘴唇都被封住了。出于好奇心,人人竖起了耳朵。毛里西奥看了看,开口说道:

"爱尔兰周围有七个岛,我就出生在其中一个岛上。我的家族十分古老,只要一提起毛里西奥这个姓氏,我总要极力称赞一番。我是基督徒,可我不像那些四处游走、在诸多议论中寻求真正信仰的人。父母教我学习知识,既学文,也习武(如果习武也算学习的话)。我喜爱星相学,在这个领域中也算小有名气。成年后,和我们城里的一位有地位的美丽女子结了婚,生下现在在场的这个女儿。我尊重家乡的习俗,至少那些看起来是合理的习俗,对不合理的,表面上也做做样子,敷衍一下。这种宽容态度或许大有好处。这孩子是在我的保护下长大的。在她两岁的时候,失去了母亲,我也失去了晚年的依靠。为了抚养女儿长大成人,我费尽了心血。可我年老体衰,难以承担养育女儿的重负。为了放下这副担子,在她快到成婚的年龄,我就给她找了个依靠和伴侣。我为她选择了身边这位英俊少年。他叫拉迪斯拉奥。我首先征得女儿的同意,我觉得父母在让女儿出嫁的时候,正确的做法是尽量取得孩子的赞同,让孩子高兴,因为她不是陪丈夫过上一天半天,而是和丈夫过一辈子。不然的话,过去、现在和将来都会产生数不清的烦恼,而且常常酿成悲剧。有件事要说清楚,在我家乡有许多陈规陋习,其中有一个最恶劣的习俗,那就是在订婚之后,在成婚的那天,新娘、新郎以及他的兄弟(如果有的话),还有双方的近亲齐聚在大礼堂,市政会议的成员也要出席,有的充当证婚人,有的充当刽子手(我应该也只能这样称呼他们)。新娘待在一间富丽堂皇的屋子里等着一件……让我怎么说呢,出于羞耻心,我真是难以启齿。这么说吧,她等着让丈夫的兄弟们(如果有的话)和他们的一些近亲一个一个地到她的花园里采花,抚摩她要留给丈夫的未经触动的花束。这种野蛮的恶习违背一切贞洁和自尊的准则。一个姑娘除了保持少女的贞操以外,还有什么更宝贵的嫁妆呢?除了把自己完美无缺地献给丈夫外,还有什么别的贞洁应该而且能够让丈夫高兴呢?贞操总是与羞耻心结伴,羞耻心总是与贞操为伍。如果其中这一个或那一个开始崩溃,开始消失,那么整座美丽的大厦就要倒塌,身价就要下跌,会遭人唾弃。我曾经多次试图说服人们摒弃这个陋习。可是,刚一提出,人们就堵住我的嘴,并且以千刀万剐相威胁。由此我证实了一句古老的格言:习惯是第二本性,改变习惯就如同让人去死。最后,我女儿被关进内室,等待失身。她丈夫的一个兄弟刚要进去干蠢事,只见特朗西拉手持短矛冲进客人待着的大厅,她美丽得像太阳,勇猛得像母狮,愤怒得像老虎。"

　　毛里西奥老人的故事就讲到这里。大家凝神倾听,只见特朗西拉脸上又重现出她父亲讲述的那件事发生时的那副神情。她站起来,就像有些人那样,气得舌头不听使唤,满脸涨得通红,两眼冒火。如果说那种事会让美人儿减色的话,那么她此时的姿容确实不大漂亮。她打断父亲的话头,讲了下一章里的那些话。

第 十 三 章

特朗西拉接着她父亲的话头讲经历。

"正如我父亲说的,"特朗西拉说,"我来到大厅,四下里看了看,气呼呼地大声说道:'你们这些人不顾任何一个治理有序的国家保持的风俗,非要搞那套野蛮的陈规陋习,你们站出来呀。照我说,你们这些人不信天主,都是些好色之徒。表面上举行毫无意义的仪式,其实是不经合法主人的许可硬要在别人的地里耕田。你们看看我,缺乏教养的堕落的恶棍们,来,来吧,我手里这支矛的尖头儿就是理智,它会保护我,打消你们那套卑鄙肮脏的邪恶念头。'我说着,就跳进混乱的人群,又从人群中冲出去,满腔怒火地来到大街上。随后,跑到海边,当时千言万语,归结为一个想法,我跳进一条小船,无疑这是上天赐给我的。我抓起两支小桨,拼命地划,离开了陆地。可是,我看见许多条船快速追上来,他们的船比我的强,划船的人比我多。眼看着逃不开了,我就扔下船桨,再次拿起短矛,单等他们过来抓我。只要还有一口气,谁先过来就拿谁开刀。还得说是我的不幸感动了上天。上天刮起一阵大风,我没有划桨,上天把船推进大海,一直推到一股激流中去。激流托着小船,把小船带进更远的海面。后面赶上来的人大失所望,他们追不上我了,因为他们不敢冒险进入那里的海面上奔腾涌动的激流。"

"确实如此,"这时候,她丈夫拉迪斯拉奥插话说,"你把我的心带走了,我不能不出来追你。突然,天黑了,瞧不见你的身影了。

能不能活着找到你，我们甚至都不抱希望了。恐怕只能从人们的口头传说中找到你的影子，从那时候起，就听人说你在实现一桩流芳百世的壮举。"

"情况是这样，"特朗西拉接着说，"那天夜里，一阵海风把我吹到陆地上。我在海边上遇见几个打鱼的，他们好心地收留了我，还说要是我没有结婚，就给我找个丈夫，我想大概不会附加上那些逼我逃离家乡的条件吧。可是，贪婪之心，人皆有之，哪怕是在大海的岩石之间，在冷酷粗野的心里都有它的领地。当天夜里，那些粗俗的渔夫起了贪心。他们把我看成是大家手中的猎物，可又无法把我分割成几块，分给他们每人一份，所以就决定将我卖给那天下午他们在渔场附近发现的一伙强盗。我本来可以付给他们一笔钱，数目可以超过他们向海盗索要的价钱。但是，当时我不愿意接受野蛮的家乡任何人的钱财。黎明时分，海盗早已来了，他们先掳走我在婚礼上用的首饰，随后把我卖掉，也不知道拿了多少钱。我能告诉你们的是，海盗待我比家乡人要强。他们劝我不要伤心，说他们带我走，不是把我当成奴隶。到处听人说，那边岛上的蛮子相信某些预言，预言一旦实现，我就可以当上王后，甚至成为全宇宙的女王。至于我怎样来到岛上，蛮子们怎样接待我，遇上你们之前的这段时间里我怎样学会了他们的语言，怎样掌握了他们的风俗习惯、礼仪庆典，还有他们预言的虚妄，同这些先生们相遇，岛上起火，全岛化为灰烬，我们获得自由，所有这些容以后再讲，现在我就说到这里。我想让我父亲说一说，他走了什么运，才给我带来意想不到的福气。"

特朗西拉的话说完了。她的语言如此轻柔流畅，大家都听傻了；她的容貌如此娟秀俏丽，大家都看呆了。除了奥丽丝苔拉，无人能与之相比。这工夫，她父亲毛里西奥说：

"美丽的特朗西拉，我亲爱的孩子，你知道我从事许多很有趣味又值得夸赞的研究和实验，其中首推星相学。和许多科学一样，如果运用星相学推算正确，就可以帮助所有的人实现他们的夙愿，就是说不仅知道过去和现在，还可以预卜未来。我看见你消失以后，就记下了方位，观察星辰，注意星斗的位置，定出能让我的努力和愿望相吻合的地点和房屋。任何一门科学，只要是科学，就不会骗人。不懂科学，特别是不懂星相学的人才会受骗。因为天体运行速度很快，所有星辰都跟着转动，星辰在此地的影响不同于彼地，在彼地的影响又不同于此地。这样，星相学家某一次判断正确，那只是因为他接近最大的可能性和在最大限度上为经验证明了的东西，世上最佳的星相学家是魔鬼，尽管他多次自己欺骗自己。魔鬼不仅运用自己掌握的科学，而且还通过某些征兆加以推测来预卜未来。长时间以来，他对过去的情况有了经验，对现在的情况消息灵通，就能轻而易举地判断未来。就这门科学来说，我们刚刚入门，只能摸索着进行判断，把握不大。尽管如此，我还是推断出你这次失踪，不会超过两年，一定会在此时此地找回你，一则能使我返老还童，再则我要感谢上天让我找到了我的宝贝。看见你，我不由得精神焕发，我很清楚，受些惊吓是必不可免的，历来都是福不双至，好事多磨嘛。倒霉的事自有它的道理，它在为好事开路。由此我们可以明白：好事不会固定不移，坏事也不会恒久不变。"

"上天有眼。"这时候，好长时间没有开口的奥丽丝苕拉说，"让我们这次旅行成果丰硕，让你们父女在此相遇。"

女犯人一直全神贯注地聆听特朗西拉的叙述。尽管她身戴镣铐，和她待在一起的男犯人又拉住她不让她起身，她还是站了起来，大声说话。

第 十 四 章

讲述戴镣铐的是什么人。

"要是允许伤心人对幸运者讲几句话,那就请给我这次机会,我的话十分简短,可以给听话的人解解闷。年轻的姑娘,"她转过身来对特朗西拉说,"刚才你抱怨家乡的野蛮习俗,看起来他们是要让穷人干起活儿来轻松一些,让瘦弱的人减轻一些负担。再好的骏马,在主人骑上以前,可以先遛遛腿,这也没什么错。风俗习惯只要不坏人名声,也不会有损于他人的贞洁。看来不对的东西,也会是对的。当过水手的人,比从陆地上的学校出来当舵手的人更会掌舵。无论什么事,经验是技艺的最好老师。有了经验再陪你丈夫,比你未经风雨、未见世面要好得多。"

跟她拴在一起的那个男人听到最后这句话,攥起拳头,在她眼前晃了晃,用威胁的口吻说:

"啊,罗莎蒙德,应该管你叫罗莎淫娃!要说正派,你过去不正派,现在不正派,今后不管你在人世间再活上多少年,也不会正派。正经的姑娘必须保持的贞洁和慎重,在你看来都是坏事,对此我一点儿也不感到惊奇。先生们,"他看了看在场的人,继续说下去,"大家要知道,你们看到的这个像疯子一样被捆住的女人,她自由放荡、狂妄无礼,她就是臭名远扬的罗莎蒙德,是当过英国国王情妇的贵妇人。她伤风败俗,罄竹难书,世上无人不知、无人不晓。她指挥国王,进而指挥整个王国。她可以立法,也可以废法。

倒下去的恶人,她全都扶起来;站立着的好人,她全都打下去。她愚蠢地公然为所欲为,破坏国王的权威,极力表现她自己蠢笨的欲望。她极力表现自己,胆大妄为,愚蠢透顶,终于毁坏了用来牵住国王爱心的钻石套索和青铜网罗,惹得国王打发她离开自己身边,当初把她抬上天,如今把她摔下地。在她飞黄腾达、抓住幸运之神的长发的时候,我呢,我义愤填膺,恨不得向世人揭露我的国王和理所当然的主人用人不当。我这个人喜欢讽刺咒骂,善耍笔杆儿,舌头也很利落。我说话喜欢尖酸刻薄,为了一句话,不仅会失去一位朋友,而且还会让千百个人失去性命。监禁捆不住我的舌头、流放堵不住我的嘴,威胁吓不住我,惩罚也无济于事。终于有一天,我们俩最后付出了代价。国王下令,在全城、全国以及所有领地之内,除了面包和水以外,任何人都不得给她东西吃,不管是白送还是购买。我呢,国王派人把我和她一起带到这一带的荒岛上,把我们丢在这儿。对我来说,这种惩罚比要我的命还难受,和她在一起过,还不如死了的好。"

"我说,克洛迪奥,"这时候,罗莎蒙德说道,"跟你在一起,我算是倒霉透了。有好几千次我想干脆投身海底,我没那么做,只是因为不想和你死在一起。如果到了地狱能够摆脱你,我的痛苦也能减轻一点。我承认我干了许多蠢事,可我干的蠢事都是针对意志薄弱的轻浮的人。而你呢,你是针对意志刚强、稳重老练的人。你从中得到的乐趣比团团打转的旋风卷起的碎稻草还要轻飘。你伤害了成千上万人的尊严,败坏了许多名人的声誉。你揭露别人的隐私,给名门望族泼脏水。你竟敢顶撞你的国王,冒犯和你同一城市的市民,冒犯你的朋友和亲戚。你对人嘴上客客气气,实际上又坑害大家。我巴不得国王用另外一种方式惩罚我的罪孽,把我处死在我的土地上,而不是让我随时随地受你的舌头的伤害,也许连上天和圣徒都说不准你用舌头干什么。"

"不管怎么说，"克洛迪奥说，"我没有因为说谎而受到良心的谴责。"

"你要是明知自己讲的全是真事，那就更应该受到谴责。"罗莎蒙德说，"不是所有的真事都得暴露在光天化日之下，都得当众展示。"

"对啊，"毛里西奥插进来说，"罗莎蒙德说得对。别人偷偷犯的罪过，尤其是管辖我们的国王和王子的罪过，任何人都不应该壮起胆子把真相公布出去。的确，对一个普通老百姓来说，轮不上他来指责自己的国王和领主，也不该在臣民面前散布王子的不是，因为这无助于他们改正错误，只会让臣民瞧不起他们。既然大家都应该友善地互相改正错误，为什么王子就不应该享受这项权利呢？为什么非要在大庭广众之下，当面说出他们的毛病呢？这种不加思考地当众指责的做法也许会促使被指责的人更加强硬，更加顽固不化，而不会让他们软下来。这种指责必然是针对确实存在的过错，或者是捕风捉影的过失。谁都不愿意当众受到指责。这样，那些讽刺别人的人，咒骂别人的人，以及别有用心的人只配被流放，被赶出家园，面子丢尽，还遭人唾骂，别人夸赞他们，也只能是叫他们刻薄鬼加无赖，无赖加刻薄鬼。俗话说，反叛让人高兴，反叛者让人生气。另外，你写文章败坏人家的声誉，在人们当中迅速传来传去，结果是不可能恢复名誉。名誉不能恢复，罪孽也就得不到原谅。"

"这些我都知道，"克洛迪奥回答说，"可是，不让我说话、写文章，那就割掉我的舌头、切断我的双手吧。即便如此，我也要把嘴巴伸进土地里面，尽力发出声音，还能有希望从那里生长出迈达斯国王的芦苇①来呢。"

"那好吧，"拉迪斯拉奥说，"大家和好吧。让罗莎蒙德和克洛迪奥结成眷属吧。也许通过婚礼的神圣祝福和双方的慎重行事，会使情况发生变化，进而改变生活。"

"还有更好的呢，"罗莎蒙德说，"我这儿有把刀子，可以在我的胸膛上打开两扇门，让我的灵魂跑出去。单是听到这个肮脏的、胡乱安排的婚姻，我的灵魂已经跳到牙齿上了。"

"我才不会自杀呢，"克洛迪奥说，"我是爱嘀嘀咕咕，爱骂人；说人家坏话，又说得很准，我才感到开心。我想活着，就是因为我想说人家坏话。我确实想给王子们留点面子，他们的手很长，想伸到哪儿就伸到哪儿、想抓住谁就抓住谁。经验告诉我，冒犯有权有势的人可不是好玩的。基督教讲仁爱，对善良的王子，应该乞求上天保佑他们健康长寿；对于恶劣的王子，应该乞求上天帮他们改恶从善。"

"谁明白了这些，"蛮子安东尼奥说，"离改过自新就不远了。只要愿意悔过，罪孽再大，恶习再深，也不是不能抹掉、不能消除的。恶言恶语好比是双刃利剑，可以伤人入骨；又像天上的闪电，透过刀鞘就能毁掉鞘里的钢刀。在人们交谈、消遣的时候，议论别人就像撒上点盐，谈话显得更有滋味，可常常也会造成一些苦涩的、有邪味的后果。舌头和思想一样灵巧，思想的怀胎不正，舌头的分娩就会更糟糕。说出的话就像泼出去的水，收不回来，退不到

---

① 迈达斯是古代传说中一位贪婪的国王。曾学会点金术，手指碰到的东西都变成金子。有一次，太阳神为了惩罚他，让他头上长出两只驴耳朵。国王只好用布把头包起来，要他的理发师发誓不把这一秘密说出去。理发师憋不住，就轻轻对地上的一个洞说了这一秘密。后来，这个洞里长出许多芦苇，微风吹过芦苇，发出声音，传播了"国王长了一对驴耳朵"这一秘密。

原处,一旦造成了后果,即使说话的人后悔了,也很难减轻自己的过错,虽然我刚才说过,认真的反悔是治疗心病的最有效的良药。"

第 十 五 章

阿纳尔多来到贝利昂德罗和奥丽丝苔拉
所在的岛上。

他们正在谈话,一名水手走进客店,大声说:

"一条张满帆的大船正朝本港驶来,到现在还没看见这条船
是属于什么地方的标记。"

话音刚落,就传来排炮的可怕的轰响声。那条船进港了,打的
都是空炮,不带炮弹,这表明他们是来寻求和平,不是来打仗的。
毛里西奥的船以及和他同来的整个火枪队也鸣枪回礼。待在客店
里的人立时来到海边,贝利昂德罗一看见刚刚开过来的船,就认出
了那是丹麦王子阿纳尔多的船,他自然不会高兴了。五脏六腑如
同翻江倒海,心脏开始在胸膛里怦怦乱跳。奥丽丝苔拉也有同样
的感觉,也吃了一惊。根据长期的经验,她深知阿纳尔多的一番心
意,究竟怎么样才能很好地调和阿纳尔多和贝利昂德罗的想法,又
不让冷酷无情的忌妒之箭穿透他们的心,她一想到这些心中就感
到忐忑不安。此时,阿纳尔多已经登上小艇,朝岸边过来,贝利昂
德罗前往迎接。奥丽丝苔拉站在原地不动,而且恨不得一头扎进
地里,两脚变成弯弯曲曲的树根,就像贝内欧的女儿在步履轻捷的
阿波罗追赶下两脚变成树根一样。阿纳尔多一看见贝利昂德罗,
就认出了他。没等手下人抬他,一纵身从船尾跳上岸,投入了贝利
昂德罗的怀抱。贝利昂德罗伸开双臂迎接他,阿纳尔多对他说:

　　"贝利昂德罗,我的朋友,假如我算走运,和你一起找到你妹妹奥丽丝苔拉,我就不担心什么祸事,也不期待更大的幸福啦。"

　　"她和我在一起呢,尊贵的先生,"贝利昂德罗回答说,"你思想高尚、正派,上天都看在眼里。为了你,上天一直保佑她完美无缺,她心地善良,才配有这么个好结果。"

　　这时候,新来的人和陆地上的人互相搭话,都知道了坐船来的王子是何许人。只有奥丽丝苔拉还木呆呆地一动不动,默不作声,和她在一起的有美丽的特朗西拉和两个看来也是蛮子的女人,一个是莉克拉,一个是康丝坦莎。阿纳尔多走过来,跪在奥丽丝苔拉面前,说道:

　　"总算找到你了,我的忠诚思想一直追随北斗星,是恒星把我带到这个港口,我的良好愿望终于找到了归宿!"

　　听了这番话,奥丽丝苔拉没说半个字。泪水夺眶而出,沾湿了红扑扑的双颊。阿纳尔多见此,心中一阵慌乱,说不准她流泪是出于痛苦还是出于悲伤。贝利昂德罗把这些都看在眼里,两眼盯住奥丽丝苔拉的一举一动。为了消除阿纳尔多的疑惑,他说:

　　"先生,我妹妹不说话,直掉眼泪,是因为她又惊又喜。惊的是在这样一个意想不到的地方与你相逢;喜的是见到了你,所以才热泪盈眶。她懂得知恩图报,有教养的姑娘都应该这样。你一向心地纯洁,待她不薄,她知道应该怎样报答你。"

　　他们说着话来到客店。桌上再次摆满美味佳肴。大家往杯里斟满美酒,心情极其舒畅。经过海上一路颠簸,美酒的味道更加醇厚,再好的酒,也比不上它。这第二次宴会是专门为阿纳尔多王子接风的。贝利昂德罗向王子讲述了在蛮子岛上发生的事,奥丽丝苔拉是如何被解救的,一直讲到现在的种种遭遇。阿纳尔多听得直发愣,在场的人再次欢欣雀跃,又是赞叹一番。

第 十 六 章

大家决定离开海岛,继续旅行。

这时候,店主说:

"有句话,说出来大家可别怪罪。天上的迹象预示着海上风平浪静。现在,阳光灿烂,晴空万里,远处近处没有一丝云彩,海浪轻轻地拍打陆地,小鸟飞向大海,自由翱翔。种种迹象都表明晴朗的天气会稳定持续相当长时间。诸位贵客光临小店,给本人带来好运气。现在恐怕要把我一个人丢在这儿了。"

"是这样,"毛里西奥说,"承蒙高贵的主人盛情款待,大家过得十分愉快。但是,我们思恋故土,委实不能在这里久留,养尊处优。就我个人而言,我想说,如果大副和船上同来的士兵们同意我的意见,我想今天晚上轮到第一班岗的时候就扬帆起航。"

阿纳尔多接上去说:

"光阴流逝,一去不返。误过航海的时机,就无法补救了。"

结果,港口上所有的人一致同意当晚起航,返回英国,大家都要到英国去。阿纳尔多从桌旁站起来,拉住贝利昂德罗的手走出客店。他不想让别人听见,只对贝利昂德罗私下说:

"贝利昂德罗,我的朋友,令妹奥丽丝苔拉在父王那儿待过两年,想必不会不告诉你在那两年当中我向她表露的意思。我的意愿和她的纯真的想法十分吻合,因此我一直没有明说,免得扰乱她纯洁无邪的思想。除了她自己愿意说的以外,我从来不去打听她的身世。凭我的想象，她不是个出身微贱的普通人，而是全世界的女王。她一身正气，稳重端庄，不容我有什么其他想法。我千百次表示愿意成为她的丈夫，这也是父王的意思，我还是觉得对她奉献太少。她总是回答说，那要等她到了罗马城，还了心愿再说。在这之前，她不能做主。她一直不愿意告诉我她和她父母的社会地位。我说过了，我也不会不合时宜地硬要她说出来。就她本人来说，即使没有任何贵族身份，也足以戴上丹麦的王冠，不仅如此，还应该戴上全世界王朝的桂冠。贝利昂德罗，我看你是一位才思敏捷、通情达理的男子汉，才对你讲这些。请你考虑一下，你也好，令妹也好，找上门来的运气可不算太坏。我在这里表示愿意做令妹的丈夫，只要她愿意，不管什么时候、什么地方，我都愿意履行诺言。在这简陋房子里也可以，在著名的罗马金碧辉煌的宫殿里也可以。我还要向你保证，我一定严守品行端正和自尊自重的界限，决不越雷池一步。贪色无度会带来强烈的欲望，使人消耗殆尽；恰如其分的希望也是如此。它常常比遥远的希望更让人感到疲惫。”

阿纳尔多把话说完了。他全神贯注地想听听贝利昂德罗怎样回答。贝利昂德罗说：

“尊贵的阿纳尔多王子，我和我妹妹都十分清楚，必须报答你迄今为止赐给我们的恩德，以及现在又给予我们的恩惠。对我，你愿意成为我的兄弟；对她，你愿意成为她的丈夫。虽然看起来两个被赶出家园的流浪汉拒绝接受别人的恩赐像是犯疯病，可是，我只能对你说，我们不能接受你的好意，只能表示谢意。妹妹和我受命运的驱使，不得不做出选择，前往神圣的罗马，在到达罗马之前，我们都不能自立，也不能自由地照自己的心意办事。如果上天带我们踏上那块极其神圣的土地，观赏那里的神圣古迹，到那时，我们就能按照自己迄今为止难以实现的愿望行事，到那时，我愿意全心全意为你效劳。我还要告诉你,如果有朝一日你实现了美好的愿望,就能娶下一位出身于高贵门第的妻子,得到一位比敝人更好的兄弟。我们兄妹二人已经得到你的许多恩惠,我再恳求你帮我一次,请不要再问我们的身世和我们的人生经历,不要强迫我说谎,胡编乱造,说些假话,因为我确实不能把真情告诉你。"

"我的兄弟,"阿纳尔多回答说,"我完全尊重你的意愿。这么说吧,我好比是一块蜡,你就好比是印章,想在我身上印什么,就可以印什么。如果你觉得合适,今天晚上我们就起航去英国,从那儿去法国和罗马十分方便。假如你愿意,我想可以按照你要求的方式陪你们一同去。"

贝利昂德罗对最后这点建议感到心情沉重,可还是接受了,他希望随着时间的推移,情况也许会有所好转。两个兄弟互相拥抱,满怀希望回到客店,准备起航。奥丽丝苔拉看到阿纳尔多和贝利昂德罗一起走出去,对他们的谈话会有什么结果非常担心。她深知阿纳尔多王子为人谦恭礼让,贝利昂德罗又十分稳重,可心里一直是七上八下的。她觉得,阿纳尔多爱得有多深,力量就有多大。为了实现自己的要求,他可能诉诸武力。在失意的恋人身上,耐心也许会变成狂怒,礼让也许会变成妄为。看见两个人心平气和地回来,她才定下心来。臭嘴克洛迪奥已经知道阿纳尔多是什么人了,就跪倒在他脚下,乞求他下令打开镣铐,把他和罗莎蒙德分开。毛里西奥随即向阿纳尔多介绍了克洛迪奥和罗莎蒙德的身份、所犯的错误以及所受的惩罚。阿纳尔多对他们深为怜悯,就命令看管他们的队长让人打开镣铐,把他们交给他。阿纳尔多是他们的国王的好朋友,可以负责要求国王原谅他们。臭嘴克洛迪奥见此情景说道:

"如果所有的老爷们都用心做好事,就不会有人专门说他们的坏话了。可是,为什么一个人干了坏事,还偏要人家说他好呢?修好、积德还会遭到坏人的恶毒诽谤,做了坏事,干吗不许人说呢?为什么一个散布不和和邪恶的人,非要得到善果不可呢?把我也带走吧,啊,王子!我会面对你的银色光环歌功颂德的。"

"不,不,"阿纳尔多回答说,"我认为一个人做好事是天经地义,不希望你为我歌功颂德。而且,如果歌功颂德的人是好人,称赞两句也算是好事。如果歌功颂德的人是坏人,心怀不轨,称赞两句就成了坏事。假如赞美是对美德的奖励,唱赞歌的人的品德高尚,那的确是赞美。假如唱赞歌的人身染恶习,那就成了对人的污辱。"

第 十 七 章

阿纳尔多谈陶丽莎的情况。

奥丽丝苔拉非常想知道阿纳尔多和贝利昂德罗在客店外面谈了些什么。她想找个适当的机会问一问贝利昂德罗,还想从阿纳尔多那里打听她的侍女陶丽莎的情况。阿纳尔多好像猜透了她的心思,对她说:

"美丽的奥丽丝苔拉,你经历了种种磨难,大概弄得你把该记住的事情都忘了,看起来,可能把我也从记忆中抹掉了。可我一想到我在某个时候曾经留在你的记忆中,就非常兴奋。本来没记住的东西也就无所谓忘却,因为现在的忘却无非是指过去记忆的消失。不管怎么样吧,不管你记不记得我,我对你的一举一动都感到高兴。上天注定我成为你的人,不让我干别的事;我也甘心情愿听从你的吩咐。关于你从我的王国里被人拐走之后发生的事,令兄贝利昂德罗已经对我讲了不少。有些事令我十分钦佩,有些事让我提心吊胆。钦佩也罢,提心吊胆也罢,反正我都感到恐惧。我还注意到,不幸的遭遇很有力量,会把某些看起来是不能不尽到的义务也忘得一干二净。你既没有问起我父亲,也没打听你的侍女陶丽莎的情况。我父亲身体很好,他要我来找你,而且一定要找到你。陶丽莎呢,我把她带来了,想把她卖给蛮子,让她充当探子,看一看命运是否让你落入蛮子的掌心。令兄贝利昂德罗是怎样来到我这里的,我们两人又达成什么协议,想必他都对你说了。尽管我多次试着回到蛮子岛去,可风向总是不顺。现在,我怀着同样的意愿,抱着同样的希望回来了,上天大发慈悲,赐我良机,让你来到我的身边,这下子总算是完全放心了。你的侍女陶丽莎身体极度衰弱,恐怕不久于人世了。两天前,我把她交给在海上遇见的两位骑士朋友,他们的船很大,要开往爱尔兰。我这只船,与其说是王子船,还不如说是海盗船。由于船上没有病人需要的舒适条件和药品,我就把陶丽莎交给他们,让他们把她带往爱尔兰,再把她交给他们的王子,由王子来招待她,给她治疗,一直等到我亲自去接她。今天,我和令兄贝利昂德罗商定,明天起航去英国或者去西班牙,或者去法国。不管到什么地方,我们都要做出切实的安排,保证实现你的纯真愿望,这些令兄都对我讲过了。在此期间,我一定耐心等待,把希望寄托在你的善意理解上。总而言之,我请求你,姑娘,我恳请你考虑我们的想法是否合乎你的心愿。凡是不合适的,我们就不干。"

"我没有别的想法,"奥丽丝苔拉回答说,"我哥哥贝利昂德罗的意愿就是我的意愿,他为人老成持重,丝毫不会违背你的意愿的。"

"那就这样吧,"阿纳尔多回答说,"我不想指手画脚,只想服从你,免得人家说我依仗自己的地位,趾高气扬,胡乱指挥。"

这就是阿纳尔多与奥丽丝苔拉谈话的情况,后来她都告诉了贝利昂德罗。当天晚上,阿纳尔多、贝利昂德罗、毛里西奥、拉迪斯拉奥和两位船长以及那艘英国船上所有从蛮子岛出来的人共同商议,按照下一章讲述的方式安排起航。

第十八章

毛里西奥观看星象,得知海上将发生一
桩恶性事故。

从蛮子岛的地牢和监狱里逃出来的人,全都登上了毛里西奥、拉迪斯拉奥以及押解罗莎蒙德和克洛迪奥的官兵们来的时候搭乘的那条船。坐在阿纳尔多的船上的有莉克拉和康丝坦莎、安东尼奥父子、拉迪斯拉奥、毛里西奥和特朗西拉。阿纳尔多不同意把克洛迪奥和罗莎蒙德留在岛上。鲁蒂利奥也上了阿纳尔多的船。那天晚上,他们准备好饮用水,从店主那里收集、购买了所有能找到的食物。毛里西奥看好了起航的吉时良辰,然后说道,如果好运能使大家躲过一场迫在眉睫的灾祸,那就会一路平安。这场灾祸因水而生,可不一定准来;如果发生的话,也不会起因于海上或陆上的狂风暴雨,而是发自一次背叛行为,一次由于心术不正和贪淫好色而酿成的背叛行为。贝利昂德罗觉得和阿纳尔多在一起老是提心吊胆的,他担心会不会是王子为夺走美丽的奥丽丝苔拉要制造一场叛乱啊,他不是把奥丽丝苔拉安排在自己的船上了吗?可他性情豁达,立刻就否定了自己的怪想法。他认为,在高贵的王子心中,根本不可能有什么背叛别人的念头,因此觉得自己的担心是多余的。想是这么想,他还是请求毛里西奥再好好看看到底危险来自何方。毛里西奥回答说不知道,可危险确实存在,尽管威胁不大,处境危险的人不会丢掉性命,只会虚惊一场,不得安宁,他们的打算、他们的预想一半都要落空。听到这些，贝利昂德罗提出过几天再走，也许把时间推迟一下，星辰的强大作用会发生变化，或者有所减弱。

"那可不行，"毛里西奥说，"最好还是冒一冒风险，反正不会危及生命安全，千万别另外挑路，那倒真会有生命危险。"

"唉，好吧！"贝利昂德罗说，"既然命中注定，那就选个吉时良辰出发吧。一切听天由命，反正再费劲也躲不过去。"

阿纳尔多以重金酬谢店主的盛情款待。大家分头上船，各归其位。大船扬帆起航，留下个空荡荡的港口。阿纳尔多的船上装饰着轻飘飘的小三角旗和长方旗以及耀眼的五颜六色的长条旗。大船拔锚起航，大炮小炮齐鸣。笛子和其他乐器奏起欢快乐曲，划破天空。只听有人不断重复地呼喊："一路顺风！一路顺风！"周围这么热闹，可是美丽的奥丽丝苔拉却低垂着头，沉思不语，好像是预感到大祸必然降临似的。贝利昂德罗看着她，阿纳尔多盯着她，两个人的目光都落在她身上，思念到此结束，欢乐从此开始。白天过去了，晴朗宁静的夜晚来临了，一阵微风拂散了几朵正往一起聚拢的云彩。毛里西奥两眼仰望天空，心中再次琢磨着星斗的布局说明了什么。他又一次断定危险正在威胁他们，可他怎么也猜不出危险来自何方。就这样，心怀惊惧，稀里糊涂地在甲板上睡着了。不大一会儿，他猛然惊醒，大声喊道：

"叛变，叛变，叛变！……快醒醒，阿纳尔多王子，你手下人要杀死我们！"

阿纳尔多正挨着贝利昂德罗躺在甲板上，还没睡着，听见喊声，立即起身，说道：

"怎么啦，毛里西奥，我的朋友？……谁要伤害我们，谁要杀死我们？船上的人不都是朋友吗？难道他们不都是我的臣子和仆人吗？天上不是晴空万里、海上不是风平浪静吗？咱们的船没有触礁，也没有搁浅，不是在好好地航行吗？有什么障碍阻止我们前进吗？要是什么都没有，你干吗害怕呀？干吗一惊一乍地吓唬我们啊！"

"不知道，"毛里西奥回答说，"先生，你叫潜水人员到底舱去看看。要不是做梦，我觉得我们正在往下沉。"

话音刚落，就有五六名水手钻到船的底部，仔细地检查了一遍。他们都是有名的潜水员，可没发现船底有裂缝可以进水。于是，就回到甲板上，报告说："船身完好无损，舱底的水混浊腥臭，说明船里没有进水。"

"大概是这样吧，"毛里西奥说，"可能是我上年纪了，老是担惊受怕，连做梦也吓一跳。求上帝保佑，但愿这只是个梦，我这个人老朽怕事，算什么真正的星相家哟。"

阿纳尔多说：

"放心吧，好心的毛里西奥，你做梦，姑娘们就不会做梦了。"

"我尽力去做吧。"毛里西奥回答。

毛里西奥又躺在甲板上。船上十分寂静。鲁蒂利奥坐在主桅杆下面，宁静的夜晚，温馨的时光，或许是他那副美妙的歌喉，促使他随着风吹船帆造成的节奏，用他的托斯卡纳语唱了起来，随后又用西班牙语唱了一遍，歌词说：

> 博学的君王，机警的君王，
> 携带着人类留下的财富，
> 躲入方舟，奔上通天大路，
> 避开强大对手的锋芒。

> 命运女神啊，放荡又凶恶，

　　谁个喘息，都难逃她的铁腕①，

　　方舟宽阔，却不容他人侵犯，

　　女神高傲，也无可奈何。

　　方舟乃是崇高的圣地，

　　狮子与羔羊和睦相处，

　　鸽子和猛隼一见如故。

　　仇人相亲并非奇迹，

　　面对共同的危险和灾难，

　　天生的性情也能改变。

　　最能领悟鲁蒂利奥的歌词含意的当属蛮子安东尼奥，他说：

　　"鲁蒂利奥唱得真棒。他唱的这首十四行诗大概是自己写的吧？那他可是一位蛮不错的诗人。一个军官又怎么能是好诗人呢？我可说不清楚，记得在我的家乡西班牙，哪行哪业都出诗人。"

　　他说话的声音不太大，可毛里西奥、王子、贝利昂德罗还没睡着，都听见了。毛里西奥说：

　　"是军官又是诗人，那完全可以嘛。诗不在手上，全在心上。裁缝的心力强，能够成为诗人，乡村教师也一样，原因是大家的心全是一个样的。起初，造物主用同一块泥巴捏成了他们，根据每个人具备的外壳和气质，有的聪敏些，有的差一点儿。按照星宿的指向，有人关心、喜爱科学，有人关心、喜爱艺术或者诸般手艺。但

---

　　①　掌握人类命运和生死的三个女神，一个纺织生命之线，一个决定生命之线的长短，一个负责切断生命之线。

是,更重要的、人们常说的还是:诗人是天生的。因此,鲁蒂利奥虽然当过舞蹈教师,可他又是诗人,这也没什么可以大惊小怪的。"

"是大舞蹈家啊,"安东尼奥说,"他在空中翻跟头,翻得比云彩还高。"

"是这么回事,"鲁蒂利奥一直在听他们说话,就应声说,"那个巫婆用飞毯把我从家乡托斯卡纳带到挪威。那工夫,我几乎跳上了天。我前几次说过,到了挪威,巫婆现了狼形,我把她杀死了。"

"传说北方一带有些人变成母狼或公狼,这可是个天大的误会,"毛里西奥说,"尽管许多人都相信。"

"那么,究竟是怎么回事呢?"阿纳尔多说,"人们都这么说,都认为是真的,说在英国的乡村,人变成狼,成群结队,到处转悠。"

"这件事,"毛里西奥反驳说,"在英国不会有。英吉利岛气候温和,土地肥沃,不仅没有狼,别的有害动物也没有,像什么蛇啊、蝰蛇啊、癞蛤蟆啊、蜘蛛啊、蝎子啊。要是有人从别处把毒虫带到英国来,一到英国就会死去,这可是普普通通、人人皆知的事。有人把英吉利岛上的土带到别的地方,用土围住一条蝰蛇,困在那圈土里的蛇被挤压得不敢出去,也不能出去,直到困死为止。至于人变成狼的事,应该这样理解,那是因为有一种病,医生管它叫狼癫狂症。得了这种病的人觉得自己变成了狼,于是就像狼一样嗥叫,和其他患同样病的人聚在一起,成群结队地在田间和山林中活动。有时候学狗叫,有时候学狼嗥。他们咬碎树木,碰上谁就咬死谁,吃死人的生肉。据我所知,如今在地中海最大的海岛西西里岛上还有这种人,西西里岛上的居民管他们叫'狼人'。在染上这种传染病之前,他们都有所感觉,会告诉周围的人赶快逃离他们,或者把他们捆起来,要么关起来。要是不加防备,他们就会把人咬成碎片,可能的话,用爪子把人撕成碎块,还发出恐怖可怕的嗥叫声。这是千真万确的事。人们在结婚前,先要充分了解对方是不是得过这种病。结婚后,时间长了,如果经验表明对方得过这种病,就立刻解除婚约。普林尼①在他的《自然史》第八卷第二十二章中也写过这种看法。他说,在阿卡迪亚人当中,有那么一类人,他们穿过一个湖,把衣服挂在一棵橡树上,赤身露体钻进土里,和与他们同类的、貌似野狼的人聚在一起,一住就是九年。九年后,再渡过那个湖,恢复原形。不过,这些说法恐怕都是骗人的。即便有点儿影子,也是想象出来的,不是真正存在的。"

"不知道,"鲁蒂利奥说,"我只知道我杀死了那头母狼,可死在我脚下的是那个巫婆。"

"这些都可能有,"毛里西奥说,"巫师和魔法师都是存在的,他们施的巫术有一股力量,能使我们把一种东西看成另外一种东西。由此可以看出,任何人都不会改变其他人的第一特性。"

"听到这条真理,"阿纳尔多说,"我太高兴了!原先我也相信这种误传。关于英王亚瑟变成乌鸦的寓言大概也是这样。英格兰人是个稳重的民族,对这个寓言也深信不疑,至今在英吉利全岛大家都不捕杀乌鸦。"

"不知道这个寓言是从什么时候开始出现的,"毛里西奥回答说,"想象得不合情理,可人人都信以为真。"

他们谈这个题目几乎谈了一整夜。克洛迪奥听他们说话,一直没开口,直到天亮他才说:

"我这个人对查清这种事一点儿兴趣也没有。有没有'狼

---

① 普林尼(23—79),古罗马博物学家,著有《自然史》,共三十七卷,其中第七至第十一卷介绍动物学。

人'，国王是不是变成乌鸦或是老鹰，跟我有什么关系？真要是有人变成飞禽，我希望他们最好还是变成鸽子，而不是苍鹰。"

"得了吧，克洛迪奥，别说国王的坏话啦。我看你是想把舌头磨得快快的，好败坏国王的威信。"

"那可不是，"克洛迪奥说，"这次罚我是堵上我的嘴，确切地说，是夹住我的舌头，不让它动弹。从今以后，我宁肯闭上嘴憋死，也不让嘴快活了。尖酸刻薄的话，流言蜚语，有人听了高兴，有人听了伤心。不说话，就没得可罚，也不怕遭报复。剩下这几年，我希望能在你慷慨的庇护下平安度过。现在，恶意的冲动还不时地搅扰我，撩动我的舌头，几句实心话在嘴里打转转，总要冲到世上去。一切都托上帝保佑了！"

奥丽丝苔拉听到这儿，说道：

"噢，克洛迪奥！你用沉默向上天做出牺牲，实在令人钦佩！"

罗莎蒙德跟着别人一起也来交谈。她对奥丽丝苔拉说：

"有朝一日克洛迪奥不说话了，我也就好多了。我这个人生性就笨，他这个人生性爱多嘴多舌。我改正起来比他有希望。因为岁月流逝，红颜变老，失去了漂亮的脸庞，愚蠢的念头也就消退了。可是，岁月不能控制臭嘴的舌头。爱说闲言碎语的老年人，越老话越多。他们见多识广，别人的乐趣都能感受到，把搜集到的全都放到舌头上。"

"这些都不好。"特朗西拉说，"每个人走在自己的路上，早晚都会栽跟头。"

"到现在为止，咱们还算一帆风顺，"拉迪斯拉奥说，"风向很顺，海上也没有浪头。"

"昨天晚上就看出来了，"女蛮子康丝坦莎说，"只是毛里西奥先生的梦，闹得我们人心惶惶，乱作一团。我还以为大海要把我们吞噬了呢。"

"一点儿不假,姑娘,"毛里西奥回答说,"虽说我没学过天主教的教义,可我记得上帝在《利未记》中说过:'你们不可做预卜,也不可信梦兆,并不是所有的人都能理解。'我做了个梦,吓了一大跳。我大胆地说说这个梦。依我看,这次做梦和往常做梦的起因大不相同。既不是神灵的启示,也不是魔鬼的幻觉,也不是因为吃得太多,热气升入大脑,搅乱正常的感觉,也不是来自白天想过的事。这场梦搅得我心神不安,可又不是观察星象的结果。我没有把住方位,也没有观测星象,我没有指明方向,也没有细查影像,可我好像清清楚楚地看见我们这儿所有的人都待在一座巨大的木头宫殿里,天上电闪雷鸣,把宫殿打穿几个洞,乌云往破洞里倾泻海水,不是少量海水,而是大量海水。我觉得我快被淹死了,就开始喊叫,像快被淹死的人似的拼命挣扎。直到现在,我还心有余悸呢,没能摆脱恐惧心理。我心里明白,再准确的占星术也比不上小心谨慎,只有小心谨慎,才能得出正确判断。咱们乘坐木船航行,难道还那么害怕天上的雷电、空中的云彩和海上的水吗?可最让我迷惑不解、提心吊胆的是:如果说我们会有什么危险的话,那绝不是来自某种注定要产生危险的因素,而是来自已经策划好的叛变,我上次说过,是某些好色之徒策划的叛变。"

"难道说,"这时候,阿纳尔多说,"在一起航海的人当中会混进温柔的维纳斯和她那个贪得无厌的愚蠢的儿子?这我实在不能理解。纯洁的爱可以在生死攸关的危险中磨炼,以待更加美好的生活。"

阿纳尔多说这些话是想让奥丽丝苔拉、贝利昂德罗以及所有洞悉他的心意的人明白他的行为是多么合乎理性。他又接着说:

"王子生活在臣民中间当然会觉得安全;王子放浪形骸,才担心有人叛变。"

"是这样，"毛里西奥说，"是这样就好了。白天且不去说它，如果白天过去，晚上安然到来，我就要求大家为一切顺利和我一起表示祝贺。"

此时，太阳即将落入忒提斯①的怀抱，大海和前一阵子一样平静。风向很顺。万里晴空，没有一丝让水手们担忧的云彩。天空、大海和风，分开来看也好，合起来看也好，都预示着旅途极其顺利。就在这个时候，为人慎重的毛里西奥却惊慌地大声呼喊：

"咱们肯定要淹死！咱们肯定要淹死！"

---

① 希腊神话中的海中仙女。

第 十 九 章

讲述两名士兵的行为,贝利昂德罗与奥
丽丝苔拉分开。

阿纳尔多听到喊声,说道:

"怎么啦?啊!了不起的毛里西奥?!是大水吞了我们,大海
咽了我们,还是海浪打了我们?"

没等对方回答阿纳尔多的问话,只见一名水手从甲板下面慌
慌张张地走出来,满嘴满眼都是水,上气不接下气、前言不搭后语
地说:

"这条船破了好几处地方。海水涌进船舱,像野马似的,你很
快就会看见海水涌到甲板上。大家多多保重,各自逃生吧。阿纳
尔多王子啊,带着你最心爱的宝贝赶快登上小艇、小船吧,别让苦
涩的海水把它整个夺走。"

这时候,船里已经灌满了水,船身太重,停在那儿不能动弹。
舵手立即降下全部风帆。船上的人全都惊慌失措,战战兢兢,准备
各自逃生。王子和贝利昂德罗直奔小艇,把小艇放进水里,然后让
奥丽丝苔拉、特朗西拉、莉克拉和女蛮子康丝坦莎登上小艇。罗莎
蒙德一看没人理她,也自行跳上去。随后,阿纳尔多让毛里西奥上
了小艇。这时候,两名士兵解下系在船侧的小船,其中一个人看见
另一人企图抢先上船,就从腰间拔出一把匕首,刺进他的胸膛,还
大声说道:

"我们干了损人不利己的事,这就算是对你的惩罚吧,我也要吸取教训。至少在生命的最后一刻,教训教训自己。"

他根本无意登上等人的小船,边说边绝望地跳进大海,还语无伦次地高喊:

"啊,阿纳尔多!跟你说话的人其实是个叛徒。到了这个份儿上,只好实话实说。我和那个被我捅死的人在这条船上开了好多裂缝、打了好多洞。我们想占有奥丽丝苔拉和特朗西拉,把她们接到小艇上去。可是我发现事与愿违,只好杀死我的同伙儿,我也就投海自尽。"

说完最后这句话,他就沉入海底,海水憋得他气绝身亡,永远安息在那里。正如前面说的,面临共同的危险,大家都慌里慌张地忙着逃命。尽管如此,阿纳尔多还是听完了那个亡命徒的话。他和贝利昂德罗来到小船旁。上船前,他们吩咐小安东尼奥登上小艇,可是忘记了带上食品。王子随后和拉迪斯拉奥、老安东尼奥、贝利昂德罗和克洛迪奥上了小船,向离开大船一段距离的小艇划去。这时,大船已经沉入水中,只能看见主桅杆了,像是标志着大船葬于此处。夜晚降临了,小船还是没有追上小艇。奥丽丝苔拉从小艇上大声呼喊哥哥贝利昂德罗。贝利昂德罗连忙回答,嘴里反复呼喊她那甜蜜的名字。特朗西拉和拉迪斯拉奥也同样互相呼叫。"亲爱的丈夫!""心爱的妻子!"喊声在空中相会。夜色如漆似墨,风从四面吹来,两只船无法聚到一起,他们的打算落空了,希望破灭了。

最后,小船离开了小艇。小船分量轻,载人少,随着风向海流飞驰而去。小艇上的人多,悲痛的心情更加沉重,好像故意压住小艇,不让它往前走。和刚才相比,夜色越来越浓,大家为这次灾难再次感到悲伤。他们漂泊在陌生的大海上,受到苍天种种恶劣气候的威胁,享受不到陆地上的舒适方便。小艇上没有桨,没有给养,只是由于心情沉重,人们才不觉得饥饿。毛里西奥充当小艇的船长和水手,他既没有工具,也不知怎样摆弄那只小艇。艇上的人失声痛哭,唉声叹气,看那样子,他真担心这些人的沮丧情绪会把自己淹死。他观察天上的星星,有几颗星星隐隐约约地在黑暗中闪亮,昭示着未来风平浪静,只是看不出现在是在什么地方。睡上一觉本来可以减轻一下焦虑的心情,但是,他们一晚上都没睡着。黑夜过去,白昼来临,可并不像有人说的那样,在白天一切会进展神速。其实,白天反而更让人伤心。他们举目四望,想在远近的海面上发现那只让他们牵肠挂肚的小船,或者看见可以在急难中帮他们一把的其他船只。但是,他们只发现左侧有个小岛,大家不免悲喜交集。喜的是看见陆地就在近处;悲的是,如果风向不对,就到不了岛上。毛里西奥完全相信大家的生命有保证。作为星相学家,我们说过了,他看到星斗布局表明这场灾难不会危及大家的性命,只是把人折磨得死去活来。

最后,上天助了一臂之力,风慢慢地把小艇吹到岛上。他们在一片宽阔的海滩上登上陆地。岛上没有人烟,只见茫茫白雪覆盖着全岛。他们命运悲惨,海上的风暴十分吓人;在海上遇难的人总希望登上陆地,哪怕会换来更大的不幸。在他们眼里,荒凉的海滩上的白雪就是柔软的细沙;孤寂中反而觉得有人相伴。大家互相搀扶着下了船。小安东尼奥先把奥丽丝苔拉和特朗西拉扛到岸上,又把罗莎蒙德和毛里西奥扛下船。船上的人都躲在离海滩不远的一块巨石下面。在这之前,尽量稳妥地把小艇拖上岸,他们把希望首先寄托在上帝身上,其次就寄托在小艇上。安东尼奥心里很清楚,饥饿肯定会逼上来,而且会很厉害,足以夺走他们的性命。于是,他整理了一下一直背在身上的弓,说打算到岛上去探探路,看看有没有人，能不能捕到什么猎物救急。大家都赞成他的意见。他迈着轻快的步伐向小岛深处走去，脚下踩的不是土地，而是白雪。雪冻得硬邦邦的，踩上去仿佛走在石板路上。愚蠢的罗莎蒙德避开他的目光，偷偷跟在后面，别人以为她要躲到一边去方便方便，就没阻拦她。安东尼奥回头一看，同来的人已经看不见了，可是发现罗莎蒙德站在自己身边，就对她说：

"现在咱们处境困难，眼下最不需要的是你跟着我。你想干什么，罗莎蒙德？回去吧，你又没有打猎的武器，我也不能为等你就放慢脚步。你干吗要跟着我？"

"唉，年轻人啊！你啥也不懂！"愚蠢的女人回答说，"我干吗跟着你，你欠下我多少债，你真的就不明白？"

说着，她凑到安东尼奥面前，又说：

"噢，我的新猎手，你比阿波罗还帅！你看啊，我是达佛涅①，可跟她不一样，我不但不躲避你，反而追求你。你不要把我看成是年老珠黄的轻浮女人，我是罗莎蒙德，当年驯服过桀骜不驯的国王、煽起过不近女色的男人的情欲。我爱你，豪爽的年轻人。在这儿，在这冰天雪地里，爱情的烈火把我的心烧成了灰。咱们在这儿快活快活吧，把我看成是你的。我要把你带到一个地方，在那儿积攒、存放了许多金银财宝，毫无疑问，全都归你所有。要是去英国，成千上万张通缉令会置我于死地。我还是偷偷地把你带到一个地方去，你得到的黄金会超过迈达斯，财产比克拉苏②还要多。"

她把话说完，就伸出两手，要拉住安东尼奥的手。安东尼奥把

① 希腊神话中的仙女。阿波罗爱上了她，在快要追上她的时候，她变成了月桂树。
② 克拉苏（约公元前115—前53），罗马将军、政治家，被认为是罗马历史乃至世界历史中最富裕的人之一。

她的手推开，在这场既认真又愚蠢的争斗中，他厉声说：

"住嘴吧，你这个妖精！别弄脏了、弄乱了斐纽斯①的干净的餐桌！哼，你这个臭蛮婆，我不是你的奴隶，强迫也好，勾引也好，你休想破坏我的操守、我的纯洁！闭上你那张毒蛇嘴！你心里藏着那么多肮脏的欲望，就少用下流话说出口来吧！你也看看，咱们还有多少活头！大家饿得要死，也不知道能不能离开这个地方。即便能出去，你也得另打主意，不能心存刚才说出来的那种念头。你给我滚开，别再跟着我！再胡作非为，我可要给你点儿厉害瞧瞧！把你的疯言疯语告诉大家！你要是回去，改变主意，对你的无耻行为，我可以不说什么。要是还在这儿纠缠不休，我就宰了你！"

荡妇罗莎蒙德听了这番话伤心透了。她没敢叹息，没再乞求，也没有落泪。安东尼奥伶俐机警地丢下罗莎蒙德，她只好回去。安东尼奥继续往前走，一路上没看见什么有用的东西。到处是皑皑积雪，道路崎岖，渺无人烟。他心里想，再往前走，可能会找不到回去的路，只好转回原处和同来的人会合。大家举手向天，眼盯着陆地，为不幸遭遇惊恐不已。

在场的人对毛里西奥说，还是乘坐小艇回到海上去，在这个荒无人烟、什么都没有的小岛上是找不到出路的。

---

① 因得罪神灵而瞎眼的一位预言家，后被遗弃给坏女人。

第 二 十 章

雪岛上发生的一件大事。

天近黄昏的时候,只见从远处开来一条大船,大家心中又升起获救的希望。大船落下帆,似乎要抛锚停泊。船上的人十分利落地将小艇放入水中,朝海滩驶来。这边儿的落难者纷纷朝自己的小艇疾奔而去。奥丽丝苔拉说最好还是等一等,看看来的是什么人。大船开到小艇跟前,停泊在冰冷的白雪中间。从船上跳下两个小伙子,看上去长得又英俊又健壮,十分精悍,英气勃勃。他们肩上扛着一位俊俏无比的姑娘。那位姑娘浑身无力,昏迷不醒,好像都不能上岸了。来人朝已经登上另一条小艇的人大声呼唤,要他们下船来,为一件需要有人做证的事情当证人。毛里西奥回答说,他们的小艇上没有桨,不把桨借给他们就无法过去。两名水手用他们的桨把另一只小艇上的人送回岸边,让他们又回到雪地上。这两名年轻的勇士手持木盾护在胸前,怀抱利剑重新跳到地上。奥丽丝苔拉心里害怕,战战兢兢;她几乎可以肯定又出了什么不幸的事件。奥丽丝苔拉走过去看了看那位人事不知的漂亮姑娘,其他人也跟了过去。两位勇士说:

"等一等,先生们,请你们注意听听我们想说什么。"

"这位骑士和我,"其中一个人说,"我们约定要为拥有这位姑娘进行一场决斗,就是你们看见的这位病恹恹的姑娘。如果她本人能够自行决定在我们两个人之间选择一个做她丈夫,我们也好收起宝剑,心情得以平静。现在既然不行,我们恳请诸位千万不要妨碍我们决斗。我们一定要决出胜负,不怕任何人的阻拦,只需要你们从旁观看。这荒山僻野哪怕能稍稍延长一下这位姑娘的性命也好,她的生命力很强,足以耗掉我们两条命。总之,我们急于办完这件事,现在没工夫打听你们是谁,怎么会来到这么荒僻的地方。看起来,你们船上没有桨,无法离开这个连野兽也生存不下去的荒凉地方。"

毛里西奥回答说,他们想干什么,自己绝不干涉。随后,他们两个人拿起宝剑,也不想听一听生病的姑娘说点什么,就动起手来。他们首先不是想按照姑娘的意愿处理纠纷,而是要诉诸武力。两个人厮杀起来,既不遵守规则,也不讲究动作,进退失据,更无节奏可言。交手只几个回合,一个人的心脏就被利剑刺穿,另一个人脑袋开了花。后者趁着上天留给他一口气的工夫,连忙凑到姑娘身边,把脸贴在姑娘脸上,对她说:

"我赢了,姑娘!你是我的了!能把你争到手,真好啊。虽说时间非常短暂,可一想到有一阵儿我能把你看成是我的,就觉得自己是世上最幸福的人。姑娘,请收下我这颗心,我把它连同最后几口气一起献给你。请你把它放在胸间,不必多想贞节的限制,丈夫这个名字完全允许这些事。"

伤口淌出的血流在姑娘脸上,可姑娘仍然没有知觉,没有回答一句话。那两名驾驶从大船上放下的小艇的水手跳到陆地上,急忙查看被剑刺死的人和那头部受伤的人。受伤的人把嘴对在他用如此昂贵的代价换来的妻子的嘴上,然后灵魂升入天空,身体跌落在地上。奥丽丝苔拉一直在盯着这件事,只是没看清楚病姑娘的脸。她有意走过去看看她,擦干净殉情者滴落在姑娘脸上的血迹,这才认出了原来她就是自己的侍女陶丽莎。她在阿纳尔多王子那里的时候,陶丽莎给她当过侍女。阿纳尔多王子告诉过她,他把陶丽莎交给了两位骑士,托他们把她带往爱尔兰。奥丽丝苔拉一下子愣住了,惊呆了,感到万分悲痛。当她发现美丽的陶丽莎已经断了气的时候,更是悲痛至极。

"唉!"她说,"上天一步步把厄运告诉给我,可他使用的方式又是多么不可思议。如果一下子结束我们的生命,我倒可以把厄运视为幸福。人死了,恶事也就结束了;恶事不再拖延和纠缠,生活也就幸福了!老天在我走向长眠的各条路上布下了什么样的罗网啊?为什么我每走一步都会发现无路可走呢?但是,在这儿,痛哭流涕根本无济于事,哀怨呻吟也没有用处。与其哭泣、呻吟,不如把时间用来发发善心。把死者安葬了吧,我不想再给活着的人增添烦恼。"

随后,她要求毛里西奥让那两名小艇上的水手回到大船上去,取来工具,挖掘坟墓。毛里西奥答应着走了。他去到大船上,想找大副或船长商量能不能带他们离开这个岛,随便到什么地方去都行。这时候,奥丽丝苔拉和特朗西拉忙着给陶丽莎装裹一下,准备下葬。出于基督徒的悲天悯人之心和忠实正直的情感,她们不能让她赤身裸体地入土。毛里西奥把事情商量停当,带着工具回来了。大家动手埋葬了陶丽莎。水手们都是天主教徒,不愿意让人为两个决斗丧命的人掘坟。罗莎蒙德自从向蛮子安东尼奥表露了恶劣心迹回来后,一直耷拉着脑袋,由于犯下罪孽,两眼里充满恐惧的目光。在安葬陶丽莎的时候,她才抬起头来说道:

"先生们,如果你们肯行善积德,如果你们既有正义感又有怜悯心,就请可怜可怜我吧。自打我懂事时起,就缺乏理智,一直是个坏人。我青春年少时节,容颜俊美,放荡不羁,挥金如土,染上一身恶习,过去、现在都无法摆脱。我对你们说过,我曾经让好色的国王跪在我脚下，招得男人跟着我团团转。时光不饶人，岁月磨损女人的容颜。我还没来得及多想一想，时光老人已经夺去了我的美貌，我首先发现自己变得丑陋不堪，可心还没死。恶习在我尚未老化的心中已经根深蒂固，仍然不肯放过我。我不但没有反抗，反而随波逐流，随心所欲。直到现在，还在这个年轻蛮子身上打主意。我向他表露了自己的欲念，他对我干柴烈火般的欲望报之以冰雪般的冷漠。我没有得到尊重和珍爱，反而遭到蔑视和厌弃。我欲念强烈，又缺乏耐心，实在承受不住这样的打击。死神一步步踩住我的裙裾，伸出手要抓我的性命。以慈悲为怀的人，总该照顾别人委托给他的苦命人。我求求你们，用冰雪盖住我的邪火，把我也埋进这个墓穴里。把我这把淫荡的骨头和这位高尚的姑娘的骨头混在一起，也玷污不了她。美好的遗骨到哪儿也是美好的。"

她转过身，对安东尼奥说：

"你，高傲的年轻人，你正在或者正准备进入享乐的边缘。我乞求上天为你引路，不让年老色衰的妖妇纠缠你。如果说刚才我说了些对你不恭、有欠思虑的话语，亵渎了你稚嫩的耳朵的话，就请原谅我吧。对身处逆境、请求原谅的人，即使不值得谅解，出于礼貌，至少也可以听完她的话吧。"

她说着长叹一声，昏死过去。

第二十一章

搭乘海盗船离开雪岛。

"我可真不明白,"毛里西奥说,"一个人不愁吃不愁穿,处处方便,可放着帕福斯①、尼多斯、塞浦路斯和极乐净土不去,偏偏到这荒山野岭、怪石嶙峋的冰天雪地里谈什么恋爱,真不知道想干什么。一个人心平气和、情绪安定的时候,谈情说爱才有乐趣。成天泡在泪水里,担惊受怕,就谈不上什么爱不爱了。"

奥丽丝苔拉、特朗西拉、康丝坦莎和莉克拉被眼前的事惊呆了,一声不吭地瞅着陶丽莎,最后流着热泪安葬了她。罗莎蒙德从昏厥中苏醒过来之后,大家才收拾停当,上了大船放过来的小艇。登上大船后,受到船上的人的热烈欢迎和盛情款待。他们个个饥肠辘辘,在船上吃了一顿饱饭。只有罗莎蒙德心情不好,不时叩击死神的大门。大船扬帆起航,有些人洒泪告别死去的船长,大家公推另一人做船长,继续航行。这是一条海盗船,不像他们对阿纳尔多说的,他们是爱尔兰人,而是一个叛离英国的小岛上的人。海盗船没有明确的航行目标。与这帮人同行,毛里西奥很不愉快,总觉得这帮人匆匆忙忙,生活习惯很糟糕,担心会出事。他是长者,见过世面,老是放心不下,害怕奥丽丝苔拉的美艳绝伦、他女儿特朗西拉的风度翩翩、年幼无知的康丝坦莎服饰崭新,难免会勾起海盗

---

① 塞浦路斯岛上的古代名城。

们的某种邪念。年轻的安东尼奥像安弗里斯的牧羊人那样充当他
们的阿耳戈斯①。他睁着一双从不睡眠的哨兵似的眼睛，守护着
那群受他悉心保护的温驯美丽的绵羊。深受蔑视的罗莎蒙德越来
越消瘦，终于有一天晚上人们发现她永远安息在一个船舱里。大
家哭得太多了，但是，对她的死仍然充满了基督徒的同情心。广阔
的大海成为她的墓地，大海里仍然没有足够的水熄灭英俊的安东
尼奥在她心中燃起的欲火。小安东尼奥和同行者多次向海盗提
出，如果他们不愿意去英格兰或者苏格兰，那么就请他们把船上的
人直接带到爱尔兰。海盗回答说，做不成一笔油水多的大买卖，他
们就不会在任何地方靠岸，除非需要上水或者补充食物。女蛮子
莉克拉很想给海盗一些金块，好把他们送到英格兰。可又不敢露
富，怕的是海盗不是向她索要金子，而是生抢硬夺。船长另给他们
安排了一处地方，免得他们担心下面的人行非礼。

　　就这样，他们从一处到另一处，在海上漂泊了将近三个月。有
时候，来到一个岛上；有时候，又到另一个岛上。只要风平浪静，不
妨碍航行，他们就出海，这是海盗寻宝的固有特点。新船长常到客
人们的住处聊天解闷儿，他谈吐有度，会说些风趣的故事，毛里西
奥同样以礼相待。奥丽丝苔拉、特朗西拉、莉克拉、康丝坦莎都挂
念着自己的心上人，无心听船长和毛里西奥的谈话。就这样，有一
天，她们非常注意地听船长讲了一个故事。下一章就介绍这个
故事。

---

① 希腊神话中的百眼巨人。

第二十二章

船长介绍波利卡波国王经常在王国里举
行的盛会。

"上天安排我出生在爱尔兰附近的一个岛上。岛很大,叫作
王国。那里不兴继承制,不是子承父位,而是由居民自愿选举国
王,他们总是挑选岛上品德最高尚的优秀人物,推选国王不兴到处
求情,也不兴互相商量,不必封官许愿、请客送礼,只要大家一致同
意,国王就产生了,就能操起专制的权杖,只要人活着,或者身体健
康,就能终生掌权。在这种制度下,没当上国王的人都想做一个品
德高尚的人,以便能登上王位;当上国王的人,也要好上加好,免得
失去王位。这样一来就剪断了野心家的羽翼,埋葬了贪得无厌。
虽然还不免会有伪君子,但是,时间长了,假面具自会揭开,保不住
既得利益。因此,人民安居乐业,正气上升,人人慈悲为怀。穷人
的要求很快得到满足,富人提出的要求也不会因为他们有钱而得
到优先处理。馈赠千金不能改变法律准绳,亲情骨肉也要秉公执
法。人人循规蹈矩,事事井井有条。总而言之,在这个王国里,人
们各得其所,不必担心恶人骚扰。

"我认为,这种风尚又公正,又神圣。由于这种风尚,波利卡
波掌握了王国的权杖,他能文善武,遐迩闻名。在他登上王位的时
候,已经有两个女儿,都是绝代佳人,姐姐叫波利卡帕,妹妹叫辛弗
罗莎。母亲早已去世,别的倒也没什么,只是姐妹二人无人相伴。

她们具有高尚的美德和良好的生活习惯,自己可以保护自己,为整个王国树立了优良的典范。姐妹俩和她们的父亲一样待人和蔼可亲,受到普遍尊敬。历代国王都认为,如果臣民百姓郁郁寡欢,常常会产生种种邪念,故而总是设法让老百姓过得愉快,比如,举办一些大众化的节日,有时组织喜剧表演,让老百姓快乐。其中最主要的就是以尽可能完满的方式举行运动会,人们戏称为奥林匹克运动会。那可是王国的一件盛事,大家都很看重这一天。会上为赛跑运动员颁奖,奖励斗牛士,为射击手戴上桂冠,能把对方摔倒在地的摔跤手被捧上天。运动会在靠海边的宽阔的海滩上举行。海滩上树木繁茂,青枝绿叶交错,把浓荫洒满海滩。绿荫间搭起一座华丽的看台,国王和王室成员坐在台上观看在宁静的气氛中进行的竞技。有一天,波利卡波想把那次盛会搞得比过去任何一次都更加盛大、更加壮观、更加隆重。他本人和王国的要员已经坐在看台上,文武场面正要奏响宣布盛会开幕的乐曲,四名敏捷灵活的年轻赛跑运动员已经左脚在前、右脚在后,摆好姿势,只等拦在前面的绳子一松就拔腿飞奔,冲向终点。我要说,就在这工夫,忽然发现海上驶来一条船。那条船好像刚刚刷洗过,船体两侧泛着白光。每侧六支桨,拨动水面,推着船朝前行驶。划桨的总共十二个人,看上去个个年轻、英武、虎背熊腰,膂力过人。所有的人都穿白色衣服,只有舵手穿的是红衣服,像是一名水手。船飞快地来到岸边,刚一停住,船上的人立刻跳到陆地上。波利卡波吩咐不要起跑,先弄清楚来人是谁、想干什么。他想,他们八成是要参加节日活动,在运动会上试试身手。第一个上前和国王说话的是那个舵手。这是一个年轻人,面如傅粉,白净红润,满头金黄色鬈发,脸上的每一部分都很完美,合在一起,真是俊美非凡。美貌少年一出现,就吸引了大家的目光,也抓住了盯着他的人们的心。我当然也非常喜爱他。只听他对国王说：

"'老爷,我和我的同伴得知这里举行运动会,特意赶来为您效劳,想参加比赛。我们不是来自远方,我们乘坐的大船就停靠在离这儿不远的辛塔岛。只因为风向不顺,大船无法开到这儿来,我们才乘坐这条小船靠双臂划桨来到这里。我们都是贵族,很想夺得一份荣誉。你作为国王,对前来拜会的外国人自应有所安排,恳求你允许我们显示一下自己的力量,或聪明才智,我们会感到无上荣幸,你也会很喜欢。'

"'说得对,'波利卡波回答说,'可爱的年轻人,你既然如此彬彬有礼、饶有风趣地提出要求,要是不答应,那就不公平了。来参加吧,好为我们的运动会增加些光彩。颁奖的事交给我吧。瞧你这副英俊潇洒的样子,别人拿头奖的希望就不大了。'

"美少年屈膝下跪,低下头来,很有礼貌地表示感谢。然后,三蹦两跳来到拦住四名赛跑运动员的绳子跟前,十二名同伴站在一旁观看比赛。号角一响,绳子松开了,五个人飞快地冲了出去。跑出不到二十步,新来的人就超过其他人六步。跑到三十步的时候,他超出了十五步。最后,他把其他人几乎丢在半路上,弄得他们呆若木鸡,全场观众都很钦佩。尤其是辛弗罗莎,不管他是跑是停,她都一直盯着他。美少年的那份俊秀、敏捷不仅吸引住旁观者的目光,也拨动了他们的心弦。这些我都看在眼里,因为我一直注意观察波利卡帕,她是我心目中甜蜜的偶像,顺便也瞅了瞅辛弗罗莎有何动作。准备参加比赛的人看见这个外国人轻而易举地夺得头奖,心中开始产生忌妒情绪。第二项比赛是击剑。获胜的美少年拿起一把黑色宝剑,逐个迎战六名参赛者。只见他挥舞宝剑,弄得对手眼花缭乱,顾了鼻子顾不上嘴,还险些被击中脑袋,可他呢,正像常言说的,一根毫毛也没让人碰着。人们大声欢呼,一致同意发给他头奖。过了一会儿，又有六人投入摔跤比赛。这一次，那位少年干得更加漂亮。他脱掉上衣，露出宽厚的脊背、健壮的胸膛，以及青筋暴突、肌肉隆起的粗壮的两臂。凭着动作灵活和令人难以置信的机敏，把六名摔跤手撂翻在地，任他们百般挣扎，就像钉在地上一般。有人告诉他，第四项比赛是投掷铁棍，于是他把一根插进地里的铁棍拔了出来，掂了掂分量，示意站在面前的人让出地方，他好投掷。他手握住铁棍的一端，连胳膊也没往后甩一甩，就用力将铁棍掷出去。铁棍越过了海岸线，只好由大海来承受，把铁棍永远埋在海里。对手一见他力大如神，全都蒙了，谁也不敢下场同他较量。接着，有人把一张弓和几支箭交给他，又指了指一棵高大挺拔的树。只见树顶上插着一支短矛，矛上有根线，拴着一只鸽子。第五项比赛就是看谁能一箭射中那只鸽子。

"有一个人，一贯自诩百发百中。他走向前去，扬了扬手，据我想他是要抢在别人前头把鸽子射下来。他搭弓射箭，箭头儿差一点儿射中矛尖。这一箭惊动了那只鸽子，鸽子直向天空飞去。接着又上来一个人，和第一个人一样信心十足。他以百步穿杨的箭法射出一箭，正好打断系住鸽子的线绳。线绳一松开，鸽子迅速展开双翅，随风自由飞翔。连获几次头奖的这位美少年也射出一箭，就好像他下的命令那支箭也知道服从似的，'嗖'的一声划破长空，呼啸着直奔鸽子而去，刹那间刺穿了鸽子的心脏，鸽子顿时呜呼哀哉。在场的人对这个外国人再次发出一片喝彩声。美少年在赛跑、击剑、摔跤、掷铁棍、射箭以及其他许多项目（我不一一列举了）的比赛中，都以巨大的优势夺冠，他的同伴也就不必参赛了。运动会结束时，已近黄昏；国王波利卡波正想从座位上站起来，准备与身边的裁判一起为获胜的少年发奖。这时候，只见那个少年跪在他面前说：

　　"'我们的大船丢在那边无人照料,天色又黑下来了。你要亲自为我颁奖,我对此十分珍视。伟大的国王啊,我想请你改期发奖,我希望日后能回来,以便更从容、更舒心地为你效劳。'国王拥抱了他,问起他的名字。他说,他叫贝利昂德罗。这时候,美丽的辛弗罗莎摘下戴在她美艳无比的头上的花环,把花环戴在英俊少年的头上,并且诚心诚意地对他说:

　　"'等我父亲有幸再次见到你的时候,你会看到不是你为他效劳,而是有人为你效劳。'"

第二十三章

爱忌妒的奥丽丝苔拉得知获奖人就是贝
利昂德罗以后发生的事。

啊,忌妒的力量实在太大了!啊,你要是得了忌妒病,那只有
舍掉性命才能治愈!啊,绝代佳人奥丽丝苔拉!你等一等,莫着
急,千万别让你的心灵染上这种恶疾!但是,谁又能限制别人的思
想呢?思想常常是轻飘飘的,又十分微妙,它没有形状,可以穿过
铜墙铁壁,穿透人的胸膛,看到心灵深处最隐蔽的东西。所以要说
这些话,是因为奥丽丝苔拉听到有人提起她哥哥贝利昂德罗的名
字,听到辛弗罗莎对他赞不绝口,还不怕费心劳神给他戴上花环,
一下子她的痛苦变成了猜疑、耐心化作了呻吟。她长叹一声,抱住
特朗西拉说:

"亲爱的朋友,求求上天别让你丈夫拉迪斯拉奥迷失方向,只
让我哥哥迷路吧。你没听见这位勇敢的船长说的话吗?贝利昂德
罗作为获胜者得到了奖赏,作为勇士戴上了桂冠,他只注意一位姑
娘的眷顾,不再关心颠沛流离、身处逆境的妹妹。他在异国他乡追
逐掌声和奖励,把自己的妹妹丢在险峰危石之间,丢在大海掀起的
惊涛骇浪之中,而妹妹恰恰是遵照他的忠告和意愿才多次遇险,几
乎丢掉性命的。"

船长极其认真地聆听了她这番话,不知道应该从中得出什么
结论;刚想说上几句,话还没说出口,突然刮起一阵狂风,一时间喑

得他说不出话来。他赶紧站起来,顾不上回答奥丽丝苔拉的话,只是大声呼喊水手落下船帆,把帆收好,系牢。大家连忙去干活。船顺着风向,在茫茫大海中飞速前进。毛里西奥让自己的人回到住处,好让水手们放手干活。这时候,特朗西拉问奥丽丝苔拉何以这样惊慌,她觉得奥丽丝苔拉听到"贝利昂德罗"这个名字,似乎大吃一惊。可她不明白,大家对哥哥百般称赞,夸奖他干得漂亮,做妹妹的干吗会感到心情沉重。

　　"唉,我的朋友!"奥丽丝苔拉回答说,"这是因为在这次长途跋涉中,我必须一直保持沉默,即使我死了,在朝圣结束以前也要守口如瓶。如果你知道我是谁(只要上天愿意,你一定会知道的),你就会弄清我为什么这样惊慌。在你了解了我为什么惊慌以后,你就会看到我的想法有多么纯洁,然而一点儿也不混乱;你也会知道我遭遇的不幸并非自寻烦恼,还会看到眼前的迷宫也许出人意料,但一定有解开纷繁的出路。你知道兄妹之间的血缘关系有多么深厚吗?可除此之外,我和贝利昂德罗之间还有一层更深的关系。你知道忌妒是恋人之间的常情吗?而我更有资格对哥哥产生忌妒之心。我的朋友,这位船长有没有夸大辛弗罗莎的美貌?辛弗罗莎把花环戴在我哥哥头上的时候,有没有瞅他一眼?当然瞅了,这是毫无疑问的。难道我哥哥不勇敢、不漂亮?这你都见到了。他是不是引起辛弗罗莎很多想法,而他却忘记了自己的妹妹?"

　　"小姐,你听啊,"特朗西拉说,"船长讲的都是发生在他被关进蛮子岛以前的事。后来,你们在蛮子岛相遇,还说过话。你一定能看出来,他既不爱任何人,也不关心别的事情,只想让你开心。我不相信忌妒的力量会超过妹妹对兄长的感情。"

　　"特朗西拉姑娘,你瞧啊,"毛里西奥说,"爱情既是千姿百态,又是极不公道。爱情的规律既是多种多样，又是变化多端。你要尽量稳重些，不要追问别人怎么想，人家愿意告诉你多少，你就听多少。对于自己的事情，可以寻根问底，可以穷追不舍。对于别人的事情，既然和我们无关，连想也不必想。"

奥丽丝苔拉听了毛里西奥这番话，才意识到一定要谨慎，要管住自己的舌头，因为特朗西拉的话一点也不笨，她是要引自己说出全部身世。

这时候，风小了，可是水手们仍然忧心忡忡，乘客们也还心情紧张。船长回来看他们，继续讲他的故事，因为他注意到奥丽丝苔拉听到"贝利昂德罗"这个名字之后，显得神色慌乱。奥丽丝苔拉希望再回到刚才的话题，想从船长那儿了解一下，辛弗罗莎除了给贝利昂德罗戴上花环之外，还有没有别的爱情表示。于是她很有分寸地问起此事，言辞十分谨慎，免得船长看透自己的心思。船长回答说，辛弗罗莎对贝利昂德罗没有更多的"恩宠"（对贵妇人的好意应该这么称呼）。辛弗罗莎心地善良，但是，在他看来，很难想象贝利昂德罗没有给她留下好印象。比赛过后，大家一再谈起贝利昂德罗的优雅风度。她呢，总是称赞贝利昂德罗的美德，把他捧上了天。还派人坐船出海去寻找贝利昂德罗，请他回去会见她父亲。这些都证实了他的猜测。

"怎么？"奥丽丝苔拉说，"这些大家闺秀，这些公主，这些安坐在幸运宝座上的人物，怎么会不顾尊严，向人表示她们思念卑微的小人物呢？事实上，权尊势重和爱情不相协调，爱情与权势水火难容。进一步说，自由自在的美丽公主辛弗罗莎对那位陌生的小伙子不会一见钟情。从处境上看，他不是豪门子弟。他亲自在一条小船上掌舵，十二名伙伴和普通划桨的人一样，全都赤身裸体。"

"别说了，奥丽丝苔拉姑娘，"毛里西奥说，"世上没有任何事情能像爱情那样连续不断地创造巨大的奇迹。爱情创造的奇迹于不声不响中产生,不管多么奇妙,人们都难以觉察。爱情能把权杖和木棍连在一起,把高贵和低贱合在一处,把不可能的事变成可能,把不同的地位全部拉平,爱情的力量无比强大,与死神不相上下。你知道,姑娘,我也十分清楚,你哥哥贝利昂德罗英俊潇洒,一身是胆,是个举世无双的美男子。相貌堂堂自会令人倾倒,自会打动人心。人长得越是漂亮,越是以漂亮闻名于世,就越是受人爱戴,受人尊敬。所以,不管辛弗罗莎的地位多么显要,她爱上你哥哥也算不上什么奇迹,她爱的不单单是贝利昂德罗这么个人,她爱的是一位美男子,一名勇士,一名武艺高强、灵活机敏的人,爱的是一位把一切美德集于一身的人。”

“贝利昂德罗是这位小姐的哥哥?”船长问。

“是的,”特朗西拉说,“贝利昂德罗不在身边,她成天愁眉不展。我们大家都很喜欢他,是在患难中和他相识的。”

接着,大家向船长介绍了阿纳尔多的船如何遇难,小艇和小船如何失散,把前因后果统统讲了一遍。船长也说知道了他们是如何落到今天这个地步的。讲到这里,作者就算结束了这部长篇故事的第一部。下面是第二部,里面讲述的事情虽然都是真情实况,但也超出了人们的想象。一个人的想象力再细腻、再丰富,也无法想到下面发生的事情。

第二部

第 一 章

　　讲述大船如何倾覆,船上的人全部落水。

　　看来,本书作者对恋人的了解,超过了他对作家的了解,因为在第二部第一章里,他几乎耗尽笔墨描述奥丽丝苔拉听了船长的话之后如何醋劲大发。但是,这一章在解释情感方面却删繁就简,省略掉别处讲述过或者透露过的内容,而直接叙述事实经过。且说那一天风向大变,阴云密布,夜色昏暗,雷鸣电闪。面对这种情况水手们乱成一团,船上的人伸手不见五指。暴风雨以迅雷不及掩耳之势猛烈袭来,水手们再勤快、再熟练,也无计可施。随着暴风雨的袭来,船上顿时一片混乱。不过,尽管如此,大家还是各就各位,奋力干活儿,即使不能免去一死,也要尽量延长性命。胆大的靠几块木板求生,拖一时是一时,甚至把希望寄托在大概是暴风从船上掀下来的木头上。他们紧紧抱住木头不放,全仗着结实的双臂碰运气。毛里西奥抱住他女儿特朗西拉,安东尼奥抱住母亲莉克拉和妹妹康丝坦莎。只有可怜的奥丽丝苔拉无依无靠,她痛苦不堪,但求一死。作为虔诚的基督徒,如果教义允许,她会非常乐意去死。她蜷缩在大家中间。人们挤在一起,或者说,挤成一团,几乎滑到大船尾部,躲避可怕的雷鸣声、不时出现的闪电以及水手们嘈杂的怒吼声。人们似乎来到净界,时而大船直冲云端,船上的人伸手可以碰着天,时而桅杆直触海底的黄沙。人们紧闭双眼,等待死神降临,换句话说,没看见死神,先就吓住了。不管死神穿什么衣服,模样都很可怕。死神趁人不备,一下子摄走人的精气,那模样就更吓人了。暴风雨越来越凶,弄得水手们束手无策,船长也是一筹莫展,最后人们完全失去了死里逃生的希望。人们不再呼喊干这干那了,只能听到祈祷声和向苍天许愿的声音。在穷途末路中特朗西拉竟然忘记了拉迪斯拉奥,奥丽丝苔拉也忘记了贝利昂德罗。死亡的强烈效果之一就是从人的记忆中抹掉与生命有关的一切事物,使人不再产生忌妒心,这么说吧,把不可能的事变成可能。船上没有辨认时间的沙钟,没有确定方向的罗盘,也没有测定位置的仪器。一切全都陷入混乱,到处一片喊叫声、叹息声和祈祷声。船长昏迷过去,水手们灰心丧气,人们只有举手投降。由于人们昏迷过去,船上渐渐出现一片死寂,连最爱抱怨的人也无声无息了。海水肆无忌惮地漫过大船的甲板,甚至漫过最高的桅杆,桅杆就像报复海水的凌辱似的亲吻着海底的黄沙。最后,似乎到了白天;如果没有一点亮光的日子也叫白天的话,那就算是白天吧。大船停了下来,僵在那儿一动不动。对一只船来说,除了沉没以外,这种状态也很危险。最后,一阵狂烈的风暴袭来,就像使用某种巧妙的手段,把主桅杆翻入水底,船底朝天,船上的人全被葬入海底。

永别了,奥丽丝苔拉纯洁无瑕的思想!永别了,奥丽丝苔拉精心制订的计划!你那诚挚而神圣的脚步停下来吧!不要指望有什么陵墓、金字塔和方尖纪念碑,有的只是这些粗陋的木板!你,啊,特朗西拉!你是忠贞不贰的光辉典范。在你那位稳健的老父亲怀抱里,你可以举行婚礼了,虽然不是和你丈夫拉迪斯拉奥结成良缘,至少你是满怀着步入华丽洞房的希望。你,莉克拉啊!你的愿望引导你永远安息。你用双臂搂住你的儿女安东尼奥和康丝坦莎,把他们带到暴风雨当中,暴风雨夺去你的性命,让你在天国过上更加美好的生活。

　　总之,大船倾覆了,船上的人肯定都丧命了。这部催人泪下的长篇故事的作者将这件事诉诸笔端,同时也写出了读者诸君将在下一章里听到的故事。

第 二 章

讲述一件怪事。

看样子,船翻了,本书作者的理智也翻船了,更确切地说,是乱套了。这第二章写了四五个开头,简直不知道如何收尾。最后,他决定这样写:福祸相依相伴,其间没有界限;喜忧成双成对,忧者陷于绝望,喜者信心百倍,都是头脑过于简单。下面这件怪事,足以说明这个道理。前面说过,船翻到水中,死者葬身于无土之乡。他们的希望全部破灭,谁也不能死里逃生。但是,仁慈的上天早就在设法帮我们摆脱不幸。遵照上天的吩咐,海浪平静下来,慢慢地将大船推到岸边,停在一处海滩上。此时,海滩周围风平浪静,足可充当安全港。离那儿不远的地方有一个很大的海港,停泊着许多船只。那里的水清澈如镜,映照出一座人口众多的城池。在城里的一个高坡上,耸立着华丽的建筑物,城里的人们看见船身,以为是条鲸鱼或者别的什么大鱼,大概是刚刚过去的风暴把它吹来。许多人走来观看,才发现是条大船。于是报告给波利卡波国王,他正是那座城市的主人。国王在许多人以及他两个漂亮的女儿波利卡帕和辛弗罗莎的陪伴下也来了。国王下令用绞盘、转轮和小船把那条船围起来,准备把它牵到港口。有几个人跳到船上,对国王说,船里面有敲打声,似乎还听到有活人的声音。国王身边的一位老臣说:

"我记得,陛下在地中海热那亚海岸见过一条西班牙大帆船,在转动风帆的时候，船翻了，就跟现在这条船一样，桅杆倒插进海底泥沙，船底朝天。在把船翻转过来之前，先是听见有微弱的声音，就像在这条船上听到的一样。于是，有人在龙骨上锯开一道口子，可以看见里面的东西。阳光一照进船里，船长和四个伙伴立刻从船里出来。这是我亲眼所见，西班牙许多史书上都有记载。现在，很可能第二次从船肚子里生出的人又来了。如果是这样，那就不能说是奇迹，而是一种神秘的事。奇迹产生于自然规律，而这种神秘的事看似奇迹，其实不是，只能算是极为罕见的事。"

"那咱们还等什么？"国王说，"马上把船锯开，看看这件神秘事。要是船肚子往外吐活人，我还是把它看成奇迹。"

人们飞快地锯起船来，大家都眼巴巴地看着船怎样生孩子。最后，锯开一个大窟窿，发现里面有死人，也有的像是活人。有人伸进胳臂，抓住一个姑娘。她的心脏在跳动，说明人还活着。其他人也跟着伸进胳臂，每个人都拖出一个猎物。有些人打算拽出活人，拖出来的却是死人。渔夫们并不是什么时候都走运。那些半死不活的人见到了阳光，吸到了空气，终于慢慢地能呼吸喘气了。他们擦了擦脸、揉了揉眼睛、伸了伸胳臂，好像从沉睡中苏醒过来，朝四下里看了看。奥丽丝苔拉躺在阿纳尔多的怀抱里，特朗西拉躺在克洛迪奥的怀抱里，莉克拉和康丝坦莎躺在鲁蒂利奥的怀抱里。安东尼奥父子无人保护，他们是自己出来的，毛里西奥也是自己出来的。阿纳尔多比起那些死而复生的人更加惊愕，更加木呆呆的，比死人更像死人。奥丽丝苔拉看了看他，没认出来，她第一个打破沉默，说出的第一句话是：

"兄弟，美丽的辛弗罗莎碰巧也在人群中吗？"

"圣明的苍天，这是怎么回事？"阿纳尔多心里想，"在这种时候，无论想起什么事，都毫无道理，只应该感谢苍天的救命之恩，怎么会想起辛弗罗莎啊?"

　　尽管如此,他还是回答了她的提问。他说,是的,她在这儿,还问她是怎么认识辛弗罗莎的。阿纳尔多不知道奥丽丝苔拉与船长谈过话,船长告诉过她贝利昂德罗获胜的经过,所以不知道奥丽丝苔拉为什么要问起辛弗罗莎。如果他知道缘由,也许会告诉她,忌妒的力量如此强大、如此微妙,简直是无孔不入,和杀人屠刀所差无几,在生命的最后一刻,也会去寻求恋人的灵魂。

　　过了一会儿,死而复生的人(可以这么称呼他们吧)惊魂甫定,搭救他们的人也不再惊讶,说起话来也都有条有理了。大家七嘴八舌,问这问那,地上的人怎么会在这里,船上的人怎么会来到这儿。这时候,波利卡波看见大船上开了口子,原来的空地方灌满了水,便吩咐把船拖到港口去,想方设法把船拉到岸上,人们马上照办了。就这样,困在船底的人全都出来了,受到国王波利卡波和他的女儿们以及所有头面人物的欢迎。他们真是又惊又喜,可是最让他们(主要是辛弗罗莎)惊喜万分的还是看到了举世无双的美人奥丽丝苔拉。当然,他们也很赞赏特朗西拉的美貌、小蛮女康丝坦莎的鲜亮新奇的服饰和年轻洒脱的风度,她母亲莉克拉的姣好面容和文雅气度也毫不逊色。城池离这儿很近,也没有指定由谁带路,大家就一起步行到城里。这时候,贝利昂德罗过来和妹妹奥丽丝苔拉交谈。拉迪斯拉奥找到特朗西拉,老蛮子找到他妻子和女儿。大家互相倾诉各自的遭遇,唯有奥丽丝苔拉只顾盯住辛弗罗莎,一言不发。但是,最后,她还是对贝利昂德罗说:

　　"哥哥,这位美貌小姐莫不是国王的女儿辛弗罗莎?"

　　"就是她。"贝利昂德罗回答说,"她长得漂亮,又很懂礼貌。"

　　"她肯定是非常懂得礼貌,"奥丽丝苔拉回答说,"因为她长得非常漂亮。"

"虽然还没到这个地步，"贝利昂德罗回答说，"可我欠她的情，啊，亲爱的妹妹，所以只好认为是这样。"

"如果情义算数，你是以情义论美丑，那么照我对你的情义，在你眼里我就应该是人世间最美的人了。"

"世俗的事，"贝利昂德罗回答说，"不能和神界事物相提并论。不管怎么样，夸张和颂扬总该有个限度。说一个女人美过天使，那是出于礼貌的称赞，而不是出于情义的评价。只有对你，我亲爱的妹妹，对你的美貌的称颂才能打破常规，而且具有真理的力量。"

"如果我的苦难遭遇和焦虑不安没有破坏我的容颜，啊，我的哥哥，我也许会相信你的称赞是出自真心。但是，我盼望仁慈的上天有朝一日把我的焦虑不安化为心安神泰，把狂风暴雨化为一片晴空。在此期间，无论对我可以做什么评价，我都恳求你，不要因为有了别的美人和别人的情义就忘记了我的美貌和我对你的情义。你可以用我的美貌和情义满足你的愿望、填补你心灵的真空。假如你把我的形体美——它确实很美——和我的心灵合在一处，你就会发现一个能使你满意的美的整体。"

贝利昂德罗听了奥丽丝苔拉这番话，一时摸不着头脑。他估计她是在吃醋，这在她身上还是头一次。根据长期的经验，他深知奥丽丝苔拉为人稳重，从不敢越过待人真诚的界限。从她嘴里说出来的话，总是表达她的真诚、高洁的思想。对他这位哥哥，无论是在公开场合，还是在私下里，从不说一句不该说的话。阿纳尔多非常羡慕贝利昂德罗。拉迪斯拉奥和妻子相逢，十分高兴。毛里西奥和女儿女婿在一起，心情很愉快。老安东尼奥和妻子及儿女们团聚，也感到惬意。鲁蒂利奥找到了大家，心情也很舒畅。臭嘴克洛迪奥又找到了机会到处宣扬这桩怪事非比寻常……人们来到城里,慷慨好施的波利卡波以真诚之心热烈欢迎贵客,安排大家住在王宫里。他知道阿纳尔多是丹麦王位继承人,对他优待有加。国王也知道奥丽丝苔拉为了爱情背井离乡。波利卡波看到奥丽丝苔拉长得如此美丽,心中很能体谅她朝圣的苦心。波利卡帕和辛弗罗莎甚至要把奥丽丝苔拉安排在自己的房间里。辛弗罗莎目不转睛地看着她,暗暗感谢上天只让她成为贝利昂德罗的妹妹,而不是他的恋人。看见她相貌出众,又同贝利昂德罗有这么亲近的血缘关系,对她特别敬重,一步也不肯离开她。她仔细观察奥丽丝苔拉的一举一动,记下她的言谈,赞扬她的风韵,甚至喜欢她的声音、她的发声器官。奥丽丝苔拉几乎也以同样的方式、怀着同样的感情看待辛弗罗莎。不过两个人的意图却大不相同,奥丽丝苔拉用忌妒的目光看辛弗罗莎,而辛弗罗莎只是出于好意。在城里住了几天,大家从过去的困苦中歇息过来了。阿纳尔多打算回丹麦,或者到奥丽丝苔拉和贝利昂德罗愿意去的地方。他和往常一样,表示自己没有别的想法,愿意服从兄妹俩的意愿。克洛迪奥闲着没事,专门用好奇的目光盯着阿纳尔多的行动,看着爱情的枷锁勒得他脖子发紧。有一天,趁和他单独在一起的时候,克洛迪奥对他说:

"过去,我时常公开指责王子们的恶习,根本不顾他们的崇高地位,一点儿也不留面子,不怕恶言恶语会伤害他们。现在,未经你的允许,我想私下跟你谈一件事,恳请你耐心听。常言道,忠言逆耳,要是有不中听的话,请你多多包涵。"

阿纳尔多莫名其妙,不知道克洛迪奥谈话前做这番铺垫究竟想干什么。为了弄清他的用意,决定听下去,因而对他说,你想说什么就说吧。克洛迪奥拿到通行证,就往下说:

"你,先生,你爱奥丽丝苔拉。我说'爱',是用词不当,应该说是'珍爱'。据我所知，你还不大了解她的身世，不大知道她是何许人，只是知道她自己愿意说出来的东西，可其实她什么也没对你说。她在你那儿待了两年。可以想象，在这两年当中，你一定是尽心竭力想打动她的铁石心肠，让她变得温顺一些，用夫妻间的极其真诚有效的方法引导她顺从你的意愿。然而，她至今依然如故，和你第一天向她提出要求时一模一样。由此可以推断，你是耐心有余，而她却认识不足。你应该考虑一下，一个女人无视一个王国，拒绝一位值得一爱的王子，这其中必有奥秘。一个姑娘家的四处流浪，小心谨慎，不肯吐露自己的出身门第，陪同她的是一位青年，据说是她哥哥，很可能并不是，他们从一个地方走到另一个地方，从一个海岛漂到另一个海岛，甘受天上恶劣气候的摧残、地上狂风暴雨的袭击——这往往比波涛汹涌的海上风暴还要险恶，这其中也必有奥秘。在上天分配给人类的财富中，最该珍贵的就是尊严，尊严比生命更有价值。稳健者的兴趣要用理智来衡量，而不是就兴趣论兴趣。"

克洛迪奥说到这里，还想从严格的哲理角度继续说下去。这时候，贝利昂德罗进来了，克洛迪奥连忙收住话头，尽管他很想说，阿纳尔多也很想听下去。一起进来的还有毛里西奥、拉迪斯拉奥和特朗西拉，后面跟着奥丽丝苔拉，她依偎在辛弗罗莎肩膀上。奥丽丝苔拉身体不适，需要送她卧床休息。她一生病，贝利昂德罗和阿纳尔多心里都七上八下，很是担忧。如果他们不加以掩饰，恐怕也像奥丽丝苔拉一样，要请医生来诊治了。

第 三 章

辛 弗 罗 莎 向 奥 丽 丝 苔 拉 讲 述 自 己 的
爱 情。

波利卡波一得知奥丽丝苔拉身体不适,立即派人传来御医去
看望她。脉搏是表达得什么病的语言,医生从脉搏上发现,奥丽丝
苔拉得的是心病,不是身体上的毛病。在医生做出诊断之前,贝利
昂德罗已经知道她的病情了,阿纳尔多也有所了解,克洛迪奥比大
家都更清楚。医生嘱咐大家让她一个人独处,想办法让她高兴。
如果她愿意,可以让她听听音乐,或者找些其他轻松的娱乐活动,
让她开心。辛弗罗莎负责照看病人,整天陪着她。其实,奥丽丝苔
拉对辛弗罗莎的这番好意,并不感到多么欣慰,她认为自己的病根
儿就在辛弗罗莎身上,所以不愿意老是看见她。再说,她也不想养
好病,她打定主意不告诉他们,是她的一片真心锁住了舌头,她的
人生价值抑制了自己的愿望。最后,大家离开了房间,只剩下波利
卡波和辛弗罗莎陪着她。过了好一会儿工夫,辛弗罗莎把她父亲
也打发走了,只剩下她一个人陪着奥丽丝苔拉。这时候,辛弗罗莎
把嘴巴凑到奥丽丝苔拉的嘴上,紧紧握住她的两只手,使劲吹气,
好像要把自己的灵魂注入到奥丽丝苔拉的身上。这种亲昵的表
示,又把奥丽丝苔拉的心扰乱了。她说:

"这是怎么回事,小姐?我觉得你这番举动说明你的病比我
还重,心灵的伤比我还深。看我能不能帮帮你。我虽然身体不好,

可意志还很健康,可以帮你。"

"亲爱的朋友,"辛弗罗莎回答说,"我非常感谢你的好意,我要以同样的情义报答你。这不是虚假的客套话,也没有丝毫勉强的意思。我,亲爱的姐姐,应该这样称呼你,只要我活着,我就要爱他,真正地喜欢他、珍爱他。我说清楚了吗?没有。我这个人脸皮太薄,身份又在那儿,实在张不开嘴。但是,难道我非得憋死不可吗?非得靠奇迹治病不可吗?或许沉默寡言胜过千言万语?难道这两只端正、羞涩的眼睛必须找到道德和力量的依托才能透露出一个恋人心中的无限思念吗?"

辛弗罗莎一边说,一边眼泪汪汪,长吁短叹。奥丽丝苔拉的心被打动了,她连忙给她擦干眼泪,搂住她说:

"噢,多情的小姐,千万不要把话含在嘴里。你要张开小口,把内心的惶惑和为难之处吐出来,我愿为你效劳。有什么心病,说出来,即使不能治好,也落得个轻松。据我揣想,毫无疑问,你是在苦恋着什么人,我很清楚,虽说你表面上像是石膏像,可你是有血有肉的人。我也很清楚,我们的心灵在不停地活动,每个人都不能不按照星辰的指引——不能说是强迫——对某个人倾注全部的爱心。告诉我,姑娘,你喜欢的是谁?爱的是谁?珍爱的是谁?你总不至于瞎胡闹爱上一头公牛吧,或者和香蕉热恋吧。拿你的话说,你珍爱的是个人,说出来,我不会感到可怕,或者大惊小怪。我和你一样是个女人,我有自己的愿望,只是出于自尊,至今没有吐露出来。作为表露炽热的心情,本来是可以说的。可是,总是担心不合适、不可能,终于没有说出来,我甚至不想在遗嘱里说明我的死因。"

辛弗罗莎两眼注视着她,把她说的每一个字都奉若神谕。

"啊,小姐,"她说,"真没想到,上天同情我的痛苦、怜悯我的不幸,竟然兜了这么个奇怪的圈子,把你送到这块土地上,这简直是奇迹!上天把你从黑洞洞的船肚子里带出来,重见天日,也让我在黑暗中见到光明,使我的愿望走出迷途,为了让你我不再悬着个心,我要告诉你,你哥哥贝利昂德罗来到了这个岛上。"

接着,辛弗罗莎告诉她贝利昂德罗是怎么来的,如何取得胜利,如何战胜对手,如何在比赛中夺魁,这些我们都讲过了。她还说,她哥哥贝利昂德罗的潇洒风度如何在她心目中唤起某种愿望,可那还不是爱情,而是善意。后来,她孤独无聊,一来二去,在思想上欣赏起他迷人之处,继而萌生了爱情。没把他看成普通的人,而是把他看成王子,即使他不是王子,也配称王子。

"这幅图画深深印在我心中。我在不知不觉中让这幅画刻在了我的心上,没有丝毫反抗。就这样,慢慢地我喜欢上了他,正如我刚才说的,对他十分珍爱。"

这时候,要不是波利卡帕进来,辛弗罗莎还想说下去。波利卡帕手拿着竖琴,边弹边唱,想给奥丽丝苔拉解闷。辛弗罗莎停住说话,奥丽丝苔拉茫然若失,一个沉默不语,另一个有些失神,可都没影响她们支起耳朵细听波利卡帕弹奏的举世无双的优美乐曲。她用自己的语言,开始唱了起来,后来蛮子安东尼奥说,译成西班牙语,歌词就是:

> 辛迪娅①啊,幡然醒悟,
> 你仍不感到轻松,
> 那就敞开胸怀,吐尽苦衷,
> 有苦不说,既非勇敢,也非真诚。

---

① 辛弗罗莎的爱称。

熊熊的烈火啊，燃遍全身，

你的自由意志已然俯首称臣，

你既然为他献上一生，

沉默不语，只会催你一命归阴。

带病的声音，带病的灵魂，

舌尖传出灵魂之所思，

才算孔武有力，才算智谋过人。

有苦就说，有话就讲，

世上人才能真正知晓，

你爱得多么炽热，多么深沉。

　　谁也不像辛弗罗莎那样能够领会波利卡帕这首诗的含意，姐姐对她的心思一清二楚。她已经下定决心把自己的心事埋在沉默之中，但还是想借姐姐的劝告，把满腔情思告诉奥丽丝苔拉，实际上她已经开了个头。辛弗罗莎多次陪伴奥丽丝苔拉，她设法让奥丽丝苔拉明白，她这样做是出于礼貌，而不是出于个人兴趣。有一次，她终于又拣起上次的话题，说道：

　　"请再听我说几句，小姐，但愿我的话不会让你厌烦。有些话在心里上下翻腾，搅得舌头不得安宁；不说出来，我会憋死的。尽管我很自信，可还是很担心。我要告诉你，我爱你哥哥，爱得要死要活的。我了解他的美德，这才激起了我对他的爱。我没那份儿心思去弄清谁是他的父母，他是哪国人，有多少财产，他是靠什么发家的。我只注意到是大自然随随便便就让他富裕起来。我只喜欢他这个人，我只爱他这个人，我只恳求一点，请你不要责备我这些草率的念头，尽可能帮帮我。母亲去世的时候，给我留下一大笔财产，父亲并不晓得。我是国王的女儿，虽说国王是大家推选的，到底他还是国王。我的年龄，你已经看到了。相貌如何，我没向你隐瞒。凭我这副相貌，即使不值得称赞，总不至于让人讨厌吧。小姐，让你哥哥做我的丈夫吧，你也把我当成妹妹吧。我愿意和你分享我的财产，我要设法给你找一位丈夫，我在父亲百年之后，甚至在他生前，让我们王国的居民选举他做国王。万一不行，我可以用钱买下几个王国。"

辛弗罗莎一边柔声细语说着，一边拉住奥丽丝苔拉的手，早已哭成个泪人儿。奥丽丝苔拉也陪着她落泪，心里想，一颗热恋的心，会遇上什么样的窘迫，该有多么狼狈啊！尽管辛弗罗莎是她的情敌，奥丽丝苔拉仍然很可怜她。胸怀坦荡的人不会借机报复，何况辛弗罗莎并没有冒犯她，逼她采取报复行动。辛弗罗莎的过错就是她的过错；辛弗罗莎的心事正是她的心事；辛弗罗莎的意图使她心慌意乱。总之，奥丽丝苔拉认为，只要对方没有首先意识到自己有什么过错，就不该怪罪她。她急于想弄清楚的是她哥哥有没有对她表示过好感，哪怕是在微不足道的事情上，另外，辛弗罗莎有没有用话语或者眼神对贝利昂德罗流露过爱慕之情。辛弗罗莎回答说，她从不敢正眼看一看贝利昂德罗，在他这样的人面前，一向一本正经，目不斜视，说话也很谨慎。

"这我相信。"奥丽丝苔拉回答说，"可是，他没有表示过喜欢你吗？这怎么可能呢？恐怕是表示过，据我所知，他不是那种铁石心肠的人，像你这样的美貌女子，不会打不动他的心。所以我想，在我动手打破僵局前，你设法找他谈一谈，以某种真心实意的行动给他一个机会。也许意想不到的好意行动会唤醒最冷漠的粗心，会点燃心中的火焰。一旦他对你表示的愿望有所反应，我就可以轻而易举地让他完全满足你的愿望。万事开头难嘛，我的朋友，在爱情问题上，更是难上加难了。我不会劝你匆忙行事，也不会劝你不加检点。姑娘对恋人的情意不管多么纯洁，也难免引起非议。不要因一时之兴就拿名誉去冒险。尽管如此，只要办事稳重，就能有所作为。爱情是指导人如何去想的精明的老师，会给思想最混乱的人提供机会、提供场合，让他表白情思，又不至于损害声誉。"

第 四 章

辛弗罗莎的爱情故事继续发展。

热恋中的辛弗罗莎全神贯注地听取奥丽丝苔拉的分寸适度的规劝。她没有直接回答，又继续拾起谈过的话题，她说：

"你瞧，我的朋友，我的小姐，我认识到你哥哥的价值，心中产生了多么强烈的爱。基于这种爱情，我派父王的卫队长出去找你哥哥，不管他愿意还是不愿意，都要把他带来见我。队长乘坐的那条船就是把你送到这儿的那条船。人们在船上的死人堆里找到了他，他也已经不省人事了。"

"大概是这样吧，"奥丽丝苔拉回答说，"你对我说的事，大部分他都讲过了。因此我对你的想法早就有所耳闻，只是还不大清楚。如果可能的话，我希望你先静下心来，向我哥哥表白一下你的心事，或者等你讲完你和他之间发生的事，我再想想办法。总之，你会找到机会和他谈谈，我也一样。"

辛弗罗莎再次感谢奥丽丝苔拉的一番好意，奥丽丝苔拉再次对她表示同情。在她们两人交谈的同时，克洛迪奥和阿纳尔多也在交谈。克洛迪奥极力要打乱或者破坏阿纳尔多的情思。他发现阿纳尔多总爱一个人待着，心想，谁犯心思、想恋人，就会一个人待着，于是就对他说：

"那天我跟你说过，先生，女人都是水性杨花，根本靠不住。奥丽丝苔拉看上去像天使，可她毕竟是个女人。就算贝利昂德罗是她哥哥,可他是个男人。我说这话,不是要你往坏处想,是劝你慎之又慎。也许你能有机会顺着理智的路子思考一下问题,我希望你能想想自己是什么人,想想你父亲孤身一人,臣民又需要你,你有可能失去王位,这就像船只会失去驾船的舵手一样。你看,国王一定要结婚,可找的不是美人,而是门当户对的姑娘,不是看财富,而是看人品,因为他们必须为自己的王国准备下优秀的继承人。如果人们看到王子的血统不纯,就会不大尊敬他,不大看重他。身为一国之主,自然威风凛凛;但是,如果娶了一个出身微贱的女人,也不能抬高她的地位。公马和著名的良种母马相配,准能生下良驹;和无名的劣种母马相配,就会差得多。在老百姓中间,趣味起很大作用,贵族则不然。所以,老爷啊,要么你回到自己的王国去,要么多加小心,千万不要上当受骗。我斗胆直言,请你原谅。我说人坏话、议论人是出了名的,可我不想让人说我心怀恶意。我是在你的保护下被带到这儿来的,靠你的勇武,我才保住了性命;在你的庇荫下,我才不怕酷烈的天气。看来我吉星高照,至今一直是恶劣的处境正在好转。"

"噢,克洛迪奥,"阿纳尔多说,"谢谢你对我提出的忠告。奥丽丝苔拉是个好姑娘,贝利昂德罗是她哥哥,别的我都不相信,因为她说过这话,我认为她说的每一句话都是真的。我爱她,这是没有疑问的。她美丽得无与伦比,我对她的思念也无休无止,一心只想着她,过去、现在和将来我都为她活着。所以,克洛迪奥,不要再劝我了,你的话只能是耳旁风,我会用行动向你表明,你的忠告全是徒劳。"

克洛迪奥耸耸肩,低下头,走开了。他心里想决不再劝说了,因为要劝说别人,必须具备三个条件:一是有权威,二是出言慎重,三是受人之邀。在波利卡波的王宫里,在思绪混乱的恋人心中,爱情恰如潮涌,他们都在动心思、想主意。奥丽丝苔拉醋劲儿大发,辛弗罗莎坠入情网,贝利昂德罗心绪不宁,阿纳尔多一往情深。毛里西奥不顾特朗西拉愿不愿意,执意要回家乡,特朗西拉不想回到故土去见那些伤风败俗的人。她丈夫拉迪斯拉奥不敢也不想违拗她的意愿。老安东尼奥一心只想回到西班牙与妻子、女儿团聚。鲁蒂利奥想回自己的祖国意大利。每个人都有自己的愿望,可没有一个人能如愿以偿:人之所以为人,就是因为这个。上帝创造了完美的人性,而我们由于自己的过错总觉得有欠缺;只要一心不断地追求,总是觉着缺少什么。有一天,辛弗罗莎经过精心安排,让贝利昂德罗和奥丽丝苔拉单独在一起。她希望就她提起的诉讼,动手处理自己的案子,判案结果如何,关系到她的生死存亡。奥丽丝苔拉首先对贝利昂德罗说:

"哥哥,在咱们朝圣的途中,到处是艰难险阻,险象环生,每时每刻都担心死亡的威胁。先生,我希望咱们能设法保全性命,找个地方,安定下来,我看没有任何地方比现在待的地方更好了。这儿的人们给了你大量的金钱,不是口头上说说,而是说给就给。还给了你一位极其高贵、极其俏丽的女郎,不可能要她像平常人一样来求你,你要去求她、恳求她、追求她。"

奥丽丝苔拉说这几句话的时候,贝利昂德罗一直全神贯注地看着她,眼睛一眨也不眨,迅速开动脑筋,打算弄清楚对方说这番话究竟是什么目的。不过,奥丽丝苔拉又接着往下说,才打破了他的遐想。只听她说:

"哥哥,我想说,不管你的处境如何,我都这样称呼你。我要告诉你,辛弗罗莎爱你,希望你做她丈夫。她说,她的财产多得令人难以置信,而我说她的美丽真是令人折服。我说令人折服,因为她的确长得很美,用不着大吹法螺来抬高她,也用不着夸大其词来吹捧她。据我观察，她性情温柔，聪明伶俐，举止端庄，为人正派。你的身份在那儿，你很值得人爱，我说这番话，绝不是不承认这些。但是，根据目前的情况，找她这样一个伴侣也算不错。咱们远离故土，你哥哥迫害你，我的命又不好。咱们越是急着去罗马，路途就越是艰难，越是漫长。我的主意没有改变，只是有些动摇。我不愿意成天在危险中提心吊胆，不定什么时候会丢掉性命。因此我想献身宗教了此一生，只希望你一生能得到好报。"

奥丽丝苔拉把话说到这儿，就停住了。可是，眼泪扑簌簌往下掉，把刚才说的话全都收回去了，全都抹掉了。她态度很真诚，把胳膊伸到被单外面，平摊在床上，把头转过去，背朝着贝利昂德罗。贝利昂德罗看见奥丽丝苔拉举止异常，又听了她的话，一时不知道如何是好。他的眼睛模糊了，喉咙哽住了，舌头僵直了，他扑通一声跪在地上，头靠在床上。奥丽丝苔拉转过脸来一看，他昏倒了，连忙用手摸了摸他的脸，擦干了他的眼泪。贝利昂德罗自己没有感觉到，可泪水一道一道地顺着他的面颊直往下淌。

第 五 章

波利卡波国王和他女儿辛弗罗莎之间发
生的事。

　　自然界有些事,我们看到了结果,但说不清原因。有人看见别
人用刀子割布,牙齿就动弹不得。有的男人也许看见老鼠就发抖,
我亲眼见过有个人一见别人削萝卜就浑身打战;我还亲眼见过有
个人,一见桌子上放了几个油橄榄就肃然起敬。你要问为什么,谁
也说不上来。有的人绞尽脑汁,猜测一番,也无非是说星辰于某人
的秉性不利,让他看见上面说的那些东西或是我们随处可见的东
西就做出那种举动,感到害怕,感到恐惧。关于人,有个定义,说人
是会笑的动物,因为只有人才会笑,其他任何动物都不会笑。依我
说,人是会哭的动物。大笑特笑说明人缺乏理解力;大哭特哭,说
明人缺乏思考力。行为慎重的男人只在下面三种情况下落泪才是
正常的:第一,犯了罪;第二,罪孽得到宽恕;第三,出于忌妒。为其
他事流眼泪在他那张严肃的面孔上都显得不相称。好,让我们看
看昏迷不醒的贝利昂德罗的情况。他流眼泪,一不是因为犯罪,二
不是因为悔恨,而是出于忌妒,因此自然会有人谅解他的哭泣,还
有人给他擦眼泪,比如奥丽丝苔拉。奥丽丝苔拉把他整成这个样
子,并非出自真心,而是耍了个花招儿。最后,贝利昂德罗苏醒过
来,听见屋里有脚步声,回头一看,站在自己背后的是莉克拉和康
丝坦莎。她们是来看奥丽丝苔拉的。来得正是时候,要是他一个

人在那儿，真还找不到合适的话来回答姑娘。这下子，他可以好好想一想，考虑考虑她提出的建议。辛弗罗莎也在那儿，她想了解一下在爱情的法庭上，对她的案子，一审会做出什么样的裁决。显然她是第一个赶来看奥丽丝苔拉的，莉克拉和康丝坦莎是后来的。可是她没能进来，因为她父王传来口信，要她立刻去见他，不得有误。她遵命前往，只见她父亲一人独处房中。波利卡波要她坐在身边，沉默片刻之后，压低声音说话，好像担心别人听见似的：

"孩子，你年纪尚小，体味不出爱情的滋味，就是我这把年纪的人也未必能深刻领会。但是，也许大自然会脱离常规，稚嫩的少女会被爱情烧焦，老年人会变成朽木枯株，耗尽生命。"

辛弗罗莎听到这些话，心中怀疑父亲已经知道了自己的心事。但她没有说话，不想打断父亲的话头，让他说个明白。只是她的心却在怦怦乱跳。父亲接着说：

"我亲爱的女儿啊！你母亲去世以后，是你给了我欢乐，成了我的依靠，还不断给我忠告。就像你看到的那样，我一丝不苟地信守鳏夫之道，一方面是为了个人的声誉，另一方面也是遵奉天主教的教义。但是，自从这些新客人到我们城里之后，我的理智之钟就不正常了，我的良好的生活规律被搅乱了，最后，我从稳重自负的顶峰跌入了不知道是一种什么欲念的深渊。要是不说出来，我就会憋死；要是说出来，又觉得脸上无光。不能再迟疑了，我的孩子。不能再沉默了，我的朋友。不能再这样下去了。如果你愿意听，我就告诉你：我深深地爱上了奥丽丝苔拉。她温柔美丽，像一把烈火点燃了我这把老骨头。她那双眼睛好似明星闪烁，照亮了我昏花的老眼。她的秀丽俊逸，使我虚弱的身体受到了鼓舞。如果可能，我想给你和你姐姐找一位继母。她的价值足以抵消我为你们找继母所犯的过错。只要你同意我的看法，别人说什么，我都不在乎。

为了她,即使别人认为我发疯了,夺去我的王位,我也要到奥丽丝苔拉的怀抱里去称王。世界上找不到像我这样的君主。这是我的想法,孩子,请你把这个想法告诉她,征得她的同意,这件事对我至关重要。据我想,要她同意并不太难。经过慎重考虑,她会看到我的权势可以弥补我年龄偏老,我的财富足以抵偿她的青春年华。当王后是好事,能指派别人也是好事。荣华富贵,人人喜爱,休闲娱乐并不一定要求夫妻匹配。假如你能完成使命,带回喜讯,我要送你一样最好的东西作为酬劳。虽说你稳重老练,恐怕也猜不出比我的礼物更好的东西。你看,一个有地位的人总希望得到四样东西,那就是:美丽的女人,漂亮的房子,骏马和精良武器。前两样东西,女人像男人一样也想得到,要求更加强烈;妻子不一定能抬高丈夫的地位,而是夫贵妻荣。为王者、为大臣者不会因为与普通人结婚而地位下降,结婚后反而会使妻子享有同等的地位。因此,不管奥丽丝苔拉是什么人,只要成为我的妻子,她就是王后,她哥哥就是国舅。我要让他成为你的丈夫,他有了'国舅'的称号,你也会受人尊敬,既因为你是他妻子,又是我的女儿。"

"那么,父王,"辛弗罗莎说,"你怎么知道贝利昂德罗没有结婚呢?即使他没结婚,又怎么知道他愿意和我结婚呢?"

"一看他流浪在异国他乡,我就断定他没有结婚,"国王回答说,"婚姻美满的人是不会浪迹天涯的。至于他愿意不愿意做你的丈夫,我看他为人十分稳重,我敢断定他会愿意的。他能看到与你结合会有什么好处!他妹妹俊美秀丽,能成为王后;你的容貌姣美,他一定愿意做你的丈夫,这样说不算过分。"

国王的最后几句话以及他的慷慨许诺激起了辛弗罗莎的希望,眼看心想事成,她感到十分欣慰。于是,辛弗罗莎不再违抗父亲的意思,答应为他说媒,事情还没有办成,先接受下父亲的酬劳。

至于怎样才能让贝利昂德罗做她的丈夫,她只是说再看一看。贝利昂德罗的才智证明他确是个有价值的人,但是,最好还是不要一下子提出来,先接触几天,取得经验,等她有了把握再说。一旦贝利昂德罗成为她的丈夫,她就会将世上人最想得到的全部财富——她的余生——献给他。至于品德高尚、地位显赫的姑娘最宝贵的东西是什么,有人说是嘴上说的,有人说是心里想的。

就在波利卡波和他的女儿议论这件事的时候,在另一个房间里,鲁蒂利奥和克洛迪奥也在进行一场交谈。克洛迪奥的生平和习性前面已经介绍过了。他是个稳重不足而奸诈有余的人,生来就是个嚼舌根的天才。傻瓜和头脑简单的人不会背后议论人,也不会骂人。前面说过了,说人坏话不是件好事,但是,老练的嚼舌根的人又会受到称赞。在任何一次谈话里,总会有几句说到点子上的尖酸刻薄的话,就像往食物里放上点盐,才有滋味儿。至少会有这样的情况:对一个尖酸刻薄的骂人者,有人指责他恶语伤人,但也有人表示可以谅解,还称赞他骂得得体。我们这位爱嚼舌根的人因为说话被逐出家园,和他一起的还有愚蠢而放荡的罗莎蒙德。英国国王对恶语伤人的克洛迪奥和愚蠢的罗莎蒙德给予了同样的处罚。这一天,克洛迪奥和鲁蒂利奥单独待在一起,只听他说:

"你看,鲁蒂利奥,有的人很蠢,太蠢了,他把秘密泄露给别人,又一再求人家别说出去,因为事关身家性命,千万不能让人知道。我要对他说,过来,过来,你这个专爱透露个人想法、散布个人秘密的人。要是像你说的这是件生死攸关的大事,你又把它泄露给会说出去的人,而且泄露出去于他又是无足轻重,你怎么能要他守口如瓶、严加保密呢?你知道的那件事不想让人知道,你不说,不就最保险了吗?这些我都明白,鲁蒂利奥。尽管如此,有些想法话到嘴边,急着要说出去,告诉给大家,不说出去就会烂在肚子里,会把自己憋死。来啊,鲁蒂利奥,这位阿纳尔多在这儿干什么?他像影子一样跟在奥丽丝苔拉的屁股后面,把自己的王国交给年老体弱的父亲,一会儿在这儿消失不见了,一会儿又在那儿被淹了,到这儿哭哭啼啼,到那儿唉声叹气,自作自受,还成天苦着个脸埋怨命不好。对奥丽丝苔拉和她哥哥这一对到处流浪的青年男女能说什么呢?他们隐瞒自己的身世,也许是要人怀疑他们是不是出身豪门?一个人远离故土,到没人相识的地方可以随便说谁是他的父母,再加上他处处小心,故弄玄虚,从举止上看,倒像是太阳和月亮的儿女。我不否认,一个人能做到蒸蒸日上是值得称赞的美德,但不能损害第三者。荣誉和赞扬是对美德的奖赏,实实在在的美德配得上这份奖赏,而名不副实的虚假的美德就不配。这位摔跤手、这位击剑手、这位跑步和跳高运动员、这位伽倪墨得斯①究竟是什么人?这个美男子,在这儿被卖掉,在那儿又被买回来,他到底是什么人?他是娇小姐奥丽丝苔拉的阿耳戈斯,他简直就不让我们窥见小姐的面容,这一对举世无双的俊男美女,我们既不知道(也无法知道)他们从哪儿来,也不知道他们要到哪儿去。不过,他们最让我心烦的是,我不相信他们是兄妹——你就是说出大天来,我也敢向你发誓,鲁蒂利奥。如果说他们是兄妹,我很难理解,他们为什么总是形影不离,他们一起在大海上漂泊,在陆地上、在沙漠里、在荒野上流浪,包括打尖住店从不分开。他们的花费是从蛮女莉克拉和康丝坦莎携带的背包、小提包和其他行囊里掏出来的,包袱里装满了金块。我清楚地看到,奥丽丝苔拉戴的那只钻

---

① 据希腊神话,伽倪墨得斯是特洛伊国王特罗斯的儿子,因相貌俊美,被化作鹰的宙斯掳去做侍酒童子。

石十字架和两颗大珍珠都是价值连城的宝贝。那些首饰不是做小本生意的人可以换到或者买到的。人们会想,他们一定总能遇到热情款待他们的国王和肯于帮忙的王子,这就不用说了。鲁蒂利奥,关于自大的特朗西拉和她那位善观天象的父亲又能说些什么呢?她自以为十分勇敢,她父亲把自己吹成是天字第一号星相学家。我敢打赌,特朗西拉的丈夫拉迪斯拉奥现在宁肯回归祖国,回到家里好好休息,哪怕是要受当地的法律约束,忍受当地人的习性,他也不愿意流落他乡,接受别人堂堂正正的施舍。还有咱们这位西班牙蛮子,他趾高气扬,好像世上的勇敢精神全集于他一身。我敢说,如果上天让他回到故乡,他准得招去一大帮人,向他们显示他那身披兽皮的妻子儿女,把蛮子岛画在一块麻布上,用小棍指着他被关了十五年的地方,还会介绍关押囚徒的地牢、蛮子们徒劳无益的令人发笑的期望以及岛上那场意外的大火。就像那些从土耳其奴隶制度下解放出来的人们一样,从脚上取下镣铐,扛在肩上,用悲悲切切的声音讲述自己的不幸遭遇,在基督徒的土地上低声下气地进行祈祷。这些事情听起来似乎不大可能,但是,人却能经受更大的危险。危险再大,出自流亡者之口,还是可信的。"

"喂,克洛迪奥,你还要啰唆多久啊?"鲁蒂利奥说。

"马上就完,"克洛迪奥回答说,"就拿你来说,在这种地方,你没有用武之地。这儿的人从来不跳舞,也没有别的消遣,只靠酒神赐给他们的东西打发时光。端起酒杯,笑逐颜开;喝起酒来,放荡无度。还得说说我自己,上天有好生之德,阿纳尔多又以礼相待,我这才死里逃生,可我一不感谢上天,二不感谢阿纳尔多。我首先希望咱们自己改变自己的命运,哪怕会让别人身遭不幸。穷人之间,友谊可以长存,因为同样的命运把他们的心连在一起。但是,由于贫富悬殊,穷人和富人之间的友情就不可能持久。"

"你可真像个哲学家,克洛迪奥。"鲁蒂利奥反驳说,"我想象不出咱们能用什么办法,像你说的那样改善自己的命运。咱们打生下来命就不好。我不像你那样博学多识,但我非常清楚,出身微贱的人,如果没有上天的大力帮助,再没有足够的好品德,单靠自己的力量,很难达到预想的高度。你呢?你身上最突出的美德就是咒骂美德,谁会给你别的德行呢?至于我,我再努力,也不会比马尥蹶子跳得更高,有谁会抬举我呢?我是个跳舞的,你是个传小道消息的。我在家乡被判处绞刑,你爱骂人被赶出国土。你看,咱们还能指望什么时来运转呢?"

克洛迪奥听完鲁蒂利奥的话,也是哑口无言。本书作者就以他的沉默结束这一章吧。

第 六 章

辛弗罗莎向奥丽丝苔拉转达她父亲的爱
慕之情。

　　每个人都找到说知心话的人。波利卡波和自己的女儿谈,克
洛迪奥和鲁蒂利奥谈,唯独贝利昂德罗心里有话,只能自言自语。
奥丽丝苔拉跟他讲了一大通道理,他也不知道求谁帮忙,可以减轻
一下烦恼。

　　"我的上帝啊!这是怎么回事呀?"他自言自语地说,"难道奥
丽丝苔拉失去了理智?她要给我当媒人!她怎么会忘记我们约定
的事情呢?我和辛弗罗莎有什么关系?只要我还是贝雪莱斯,有
什么王位、什么财富能让我放弃自己的妹妹西吉斯蒙达呢?"

　　说到这儿,他咬紧嘴唇,朝四下里看了看,发现无人偷听,又接
着说下去:

　　"毫无疑问,奥丽丝苔拉吃醋了。在深深相爱的人之间,对一
阵清风、一片阳光,甚至脚踩的一块土地都会产生忌妒心。我的心
上人啊,瞧你干的这些事,不要伤害自己的勇气和美貌。我的想法
坚定不移,你不要抹掉我的思想的光辉。我的想法忠贞不渝、坚定
不移,为我铸造了一顶无价的王冠,真正恋人的王冠!辛弗罗莎的
确长得漂亮,又有钱,出身高贵。可是,和你相比,她又显得丑陋、
贫穷、出身微贱。请你想一想,姑娘,咱们心中的爱情是经过互相
选择产生的,还是命中注定的。如果是命中注定的,那就会始终不

渝;如果是经过互相选择才产生的,那就会根据当初不得不做出选择、从而产生爱心的原因的起落而起落。这是一条颠扑不破的真理。根据这条真理,我认为我的爱是没有止境的,是没有语言可以表达的。甚至可以说,从我在襁褓中的时候起就深深地爱上了你,所以我认为我们的爱情是命中注定的。随着年龄的增长,我通达事理了,认识能力也增强了。你身上那些使你变得可爱的部位也日益增长。这是我亲眼看见的,我很欣赏,也很了解,并且铭刻在心中。我把你和我融为一体,我甚至要说,就是死神也难以把我们分开。我的宝贝,你别提辛弗罗莎了,别再告诉我别人是如何如何美丽了,别再用什么帝国、王国来诱惑我了,还是像往常那样用'哥哥'这个甜蜜的称呼叫我吧。这番话我翻来覆去思索过,很想把心里话原原本本地说给你听。然而,我无法做到,因为一见你的目光,特别是在你生气的时候,我就觉得眼前一片模糊,舌头不听使唤。最好还是把我的想法写在纸上,话就是那么几句,你可以反复阅读,从中看到一片真情、一种坚定的信念、一种值得信任和称赞的愿望。因此,我决定给你写信。"

这样做,他的心情稍稍平静下来。他认为用笔来表达自己的心思,比用舌头来得更加精确。我们先让贝利昂德罗好好写信,再来听一听辛弗罗莎对奥丽丝苔拉说了些什么。辛弗罗莎想知道贝利昂德罗怎样回答奥丽丝苔拉,就设法单独和奥丽丝苔拉会面,顺便将父亲的想法告诉她。她以为,只要一提出这件事,对方肯定会满口答应。据她想,很少有人会无视财富和权势,尤其是女人,女人生性最为贪婪,正如她们生性最为傲慢和自负一样。奥丽丝苔拉看见辛弗罗莎来她这儿,心里有些紧张,因为她没再见到贝利昂德罗,没什么可回答辛弗罗莎。辛弗罗莎在谈自己的事情之前,想先谈谈父亲的事。她想,把这个令人兴奋的消息告诉奥丽丝苔拉,她一定会站到自己一边，自己的事成与不成，全取决于她。于是，她说：

"美丽的奥丽丝苔拉，毫无疑问，上天对你十分偏爱，我觉得上天总是一而再再而三地降福于你。我的父王对你有爱慕之心，让我来告诉你，他要娶你为妻。你要是答应了，我就回去禀告，作为酬劳，他答应我招贝利昂德罗为婿。这么一来，小姐，你将成为王后，贝利昂德罗将成为我的丈夫。你会有享不尽的荣华富贵。从我那白发苍苍的父亲身上，你也许找不到足够的乐趣，可是从指挥一切以及从忠心耿耿为你效劳的臣子身上，你会找到足够的乐趣。我对你讲了很多，我的朋友，我的小姐，你要为我做的事也很多；谁为别人做一件大好事，不会不期望得到相应的报答。咱俩将在世上成为相亲相爱的姑嫂，将成为真诚相爱的挚友。只要你不改变稳重处事的作风，这种事定会实现。现在请你告诉我，你跟你哥哥谈了我的事之后，他是怎么答复的。我相信一定能得到满意的答复。谁要是不接受你的神谕般的忠告，他一定是个傻瓜。"

奥丽丝苔拉回答说：

"我哥哥贝利昂德罗是个有头脸的骑士，懂得有恩必报。他又是个四处游荡的朝圣者，处事十分谨慎。看得多了，读得多了，人会变得更加机智。我和我哥哥屡遭艰险，渐渐懂得应该怎样珍惜宁静的生活。你为我们提供了那么多，我想毫无疑问，我们应该接受你的建议。可是，到现在为止，贝利昂德罗还什么也没回答，不知道他的意愿会使你充满希望，还是让你大失所望。美丽的辛弗罗莎啊！请再给一些时间，让我们好好考虑你所承诺的好事。你的承诺一旦兑现，我们会估量出它的价值。许多事情只能一次成功，一旦失败，就没有第二次机会加以补救了。婚姻大事就属于这类行为。因此，结婚前必须考虑周全。我认为这件事已经考虑

过了,我看你能如愿以偿,我也会接受你的许诺和忠告。去吧,好
妹妹,帮我把贝利昂德罗叫来,我想从他那儿得到令人愉快的消
息,再转告你。关于我的事是否合适,也想听听他的意见。他是我
哥哥,我应该尊重他,听他的话。"

辛弗罗莎拥抱了奥丽丝苔拉一下,又放开她,就去叫贝利昂德
罗了。这时候,贝利昂德罗正一个人关在屋里,拿起笔,在纸上一
次一次地开头,又一次一次画掉,画掉了又写,去掉几句,又添上几
句,终于写出了下面这封信:

> 我不敢相信自己的舌头,只好相信这支笔,对这支笔我也
> 信心不足。一个随时等待死神降临的人,是写不出眼前的事
> 的。现在我才明白,并非所有老成持重的人在任何情况下都
> 能提出忠告。只有那些有经验的人在别人提出某些问题要求
> 回答的时候,才能给予忠告。请原谅我没有接受你的忠告,因
> 为我觉得要么是你不了解我,要么是你忘记了自己是谁。小
> 姐,清醒清醒吧,你的理解力是罕见的,可它的作用范围、它的
> 分量都有一定的限制,你千万不要想脱开这种限制,无端猜
> 疑,心生忌妒。你要想一想你是谁,不要忘记我是什么人。这
> 样你就会看到你身上具有人人渴望的价值,也会看到我身上
> 具有人人想念的爱情和坚定性。你要考虑再三,坚定信念,别
> 担心其他美女会燃起我心中的火焰。也不要胡思乱想,以为
> 别的女人会超过你那无与伦比的品德和容貌。咱们继续走下
> 去吧,去实现我们的心愿,摆脱无端的忌妒心理和有害的猜疑
> 吧。我将竭尽全力要求尽快离开这个地方,因为照我看离开
> 这个地方,我也就跳出了百般折磨我的地狱,才能高兴地看到
> 你摆脱忌妒心理。

　　这就是贝利昂德罗六易其稿、最后誊清的信件。他把信折好，
正要去看望奥丽丝苔拉，那边就有人来叫他了。

第 七 章

鲁蒂利奥爱上了波利卡帕,克洛迪奥爱
上了奥丽丝苔拉,二人给她们写信表达
爱慕之情。鲁蒂利奥不敢胆大妄为,撕
毁了情书,克洛迪奥决定把信送出去。

鲁蒂利奥和克洛迪奥这两个人都想改变自己的卑贱地位,一
个想靠自己的聪明才智,另一个要靠自己的厚脸皮。一个认为自
己可以和波利卡帕相配,另一个认为自己可以与奥丽丝苔拉缔结
良缘。鲁蒂利奥很喜欢波利卡帕的声音和风度,克洛迪奥看上了
奥丽丝苔拉举世无双的美貌。他们二人一再寻找机会表露心迹,
又不至于因此招来祸害。一个地位低下的男人胆敢向一位出身名
门的女人提出连想都不敢想的事情,心里害怕也是一桩好事。说
不定也许会碰上一位出身高贵又不大检点的小姐,地位卑下的男
人就可以多看她两眼,向她吐露心事。出身高贵的女人一定要态
度严肃、谦虚谨慎,同时又不傲慢,不粗暴,不粗心大意。越是有地
位的女人,越要显得谦恭、严肃。不过,对这两位骑士和情场新手
来说,欲念的产生并不是因为两位小姐放荡不羁、言行轻佻。不管
他们的欲念是怎么产生的吧,总之,鲁蒂利奥给波利卡帕写了一封
信,克洛迪奥给奥丽丝苔拉写了一封信。

鲁蒂利奥致波利卡帕的信的内容如下:

小姐,敝人是外国人。即使我对你说我出身豪门,由于无人证实,你心里也许不会相信。其实,要证明我的高贵身世,倒也不难,我斗胆说一声"我爱你",这就足够了。你看,你需要什么证据来证实我所言不假,你尽管提出来,我一准办到。我很想娶你为妻,你想想看,只有我这样的人,才有这样的愿望;我有这样的愿望,才配得到你要的东西。高尚的精神总是希求得到高尚的东西。请你回信,哪怕是用眼神表示。你的眼神是温柔还是严厉,就足以决定我的生死。

鲁蒂利奥封好信封,准备交给波利卡帕。他忽然想起有人说过"抛砖引玉"这句话,就把信拿给克洛迪奥看了看。克洛迪奥也把他写给奥丽丝苔拉的信拿给他看。

克洛迪奥致奥丽丝苔拉的信的内容如下:

有的人受美色的诱惑坠入情网;有的人看中对方优雅潇洒的风度;还有的人认为对方很有价值,才决定献出爱心。可是,我的情况不同,我把她的枷锁扣在我的喉咙上,把她的绳索套在我的脖子上,把她的脚镣拴在我的脚上,让我的意志服从她的傲慢,这完全是出于怜悯。美丽的姑娘,看见你被卖来卖去,处境尴尬,随时都有生命的危险,即或是铁石心肠,也不能无动于衷。冷酷无情的刀剑架在了你的脖子上,大火烧焦了你的衣服,大雪也许把你冻僵过,饥饿使你变得面黄肌瘦,红润的面颊蒙上一层黄色,最后,洪水把你吞下去,又吐出来。我真不知道你是靠什么力量闯过这些危难的。一个到处流浪的国王自身力量单薄,不可能给你力量,他跟在你的后面,只是要你供他享乐。你的兄长——如果他是你兄长的话——也没有那么大的力量能在困境中鼓起你的勇气。姑娘,不要相信那些在遥远的将来才能兑现的诺言,还是靠眼前的希望吧。你要选择上天赐给你的保险的生活方式。我是个年轻人,走到天涯海角也有能力生存下去。我会设法帮你离开这里,摆脱阿纳尔多对你的纠缠,带你走出这个埃及,前往充满希望的地方,那就是西班牙,或者是法国,或者是意大利,因为我不能住在我亲爱的甜蜜的祖国——英国。我愿意成为你的丈夫,当然也就是接受你做我的妻子。

鲁蒂利奥看完克洛迪奥的信以后说:

"说真的,咱俩都疯了。咱们总想让自己相信,没有翅膀也能飞上天,因为咱们的追求不过给咱们装上一副蚂蚁的翅膀。你瞧,克洛迪奥,照我的意见,还是把这些信撕了吧,因为促使咱们写信的不是爱情的力量,而是内心的空虚和无聊。没有强烈的希望,爱情不会萌发,更不会滋长;没有希望,爱情就是空的。在这种事情上,我们干吗要甘冒失败的危险,而不是努力争取成功呢?这件事一旦披露,咱们立刻会被绞死,要么会被砍头。此外,咱们公开表示爱上了什么人,人家不仅会把我们看成是缺德鬼,还会看成是叛徒。你难道看不出来,在公主和舞蹈教师之间的距离吗?尽管这位教师又学了银匠手艺以补不足。你难道看不出来,在一个被流放的谣言家和一个视国王如粪土的女人之间的距离吗?咱们还是闭上嘴巴,为自己的愚蠢行为忏悔吧。至少我得先把这封信撕掉,要么让它随风飘去,决不交给波利卡帕了。"

"你想怎么处理你的信就怎么处理,"克洛迪奥回答说,"我这封信,即使不交给奥丽丝苔拉,为了纪念我的才智,也要把它保存起来。我很担心,不把信交给她,这一辈子我的良心都会由于这次反悔而受到责备,尝试一下并非总是有害的。"

这就是两个虚假的有情人、真正的笨蛋和冒失鬼之间的谈话。

贝利昂德罗终于找到机会和奥丽丝苔拉单独谈话。他进屋去看她，打算把信交给她。可是，一看见她，就把事先想好的说辞和道歉的话忘得一干二净了。他说：

"小姐，你好好看看我，我是贝利昂德罗，从前是贝雪莱斯，照你的意思改叫'贝利昂德罗'。把咱们俩的心愿系在一起的绳结，谁也解不开，除非是死神。既然如此，你干吗还要违心地劝我干这干那呢？请你看在上天诸神的面上，看在比天仙更美丽的你自己的面上，求求你别再提辛弗罗莎的名字了，也别再胡思乱想，以为她的美貌和财产会使我忘掉你的美德和举世无双的容貌、你的形体美和心灵美。我的心灵为你而活着，我再一次把它奉献给你。这和我第一次看见你，把心献给你的时候没有什么差别，因为对你的美德的印象早已刻在我的心上，我早已承担起为你效劳的义务，无须再加上什么新条件。小姐，你要保重身体，我要设法离开这个地方，并尽可能安排好我们的旅程。罗马是人间天堂，它不在天上，任何艰难险阻只能推迟我们的行程，却不能阻止我们到达那里。鼓起你的全部勇气吧，不要以为世上会有人反对你。"

贝利昂德罗说这番话的时候，奥丽丝苔拉一直用温柔的目光瞅着他，又忌妒，又怜悯，不禁热泪盈眶。最后，贝利昂德罗的情意绵绵的话语打动了她的心，勾起她封闭在心中的一片真情。她只用三言两语回答说：

"亲爱的，别再费劲了，我相信你。我满怀信任地求求你，咱们赶快离开这里，在别的地方也许能治好我在这儿沾染的忌妒病。"

"要是因为我的原因，小姐，"贝利昂德罗回答说，"才引起你的忌妒病，那你就耐心一些，先别埋怨。我向你赔礼道歉，你就不会再伤心落泪了。不过，我没有伤害过你，让熟悉你的人高兴吧，哪怕是高兴一时呢。既然没有必要犯忌妒病，就没有理由再折磨得我们死去活来了。你吩咐的事，我会尽快办成，尽可能快一点离开这里。”

“你知道这对你有多么重要吗，贝利昂德罗？”奥丽丝苔拉回答说，“你要知道，他们向我许下诺言，准备给我酬谢，不是一般的礼物，至少要把这个王国献给我。波利卡波国王想要成为我的丈夫。他已经派他的女儿辛弗罗莎来说亲了。她呢，想求我这个继母帮忙，要你做她的丈夫。这件事成与不成，你自己知道。我们的处境是否危险，请你考虑。有鉴于此，我劝你慎重行事，根据我们的需要，找出补救办法。真对不起，是我多疑，才刺伤了你。但是，爱情可以轻而易举地弥补这些过失。”

“人家都说，没有忌妒就没有爱情。”贝利昂德罗回答说，“由于微不足道的琐细原因产生的忌妒，会刺激人的意志，促使爱情发展。纯粹由于缺乏信任而产生的忌妒，会使爱情变得淡薄，至少看上去像是有气无力。你是个善解人意的人，所以我并不要求你从今往后以更亲切的目光看待我，因为世界上不可能有更加亲切的目光了；我只恳求你以更加平常的心境看待我，别太好面子，不要把我某些比米粒还小的疏忽看成参天大树，以致产生忌妒心理。此外，你要十分理智地对待国王和辛弗罗莎，不要为了实现某些良好的愿望而说假话，反而惹她不高兴。到此为止吧，说得太多了，但愿不会在某些居心不良的人中间引起恶意的猜测。”

说罢，贝利昂德罗离开了她。走出房间的时候，他遇上了克洛迪奥和鲁蒂利奥。鲁蒂利奥刚刚撕掉他写给波利卡帕的信，克洛迪奥则把信叠好，揣进怀里。鲁蒂利奥为自己的疯狂念头悔恨不已，克洛迪奥则为自己的精明强悍感到满意，为自己的敢说敢做扬扬得意。但是，时光流逝，总有一天他会意识到，如果生命能分成两半，下半辈子决不再给她写信了。

第 八 章

辛弗罗莎和奥丽丝苔拉之间的对话,所
有外来人决定马上离开海岛。

　　波利卡波国王春心荡漾,兴高采烈,一心只想知道奥丽丝苔拉
做出了什么决定。他信心百倍,把握十足,以为对方一定会满足自
己的愿望。于是,开始筹划如何举行婚礼,准备大摆宴席,制作新
式礼服,甚至要为即将到来的新婚而广施恩泽。不过,他千筹划万
打算,就是没有掂量一下自己的年龄,也没有郑重其事地量一量十
七岁和七十岁之间有多大的差距,即便是六十岁,差距也是蛮大
的。就这样,淫欲让人飘飘然忘乎所以;想入非非把绝顶聪明的人
搞得稀里糊涂;柔情似水的想象把经不住情场诱惑的人弄得颠三
倒四。辛弗罗莎的想法不同,她对自己的命运没有把握。想得到
的越多,担心的事也就越多,这是很自然的。本来可以为她的希望
插上翅膀的东西,比如她的价值、她的出身、她的美貌,恰恰成为斩
断羽翼的东西。热恋中的人总有这样的想法:自己身上没有什么
值得恋人喜爱的地方。爱和怕是一对形影不离的伙伴;不管在什
么地方,蓦然回首准能看见它们在一处。爱情不像某些人说的那
么傲慢,爱情是谦恭、是欢愉、是温顺。有人常常因为没给他所爱
的人一点苦头,就失去了自己的权利。此外,所有恋人都十分珍
视、十分敬重自己的对象,对于因而可能会失去心爱的人,却往往
采取回避的态度。这些,辛弗罗莎都考虑到了,比她父亲想得更周

到。她怀着爱心和希望,去看望奥丽丝苔拉,想从她那儿打听到自己既盼望又担心的事情。辛弗罗莎和奥丽丝苔拉总算单独见面了,这是她最大的希望。她急于了解自己的运气是好是坏,进门一看见她,连话也没说,就全神贯注地盯着她,好像要从她的面部表情上看出自己能不能活下去的信号。奥丽丝苔拉明白她的意思,马上微微一笑,就是说,她装出高兴的样子,说道:

"你来啦,小姐,在你们的希望之树下面,没有人举起板斧,要把树连根砍断。确实,你们的好事和我的好事还要拖一段时间,但是最终一定会实现。虽然在实现正当愿望的过程中,总会遇到某些不便之处,遇到某些障碍,但是,失望并没有足够的力量让我们不再期待。我哥哥说,他很了解你的品德和美貌,不仅应该爱你,而且必须爱你。听说你愿意做他的妻子,他很高兴,很愿意听从你的安排。不过,他在有幸得到你之前,先得打消阿纳尔多王子要娶我为妻的念头。当然,如果你做我哥哥的妻子并不妨碍我成为他的妻子,那我可以嫁给他。你要知道,我的好妹妹,这样一来我就失去了贝利昂德罗,这无异于失去了灵魂,只剩下躯壳。所以,他住在什么地方,我也必须生活在什么地方。他是令我鼓舞的精神力量,是催我振奋的灵魂。既然如此,他要是在这儿和你成亲,我怎么能够离开哥哥,到阿纳尔多的祖国去过日子呢?为了消弭这场威胁我的灾祸,阿纳尔多提出要我们跟他一起到他的王国去。到那儿之后,我们要求他答应我们到罗马去还愿,我们正是为了这个才离开家乡的。根据以往的经验,他当然不会违拗我的意愿。只要我们获得了自由,再回到岛上来就易如反掌了。到那时,我们就能打消他的企盼,实现我们的愿望:我嫁给你父亲,我哥哥和你结婚。"

辛弗罗莎听了这番话,回答说:

"好姐姐,我真不知道该用什么话来感谢你刚才表达的这番好意,真不知道该怎样说,反正我会正确看待这番好意。不过,现在我想再说几句,你不必把它看作是规劝,权当一个提醒吧。眼下,你身在我们的土地上,在我父亲的权力范围之中。他有能力而且很愿意保护你不受任何人的侵犯。要是有人怀疑他的权力的牢靠程度,那就不对了。阿纳尔多要把你和你哥哥强行带走,这是办不到的。如果他非干不可,那就得强迫他,至少要他听我父亲的话,他现在还在我父亲的王国里,还在我父亲的家里。噢,我的姐姐!你要向我保证,你愿意成为我的继母,做我父亲的妻子,你哥哥不会不屑于成为我的先生、我的丈夫。我一定要排除阿纳尔多可能为此设置的重重障碍和麻烦。"

对此,奥丽丝苔拉回答说:

"谨慎的男人总是根据过去的情况和现在的情况,推断未来如何。如果你父亲公开地或者偷偷地把我们强行扣留,那一定会惹恼阿纳尔多。说来说去,他到底是一位势力强大的国王,至少比你父亲强大。国王若是被人愚弄、遭人欺骗,立刻就会进行报复。这样一来,你们不但无法和我们缔结良缘,还会遭受损失,把战争引到你们的家门。你也许会说,无论我们现在留下,还是以后再来,这种担心总是有的。可是,我想天无绝人之路,总会让人绝处逢生,因此我认为我们还是跟阿纳尔多一起走。你为人谨慎,办事严谨,还是由你亲自出面,要求我们离开,也就是让我们及早回来。这里虽说不像阿纳尔多的王国那么大,至少可以保证有个和平环境。在这里,我可以得到你父亲分寸适度的爱护,你可以和我那位潇洒善良的哥哥一起生活,咱们可以心心相连,再也不分开。"

辛弗罗莎听了这番话,高兴得简直要发疯了。她朝奥丽丝苔拉猛扑过去,用胳臂搂住她的脖子,用她好看的双唇吻她的嘴,吻她的眼睛。这时候,她们看见有两个人进入客厅,看样子是蛮子父子,还有莉克拉和康丝坦莎,跟在他们后面进来的是毛里西奥、拉迪斯拉奥和特朗西拉。这些人是来看望奥丽丝苔拉的,想找她谈谈,了解一下她的病情,她这一病,大家都觉得身体欠佳。辛弗罗莎告辞出来,比来的时候还要高兴,同时也受了更大的蒙蔽。热恋中的人的心,很容易轻信中意的诺言,哪怕只是一点影子。毛里西奥老人同奥丽丝苔拉寒暄了几句,也就是病人和探视者之间的通常的问话和答话。然后,他说:

"穷苦人,哪怕是要饭的,在被赶出家门或者背井离乡的时候,都会感到心情沉重,其实在家乡也只有养活他们的土坷垃。那么,丢下万贯家私、舍掉财源的人,远离故土,又会有什么样的感受呢?我说这话,姑娘,是因为我年事已高,快要活到头儿了。到了这个岁数,总想回到故土,好让亲朋好友和儿女给我合上眼睛,为我送终。我们在这儿的人都能得到这种好处,都能得到这种恩惠。咱们都是外国人,都远离家乡。我想,我们大家在自己的祖国都有在异国他乡找不到的东西。姑娘,你可以提出要求,要我们离开这里,或者至少同意我们去争取一下,我们决不会丢下你一个人,因为你慷慨大方、美貌无比,再加上你品行端庄,人人敬仰,像磁石一样吸引住我们的心。"

"至少,"这时候,老安东尼奥说,"我、我的妻子和孩子们是这样。只要奥丽丝苔拉小姐不嫌弃我们,我宁肯丢掉性命,也不能丢下你一个人不管。"

"我很感谢你们,先生们,"奥丽丝苔拉回答说,"你们刚才对我提到的想法,虽说我无法做出满意的回答,但是,我要让阿纳尔多王子和我哥哥贝利昂德罗去办,我的病体已经康复,不会妨碍我们动身。等到我们出发的那个幸福时刻到来的时候,大家都会感到心情舒畅。胸中的郁闷会一扫而光,不必担心会有什么灾祸临头。上天已经多次帮我们化险为夷,因此不会再有什么危险。上天一定会把我们送回甜蜜的故乡。七灾八难没能把我们置于死地,就更不能让我们失去耐心了。"

听了奥丽丝苔拉的回答,大家十分佩服,因为从中可以看到她的慈善心肠和令人敬佩的审慎。这时,波利卡波国王进来了。只见他喜气洋洋,他已经从他女儿辛弗罗莎那儿得知他的纯真而淫荡的愿望有希望得到实现。老年人的爱情冲动似乎总是披上一层虚伪的外衣。任何一个伪君子,在被人识破之前,不会伤害别人,而只会伤害自己。老年人往往以婚姻为借口掩盖着邪恶的欲念。阿纳尔多和贝利昂德罗也随着国王进来了。为了庆贺奥丽丝苔拉身体康复,国王吩咐当天晚上全城张灯结彩,连续举行八天庆祝活动,以表示感谢上天赐福给大家,让奥丽丝苔拉身体康复。贝利昂德罗以奥丽丝苔拉的哥哥的身份表示感谢,阿纳尔多则以向奥丽丝苔拉求婚的恋人的身份表示谢意。波利卡波心中暗喜,他以为阿纳尔多就这么轻易地上当了。阿纳尔多看到奥丽丝苔拉身体康复十分高兴,可他不知道波利卡波的那套打算。他正设法离开这座城市,他认为,离开的时间越晚,实现心愿的时间就会拖得越长。毛里西奥也想回自己的祖国,他运用科学知识,从天象上看要离开那儿会遇到巨大的困难。他把这个情况告诉了阿纳尔多和贝利昂德罗。他们二人已经知道了辛弗罗莎和波利卡波在打什么主意,所以对他们加倍小心。他们知道,有权有势的人一旦胸中燃起爱情之火,就要冲破任何困难,不达目的绝不罢休,根本不会想到尊重别人,只会自食其言,不守信义。干吗要相信波利卡波对他们承担的那一点点(或许根本就没有)义务呢?最后,他们三个人商定,由毛里西奥到停泊着许多船只的港湾去找一条船,然后秘密把他们带往英国。上船的办法多的是。在此期间,谁也不要暴露出他们已经知道波利卡波的意图。这些都告诉了奥丽丝苔拉,她同意他们的设想,同时特别注意自己的身体以及大家的健康。

第 九 章

克洛迪奥把信交给奥丽丝苔拉,蛮子安
东尼奥误杀克洛迪奥。

且说克洛迪奥如此傲慢无礼,更确切地说,如此厚颜无耻,竟然狗胆包天把那封见不得人的信交到了奥丽丝苔拉的手里,还欺骗她说里面是几行虔诚的诗句,值得读上一读,值得玩味一番。奥丽丝苔拉打开信,出于好奇心,还没顾得上生气,就把信从头到尾看了一遍。她终于看完信,又把信封好,两眼盯住克洛迪奥,这一回与往常不同,目光中没有丝毫爱的光芒,而是喷射出一股股怒火。她说:

"你这个不要脸的坏蛋,快给我滚开。如果是由于我的某种疏忽大意,败坏了自己的名声和信誉,你才敢口出不逊,你这样胆大妄为就算是对我的一种惩罚吧。可你这样胆大妄为同样也难逃惩罚。你疯言疯语,而我是一忍再忍,没有人会同情你。"

一番话说得克洛迪奥呆若木鸡,前面说过,他恨不得为此舍掉半条命。接下来他心中万分恐惧,一心只想着阿纳尔多和贝利昂德罗什么时候会知道他的卑鄙行为。当时他一句话也没说,低下头,转过身,把奥丽丝苔拉一个人丢下就走了。奥丽丝苔拉很担心(她不是自寻烦恼,而是担心得很有道理),生怕克洛迪奥走投无路,会利用波利卡波心存不良(也许这件事会传到他耳朵里)加害于她。于是,她拿定主意把这个情况告诉给贝利昂德罗和阿纳尔多。

这时候,发生了一件事。小安东尼奥正独自一人待在自己的房间里,突然闯进一位不速之客。这个女人年纪约莫四十岁上下。她精神焕发,风度翩翩,看上去恐怕要小十岁。身上穿的不是当地人的服装,而是西班牙人的打扮。安东尼奥生在蛮子岛,长在蛮子岛,除了岛上人的服饰外,对其他衣着一概不知。但是他一眼就看出那个女人是外地人。他站起身来,对客人以礼相待,因为他还没有蛮到没有教养的程度。两个人就座后,那位夫人(按她的年纪,确实应该这样称呼她)朝安东尼奥的脸上端详了一番,然后说:

"噢,小伙子,我这次来看你,你一定会觉得很新鲜,据我所知,你大概还不习惯有女客来访,因为你生在蛮子岛上,可你不是在蛮子中间而是在乱石丛中长大成人的。你在这样的环境中生就美丽的面容,养成潇洒的风度,又练就一副铁石心肠。我这个人心肠太软,我担心这对我没有任何好处。你不要走开,静下心来,不要激动,跟你说话的人不是魔鬼,不想告诉你、劝告你干些不合人性的事情。喂,我跟你讲的是西班牙语,你能听懂,语言相通能使素不相识的人交上朋友。我名叫塞诺蒂娅,是西班牙人,出生在格拉纳达王国的阿拉马城,在那里长大。所有西班牙人,甚至许多别处的人都知道我的名字,因为我有本事,我的名字才没被埋没,我干了那么多的事情,才使我远近闻名。为了逃避格拉纳达王国天主教教民的守护猎犬的监视,大约在四年前我离开了祖国。我出身于夏甲①门第。我从事的是拜火教的活动,我是教众中的唯一女性。你看见咱们头上的太阳吗?为了看看我有多大本事,如果你想除去太阳的光辉,让乌云遮住阳光,你就说吧,我立刻能让明

---

① 《圣经·旧约》所载亚伯拉罕之妾。

亮的白天变成茫茫黑夜。如果你想看到大地抖动、狂风大作、大海翻腾、高山相撞、野兽咆哮，以及其他展现混沌世界一片混乱的恐怖景象，你就说吧，你会得到满足，我会赢得信誉。你还要知道，在阿拉马城有某位与我同名的女人，她也姓塞诺蒂娅，继承了这门学问。她没有像有些人说的把我们训练成女巫，而是把我们培养成魔法师，这个称呼更适合我们的情况。巫婆从来不干什么正经的事，净拿些小玩意干点儿离奇古怪的事，什么啃过的蚕豆啊，没尖儿的针啊，没头儿的别针啊，在上弦月或下弦月的时候剪下来的头发啊，等等。她们画的符，没人能懂，也许她们的某些意愿得以实现，那不是因为她们笃实敦厚，而是上帝让魔鬼欺骗她们，好给予她们更大的惩罚。而我们这些名为魔法师的人却远比她们有分量。我们和星辰打交道，观察天体运行，熟知野草、树木、石头和语言的特性，把正反融为一体。我们似乎在创造奇迹，敢于干出惊天动地的事，使人惊诧万分，由此赢得好名声或坏名声。干得好，就赢得好名声；干得不好，就落个坏名声。看起来，造物主总是让我们少享福、多遭灾，我们不大能控制住自己的欲望，不去伤害别人。谁能够阻止一个受到冒犯、火冒三丈的人去复仇呢？谁能够不让情场上的失意者在可能的条件下盼望着仅仅得到情欲的爱怜呢？改变人们的意志，让他们转弯子，是违背自愿原则的，没有一门科学能够办得到，道德也好，毒药也好，全都办不到。"

西班牙人塞诺蒂娅讲这番话的时候，安东尼奥一直瞅着她，很想知道她葫芦里卖的是什么药。塞诺蒂娅又接着往下说：

"总之，我告诉你，机灵的小蛮子，在西班牙那些被称作宗教法庭法官的人对我横加迫害，逼得我离开了祖国，被迫出走，不如说是被赶走。我几经周折，闯过无数险关，才来到这个岛上。危险似乎总是跟在我身边，每次扭过头去，就觉得恶狗在咬我的裙子，直到如今,还是心惊肉跳。我很快就认识了波利卡帕的父王。我干出几件奇事,大家都惊叹不已。我设法把我会的法术卖出去,利钱很大,积攒了三万枚金币。我精心保管这笔赚头,节俭过日子,不追求任何乐趣。如果不是我的好运或者是厄运把你带到这个岛上,我还会不贪图任何享乐。我的命运全交在你的手里,一切都随你啦。你要是觉得我长得丑陋,我有办法让你觉得我俊俏。你要是觉得我给你的三万金币还太少,那你就多要一些,大大敞开你的贪婪的口袋,你自管放心,想要多少钱,自然就能拿到多少钱。为了你,我可以从大海的蚌壳里取出珍珠;为了你,我要献上遨游九天的飞禽,把它们召到你手里;为了你,我要让地上的树木结出果实;为了你,我要让深藏在万丈深渊之下的奇珍异宝露出地面。我要让你处处成为不可战胜的人。和平时期,温柔敦厚;战争时期,令人畏惧。总而言之,我要让你红运高照,永远令人羡慕,而不必羡慕别人。我送给你上面说的这些好处,并非想要你成为我的丈夫,只求你把我认作奴仆。做你的奴仆,并不一定要你娶我为妻。只要我是你的人,无论身份如何,我都会活得心满意足。啊,英勇的小伙子!你脸上露出了谨慎的神情,说明你对我心怀感激。你当然要慎重其事啦,你是想先试一试我的功夫,然后再感谢我的好意。为了表明你这番心意,现在就老老实实地让我摸摸你的高贵的手,好让我心里高兴高兴。”

说着,她站起身来要去拥抱安东尼奥。安东尼奥见此情景,就像一位大门不出二门不迈的大姑娘一样心中一阵慌乱。安东尼奥仿佛面对敌手强攻他的贞洁的城堡,连忙奋起自卫。他腾地站了起来,抄起日常随身携带或放在身边的弯弓,搭上一支箭,退到离塞诺蒂娅大约二十步远的地方,把箭头瞄准了对方。安东尼奥这副以死相拼的架势令情意绵绵的夫人大为扫兴。为了躲开对方的攻击,她把身体一偏,那支箭贴着她的喉咙飞了过去。安东尼奥这一动作显得比他的服饰还要野蛮。但是,这支箭并未射空。此时,臭嘴克洛迪奥恰巧从房门走进来,也就成了靶子。那支箭射穿了他的嘴巴和舌头,登时把他送上西天。这也算是罪有应得吧。塞诺蒂娅回头一看,只见第一支箭将人射死。她生怕安东尼奥再发出第二支箭,就慌里慌张、战战兢兢、东跌西撞地逃出房门,顾不上施展她大吹特吹的法术,一心只想要对这个狠心无情的小伙子施加报复。

第 十 章

小安东尼奥突然发病。

安东尼奥射完一箭，手还在发痒。那支箭虽然歪打正着，可他不了解克洛迪奥的罪过，只是看到了塞诺蒂娅的罪恶，巴不得自己射得更准一些。他来到克洛迪奥身边，看他是不是还剩一口气，仔细一看，才发现他已经气绝身亡。安东尼奥意识到自己误杀了人，这下子可真的成了野蛮人了。这时候，他父亲走了进来，只见满地是血，还有克洛迪奥的尸体。从那支箭上，他知道了这件事是自己的儿子干的。他赶紧追问儿子，儿子回答说是他干的。他又问为什么，儿子一五一十地说了。父亲听罢，大吃一惊，怒冲冲地说：

"过来，你这个蛮子。爱你的人，喜欢你的人，你都要把他们杀死，那讨厌你的人，又该怎么办呢？你口口声声说自己纯真老实，不惜用痛苦来捍卫自己的纯真和老实。可是，遇上这类危险的事情，不能靠动刀动枪来解决，也不能靠决斗，只能回避开。看起来，你还不知道那个希伯来小伙子的故事。一个荡妇向他求爱，他就把自己的斗篷交到她手里。你，你这个傻瓜，就该把你身上穿的粗皮衣服和这张你说是能克制强敌的弓交给她。你不能对一个温柔多情的女人使刀动棒。她一旦想委身于你，就会冲破一切阻挠她实现个人愿望的障碍。如果你后半生还是这样下去，所有认识你的人都会把你看成是野蛮人，直到你死了为止。我不是说你冒犯了上帝，我是说你应该训斥那些企图搅扰你真诚思想的人，而不是惩罚他们。你准备好迎接战斗吧。你正值青春年少，又英俊潇洒，一次又一次的战斗在等待你。不要以为总是别人向你求爱，总有一天你会向别人求爱。你要是实现不了自己的愿望，就会死在追求愿望上。"

安东尼奥听着父亲的教诲，眼睛盯着地面，心里又是惭愧，又是悔恨。他回答说：

"爸爸，我干这件事太欠考虑，心情很沉重。从今往后，我一定设法改过，要做到严厉而不野蛮、温顺而不放荡。您说一声，让我把克洛迪奥安葬了吧，我一定尽力让人满意。"

克洛迪奥的死讯飞快地传遍王宫，但是没有说明死因。淫妇塞诺蒂娅隐瞒了真相，只说不知道为什么小安东尼奥杀死了他。消息传到奥丽丝苔拉的耳朵里。她手里还拿着克洛迪奥的信，本想给贝利昂德罗和阿纳尔多看一看，让他们惩罚一下克洛迪奥的胆大妄为。但是，看到上天已经惩罚了他，就把信撕毁了，不想把死者的罪过暴露在光天化日之下。这个想法的确又慎重又符合基督教教义。波利卡波为这件事很是生气。在他家里，居然有人行凶报复，他认为这是对他的冒犯，可他不想查清案子，只是让阿纳尔多王子全权处理。阿纳尔多应奥丽丝苔拉和特朗西拉的请求，原谅了安东尼奥，吩咐埋葬了克洛迪奥。他没去调查死因，认为安东尼奥说的是真话，纯属误杀，安东尼奥也没有揭穿塞诺蒂娅内心的想法，因为他毕竟不是地地道道的蛮子。有关这件事的传言就这样过去了，大家安葬了克洛迪奥，奥丽丝苔拉算是报了仇，似乎在她的坦荡的胸怀里也隐藏着某种复仇的心理，就像塞诺蒂娅一样。塞诺蒂娅一门心思只想如何对凶狠的安东尼奥进行报复。两天之后，安东尼奥感到身体不适，卧病在床。他身体十分衰弱，医生说他快要不行了，可又说不清他得的是什么病。安东尼奥的母

亲莉克拉痛哭流涕,父亲老安东尼奥悲恸欲绝。奥丽丝苔拉和毛
里西奥心中闷闷不乐,拉迪斯拉奥和特朗西拉心情也很沉重。波
利卡波见此情景,就去找他的谋士塞诺蒂娅,求她为安东尼奥的病
想想办法,因为医生不知道他得的是什么病,无法医治。塞诺蒂娅
请国王放心,她说那个病死不了人。不过要治好病,还得拖些日
子。波利卡波对她奉若神明。辛弗罗莎对这些事倒不感到太沉
重,因为她看到贝利昂德罗为这些事推迟行期,只要能看见他,她
就觉得心里松快。她是想让他离开这儿,他不离开就不能回来。
可是看见他,心里很高兴,又巴不得他不离开。有一天,波利卡波
和他的两个女儿、阿纳尔多、贝利昂德罗、奥丽丝苔拉、毛里西奥、
拉迪斯拉奥、特朗西拉,还有鲁蒂利奥一起来到病人安东尼奥的房
间。鲁蒂利奥给波利卡帕写了那封信以后,虽说信已经撕毁了,他
心里还是很后悔,由后悔又转为伤心,成天寡言少语,像是犯了大
罪。只要有人看他一眼,他就觉得人家知道了他的罪过。上面提
到的这些人是应奥丽丝苔拉的要求,去看望病人的。奥丽丝苔拉
十分敬重、十分喜爱安东尼奥和他的父母。小蛮子把她从岛上的
大火中救出来,带到他父亲的岩洞里,对她是有恩的。再说,在共
同的患难中,他们互相安慰,团结友爱。她和莉克拉、康丝坦莎以
及安东尼奥父子在一起患难与共,对他们的感情已经不仅仅是出
于某种义务,更多的是出于按照命运做出的选择。上面说过,这一
天大家聚在一起,辛弗罗莎恳切地要求贝利昂德罗讲一讲他的某
些人生经历。她特别想知道他第一次是从什么地方来到岛上的。
当时,岛上正在庆祝她父亲当选为国王,他一个人包揽了全部比赛
项目的头奖。贝利昂德罗回答说可以,只要大家让他讲一讲个人
的经历。但是,他不能从头说起,因为在他和他妹妹奥丽丝苔拉到
达罗马之前不能向任何人透露这一点。大家都说随他的便,不管

怎么讲,大家都愿意听。感到最高兴的还是阿纳尔多,他认为从贝利昂德罗的话中总能发现点什么,弄清他是什么人。贝利昂德罗得到大家的同意,就讲了下面这个故事。

第 十 一 章

贝利昂德罗叙述旅途经历。

　　"诸位先生,既然大家要我讲一讲,那么我想从下面这件事讲起:大家都想想,我和我妹妹以及她的老奶妈登上了一条船,船主不像是商人,而是一个大海盗。我们擦过一个海岛,我是说,离海岛很近,不仅能清楚地看到岛上的树木,还能辨别出不同的树种。在海上漂流了好几天,我妹妹觉得十分疲劳,想到陆地上稍事休息。她向船长提出了要求,她的要求一向都是说一不二,船长马上答应了她的要求。由一名水手驾着小船把我、我妹妹和她的奶妈科洛埃丽娅送上岸。船靠上陆地以后,水手发现一条小溪。溪水通过一个小小的河口流入大海。许多郁郁葱葱的树木把绿色的浓荫洒在海岛的岸上,清澈明净的溪水像镜子一样映出树木的倒影。秀丽的景色十分诱人,我们要水手沿着小溪往里走。他答应了,开始向上游划去。等到看不见大船了,他放下船桨,停下来说道:'先生们,请你们考虑一下,下一步的旅程到底怎么走,你们现在乘坐的这条小船就归你们了。如果这位小姐不想失去贞操,你自称是她哥哥,如果你不想丢掉性命,那就不要回到在海上等候你们的大船上去了。'最后他说,船长要玷污我妹妹的清白,还要把我杀死。他要我们快想办法,说无论我们走到哪里,无论遇上什么事,他都会跟随我们,和我们在一起。听到这个消息,我们方寸大乱,哪一位往往因祸得福,那就请他说说怎么办吧。对他的提醒,我表示了感谢，并且答应等到我们的处境有所好转，一定酬谢他。
'还算好，'科洛埃丽娅说，'我随身带着小姐的首饰。'我们四个人
合计了一下该怎么办，水手认为应该顺着小溪往里走。万一船上
的人来搜寻，我们也许能够找到一处可以防守的地方。'不过，他
们是不会来的，'他说，'因为这一带所有的岛上的人都把航行在
沿岸一带的人统统看成是海盗。只要一看见有一条船或几条船来
了，他们会马上拿起武器自卫。除非是夜间偷袭，否则海盗们根本
无法得手。'我认为他的意见很好，就抄起一支桨，帮他划船。我
们沿小溪逆流而上，大约走了两海里，听到传来鼓乐声，眼前随即
出现一片活动的树林，一棵棵树木从一岸轻飘飘地移到另一岸。
走近一看，原来是些小船，船上用树枝搭成凉棚，看上去，宛如棵棵
树木，乐声就是船上人弹奏发出的。他们一发现我们，立刻从四面
八方围拢来，将我们的船团团围住。我妹妹站起身来，把秀发朝后
一甩，额头上系着奶妈给她的一条棕黄色带子，俨然天仙下凡。后
来我才知道，船上的人的确都把她看成是天仙了。他们大声喊着
（水手能听懂他们的话）：'这是什么？这是哪路神仙到这儿来看
望我们，来祝贺渔夫卡里诺和举世无双的美人儿塞尔维娅娜喜结
良缘？'接着，他们朝我们的船扔过缆绳，把我们的小船带到离那
儿不远的一个地方。

　　"我们一上岸，一群渔民打扮的人就把我们围住了。他们满
怀赞赏和崇敬的心情，一个一个地轮番亲吻奥丽丝苔拉的裙边。
刚才奥丽丝苔拉听了那些消息，有些担惊受怕，此时却显得俊美俏
丽，怪不得人们错把她当成仙女了。在离海岸不远的地方，我们看
到一幢新房，以粗大的圆柏树干为支架，顶上覆盖着翠绿的高莎
草，各种奇花异草铺成地毯，芳香扑鼻。我们还看见两男两女从座
位上站起来。女的正值青春年华，男的少年英俊。一位少女漂亮

非凡,另一位丑陋无比。一位少年俊秀潇洒,另一位稍差一些。四个人一起跪倒在奥丽丝苔拉面前,那位气度潇洒的少年说:'啊,你,不管你是什么人,你只能是仙女下凡! 你屈驾光临,我和我兄弟万分感激。我们的婚礼本来十分寒素,你这一来,顿使婚礼变得丰富多彩。来啊,小姐,我这儿没有你在海底居住过的水晶宫,只有一间凑合着住的茅屋,用贝壳砌成墙壁,用柳条编成屋顶。或者应该说,是用柳条编成墙壁,用贝壳铺成屋顶。你在这儿至少可以看到肯为你效劳的金子般的心、珍珠般的意愿。我这个比喻也许不伦不类,可我找不到比金子更贵重、比珍珠更漂亮的东西。'奥丽丝苔拉弯下身子拥抱了他一下,以其庄重的仪态、彬彬有礼的行为和美丽的面容证实了人们对她的看法。那个长得稍差的渔夫走出去,吩咐众人齐声高呼,颂赞新来的外国女客,奏响各种乐器,表达兴高采烈的心情。那一丑一美的渔家姑娘以温顺谦恭的态度亲吻奥丽丝苔拉的双手,奥丽丝苔拉也很有礼貌、很友善地拥抱了她们。水手对事情的结果非常满意,就对渔民们说,海上停着一条大船,是一条海盗船。还说,他担心海盗们会来搜寻这位小姐。这位小姐出身高贵,是国王的女儿。他觉得为了打动渔夫们的心,让他们站出来保护奥丽丝苔拉,有必要亮明我妹妹的身份。渔夫们一听这话,立刻放下欢乐的乐器,纷纷拿起武器,霎时间两岸就响起了'打啊,打啊'的喊声。

"这时候,天黑下来了,我们在新房里住下,渔夫们一直把岗哨布置到小溪的入海口处。他们往鱼篓里放上鱼饵,张开渔网,放好鱼钩,不外是为了要款待一下新来的客人。为了表示尊重新来的客人,当天晚上两位新郎没和他们的妻子同房,把新房留给两位新娘、奥丽丝苔拉和科洛埃丽娅。两位新郎、他们的朋友、我以及水手,则为女士们站岗放哨。那天晚上,明月当空,天色明如白昼,可是人们还是在地上燃起篝火,重新欢聚在一起。新郎让男宾在露天吃饭,女宾在室内用餐。安排已定,晚餐十分丰盛,水陆两方像是展开一场竞赛。陆地提供了肉食,大海提供了鲜鱼,一个赛过一个。吃罢晚饭,卡里诺拉着我的手在海边散步。过了一会儿,他表示他内心十分激动,随即一边啜泣一边叹息地对我说:'你在这个节骨眼上来到这里,真可算是个奇迹。你这一来,延缓了我的婚礼,我敢肯定,你能出个主意,帮我解除痛苦。是啊,你也许以为我疯了,脑筋不健全,趣味低下,可我还是想告诉你,刚才你看见的那两位渔家姑娘,一丑一俊,偏偏鬼使神差让那个长得最漂亮的成为我的妻子。她叫塞尔维娅娜。我真不知道该怎么对你说,也不知道该怎样解释我的过错。我爱的是雷翁西娅,也就是那个丑姑娘。除此之外,我没心思去想别的事。说来说去,我只想告诉你一个事实,而且我对此坚信不疑:在我心目中,据我在雷翁西娅身上看到的品德,我认为她是世界上最美丽的女人。这中间还有一件事,就是另外那位新郎索勒西奥,从不止一个迹象上我看出,他爱塞尔维娅娜,爱得要死要活的。所以说,我们四个人的心愿完全颠倒了,只是因为我们都想服从父母和亲友,婚事是他们给我们安排的。一个男人不是根据自己的志趣而是按照别人的意愿决定自己的终身大事,我很难想象这究竟有什么道理。今天下午,我们已经同意成亲了,也就是说同样把我们的意志禁锢起来。你们的到来阻止了这场婚礼,我以为这不是人为的,而是天意。这样一来,我们就有时间设法挽救厄运,就为这件事,我请你出个主意。你是外国人,不会偏袒一方,一定能拿出个主意来。我已经下定决心,要是找不到解决问题的办法,我就离开海岛,今生今世永远不再回到这块土地上来,否则我的父母会大为恼火,亲戚们会责怪我,朋友们也会很生气。'我认真地听他说完,脑子里突然冒出一个主意,说出来就是这样几句话：'朋友，你没有必要出走，至少等我和我妹妹奥丽丝苔拉先谈一谈，她就是你见过的那位极其漂亮的姑娘。她为人稳重，长得貌若天仙，聪明劲儿也不同凡人。'

"就这样，我们回到屋里。我把渔夫的事一五一十地告诉了妹妹，她稍加思索，就想出一个既能证明我所言不假、又能让大家高兴的办法。她把雷翁西娅和塞尔维娅娜叫到一边，对她们说：'朋友们，你们知道，从今往后你们就是我真正的朋友了。上天除了给我一副好相貌外，还赐予我一种明察秋毫的本领。我只要看看一个人的脸，就能看透他的心思，猜出他在想什么。为了证实一下我说的不是瞎话，我想请你们为我做证。你，雷翁西娅深深地爱着卡里诺；你，塞尔维娅娜深深地爱着索勒西奥。你们还很年轻，羞于出口。但是，我可以用我的话打破你们的沉默。听我一句话，人们肯定会接受我的建议，让你们的愿望得以实现。你们不用说什么，一切由我去办。要么算我无能，要么你们这些有情人终能成为眷属。'她们没说什么，只是一个劲儿地亲吻奥丽丝苔拉的手，紧紧地拥抱她，确认她说的是实话，特别是确认她们被扭曲的感情。

"黑夜过去，白昼来临，那天黎明显得格外愉快。渔船用青枝绿叶装点一新，又奏起了欢乐的乐曲。人们高声欢呼，气氛更为欢快。新郎们出来，准备住头一天待过的新房里去。塞尔维娅娜和雷翁西娅穿上了新缝制的结婚礼服。我妹妹也精心梳洗打扮一番，穿上她随身带来的衣服，在好看的前额上戴了一枚钻石十字架，耳朵上挂着珍珠耳环，都是价值连城的珠宝，至今谁也说不清究竟值多少钱，过会儿我给各位看看就知道了。我妹妹这身打扮真好像神灵降临人间。她拉着塞尔维娅娜和雷翁西娅的手，来到新房前的高台上，把卡里诺和索勒西奥叫到身边。卡里诺不知道我商量过的事，心中不明就里，战战兢兢地来到台上。这时候神父正要向他们伸出手去，准备举行当地流行的天主教仪式，我妹妹打了个手势，让大家听她说几句。人群中立刻鸦雀无声，静得好像连空气都不动了。看见大家都很想听，我妹妹就用洪亮的声音高声说：'先生们，这是上天的旨意。'说着她拉住塞尔维娅娜的手，把她交给了索勒西奥，又抓住雷翁西娅的手，把她交给卡里诺。'先生们，'我妹妹接着说，'刚才我说过了，这是上天的安排。这可不是心血来潮，而是顺应这几位新人的愿望，看看他们脸上那股高兴劲儿，就说明他们都同意了。'四位新人互相拥抱，在场的人全都赞成这种互换。大家都亲眼看到，正如我说过的，我妹妹的容貌和聪明劲儿都是超凡越圣的，只用三言两语，她就把生米快要做成熟饭的婚配调换过来。大家先是欢庆一阵，随后从小河里划出四条修葺一新的小船，船身上涂着五颜六色，船的两侧各有六支木桨，不多不少。船舷外侧插着许多小旗，也是五颜六色。每条船上配备十二名划船的，身着纯白色细麻布衣服，和我第一次进岛时看见的情景一模一样。后来我才知道他们要举行有奖划船比赛。作为奖品的丝绸挂在另一条船的桅杆上，离那四条船大约三条跑马道远近。奖品是一大幅绣着金色条纹的、鲜艳夺目的绿色塔夫绸，长及水面，随着水流前后摆动。人声鼎沸，乐声震耳，根本听不见站在另一条油漆彩绘的船上的指挥员发出的号令。装饰着青枝绿叶的小船向两边散开，中间让出一条通道，好让四条参赛的小船飞速通过，又不挡住站在新房前和小河两岸仔细观看的众多观众的视线。划船手抓住桨把，露出两臂，只见他们的胳膊青筋暴出，血管粗壮，肌肉突起。他们全神贯注地等着出发的号令，为号令迟迟不发而显得焦躁不安，火气十足。那副样子，就像常见的勇猛的爱尔兰猎狗，每当主人不肯松开皮带，让它们捕捉眼前的猎物，它们就露出这副神情。

"等待已久的号令终于发出来了，四条小船同时出发，不像是在水中滑行，而是随风飞驰。一条以蒙住眼睛的丘比特为标记的小船超过其他小船，把它们落下有三个船身远。全体观众都以为它会第一个到达终点，赢得人人盼望得到的奖品。在它后面的那条船也很有希望，划船手奋力加油，但是，看到第一条船毫不松劲，自己手中的船桨反而松懈下来。不过，事情的进程和结果与人们想象的并不一样。按照比赛规则的规定，观众不得以手势、呼喊或其他向参赛者通报消息的方式帮助任何一方，然而岸上的观众看见'丘比特号'远远超过其他小船，以为它必胜无疑，许多人就不顾规定高声喊道：'丘比特赢了，爱神是不可战胜的！'"爱神号'上的划船手听到喊叫声，似乎松了点劲儿。紧跟在'爱神号'后面的第二只船马上利用这个机会。这条船叫'趣味号'，标志是一个打扮得十分花哨的小巨人。船上的人使足了力气划动木桨，结果'趣味号'和'爱神号'形成并驾齐驱的态势。第二条小船贴了上去，先把木桨抽回，紧接着把'爱神号'右舷的木桨全部撞得粉碎。'趣味号'越到前面，刚才还为'爱神号'欢呼胜利的人希望落了空，现在转而高喊：'"趣味号"赢了！"趣味号"赢了！'第三只船名叫'勤奋号'，标记是一个满身长着翅膀的裸体女人，手里拿着一把号角，说是'勤奋号'，倒不如叫作'扬名号'。这条船上的人看见'趣味号'得手，也增强了信心。划船手奋力拼搏，赶上了'趣味号'。但是，由于舵手操作不当，'勤奋号'同前面的两只船搅在一起，哪条船上的木桨都使不上劲。最后一只船叫作'好运号'。船上的人本来已经泄了气，准备退出竞赛。但是，看到前面的船搅成一团，就稍稍绕开它们，免得也卷进去。正如俗话说的，他们'攥紧拳头'，从旁边滑了过去，跑到了最前面。这时候，观众的喊声也变了,纷纷为这只船的划船手加油鼓劲。划船手一见情况好转,不由得心中大喜。照他们看,即使那些落在后面的船仍然强过他们,但是毫无疑问不可能赶上他们,也拿不到奖品了,他们赢得胜利,不是因为船划得快,而是交了好运。最后,'好运号'大获全胜。如果我把我那许许多多离奇故事继续讲下去,我现在的运气怎么也不如他们。所以,我恳求你们,先生们,咱们就讲到这里为止吧。如果你们愿意听我的不幸遭遇,今天晚上我会全部讲完。"

贝利昂德罗说完这些话,生病卧床的安东尼奥突然昏了过去。他父亲一看,几乎立刻猜出病从何来。于是,便离开大家,去找塞诺蒂娅,这是后话了。欲知后事如何,下章再说。

第 十 二 章

塞诺蒂娅解除妖术,小安东尼奥恢复健
康;塞诺蒂娅向波利卡波国王提出建议,
不要放走阿纳尔多及其同行者。

　　照我看,要不是因为阿纳尔多和波利卡波巴不得多看看奥丽
丝苔拉,辛弗罗莎又想多看看贝利昂德罗,他们早就不耐烦听他那
么冗长的叙述了。毛里西奥和拉迪斯拉奥也认为他讲得太长,而
且离题太远,要讲自己的不幸遭遇,何必拉上别人的欢乐呢。不管
怎么说,大家还是听得有滋有味,而且商量好等晚上再听他的故事
的结局,甚至只想看看贝利昂德罗讲故事的神采和优美风度。老
安东尼奥找到了塞诺蒂娅。他在王宫里四处寻找,一看见她,便拔
出短剑,以西班牙人特有的愤怒,不顾一切地朝她扑去,一把抓住
她的左臂,举起短剑,说道:
　　"哼,老妖婆!你还我个健康活泼的孩子,不然的话,你要明
白,你的死期到了。你是不是把他的灵魂装在一个包里?里面装
满没有针眼的钢针或是没有头的别针。哼,你这个不仁不义的东
西!你一定是把他的灵魂藏在哪扇门后头或者只有你才知道的地
方了。"
　　塞诺蒂娅看见怒气冲冲的西班牙人手持寒光闪闪的宝剑要杀
她,早已吓得目瞪口呆了。她浑身打战,连忙答应一定让他儿子活
过来,恢复健康。即使要她恢复全世界人的健康,她也会应承,因

为她已经吓得魂不附体了。于是,她说:

"放开我,西班牙人,把短剑收起来。你儿子这点事竟会把你弄成这个样子。你要明白,女人天生有报复心理,尤其是受人歧视、让人瞧不起的时候,更要报仇雪耻。你儿子冷酷无情,我才下了狠心,你不必大惊小怪。你要劝劝他,从今往后对痴情人要多点儿人情味,不要瞧不起那些向他乞求怜悯的人。你放心地走吧,明天一起床,你儿子准能康复。"

"要是你说了不算,"安东尼奥回答说,"我总有办法找到你,火气一上来,准会要了你的命。"

安东尼奥说完就走了。塞诺蒂娅吓坏了,把自己受的委屈忘得一干二净,从门后取出准备用来慢慢耗尽那个无情无义的小伙子性命的妖术包。小伙子的神采和优雅风度真个叫她倾倒。塞诺蒂娅刚把放在门后的妖物拿出来,小安东尼奥立刻就恢复了健康,脸上初现血色,眼神变得欢快,从四肢无力变成精力旺盛,认识他的人无不为之高兴。他父亲单独和他在一起的时候,对他说:

"孩子啊!现在我只想对你说一句话,我想提醒你,你要记住我经过深思熟虑给你提出的忠告,你千万不要冒犯上帝。再过上十五六年,你恐怕会认识到这一点。今天,我把我父母教给我的教义教给你,这就是天主教的教义,真正的教义。依仗天主教教义,今天已经进入天国的人得到了拯救,今后将要进入天国的人势必也会得到拯救。神圣的天主教教义教导我们,我们不一定非得惩罚冒犯我们的人,而是规劝他们改过自新。惩罚是法官的事,但是斥责则是大家的事,至于要求什么条件,我以后再告诉你。如果有人唆使你干坏事,不为上帝效力,你也没有必要拿起弓箭射他,也没有必要破口大骂。你只要不接受他的意见,离开那里,就算打赢了一仗。再遇上你这次遇到的难关,你会很有把握地应付自如。

这次,塞诺蒂娅对你施了妖术,妖术是有时限的,要不是上帝和我奋力阻止,用不了十天时间,你的性命就会慢慢地丧失了。随我来吧,你的朋友们看见你会高兴的。咱们一起听听贝利昂德罗经历的事情,大概今天晚上就能讲完。"

小安东尼奥向父亲保证一定要在上帝的帮助下,按照他的劝告行事,不管别人怎样花言巧语,巧设圈套,引诱他去干伤天害理的事。这工夫,塞诺蒂娅正为小安东尼奥的冷漠傲慢和老安东尼奥的狂怒粗鲁,觉得自己挨了欺负,受到伤害,感到羞愧难当。她想借他人之手为自己报仇雪恨,同时又把那个不懂得怜香惜玉的蛮子留在身边。事情想好,主意拿定,她就去见波利卡波国王,对他说:

"你知道,老爷,自从我来到你家为你当差以来,我一直勤勤恳恳,尽职尽责。你也知道,由于你了解我的真实情况,信得过我,才把你的秘密告诉我。你为人谨慎,想必也会知道,一个人在处理自己的事情,特别是与爱情有关的事情的时候,他的想法往往看来挺对,其实大错特错。所以,我想说一句,你现在打算让阿纳尔多和他那一伙人随便离开,这可毫无道理,根本不可取。请你告诉我,奥丽丝苔拉在这儿你都抓不住她,她不在了,你又怎么能抓住她呢?她身边有贝利昂德罗,他很可能不是她哥哥,还有年轻的王子阿纳尔多,他正想娶她为妻,她怎么可能兑现诺言,回来找个老头子做丈夫呢?你确实老了,一个人最了解自己的真实情况,是瞒不了人的。老爷,千万别让眼前的机会白白溜掉,落个偷鸡不成反蚀把米。你可以找个借口留住他们,就说你要惩罚那个和他们一起来的、骄横无礼、狗胆包天的蛮子魔鬼,他竟然在你家里杀死一个名叫克洛迪奥的人。你这么做,就会赢得不是宽厚而是公正的日思夜想的美名。"

　　存心不良的塞诺蒂娅说的这番话，每一个字都像尖利的钉子一样刺透波利卡波的心；他认真仔细地听了之后，恨不得马上照她的建议行事。他似乎看见奥丽丝苔拉倒在贝利昂德罗的怀抱里，那副样子，不像是躺在哥哥身上，倒像是依偎着恋人。他仿佛又看见她头戴丹麦王国的王冠，阿纳尔多在嘲笑他的恋情。总而言之，他醋劲大发，鬼迷心窍，几乎要大声叫喊，要对一个根本没有冒犯过他的人进行报复。塞诺蒂娅一见时机成熟，盼着国王尽快将她出的主意付诸实现；于是又对他说，眼下还是要冷静些，一直等到贝利昂德罗讲完故事的那一天晚上，这样就能有时间考虑得更加周密。波利卡波对她表示感谢，这个又狠毒又痴情的女人又盘算起如何实现国王和她自己的心愿。夜幕降临，大家和上次一样又聚在一起聊天。贝利昂德罗把上次说的话又重复了几句，好把故事的线索接上，与划船比赛衔接起来。

第 十 三 章

贝利昂德罗继续讲大家爱听的故事,奥
丽丝苔拉被人抢走。

　　最爱听贝利昂德罗讲故事的是美丽的辛弗罗莎。她一心悬在
贝利昂德罗的话上,就像是把身体挂在赫拉克勒斯①嘴里吐出的
链条上一样。贝利昂德罗讲故事就有这样的风度,就有这样的魅
力。正如上面说的,最后他把故事线索接好,又接着说:

　　"'好运号'把'爱神号''趣味号'和'勤奋号'抛在后面;没有
'好运','勤奋'的意义就不大了,'趣味'就没什么用了,'爱神'
也使不出劲了。渔民的庆祝活动既充满欢乐又朴实简陋,然而却
胜过罗马的凯旋仪式。也许正是在平淡和寒素的背后,常常隐藏
着最引人入胜的欢乐。但是,人的命运往往系在细线上,稍微一动
细线就断裂,毁于一旦。我的那些渔民们的命运与此相同,多灾多
难,还铸成了我的厄运。那天晚上,我们大家在小溪中央的一个小
岛上过夜,周围一片翠绿,环境十分幽静。新人们满心高兴,只是
没有挂在脸上。他们真心实意地让那些出了大力帮他们结成幸福
美满姻缘的人高兴高兴。于是就吩咐在小岛上重新安排庆祝活
动,继续欢庆三天。当时正值夏季。环境舒适,月光皎洁,泉水叮
咚,果实累累,鲜花飘香,这些景象,分开来说也好,合在一处来说

---

　　①　希腊神话中的英雄,大力士。

也好,都使我们觉得欢庆活动举行一天我们就该在那儿待上一天。

"但是,我们刚刚移到岛上去,就从岛上的一片小树林中蹿出五十来个强盗,随身携带些许武器,完全是一副捞一把就跑的架势。疏忽大意的人在遭到袭击的时候,往往败就败在疏忽大意上,我们非但没有起来自卫,反而惊慌失措,只是瞪眼看着强盗,没有和他们交手。这伙强盗像饿狼猛扑进羊群一样,七手八脚就掳走了我妹妹奥丽丝苔拉、她奶妈科洛埃丽娅、塞尔维娅娜和雷翁西娅。那样子像是专门冲着她们来的,因为他们根本没去触动许多其他天生丽质的女子,面对这种奇怪的情况,我虽然也有些手足无措,但更多的是义愤填膺,我紧跟在强盗后面,两眼盯住他们,大声喊叫,破口大骂,好像他们懂得不甘受辱似的。其实,我只是想激怒他们,骂得他们回过头来报复一下。可是,他们只顾逃跑,或者根本没听见,或者不想报复,就这样逃得无影无踪。后来两位新郎和我,还有几个渔民中为首的人聚在一起,正如人们常说的,开会商量商量,怎么样才能弥补我们的过失,夺回人质。一个人说:'海上肯定有条贼船,船一定停在这些人容易登陆的地方,或许他们知道我们在这儿聚会,举行欢庆活动。如果情况的确像我所想的,最好的办法是派几条船去,他们要多少赎金就给多少,千万别犹豫。赎回被当作人质的妻子,还要挽救做丈夫的性命,这两件事值得越多,赎金就越重。''这件事由我去办,'我说,'对我来说,妹妹的身价就等于全世界所有人的性命的代价。'卡里诺和索勒西奥也是这么说的。他们当众放声大哭,我暗地里心如刀绞。

"我们拿定主意的时候,天色已经黑下来了。但是,不管怎么样,我和两位新郎还是登上一只小船,带上六个划船的。等我们来到大海上,天可就大黑了,黑得连一只船也看不见。我们决定等到天亮,好借着亮光再看看有没有船。我们总算走运,发现了两只船。一只船正在离港，另一只正在靠岸。我认出来了，那只离港的船正是他们登岛的时候乘的那条船，船上的旗子和船帆上都画着红十字。从外面进来的那条船上的旗子和帆都是绿色的。这些船全是海盗船。当时，我想那条离岛的船是掳走人质的强盗的船。于是，我让人把标志平安无事的白旗挂在一支长矛上。我靠近那条船的船舷，打算交涉赎人的事，同时又提防着不让他们把我抓走。船长出现在船舷上，我正要提高声音同他说话，一声可怕的轰隆声把我吓蒙了，惊呆了，话刚出口就被打断了。原来是从外面进来的那条船开了一炮，向离港的船挑战。离港的船立刻回敬一炮，也是声如巨雷。一时间两条船互相开炮，倒像是一对早已相识的怒气冲冲的冤家对头。我们的船赶快驶离战火纷飞的战场，从远处观看这场战斗。炮战持续了近一小时，两条船上的人怒火中烧，各不相让。从外面进来的那条船上的人或许更走运，更确切地说，或许更勇猛，他们跳上那条离岛的船，霎时间除掉甲板上的一切障碍，杀死所有的对手，一个也不剩。

"他们摆脱了对手的纠缠，就开始掠夺船上各种最值钱的东西。船是海盗船，东西本来不多。可是，在我看来，世上最珍贵的东西就在船上。因为他们首先抢走的是我妹妹、塞尔维娅娜、雷翁西娅和科洛埃丽娅。这样一来，他们那条船可就发大财了。在他们眼里，俏丽的奥丽丝苔拉可以换来一笔见所未见的赎金。我打算把船靠上去，好和获胜者的头目搭话。可是，我总是运气不佳，从陆地刮起一阵风，那条船就乘风而去。我追不上他们，即使愿出高价也无法赎回人质。万般无奈，我们只好回来，完全失去了救回人质的希望。那条船的航向完全取决于风向，我们无法判断他们走的是哪条路，也看不出获胜者是些什么人。哪怕是弄清他们的国籍，也还有补救一下的希望啊。最后，那条船朝大海飞驰而去，我们都垂头丧气,怏怏不乐地把船驶进小溪,渔民们的全部小船都在那儿等我们。我不知道要不要告诉你们,先生们,可我非得说出来不可。当时,我心中萌生一种精神,我呢,虽说人没有变,可我觉得自己有股子强烈的男子汉气概。我在船上站起来,招呼其他船围拢来,要他们认真听一听我下面的这些话:'游手好闲,懒懒散散,永远也改变不了厄运。情绪上畏畏缩缩,绝不能争来好运道。运气是我们自己创造出来的,没有谁不能自主自强。胆小鬼即使天生富有,也是穷光蛋、吝啬鬼、要饭的。喂,朋友们!我说这些话是想鼓动你们、催促你们去改善自己的命运,扔下你们那点破家当,什么渔网啊,小船啊,去寻找隐藏在规模宏大的劳动中的宝物。我说的规模宏大的劳动是指干大事情。如果掘地的人怀疑自己能不能把地掘开,认为捞到的东西只能维持一天的生计,根本不能争得名气,那何必不放下锄头,拿起长矛,不怕风吹日晒,力争既能维持生活,又能赢得超过他人的名气呢?战争是懦弱者的后娘,又是勇敢者的亲生母亲,通过战争赢得的奖赏可以说是不同凡响的。啊,朋友们,年轻的勇士们,你们眼看着那条载走你们珍爱的亲人的大船,而我们却被困在停泊岸边的另一条船上,依我看,这也算是天意吧!咱们追上去,也当一回海盗,只是咱们不像其他海盗那么贪婪,咱们要成为主持公道的侠盗。我们大家都懂得航海的技术。船上自有给养,航海所需的东西应有尽有,因为我们的对手只是抢走了女人。如果说我们遭受的凌辱确实不小,那么提供给我们的复仇机会更是大得无比。凡是愿意的,都跟我走,我恳求你们。卡里诺,索勒西奥,我求求你们。我很清楚,在这场勇敢的战斗中你们不会丢下我不管。'

"我的话音刚落,就听见各条船上的人议论纷纷。先是互相商量该怎么办,随即异口同声地说:'上船吧,豪爽的客人,你就是

我们的首领和领路人，大家都跟你去。'这一出人意料的决定大大
鼓舞了我。我怕夜长梦多，耽误我实现良策，没容他们多想，就领
先将船划出去；大约四十条船紧跟在后面。我先去检查一下那条
大船。走到大船里面，搜查了一遍，看看有什么、缺什么。我发现，
凡是航行所需物品一应俱全。我劝大家谁也不要回到陆地上去，
免得妻子、爱子哭哭啼啼，弄得他们英雄气短、决心动摇。大家都
照办了，就在船上默默地与父母、子女和妻子告别。真是奇怪，只
有礼貌待人，才能取信于民！没有一个人返回陆地，除了上船的时
候随身穿的衣服外，也没有人回去多拿些衣服。船上的人没有分
工，人人都是水手和舵手。只有我例外，大家拥戴我做船长。我求
上帝保佑，然后开始履行职责。首先，我分派大家把在战斗中死去
的人从船上搬开，清洗留在船上的血污。我要他们把船上所有的
武器都找出来，包括进攻性武器和防御性武器，把武器分给大家，
我按照每个人的特点，发给他最合适的武器。随后，清点了给养，
根据人数，估算了一下大概能用多少日子。做完这些事以后，我就
向上天祷告，求上天为我们指引航向，保佑我们的真诚愿望得以实
现。此时，船帆还拴在斜桁上，我下令扬帆起航。刚才说过，从陆
地上吹来的风一直没停，我让大家顺风挂帆。我们这些人又快活
又大胆又自信，沿着我们认为劫走人质的大船该去的航向开始
航行。

　　"听我讲话的诸位先生们，你们看，和我亲爱的妹妹在一起的
时候，我当了一回富有的渔民和媒人；失去她以后，我成了穷光蛋，
遭到强盗的抢掠；最后又擢升为同海盗作战的首领：命运的轮回永
远没有止境，没有终点。"

　　"别再讲下去了，"这时，阿纳尔多说，"别再讲下去了。贝利
昂德罗，我的朋友，你讲了这么多不幸的遭遇，即使你没说累，我们

也听累了。"

贝利昂德罗回答说:

"阿纳尔多先生,我这个人好比是一块地方,什么东西都放得下,什么东西都不会放在外面。天下所有的不幸都能在我这儿找到位置,只是因为我找到了妹妹奥丽丝苔拉,才把万般不幸都看成是幸事。祸事结束,生命犹存,那就不算是祸事。"

特朗西拉说:

"贝利昂德罗,我要说一句,我听不明白你讲的那个道理。我只知道,我们大家都想知道你经历的故事,你要是不能满足大家的愿望,那就太不应该了。依我看,你的故事很有意思,肯定会为许多人广为散布,肯定会有许多生花妙笔把它写下来。我一直挂念着你成为海盗头目以后怎么样。我以为,你那些勇猛的渔民都配称为海盗。我还挂念着你干下的第一件英雄业绩是什么,第一次奇遇又是什么。"

"姑娘,"贝利昂德罗回答说,"如果可能的话,今天晚上我会把故事讲完,现在才刚刚开个头。"

大家商定晚上继续交谈,到时候贝利昂德罗要把故事讲完。

第十四章

贝利昂德罗讲述在海上发生的一件
大事。

　　小安东尼奥中邪以后恢复了健康，又像当初那样英俊潇洒。这样一来，塞诺蒂娅又动了邪念，同时心里又怕他离去。作恶不成而陷入绝望的人，永远不会明白只要使他产生邪念的原因摆在眼前，他就会一直绝望下去。塞诺蒂娅费尽心机，绞尽脑汁，设法不让一位客人离开。于是，她又去找波利卡波，劝说他绝不能让那个胆大包天的蛮子凶手逍遥法外。即使不按他的罪行予以惩罚，至少应该抓起来吓唬吓唬他。不依法惩办，就格外开恩吧，在许多重大案子中，也许经常如此。波利卡波不想采纳她提出的建议，就对塞诺蒂娅说，那样会有损于阿纳尔多的威望，因为杀人者是他手下的人，还会惹恼亲爱的奥丽丝苔拉，因为她把杀人者看成是自己的兄弟。再说，那桩罪行事出偶然，非人力所能控制，并非出于恶意，只能说是由于不幸，况且又没有人要求惩办他，认识他的人都认定死者最善于诽谤他人，被射死是罪有应得。

　　"这是怎么啦，老爷，"塞诺蒂娅说，"那天咱们说好要把他抓起来，借此机会可以留住奥丽丝苔拉，现在怎么又变卦啦？他们会离开你，奥丽丝苔拉不会回来，你这么优柔寡断，考虑不周，到那时候只有哭的份儿啦。眼下你想像慈善家那样办好事，可到时候眼泪根本无济于事，想补救也补救不了。热恋者为了实现自己的心愿而犯下的错误,算不上是错误,因为那不是他的本意,错误也不是他犯下的,而是左右他的意志的爱情的过错。你是国王,国王办事不公,行为粗暴,只会被人视为态度严厉。你把那小子抓起来,就是伸张正义;把他放了,又是慈悲为怀。抓也好,放也好,反正都证明你是个大好人。"

塞诺蒂娅就是这样劝说波利卡波的。国王私下里无时无刻不在反复考虑这件事,实在想不出采取什么办法才能留住奥丽丝苔拉又不会得罪阿纳尔多,这个王子的地位和权势的确不可小看。这是国王的考虑。辛弗罗莎也在想主意,不过她不像塞诺蒂娅那样顾虑重重,也没有那样狠毒。她只希望贝利昂德罗赶快离开,盼着他早点回来。说话间,贝利昂德罗继续讲故事的时间到了,他又接着往下讲。

"那条船借着风力轻快地前进,船上的人谁也不想逆风改变航向。这次出航,大家一律听天由命。忽然间我们发现一名水手从桅杆高处跌落下来。可是还没掉在甲板上,就被一根系在他脖子上的绳索吊在空中。我紧赶几步冲到跟前,割断了绳子,这才救他一命。他像死人一般,昏迷了将近两个小时,才苏醒过来。大家问他为什么要走绝路,他说:'我有两个孩子,小的三岁,大的四岁,他们的母亲只有二十二岁。全靠我这两只手维持生活,日子过得十分清苦。刚才我站在桅杆顶上,回过头,看了看出发的地方,我仿佛看见孩子跪在地上双手朝天举着,乞告上帝保佑父亲大难不死,还亲切地叫着我的名字。我还看见他们的母亲哭哭啼啼,说我是天下最狠心的男人。想到这番景象,我不免情绪激动,不能不说是我亲眼所见,丝毫没有怀疑。眼看大船飞快前进,离开他们越来越远,我也不知道我们要到什么地方去,再加上我本来就没有多大必要一定要上船,我就心乱如麻,绝望地拿起这条绳子,套在脖

子上，干脆以此结束痛苦的一生。'

"听他说话的人都很同情他，不住地安慰他，还向他保证我们很快就会高高兴兴地满载而归。我们派两个人守护他，免得他再寻短见。然后，我们就离开了他。为了不让这件事影响别人的情绪，防止有人仿效他，我就对大家说：'自杀是人世间最大的怯懦，谁要是自寻短见，就说明他缺乏勇气经受令人心悸的磨难。对一个男子汉来说，还能有比死更大的坏事吗？所以说，延长生命绝不是犯疯病。只要人活着，就能弥补、改善厄运；出于绝望而自杀，不但不能结束厄运，反而会更加糟糕，厄运还会再次降临。伙伴们，我说这话，是希望你们看见那个走绝路的人干的这种事，不要大惊小怪。今天我们才刚刚起航，我心里觉得，有成千上万件好事在等着我们。'大家异口同声地回答说：'勇敢的船长，要干重要的事情，总会遇到好多困难。干大事，一部分要靠理智，大部分要靠运气。我们推选你做船长，算是选对了。我们心里都有底，都相信一定能遇上你说的好事。我们的妻子留下就留下吧，我们的孩子留下就留下吧，上年纪的父母哭就哭吧，过穷日子就好好过吧。老天能养活水里的鱼，也一定会悉心养活地上的人。你就下令扬帆吧，老爷。在桅杆上安下岗哨，看看我们这些人究竟表现如何，在这儿为你效劳的都不是鲁莽汉子，而是勇士豪杰。'我感谢他们的答复，吩咐张起所有的船帆。航行了一天后，黎明时分，主桅杆上的哨兵大声喊道：'有船！有船！'大家问他船朝什么方向航行，估计有多大。哨兵回答说，是一条大船，和我们的船不相上下，船在我们的正前方。'停船，'我说，'朋友们，拿起武器。他们要是海盗，你们就向他们显示一下扔下渔网那会儿的勇气。'

"我随即下令收起船帆，过了将近两小时，我们发现了那条船，赶了上去，向那只船发起攻击。结果没遇到任何反抗，我手下的四十多名士兵跳上大船,居然没有遇上对手,也就不必血染兵器了。船上只有几名水手和侍从。我们的人仔细察看一番,在一间船舱里发现了一对男女,脖子上套着枷锁,两人相隔不足两巴拉①。男的长得相貌堂堂,女的不过是中等姿色。在另一间船舱里,发现一位尊敬的老者躺在一张华丽的床上。老者显得颇有威势,站在他面前我们不由得肃然起敬。他没有下床,因为他动不了了。他只是欠了欠身,抬起头来说道:'把你们的剑收起来,先生们,这儿没有人会攻击你们,用不着拿刀动枪,要是你们为环境所迫,不得不动刀动枪在别人身上碰碰运气,那你们算是走运了。倒不是因为这只船上有什么能让你们发财致富的珍宝财富,而是因为我在这条船上,我是达内亚人的国王,名叫雷奥波尔迪奥。'一听国王自报家门,我就急切地想弄清楚,究竟出了什么事使国王落得如此孤苦伶仃,没人护卫。我走到他身边,问他讲的可是实话。虽然他外表庄重,像是国王,但是他乘坐的这条船实在寒酸,又令人生疑。'先生,'老者回答说,'请让他们安静下来,听我说一说,我只用三言两语,拣大的说。'我的伙伴们都静了下来,我和他们都竖起耳朵听老者讲了下面的事。

"'老天安排我做了达内亚王国的国王,我是从父母那儿继承的王位。他们也是国王,也是世袭的。我们世代相袭,既没有以暴政为手段,也没有经过讨价还价。年轻的时候我娶了一位门当户对的女子,后来她去世了,没有留下子嗣。时光飞逝,多少年来我一直谨守鳏夫的规矩。后来我竟然爱上了我妻子的一名侍女。这全是我的过错,一个人造了孽就不要怪别人,只能怪自己。我是说,由于我的过错,我陷入情网。她要是安分守己,如今准当上王

---

① 一巴拉约合一米。

后了,也就不会披枷戴锁了,这你大概已经看见了。她以为,丢下我这个白发苍苍的老人,追求我的一个长满鬈发的仆人,没什么不对。她同他勾勾搭搭,不仅丢尽我的脸面,二人还要合谋杀死我。他们对我要尽阴谋诡计,玩弄鬼花招。要不是及时发现,我早就人头落地,悬首示众了,达内亚王国的王冠就会戴在他们头上。最后,我及时发现了他们的阴谋,他们也知道大事不好。为了逃避对他们罪恶的惩罚,避开我怒火的锋芒,一天晚上他们登上一只小船,张起满帆逃跑。得到消息后,我在盛怒之下跑到海边,可他们已经在大约二十个小时前乘风远航了。我怒气冲天,急于报仇雪耻,没加仔细思索就登上这条船,紧紧追上去。此次我没有摆出国王出巡的威势,我只是以他们的私敌的身份出来的。十天之后,我在一个叫火岛的地方找到了他们。趁其不备把他们抓了起来,戴上枷锁,这你们都看见了。我准备把他们带回达内亚,交法庭立即进行审判,按其罪行给予应有的惩罚。我说的句句是实话。罪犯就在那里,虽然他们不甘心,但是还得承认事实。我是达内亚国王,我答应给你们十万枚金币。钱不在我身边,我只是先答应下来,你们希望把钱送到哪里都成。如果光有诺言还不够,为了保险起见,你们可以把我带到你们的船上去。我这条船也送给你们了,我可以派人乘这条船回达内亚去,把钱取出来,送到你们指定的地方。我再没什么可说的了。'

"我那些伙伴们你看看我,我看看你,要我替大家答复。其实,这也不必要,我是船长,我可以而且应该这么做。尽管如此,我还是想听听卡里诺和索勒西奥的意见,还有其他一些人的意见,免得他们误以为我利用他们给予我的指挥权独断专行。我对国王的答复是这样的:'老爷,我们这些到这儿来的人并非为环境所迫拿起武器的,也没有任何贪得无厌的想法。我们此来是要追捕一伙强盗,我们扮装强盗是要惩处他们,要扫除海盗。你根本不是那路人,我们肯定不会伤害你的性命。相反,如果你需要我们用武器为你效劳,没有任何东西可以阻止我们。我们很感谢你答应给我们大笔赎金,可我们不能要,因为你不是肉票,根本不必付赎金。放心地继续上路吧,如果要给什么报酬,我们只想恳求你原谅那两个冒犯过你的人;仁慈宽厚比秉公执法更能显出国王的伟大。'雷奥波尔迪奥竟想屈尊跪在我的脚下。但是,出于礼貌也好,出于对他的病体考虑也好,我绝不能让他下跪。我向他提出一个要求,如果船上有火药,就给我们一些,给养也分给我们一些,这些他都照办了。我还劝他说,如果他不肯宽恕那两个仇人,就把他们送到我的船上去,我可以把他们带到一个地方去,永远不会再冒犯他。他说,就这么办吧,受害者看见仇人,常常会勾起旧恨。我吩咐大家带上国王分给我们的火药和食物回到自己的船上去,那两个囚犯已经被松了绑,打开了沉重的枷锁,正要把他们送过船去,突然狂风大作,把两只船吹得各奔东西,没法再拢到一起。

“我站在船舷上大声与国王告别,他也在手下人的搀扶下,从床上起来与我们告别。我先讲到这里,歇息一会儿再讲第二次奇遇。”

第 十 五 章

讲述和立陶宛国王克拉第洛的侄女苏尔
比西娅相遇的故事。

贝利昂德罗讲述他朝圣的事，大家都挺爱听，只有毛里西奥除外，他在女儿特朗西拉的耳边说：

"特朗西拉，我觉得，贝利昂德罗讲船上的故事可以更简练一些，用不着说那么多话，何必把划船比赛、渔民结婚什么的讲得那么详细，这些小插曲都是故事里的点缀，不像故事本身那样重要。依我看，贝利昂德罗是要显示他能说会道，智慧过人。"

"也许是吧，"特朗西拉回答，"不过我想说，他讲得啰唆也罢，简练也罢，反正都挺好，大家伙儿都爱听。"

我还是上次说过的那个看法，听得最带劲的还是辛弗罗莎，贝利昂德罗说的每一句话，她听了都觉得心里舒坦，听得特别入神。波利卡波思绪万千，不大注意听贝利昂德罗的话，希望他快点儿讲完。他觉得比起那些遥远的、不沾边的期望来，要办成眼前这桩朝思暮想的好事更让人费神得多。辛弗罗莎很想听听贝利昂德罗的故事的结局，就要求大家改日再聚会一次。贝利昂德罗在聚会上讲了下面的故事。

"先生们，请你们看一看我的水手们，他们是我的伙伴，也是士兵。他们身上缺少黄金，可是很看重名声。我有些怀疑，我这么慷慨大方，他们会不会觉得不好。虽说放过雷奥波尔迪奥是我的想法,也是他们的想法,但是,每个人的境遇不同,我很担心不是所有的人都那么高兴,他们会不会觉得丢掉雷奥波尔迪奥为了赎身答应给的十万枚金币,很难得到补偿。想到这儿,我就对他们说:'朋友们,谁也不要为丢掉国王许诺的这一大笔钱感到难过,要知道,一两声誉比一磅珍珠贵重得多。对这一点,只有亲身感受到享有声誉带来乐趣的人才能理解。品德高尚的穷人往往能够成名,为富不仁者会名誉扫地。慷慨大方是赢得好名声的最令人愉快的品德。没有一个慷慨大方的人不得好报,没有一个吝啬鬼不食恶果,这是一条真理啊。'

"我看见大家都听得津津有味,而且面露喜色,正要说下去,发现前面离我们不远的地方有一条船正逆风驶来,我连忙停住话。我要大家拿起武器,把船帆全部张开,追赶上去。工夫不大就把那条船置于我们的大炮射程之内,先放了一声空炮,示意对方收起船帆。他们照办了,把船帆落了下来。两船靠近,我见到了一幅世界上最离奇的景象。在桅杆和绳索上吊着四十多个人,见此情景,我大吃一惊。和那条船靠近后,我的士兵们纷纷跳了上去,没有遇到任何反抗。甲板上尽是血污,许多人奄奄一息,有的人脑袋开花,有的人双手被砍掉,有的血流如注,有的魂魄出窍。这个痛苦地呻吟,那个焦急地喊叫。从死人和败后的状况看,这件事发生在饭桌上,因为血泊中还漂着饭食,沾满鲜血的杯子中还残留着酒香。总之,我手下的人踩着死人和伤员朝前走,最后在后甲板上找到了十二名美丽无比的女子。最前面的一个像是她们的首领。只见她前身戴着一副白色护胸甲,光洁明亮,宛如一面镜子,可以照见自己。后面挂着护喉甲,只是没有腹甲和臂铠。头顶带檐的头盔,状若盘蛇,上面装饰着无数五彩宝石。手中握着一把大刀,刀身从上到下布满金钉,刀头寒光闪闪,锋利无比。我的士兵一见她那副飒爽英姿,早已怒气全消,两眼惊奇地盯着她。我也从船上一直望着她。为了看得更真切,我登上她们那条船。这时候,她说:'喂,士兵们,我相信你们看到这支小小的娘子军一定会感到惊讶,而不是害怕。我们这支队伍已经报仇雪恨了,现在我们什么也不害怕了。如果你们个个嗜血成性,那就动手吧,杀得我们血流成河吧,夺去我们的性命吧。不过,你们休想玷污我们的贞操,我们懂得如何把握我们的贞操。我的名字是苏尔比西娅,是立陶宛国王克拉第洛的侄女。叔叔让我嫁给伟大的兰皮迪奥。他出身名门,家财万贯,英俊潇洒。我们俩去看望我的国王叔叔,本以为与侍从、仆人同行一定会很安全,我们一向待他们极好,他们都感恩戴德。可是,美女和醇酒常常会使最聪明的人神魂颠倒,使他们忘掉自己的义务,只想满足自己的淫欲。昨天晚上,他们喝得不省人事。有几个人半醒半睡,对我丈夫下了毒手,害得他命丧黄泉。就这样,他们开始实行令人作呕的计划。保护自己的性命是理所当然的事。我们宁肯先复仇后死去,于是就起来自卫。我们趁他们烂醉如泥,利用剩下不多的时间,从他们手里夺下几件武器,连同四名没有醉倒的仆人,杀死了那些人,他们的尸体就放在甲板上。光报了仇我们还嫌不够,又把尸体挂在桅杆上,就像果树结了果,这你都看见了。一共吊起了四十个人,即使有四万人,还是一个也活不了,因为他们很难抵抗或者根本不能抵抗,而我们气得不得了,这么说吧,我们变得十分凶狠。我这儿带了一些钱,可以分给你们,我是说,你们可以拿走。我只想加上一句话,我是心甘情愿把钱给你们的。先生们,拿去吧。你们可别玷污我们的贞节,不然的话你们不但拿不到钱,还会留下臭名。'

"我觉得苏尔比西娅讲得非常好。即使我真是海盗,心肠也会软下来。这时候,一位渔民说:'这儿又出了一个雷奥波尔迪奥国王,咱们英勇无比的船长肯定会再大方一次。我要是说得不对,你们就把我宰了! 嘿,贝利昂德罗先生,放了苏尔比西娅吧,我们不要别的,能克制住本能的欲望就很光荣啦!'‘是这么回事,'我回答说,‘朋友们,我爱你们。你们要明白,善有善报,恶有恶报,老天是不会不管的。赶快把树上的恶果子摘下来,把甲板清洗干净,不但要让这些小姐自由行动,而且还要为她们效劳。'大家照我的吩咐办了,苏尔比西娅又是惊讶又是害怕,连忙向我低头道谢。她根本说不清发生了什么事,当然也就不知如何报答我了。她赶紧指派一名侍女取来她的首饰盒和小钱箱。侍女立刻去办,过了一会儿,就像天上下雨似的,把四只装满金银首饰和钱币的盒子摆在我的面前。苏尔比西娅打开盒子,向渔民展示里面的珍宝。金银珠宝熠熠发光,也许(或者根本没什么也许)会使某些人打消充当慷慨义士的念头。把囊中之物赠予他人和放弃希望得到的东西到底是大不相同啊。苏尔比西娅拿出一条贵重的金项链,镶嵌在项链上的宝石熠熠放光,她说:‘拿去吧,英勇的船长,这个贵重的首饰只能表一表赠送者的一点心意。这是我这个可怜的寡妇的小小礼物。昨天,在丈夫的保护下,我算得吉星高照。今天又受到你身边这些士兵的礼遇。你可以把这些珍宝分给他们,据说,它们有开山劈石的功效。'她一说完,我就回答说:‘高贵夫人的馈赠自当视为恩赐。'我拿起那条项链,转身对士兵们说:‘这件珍宝已经属于我了,士兵们,朋友们,我可以把它当作自己的东西来处置。依我看,这是无价之宝,只给一个人显然不合适。谁要是愿意,可以拿走,好好保存。遇上有人要买,把卖得的钱分给大家。至于高贵的苏尔比西娅送给你们的其他东西,大家就不要动了。办好这件事,你们的声誉可以升入九天。'听了这番话,一个人回答说:‘噢,我的好船长! 这些道理你早就对我们说过,现在就别说了。你可以看到,我们大家的心思和你一样。

把项链还给苏尔比西娅吧,什么样的项链也围不拢你答应为我们争得的声誉,无论多大的范围,也包容不了这份声誉.'我对士兵们的回答满意极了,苏尔比西娅也很钦佩他们毫无贪心。最后,她要求我派给她十二名士兵,为她充当卫士和水手,把船开回立陶宛。我同意了,我挑选出的十二个人都非常高兴,只是因为他们知道要去干一件有益的事情。苏尔比西娅送给我们许多酒和食品,这正是我们缺少的东西。此时的风向对苏尔比西娅的航行很有利,对我们也很有利,反正我们没有一定的航向。我们一一同她告别。她知道了我的名字,还有卡里诺和索勒西奥的名字。她向我们三人伸出胳臂,用眼神拥抱其他人。只见她悲喜交集,热泪盈眶。悲的是丈夫去世,喜的是原以为遇上了强盗,现在却自在逍遥了。我们这才彼此分手,各奔东西。

"我还忘了告诉你们我是怎么样把项链还给苏尔比西娅的。我缠着她不放,她不得不收下项链,她甚至把退还项链的事看成是我瞧不起她,对她是个侮辱。我和同船的人商量下一步往哪儿去,大家决定还是顺着风走,其他在海上航行的船也会是这样走法。如果风来得不对头,至少还可以抢风掉向。夜幕降临了,夜色清朗,一片静谧。我叫来一名渔民水手,让他当大副。我坐在后甲板上,两眼凝视着天空。"

"我敢打赌,"这时候,毛里西奥对他女儿特朗西拉说,"接下去贝利昂德罗该要描写整个天体了,好像讲一讲天体运行对下面要讲的故事有多重要似的。我啊,只希望他快点儿讲完。我一心想离开这个地方,没那份儿闲心,没那么多工夫弄清哪些是恒星,哪些是行星。况且他能讲的还比不上我对天体运行的了解呢。"

就在毛里西奥和特朗西拉轻声交谈的时候,贝利昂德罗缓了口气,又接着讲了下面的故事。

第 十 六 章

贝利昂德罗继续讲故事,讲一桩离奇的
事件。

　　"我的伙伴们开始感到困倦,一个个都静了下来。我往前凑
了凑,朝身边一个伙伴问了许多涉及掌握航海技术必不可少的知
识问题。这时候,突然下起雨来,不是淅淅沥沥地下,而是整块整
块的乌云将雨水倾泻到船上,就好像整个大海升上天空,又从空中
泻落到我们的船上。船上的人一阵慌乱,纷纷站起身来向四下张
望。我们发现有些地方天空晴朗,没有一点暴风雨的迹象,都感到
又惊奇又害怕。此时,我身边的那个人说:'海里有一种叫鲨鱼的
魔鬼鱼,这阵雨肯定是从它们眼睛里喷出来的。要真是这样,我们
就很危险,都得玩儿完。必须万炮齐发,用轰隆轰隆的声音把它们
吓走。'说话的工夫,我看见一条像可怕的蛇脖子的玩意儿伸出海
面,探到船上,朝一名水手直伸过去,猛的一口把他吞到嘴里,连嚼
也没嚼就咽下去了。'是鲨鱼,'舵手说,'我说过了,赶快开炮,甭
管有没有炮弹,用不着打它,光靠炮声咱们就能得救。'水手们吓
得乱成一团,赶紧趴在地上,不敢站起来,生怕被妖怪捉走。尽管
如此,有几个人还是连忙开炮,发出轰轰的响声。另外一些人去找
水泵,往外抽水。我们张满船帆,就像是逃脱大敌似的,逃离危急
的险境,这是到那时为止遇到的最大危险。

　　"过了一天,就在黄昏时分,我们把船停在一个岛的岸边,没

有一个人知道那是什么地方。我们想上岛取水,等到天亮再离开。我们落下船帆,抛下铁锚,一个个都累得疲惫不堪,只想休息休息,睡上一觉。不知不觉中都轻轻地进入梦乡。总之,我们全都下了船,踏上了风光旖旎的海岸,岸上的细沙宛如金色的珍珠细粒,实在难得一见。再往前走,眼前出现一片片草地。那儿的草不是草绿色,而是翠绿色。小河里的流水也是碧绿碧绿的,不是人们常说的'晶莹透亮',应该说是液体的钻石在缓缓流动。河水流过整片草地,活像一条条水晶蛇。后来,我们又发现一片树林,各种各样的树木美丽非凡,令人心旷神怡,心花怒放。有的树上挂着红宝石,像是樱桃,或者说是红宝石般的樱桃。有的树上挂着苹果,一面红得像玫瑰,另一面黄得像黄玉。有的树上结满香梨,散发出淡淡的清香,颜色犹如天边的晚霞。总而言之,凡是我们说过的水果,那里应有尽有,而且不论是在什么季节。岛上全年只有春天、夏天(夏天绝不闷热)和凉爽宜人的秋天,凉爽得让人难以置信。眼前的东西使我们顿时觉得五种感官全都得到满足:眼睛看到了山明水秀;耳朵听到了泉水小溪的潺潺的流水声、无数鸟儿的天然的啁啾声——鸟儿从一棵树跳到另一棵树上,从一根枝丫跳到另一根枝丫上,好像被囚禁在那里,失去自由,既不心甘情愿,又没想到可以重获自由;鼻子嗅到奇花异草和鲜果的芬芳;嘴巴品尝到脆生生的水果;两手摸一摸,好像摸到了南方的珍珠、西印度群岛的钻石和台伯河的黄金。"

"可惜啊,克洛迪奥死了,"这时,拉迪斯拉奥对他岳父毛里西奥说,"不然的话,他肯定要对贝利昂德罗说的东西评头品足一番了。"

"住嘴吧,我的先生,"他的妻子特朗西拉说,"不管你怎么说,你不能说贝利昂德罗的故事讲得不好。"

　　刚才说过，每逢贝利昂德罗的话引起在场的人插上几嘴的时候，他就抓空缓口气，再接着往下讲。他讲得很冗长，即使讲得很精彩吧，人们听了也会感到腻歪，而不是愉快。

　　"到现在为止我讲的都算不了什么，"贝利昂德罗说，"下面要讲的东西，再聪明的人也弄不明白，再懂礼貌的人也不会相信。先生们，请你们把眼睛转过去，就仿佛跟我们亲眼所见一样看见了一件怪事，都说眼见为实嘛。我是说，从石头缝里先是传出了一阵轻而又轻的音乐声，那是各种乐器的合奏声，声音传入我们的耳际，我们连忙倾耳细听。随后出来一辆车，我说不清是用什么材料做的，可那样子我能说得上来，它像是一条在暴风雨中幸免于难的破船。十二只身强力壮的猴子拉着车，这种动物特别淘气。车上端坐着一位容貌姣美的贵妇人，身穿一件华丽的衣服，装饰得五彩缤纷，头戴一顶黄色的夹竹桃花冠。身边有一支乌黑的手杖，上面顶着一个木盾，木盾上写着：'性感'。在她后面，又出来许多美女，手里拿着各种乐器，弹奏一支时而欢快时而忧伤的乐曲，不过她们都满面春风。我和所有的伙伴都看呆了，一个个都像是不会说话的泥塑木雕的人像。'性感'女郎来到我面前，嗔怪我说：'英勇的年轻人，你要是与我为敌，那可没你的便宜，不让你命丧黄泉，至少也得让你活得没劲。'她边说边往前走，那些奏乐的少女们，这么说吧，抢走了我七八名水手，带着他们跟在那位夫人的后面又钻进了石头缝里。我扭过头来看了看我手下的人，问他们对刚才看见的事有什么看法。没等他们说话，耳边又响起了别的声音。声音和上次听到的完全不同，更加轻柔，更加悦耳。说话的人是一群极其美丽的女性，似乎是使女。从领头的那位女子来看，肯定是使女。走在前面的是我妹妹奥丽丝苔拉。要不是因为她和我关系这么近，我一定要多说几句，夸一夸她那副绝代佳人的容貌。遇到这样的好事,只要她们提出要求,我还有什么不肯献出来的呢?就是要我的性命,我也不会拒绝,只要不失去这出乎意料之外得到的东西。我妹妹身边有两名使女,其中一个对我说:'"禁欲"和"贞节"我们俩是"纯洁"的好朋友和同伴,她今天变化成你可爱的妹妹奥丽丝苔拉。我们永远陪着她,在她历尽艰辛、长途跋涉顺利到达罗马圣城之前,我们不会离开她。'当时,我全神贯注倾听这些令人愉快的消息,面对美不胜收的情景惊讶不已,对如此新奇的事件,场面既宏大,形式又新颖,实在感到心中不托底。为了用语言表达一下内心的幸福感,我就抬高嗓门想说这么几句话:'噢!你们是我灵魂的唯一慰藉!噢!遇上你们这些贵人,真是三生有幸!你们此时温柔、快乐,愿你们永远如此!'我一心只想了结此事,一下子打破了迷梦,美丽的幻景消失了,我还是和我手下的人待在船上,一个人也不少。"

这当儿,康丝坦莎说:

"后来,贝利昂德罗先生,你又睡着了吗?"

"是的,"他回答说,"因为我的一切好事都是在梦中出现的。"

"说真的,"康丝坦莎说,"我倒是想问一问奥丽丝苔拉小姐,你没在的那段时间,究竟是到哪儿去啦?"

"嗯,"奥丽丝苔拉回答说,"我哥哥把梦说得有声有色,我倒是怀疑他说的是真是假。"

毛里西奥接着说:

"这就是想象的力量嘛。有些事情总是以强烈的形式反复呈现在想象中,深深地印在脑海里,牢牢地记在心中,虽说是假的,可就像真的一样。"

阿纳尔多对此一言未发。他在思考着贝利昂德罗在讲述自己经历时候表露出来的感情和他的神态。已故的臭嘴克洛迪奥说

过,奥丽丝苔拉和贝利昂德罗不是真正的兄妹这句话在他心中留下的疑惑实难由此廓清。于是,他说:

"贝利昂德罗,接着讲你的故事吧,别再重说你的梦了。人累了,总要做许多乱七八糟的梦。我们的举世无双的美人辛弗罗莎正等着你说一说你第一次是从什么地方到岛上来的呢。当时,你在为庆祝她父亲当选而举行的一年一度的竞技会上赢得了冠军。"

"我简直陶醉在梦里了,"贝利昂德罗说,"没注意到讲什么故事都要简明扼要,不能拖得太长。离题太远,效果总是不好。"

波利卡波一直沉默不语,两眼盯住奥丽丝苔拉,一心只想着她。在他看来,贝利昂德罗讲也好,不讲也好,关系都不大,全都无所谓。贝利昂德罗发现有些人对冗长的故事感到厌倦,就打定主意讲得简短些,尽量用词简练。于是,他接着往下说。

第 十 七 章

贝利昂德罗继续讲故事。

"刚才说了,我从梦中醒来。我向伙伴们征求船往什么方向开的意见。最后决定还是顺风航行。我们是出来找海盗船的,海盗船从来不逆风行驶,顺风驶船,一定能找到他们。我的头脑实在太简单了,本来是在梦中看见奥丽丝苔拉的,竟然去问卡里诺和索勒西奥是不是看见他们的妻子跟我妹妹在一起。大家一听我发问,都哈哈大笑,非要我把梦讲给他们听不可。我们在海上航行了两个月,没发生什么大事。我们清除了六十多艘海盗船,都是真正的海盗船,把他们抢来的东西搬到我们船上。船上堆满了战利品,我的伙伴们那份高兴劲啊,不再为不当渔民当海盗感到心情沉重了。因为他们本来就不是贼,而是吃贼的贼;不是抢东西,而是抢别人抢来的东西。

"一天晚上,突然刮起一阵风,而且刮个不停。我们根本没办法收帆或者调整方向,船帆原样不动地顺风挂着,风从后面不断吹来,把船帆吹得鼓鼓的。我刚才说过,我们顺着同一航向走了一个多月,领航员测了一下被风吹到的极高为多少、每小时航行多少西班牙里、航行了多少天,算下来,大约走了四百西班牙里。领航员又测了一下极高,发现我们处在北极下面,在挪威一带。于是,他十分伤心地大声说:'咱们真倒霉呀,要是风向不变,不能改变航向的话,咱们就活不成了。咱们是在冰海里,我是说,在结冰的海里。要是在这儿遇上冰冻,咱们都得冻僵在冰海里。'他的话音刚落,我们就觉得船的两侧和龙骨碰着了流动的石块,由此可知大海开始结冰了。在大海里正在形成冰山,船会无法动弹。我们立即收帆,免得冰山把船撞裂。一天一夜的工夫,海水冻得硬邦邦的,船被冰夹在中间,一动也不能动,就像宝石镶嵌在戒指上。霎时间,我们的身体冻得发僵,内心悲伤极了,危险是明摆着的,我们心里非常害怕。我们只能多活几天,船上的食物一吃完,人也就该完了。从那时候起,我们把食物按定量分给大家。东西少得可怜,我们难免饿死。我们朝四处张望,没看见能让人感到有希望的东西。只是在离我们六海里或八海里的地方发现了一个黑乎乎的东西。我们随即想,恐怕是一只和我们一样遇难的船,也被挤在冰里。这次危险超过过去我遇到的无数次危及生命的危险,因为旷日持久的担惊受怕比突然死亡更让人伤神。暴死不会让人长时间地为死而担惊受怕,这种心情和死亡本身一样可恶。这次的死亡威胁时间长,我们还得挨饿。我们被逼无奈,只好做出一项决定,这个决定即使不说是绝望中的挣扎,至少也算是够冒失的。我们在想,粮食一旦吃完,饿死是人类能想象出来的最恼人的死法。于是,我们决定干脆下船,从冰上走过去,看看在那个像是船的玩意儿上有没有可以利用的东西,要是高高兴兴地给我们最好,不行,就动手抢。

　　"想好了,就开始行动。不大一会儿工夫,在冰面上组织了一支小分队,由我领头,成员都是些极其勇敢的士兵。小分队迈着小步,跌跌撞撞,滑倒了又爬起来,最后来到另外那条船跟前。那条船大小和我们的船差不多。船上有几个人站在船舷上揣测我们的来意。其中一个人大声对我们说:'你们这些走投无路的人,来这儿干什么? 找什么东西? 是来催我们快点儿死,还是跟我们一块死? 赶快回到你们的船上去吧。要是缺吃的,就去啃缆绳。吃得下去的话,就往肚子里填点涂上沥青的木棍。想要我们接待你们,那是枉费心机,也不合施舍的惯例,施舍应该是自愿的。听说困住我们的这段结冰期通常持续两个月,可我们的食物只够维持十五天。要是和你们平分,请你们想想会怎么样吧。'我回答说:'遇上紧急危难的时刻,一切道理全都是白说。既谈不上尊重不尊重,也说不上客气不客气。你们还是高高兴兴地让我们上船吧,咱们把食物合在一起,大家像朋友一样分着吃,免得我们饿急了动刀动枪,跟你们较量较量。'我这么说是因为我想他们究竟有多少食物,他们并没说实话,但是,他们仗着人多势众,又居高临下,既不怕我们的威胁,也不接受我们的要求,而是纷纷抄起武器,准备自卫。我们的人实在没有退路了,一个个变得勇敢非凡,越发无所畏惧。我们朝那条船猛攻上去,没有伤亡一人,就上了船,制服了对手。我们当中有一个人大声喊道:把他们全部杀死,好节省子弹,等我们在船上找到吃的,也好少几张嘴。我倒不这么看。也许我的看法是对的,在这件事上,老天帮了我们的忙,这我以后再说。首先我想告诉大家,这就是那条抢走我妹妹和两位新婚的渔家姑娘的海盗船。我一认出他们来,就大声问道:'你们这些强盗,把我们的亲人弄到哪儿去了?我们被你们抢走的人在什么地方?你们是怎么对待我妹妹奥丽丝苔拉的,怎么对待塞尔维娅娜和雷翁西娅的?她们可是我的好朋友卡里诺和索勒西奥的心头肉呀。'他们当中的一个人回答说:'你说的那两个渔家姑娘让我们已故的头目卖给丹麦王子阿纳尔多了。'"

"是这样的,"这时候,阿纳尔多说,"我从海盗手里买下了奥丽丝苔拉和她的奶妈科洛埃丽娅,还有两个非常漂亮的少女,价钱可远比她们的身价低。"

"我的天哪,"鲁蒂利奥听到这儿说道,"你这是兜了多大的圈子、安了多少扣子才把离奇的故事串在一起呀！哎呀，贝利昂德罗！"

　　"你满足了大家的愿望，我们都该为你效劳，"辛弗罗莎说，"你把故事讲得简短点。你可真是一位招人喜欢的善讲故事的人！"

　　"好吧，"贝利昂德罗回答说，"要是三言两语能把重大事件包容进去，我一定照办不误。"

第 十 八 章

波利卡波听信塞诺蒂娅的谗言背信弃
义。大臣们篡夺其王位,杀死塞诺蒂娅。
客人们离开海岛,停在"隐修院岛"。

贝利昂德罗的故事一拖再拖,讲得波利卡波兴味索然。他既不能集中注意力听贝利昂德罗讲故事,也没有时间把用什么办法才能留住奥丽丝苔拉的事考虑得成熟些。人们都说他为人豪爽、真诚。他就是作为一个豪爽、真诚的人,挨个掂量了一下客人们的身份。他把丹麦王子阿纳尔多放在第一位,王子的地位不是通过选举得到,而是世袭的。从贝利昂德罗的举止和优雅潇洒的风度来看,他是个大人物。从奥丽丝苔拉的花容月貌来看,她准是位大家闺秀。波利卡波希望能客客气气、顺顺当当地实现自己的愿望,既不要拐弯抹角,也不要弄虚作假,用一块婚纱就能掩盖住全部困难,堵住全部反对意见。虽说他年事已高,不宜结婚,但总还能对付过去。无论什么时候,结婚都比受感情煎熬强。别人遇事爱找骗子塞诺蒂娅,向她讨主意,他也赶快把自己的想法告诉她。他们二人商定,抢在贝利昂德罗再次讲故事之前实行他们的计划。也就是在两天后的晚上,发出假的有敌人袭击城池的信号,并在王宫里三四处地方放火,使宫里的人不得不到安全地方去。这么一来,宫里势必闹得乱糟糟,趁此机会派人抢走小蛮子安东尼奥和美丽的奥丽丝苔拉。再利用波利卡帕公主的恻隐之心,让她把危险情况告知阿纳尔多和贝利昂德罗,不提有人被抢,只说如何逃命,也就是让他们赶往海边,那儿的码头上会有一艘三桅船接他们。

这天夜幕降临了。凌晨三时,敌人袭击开始,全城的人大呼小叫,乱成一团。火光四起,照得四处明晃晃,波利卡波心中的欲火也越烧越旺。他女儿波利卡帕镇定自若,不慌不乱,把她那位背信弃义的父亲的阴谋告诉阿纳尔多和贝利昂德罗,说他要扣住奥丽丝苔拉和小蛮子,又不想留下使他臭名远扬的痕迹。阿纳尔多和贝利昂德罗听了她的话,立刻把奥丽丝苔拉、毛里西奥、特朗西拉、拉迪斯拉奥、蛮子父子、莉克拉、康丝坦莎和鲁蒂利奥叫来。大家聚在一起,先是感谢波利卡帕前来报信,随后按照波利卡帕的建议,男人在前,一路顺利地来到码头,顺顺当当地上了三桅船。船上的大副和水手事先收到了波利卡波的通知,被他买通了,一看见这伙人像是逃出来的,等他们一上船,立即起航,朝大海开去,一直要开到英国或者离英吉利岛更远的地方。与此同时,城里响起一片嘈杂的喊叫声,不停地招呼人们:"拿起武器,拿起武器!"王宫里火光四起,噼噼啪啪地响成一片。大火似乎知道王宫主人让它把宫殿付之一炬,于是更加肆无忌惮。波利卡波跑出来,看看奥丽丝苔拉是不是真的抢到手了,妖婆塞诺蒂娅也要人把安东尼奥抢下来。但是,波利卡波国王眼看着所有的人都上了船,一个人也没留下。事实如此,他心里也有预感,于是就下令码头上所有的碉堡和船只向逃亡者乘坐的船一齐开炮。隆隆巨响再次震动全城,居民们惊恐万状,不知道是何方敌军向他们发起进攻,或者是出了什么突发事件。

这时候,热恋中的辛弗罗莎还蒙在鼓里。她心地纯洁,还满怀着希望,想出来看看有什么办法。只见她脚步散乱,慌慌张张登上了王宫里的一座高塔。当时,大火正在吞噬王宫,她觉得那里是个安全的地方。恰巧她姐姐波利卡帕也在塔里。波利卡帕告诉她，客人们都逃走了，仿佛是她亲眼看见似的。辛弗罗莎听到这个消息，顿觉天昏地暗，波利卡帕也为自己出言不慎而后悔莫及。这时候，天已破晓。趁着这个好时光，大家都想弄清楚是什么原因造成眼前这场灾难。但是，此时在波利卡波心中笼罩着一片夜色，那是世上可以想象出的最悲伤的夜色。塞诺蒂娅咬着自己的手指头，大骂她那骗人的妖术和她那几位可恶的师父们许下的诺言。只有辛弗罗莎仍然昏迷不醒；她姐姐独自一人为她的不幸痛哭流涕，同时还在想尽一切办法让妹妹苏醒过来。辛弗罗莎终于恢复了知觉。她朝大海望过去，只见那只三桅船载着她的半颗心——她心灵中最宝贵的一半——朝远处飞驰而去。她似乎是又一个上当受骗的狄多，埋怨另一个逃之夭夭的埃涅阿斯①。她仰天长叹，眼泪滴落地上，喊声随风飘去，脱口说出下面的话：

"噢，英俊的贵客，你来到这一带海岸，害得我好苦！你确实不是骗子，我还没有那份儿福气听你说上几句哄骗我的情话呢！落下船帆吧，或者调整一下方向，拖长一些时间，容我望见那条船，只因为你坐在船上。看看船对我也是一种安慰。我说，先生，你躲避追求你的人，逃开寻找你的人，厌弃钟爱你的人。我是国王的女儿，可我高兴做你的奴隶。如果我的美貌你还看不上，我的心愿却足以填补爱情所产生的最良好的愿望的真空。你不必担心全城陷入火海，只要你回来，这场大火就是欢庆你回来的礼花。我有财富，匆忙出逃的人儿啊，我的财富放在一个地方，大火再蔓延也不会烧着，因为这笔财富是上天专门为你保存的。"

---

① 根据维吉尔的《埃涅阿斯记》，在特洛伊城毁灭后，埃涅阿斯曾来狄多处避难，狄多爱上了他，但这位英雄要离开她乘船去意大利，她因而绝望自杀。

这时候，她又对姐姐说：

"我的好姐姐，你看那条船是否把船帆落下了一些？你不觉得船走得不那么快了？唉，上帝啊！他是不是后悔了？唉，上帝啊，但愿我的意志能阻止那条船！"

"唉，好妹妹，"波利卡帕回答说，"别欺骗自己了，愿望和醒悟往往是孪生兄弟。大船飞也似的去了，你的意志挡不住它，这跟你说的可不一样。你这样唉声叹气，反而会吹起一股风，推着船快走。"

此时，她们的父王突然来到塔上。他和小女儿一样，也想从塔顶上眺望飘然而去的整个心灵（不是一半）。但是，那心灵早已消失得无影无踪了。原来在宫里放火的人，现在又得灭火。居民们得知这次动乱的原因以及波利卡波国王的恶毒想法，得知妖婆塞诺蒂娅的鬼话和坏主意，当天就废黜了波利卡波，把塞诺蒂娅吊在一根桅杆上。辛弗罗莎和波利卡帕受到应有的尊重，她们的命运不错，每个人都得到了相应的报偿。不过辛弗罗莎的心愿没能顺利实现，那是因为贝利昂德罗福大命大，该享受更大的幸福。船上的人团聚在一起，都获得自由，一个劲儿地感谢上天的好生之德。大家再一次弄清楚了波利卡波的背信弃义的阴谋，但是，都觉得还不算过分，他是出于爱情才策划出那套阴谋，也不是没有可以原谅之处。一个人的心灵被热恋的激情支配，往往会胡思乱想，失去理智，在这种情况下，即使错误再大，也还可以原谅。那时天空晴朗，尽管刮的是后侧风，大海却很平静。他们朝着英吉利方向航行，打算到那儿再另想更合适的主意。一路上风平浪静，船上的人没再为任何风险担惊受怕。一连三天，海不扬波，风向很顺。到了第四天黄昏时分，风向开始变化不定，大海失去了平静，水手们预感到一场狂风暴雨即将来临，不禁忐忑不安。我们的生活动荡不定，海上的天气变化无常,这都说明我们不可能长时间地享受安定平稳的生活。正当大家心惊胆战的时候,幸好运气不错,发现了附近有一个小岛。水手们认出了这个岛,说它叫"隐修院岛",这下子可高兴了,因为他们知道岛上有两个小海湾,足以供二十多条船躲避大风,完全可以当避风港。他们还说,岛上有隐修院,一位名叫雷纳托的法国上流社会的绅士在那儿当隐修士;在另一座隐修院里,一位叫欧塞碧娅的法国太太当隐修女。两个人都有一段见所未见的十分离奇的经历。大家都想知道他们的故事,万一暴风雨袭来还可以在那里躲避一下,于是就掉转船头,朝那个岛驶去。船驶的方向很准,后来进入一个海湾,停泊的时候没人出来阻拦。阿纳尔多得知岛上除了前面提到的一位修士和一位修女,再没有别人,就想让在海上航行得十分劳累的奥丽丝苔拉和特朗西拉高兴高兴。在征得毛里西奥、拉迪斯拉奥、鲁蒂利奥和贝利昂德罗的同意后,就吩咐放下小艇,大家一起登陆,摆脱掉海上颠簸之苦,安安稳稳地睡上一觉。事情是办了,可是蛮子安东尼奥认为,他们父子、拉迪斯拉奥和鲁蒂利奥应该留在船上守着,因为水手们缺乏经验,还不能一味地靠他们。最后,安东尼奥父子和全体水手留了下来,在他们看来,最舒服的土地是船上涂着油漆的甲板,最好闻的莫过于鱼的香味儿、船上的焦油味和树脂味,这些远胜过别人喜爱的花园里的玫瑰、千日红和其他鲜花的香味。登陆的人们躲在岩石底下避风。他们三下两下砍了些树枝,燃起亮堂堂的篝火抵御严寒。这些人已经习惯于经历三灾八难,现在可以轻松地过一夜了。特朗西拉要贝利昂德罗继续讲故事,好让大家再轻松一下。贝利昂德罗一再推辞,阿纳尔多、拉迪斯拉奥和毛里西奥也要他讲,奥丽丝苔拉也支持他们。时间合适,场合也合适,他只好继续往下讲。

第十九章

在"隐修院岛"上受到热烈欢迎。

"的确,在风平浪静的时候讲讲暴风雨,在和平的环境中谈谈过去战争的危险,身体康复以后讲讲病痛,确实是有滋有味的事。现在,在宁静的气氛中讲述一下自己经历的苦难,我也感到颇有滋味。我经历过的苦难又多又大,还不能说已经摆脱了苦难。不过,我要说,现在可以稍事休息一下。所谓合乎人情的命运,不过如此而已。红运当头的时候,好事似乎接踵而来,源源不断,而逢上厄运,大抵也是这样。据我想,迄今为止我经历的苦难也算到了厄运的尽头了,一定会日益消减。大难不死,苦尽甘来,必定时来运转,不会越变越坏,而是由坏变好,由好到更好。今天有我妹妹在身边,她恰恰是我的一切好运厄运的真正的根源。我相信,我有把握地说,我一定能够到达我一心追求的幸福的顶峰。

"总之,现在我非常高兴地告诉大家,当时我留在已经举手投降的对手的船上。我在船上得知,他们把我妹妹、两位刚结婚的渔家姑娘和科洛埃丽娅卖给了阿纳尔多王子,今天他也在座。我手下的人四处查看,估算一下船上有多少给养。这时候,突然发现从陆地方向过来一支全副武装的队伍,大约有四千多名武装人员正在冰上行进。一见这种情况,我们的心立刻凉了半截儿,这可比大海还要厉害。我们立即攥紧武器,与其说是要奋起自卫,不如说是要表现一下男子汉的气概。他们用一只脚在冰上走路。右脚猛往左脚跟上一撞,边推边滑,在海面上溜出一大段路,然后再撞一下,又往前溜出一大截。就这样,转眼间来到我们面前,从四面八方把我们包围起来。其中一个人(后来我才知道他是队长)走到我们的船附近,用手挥动着一块白布,表示前来谋求和平。只听他嗓音清亮地用波兰语说:'立陶宛国王克拉第洛、这片海域的主人,经常带领武装人员巡视海面,搭救被冰围困的船员,至少也要救出船上的人和货物,花钱买下船上的物品。只要你们愿意接受这个条件,不进行抵抗,就能保全性命,得到自由,绝不会把你们囚禁起来。请你们考虑一下。不然的话,就跟我们一刀一枪地较量一下,我们必胜无疑。'

"我很喜欢他对我们说话那么干脆果断。我回答他说,那得容我跟我的人商量一下。渔民们提出一个看法,他们说,人生不幸的终点、人生最大的不幸就是生命结束。人活着,就得千方百计地维持生命,只要不是名声扫地就行。他们提出的条件倒是没有什么损害我们名誉的意思。不接受,肯定会丢掉性命;打一仗,实在是没有把握。还是投降为好,倒霉就倒霉下去吧,也可能等着我们的是好运呢。我差不多就是用这些话回答那位队长的。顷刻间,他们朝我们的船扑了过来,那副架势可不像是谋求和平,倒像是要打上一仗。他们一下子把船上的东西抢了个精光,看见什么搬什么,连大炮和渔具也搬到铺在冰面的牛皮上。他们把东西从上面捆好,捆得结结实实,用绳索拉动牛皮,东西也不会掉下来。我们在另一条船上的东西也让他们抢光了。他们又把我们放在另外几块皮子上,随着一声欢呼,把我们拉起来就走,一直拖到离船大约有二十海里的地方。我觉得,这么多人不靠上天的神力在水面上滑行,倒是件很有看头的事。

"总之,那天晚上我们来到岸边,直到第二天早晨才离开那里。在朝阳下只见人头攒动，都来看我们这些被冻僵了的俘虏。人群中，克拉第洛国王骑着一匹骏马，我们从他佩戴的皇家标记上看出他的身份。他身边有一位漂亮的妇女，也骑着马，手持着寒光闪闪的兵器，头上的黑纱没有完全遮住她的面孔。我看了看他们，克拉第洛国王英俊潇洒，模样漂亮。再仔细看看那位妇女，这才认出原来她就是美丽的苏尔比西娅。几天前，我们伙伴们出于礼貌把她放了。这时候，国王过来看被俘的人员，队长拉着我的手对他说：'啊，英勇的克拉第洛国王，我把这个小伙子作为最宝贵的猎物献给你，这是迄今为止人们见到的最宝贵的猎物。''我的天哪！'这当儿美丽的苏尔比西娅滚鞍下马，口中连说：'要么是我有眼无珠，要么你就是我的救命恩人贝利昂德罗。'她一边说，一边张开双臂，搂住我的脖子。看见她这股亲热劲儿，克拉第洛也从马上下来，很高兴地接待了我。渔民们心里对事情会有好结果本来不抱什么希望了；可是，看见他们这样愉快地接待我，才又鼓起劲来，眼睛冒出兴奋的光芒，嘴里连声感谢上帝赐给我们意外的福分。他们没把这件事看成一般的降福，而是当作人人皆知的罕见的恩赐。苏尔比西娅对克拉第洛说：'这个小伙子非常懂礼貌，也非常豪爽。我是有亲身体验的，我希望你能凭你的阅历亲自验证一下。透过他的潇洒的风度，'话说到这里，可以清楚地看出她满怀感激之情，似乎还沉浸在往事之中似的，'你能清楚地看到我说的不假。是他在我丈夫死后给了我自由；是他拒收我的宝物，并不是瞧不起那些东西；是他在接受了我的赠予之后，又好好地把东西退给我，如果有可能，还想给我更多的东西；最后，是他尽心尽力地做了安排，或者说，使他的心意变成他的士兵的心意，派了十二个人护送我，现在他们就在这儿。'听了她这番奉承话、这番过誉之词，我觉得自己的脸一定涨得通红，我真不知道如何是好，一下子跪倒在克拉第洛面前，要吻他的手。国王没有伸手让我吻，而是把我搀扶起来。这时候，那十二名护送苏尔比西娅的渔民正在人群中间寻找自己的伙伴。他们互相拥抱，高高兴兴地互相倾诉各自的好运和厄运。海上的人一再渲染冰冻之苦，陆地上的人大肆吹嘘他们的财富。其中一个人说：'这条金项链是苏尔比西娅送给我的。'另外一个人说：'她送给我的这件珠宝，值你两条项链。'第一个人反驳说：'她还给了我好多钱。'还有一个人说：'她送给我的这个钻石戒指比你们的加在一起还要贵重。'

"人群中一阵喧闹，打断了他们的对话。那是一匹性情暴烈的高头大马惹起来的。两名勇士紧拽缰绳，还无法制服它。这匹枣红马身上有白色斑点，实在漂亮极了。这匹马背上没有鞍，连国王也不让骑；即便骑上去了，它也不听使唤。面前摆上千万重障碍，也挡不住它。国王感到非常遗憾，他决定谁要能去掉这匹马的野性，就赐给他一座城池。国王三言两语对我讲完这件事，我立刻拿定主意干这件各位下面将要听到的事情。"

贝利昂德罗讲到这里，阿纳尔多听到从船上人避风的岩石一侧传来一阵声音，像是有人朝他们走过来的脚步声。他立即站起来，手执宝剑，显得英气逼人，准备应付不测。贝利昂德罗也停了下来。面对眼前的事，妇女们心中害怕，男人们勇气十足，特别是贝利昂德罗。月亮被云彩遮住，月光昏暗，什么也看不清楚。只是模模糊糊地望见两个黑影朝他们走来。看不清是什么东西。这时，一个黑影用清脆的声音说：

"先生们，不管你们是谁，我们来得唐突，请千万别紧张，我们只是来为各位效劳的。你们现在待的这个地方既荒凉又孤寂。如果各位愿意，可以到山顶上寒舍去住，比这儿总要强一些。那儿有灯，有火，还有吃的。虽然说不上是山珍海味，至少能够聊以充饥，吃着可口。"

我回答他说:

"也许你们就是雷纳托和欧塞碧娅吧?你们这对纯洁真诚的恋人,真是有口皆碑,都说你们心地善良。"

"如果你说我们是苦命人,"黑影回答说,"那就说对了。不过,我们就是你说的那两个人,我们真心诚意地欢迎你们到寒舍安身。"

阿纳尔多认为应该接受他们的好意,因为恶劣的气候正威胁着大家,也只好这么做。大家站起身来,雷纳托和欧塞碧娅在前面引路,他们跟在后面。最后来到一座小山的山顶上,上面有两座隐修院。两座隐修院都很简陋,论过日子,倒也舒服,只是没有华丽的装饰,看着不大顺眼。大家走了进去,在那座看上去比较大一些的隐修院里有亮光,那是两盏灯,借着灯光可以看清楚屋内的陈设。神坛上供着三尊圣像。一尊是钉死在十字架上的生命的主宰;另一尊是诸天女王、神情哀戚的欢乐圣母,她站在那位足踏整个人世间的神的脚下;另一尊神像是他们的可爱的弟子,他在睡梦中也比天上群星的眼睛能看见更多的东西。大家跪倒在神像前,按规矩虔诚地祈祷一番。随后,雷纳托带着大家穿过圣坛旁边的一扇小门,进入隐修院旁的一间居室。总之,细枝末节不必赘述,只说他们在那儿用了一顿简单的晚餐,收到小小的馈赠,一位修士和一位修女的一片好心显得礼轻义重。这两个人衣着破旧,论年纪,已近老年。欧塞碧娅的面貌还留下一些痕迹,表明她当年曾是绝代佳人。奥丽丝苔拉、特朗西拉和康丝坦莎留在这间住房里,以干菖蒲和别的干草为床,闻起来,清香扑鼻,其他感觉就不那么惬意了。男人们在庙里安身,分在几个角落,哪一处都是又冷又硬,又硬又冷。时光飞逝,黑夜转眼过去,天亮时周围一片宁静。大家看到大海显得彬彬有礼，温文尔雅，好像在邀请大家回到船上去享受一番。幸亏船上掌舵的说了句话，否则，大家准得上船了。他说，不要相信天气的表面现象，虽然看上去无风无浪，可最后会出现相反的情况。他的意见占了上风，得到大家的同意。就航海技术来说，一名普通的水手知道的东西能超过世界级的大文豪。妇女们离开了干草铺的床，男人们离开了硬石板。他们来到山顶上，观看小岛的旖旎风光。小岛周长只有十二海里，岛上布满果实累累的树木。水源丰富，清凉宜人；绿草如茵，令人心旷神怡；鲜花怒放，香气袭人，人的视觉、听觉、嗅觉、味觉、触觉，都能同时得到同样的满足。过了不大的时辰，天已大亮，两位可敬的出家人出来招呼客人。他们在隐修院里铺开绿色的干菖蒲叶，就像在地上铺了一方软和的地毯，也许比王宫里常用的地毯还要好看。然后，在地毯上摆上各式各样的果子，有干果，也有鲜果。面包不是新烤的，但也不像硬饼。桌子上摆放好精心制作的软木杯子，里面装满清凉饮料。这样的布置，还有水果和纯净的清水（虽然放在棕色的软木杯子里），使整个环境显得那么明亮。加上腹中空空，大家都不得不在桌子周围坐下来，或者说，非坐下来不可了。大家就座后，很快吃完了香喷喷的饭菜。饭后，阿纳尔多请求雷纳托讲一讲他的经历，为什么来到这么逼仄的地方，过如此清苦的生活。雷纳托是位绅士，一向礼貌周全，不等别人再求，就开始讲起自己真实的经历。

第二十章

雷纳托讲述他如何来到"隐修院岛"。

"人在发达的时候讲述过去的苦难,往往讲述的兴头比过去受难的痛苦要大得多。可我不是这样。因为我不是在暴风雨过后,而是在狂风暴雨当中讲述往事的。我出生在法国。我的生身父母都是贵族,很有钱,心地善良。我从小受的是上流社会的教育,努力使自己的思想合乎自己的身份。但是,尽管如此,我还是冒冒失失地把心思放在法国王后的宫女欧塞碧娅小姐身上。我只是用眼神向她示意我爱上了她,可她呢,要么是粗心大意,要么没有留心,既没用眼神也没用语言向我表示她已明白我的意思。爱情萌生的时候,往往由于遭到冷遇或者蔑视,满腔希望破灭了,爱情也就被扼杀了。可是,我的情况恰恰相反。欧塞碧娅的沉默反而为我的希望增添了一对翅膀,我要直冲云霄,以便配得上她。但是,有一位叫里布索米罗的有钱的法国骑士,出于忌妒或是好奇心,终于猜透了我的心事。他没有正确处理这件事,对我非但没有寄予同情,反而心怀妒忌,故意与我作对。在爱情上有两种极为糟糕的情况:一种是爱人,但是不被人爱;另一种是爱人,但是遭人厌弃。不被人爱也好,遭人妒忌也好,都不能和第二种情况相比。结果是我没有得罪过里布索米罗,可他有一天到国王面前,说我和欧塞碧娅关系暧昧,冒犯了我王陛下,违背了骑士应该遵守的戒律。还说,为了不冤枉欧塞碧娅,他要用武力证实他说的是真话,他不希望有人用笔墨或者别的什么办法来证明这一点。其实,他一而再再而三地指责欧塞碧娅不知廉耻,居心不良。

"国王听了他的话,心情激动,派人把我叫去,把里布索米罗这番话转告我。我为自己的清白进行辩护,还为欧塞碧娅的名誉讲了几句维护的话,尽可能用最谦和的办法戳穿仇人的谎言。于是,只好进行决斗了。国王不愿意我们在他的国土上决斗,因为这违反禁止决斗的天主教教规。他让我们到德国的一个自由城市去分个胜负。决斗的日子到了。他带着指定的武器——宝剑和护胸盾——来到决斗场,没带任何其他器械。主持人和裁判员依照习惯的做法举行了仪式,为我们指定了各自的位置,便走开了。我信心百倍、勇气十足地进入决斗场,因为我清楚地知道,道理在我这边,真理在我这边。我也清楚地知道,对手也是勇气十足地进入场地的,他高傲狂妄,不可一世,只是在良心上却没大把握。至高无上的主啊!上帝的裁决真是难以猜度!能做到的,我都做了。我把希望寄托在上帝身上,把希望寄托在我尚未实现的愿望的纯洁无瑕上。我没有感到恐惧,手臂也没有发软,但是动作却不准确。不知是怎么回事,我竟然躺倒在地上,仇人的剑锋正对着我的眼睛,顷刻之间我就要命丧黄泉了。'哼,'我说,'唉,你打败我是出于侥幸,而不是靠你的勇敢!让这把利剑取走我的灵魂吧,因为它无力保护自己的身体。别指望我举手投降,别指望我坦白我没犯过的错误。我确实有罪,也该受到更大的惩罚。但是,我不想给自己的罪过加上这么个证据。我宁肯光明正大地死去,也不愿意不光彩地活着。''如果你不投降,雷纳托,'我的对手说,'我这把利剑就会刺穿你的脑袋,要用你的鲜血证实我说的是真话,还要证实你的罪孽。'这时候,裁判赶来了,他们以为我已经死了,就把胜利的桂冠给了我的仇人。他的朋友们扛起他走出决斗场,让我一个人留在那儿。我只觉得虚弱无力，心里乱成一团，身上的伤不多，心里却很悲痛，疼痛的感觉倒不像我想的那么厉害，还不至于就此死去，连仇人的剑也没有夺走我的性命。

"仆人们把我救起来。我回到了祖国。在路上也好，回国以后也好，我都不敢抬头望一望天空，只觉得丢尽脸面，声名狼藉，一切痛苦和沉重的负担全都落在了眼皮上。朋友们跟我说话，我认为他们是在羞辱我。晴朗的天空，在我看来是阴云密布。乡亲们在大街上偶然聚谈，我就想他们准是在议论我丢丑的事。最后，忧伤、愁闷、胡思乱想，压得我实在透不过气来。为了摆脱苦恼，至少减轻一点烦闷，或者是为了了却自己的性命，我决定离开祖国，把财产交给我弟弟，带上几名仆人乘船出走。我只想把自己发配到北方，寻找一个没人知道我一败涂地、丢人现眼的地方，好隐姓埋名，不问世事。我找到了这个海岛，非常喜欢这个地方。仆人们帮我修了这座隐修院，我就在院里藏身。我送别了仆人，嘱咐他们每年来看我一次，也好埋葬我的遗骨。他们爱我，我给他们许了诺言，给了他们好处，他们这才按我的要求办事。我不想把这个说成是我的命令。他们走后，剩下我孤独一人。这里的树木、花草、清泉以及潺潺的清澈的小溪都是我的好伙伴。我又一次为自己没早日被人打败而感到遗憾。否则，我早就可以到这儿来休息，来领略大自然的美了。噢，孤独是伤心人的愉快伙伴！噢，寂静是没有恭维、没有奉承的悦耳的声音！先生们啊，瞧我都说了些什么，我赞美起神圣的孤独和甜美的寂静来了！不过，我还是先说说一年后我的仆人又来了，还带来了我倾心爱慕的欧塞碧娅，就是你们现在看到的这位修女。我的仆人们把我待在这儿的消息告诉了她，她很感激我有这样的心愿，同情我的不幸，愿意在痛苦中（不是在过错中）与我做伴儿。她和仆人们一起登船，离开自己的祖国和父母,放弃自己的财富和舒适的生活,而她做出的最大的牺牲就是丢弃了自己的声誉,让那些总是受人欺骗的凡夫俗子们胡乱议论。因为她这一走,恰好证实了她的过错,还有我的错误。我如其所愿地接待了她。环境孤寂,她的容貌又很美丽,这本来应该燃起我们本来就有的欲望;但是,多亏上天的指引和她作风正派,结果恰恰相反。我们结成合法夫妻,却把欲火埋葬在白雪里,如同两尊活动偶像,相敬相爱地在这里度过了将近十年。在这十年当中,仆人们年年来看我,给我送来这个荒凉地方必然缺乏的东西。有时候,他们还带来个别信徒向我们做忏悔。在隐修院里,我们有足够的法器,可以举行圣事活动。我们分开睡觉,一起进餐。我们谈论上天,鄙视陆地,相信上帝的仁慈,期待着永生不死。"

雷纳托就这样结束了他的谈话。在座的人都为他的经历感慨万端。倒不是说上天惩罚人的意愿有什么新鲜,因为大家都知道,表面上的恶事降到人的头上,无非是两个原因,即所谓恶有恶报、善有善报。大家认为雷纳托属于善者,所以都说了几句安慰的话。对欧塞碧娅也是如此。她十分谦恭地表示了感谢,心里得到了安慰。

"孤独的生活啊!"这时候,鲁蒂利奥说。他一直静静地聆听雷纳托的故事。"孤独的生活啊!"他说,"又神圣,又自由,又保险。凡是想得开的人上天都会这样告诉他!谁会不热爱这样的生活,谁会不拥抱你,不选择你,最后不享受你啊!"

"说得好,"毛里西奥说,"我的朋友鲁蒂利奥。不过,这些都是大人物才考虑的事。一位乡村牧师隐居在偏僻的农村,不会使我们感到惊奇;一个在城里快要饿死的穷汉,选择一处能填饱肚子的荒凉地方住下来,我们也不会纳罕。有些人游手好闲,懒惰成性,也算是一种活法。可我要是把自己的苦难交给别人,尽管对方一向以慈悲为怀，那我就不是小懒了。如果我看见迦太基的汉尼拔隐居在隐修院里，就会跟看见卡洛斯五世住进修道院一样，感到惊讶万分，不可理解。但是，百姓隐居，穷汉避世，我不会惊奇，也不会挂念。有些事雷纳托没有说，他在这块荒无人烟的地方住下来，不是为贫困所迫，而是出自他善良的愿望。在匮乏当中，他看到富足；在孤寂当中，他看到有人相伴。正因为他一无所有，才活得安稳踏实。"

贝利昂德罗接着说：

"我还年轻，命运已经让我经历了种种艰难险阻，要是我上了年纪，我倒会把生活孤寂、隐姓埋名看成是无上的幸福。但是，克拉第洛的马突然出现了，我不能实现自己的愿望，也不能改变自己的生活。我刚才正讲到了那匹马。"

大家听了都很高兴。因为贝利昂德罗又要开始讲述他多次开头、又一直没讲完的故事了。

第二十一章

讲述他和克拉第洛那匹心爱的宝马的
故事。

"上次说到那匹马体态雄伟,性情暴烈,毛色漂亮,克拉第洛十分珍爱,很想驯服它。我表示愿意为他效劳。我以为这是上天赐给我的机会,可以让国王对我有个好印象,同时也能在某种程度上证实一下美丽的苏尔比西娅在国王面前为我说的好话并不全是溢美之词。就这样,我没有经过深思熟虑,就匆忙上阵,朝那匹马走过去。我翻身上马,那匹马没有马镫,我的脚也就无处可踩;那匹马没有马嚼子,我无法勒住它,只好让它猛冲出去。我来到一块悬在海岸上的岩石顶上。尽管那匹马不大乐意,我还是兴冲冲地又用腿一夹马肚子,让它腾空而起,准备连人带马落入海底。半空中我才想起大海已经冻住了,这下子非得落个粉身碎骨不可。我算死定了,马也肯定活不成。可实际上并非如此,因为上天还想留下我这条命去干些别的事,那匹身强力壮的宝马居然硬生生地四蹄落地,我也没受什么伤,只是从马背上震了下来,在冰上翻滚一阵,滑出去老远。岸上的人全都以为我必死无疑。可是一见我站起来,都认为这简直是个奇迹,也觉得我这个人胆子太大,活像个疯子。"

毛里西奥很难相信那匹马从那么高的地方跳下去竟会安然无恙。他以为至少应该说那匹马摔断三条腿或四条腿,听贝利昂德罗讲故事的人固然都很懂礼貌,但也不大相信那匹马会跳得如此神乎其神。不过,大家都很相信贝利昂德罗,居然没有人提出疑问,表示难以置信。这就是爱撒谎的人的悲哀之处,他即使说了实话,人家也不相信。这也是受人信赖的人的光荣之处,他即使撒了谎,人家也会信以为真。毛里西奥的想法并不妨碍贝利昂德罗的谈话。于是,他又继续讲下去:

“我牵着马回到岸边,又骑了上去。和第一次一样,我又催它再跳一次。但是,这回它不干了。那匹马来到悬崖顶上,无论如何不肯往下跳。它把屁股贴在地面上,挣断了缰绳,死死钉在地上。只见它全身汗水淋漓,战战兢兢,一下子从一头雄狮变成了绵羊,从不服管教的野兽变成了一匹骏马。小伙子们放胆用手摸它,国王的马夫给马配上鞍子,骑上去,稳稳当当地让马跑了一通。那匹马脚步轻快,十分和善,这可是从来没见过的事。国王高兴极了,苏尔比西娅看到我的所作所为应了她的话,也很兴奋。

“海上的冰硬是冻了三个月。当地人利用这段时间把国王早些时候动手建造的一条船造好了,一旦天气转好,就到那一带海上巡逻,肃清海盗,没收赃物,发笔横财。在此期间,我伺候国王外出打过几次猎。我表现得机灵、老练,能吃苦耐劳。世上没有任何其他活动像战争和打猎那样彼此相似,打仗也好,打猎也好,疲劳、饥渴乃至死亡随时都伴随着你。美丽的苏尔比西娅对我和我的同伴们都很慷慨大方,克拉第洛对我们也很有礼貌。苏尔比西娅带走的十二名渔民全都发了财,和我在一起的时候丢掉的钱全都赚回来了。船造好了,国王下令好好把船装饰一下,配备好能供长期使用的必需品。然后,委任我为船长,一切凭我自愿,凡是我不愿意做的事,他绝不勉强。我亲吻了他的双手,感谢他的大恩大德,然后要求他允许我去找我妹妹奥丽丝苔拉,听说她在丹麦国王那里。

克拉第洛答应我,想干什么就干什么。他还说,我待人很好,他该
为我做更多的事。他说,作为国王,应该乐善好施,和蔼可亲,也可
以说,应该很有教养。苏尔比西娅的教养就非常好,而且还慷慨大
方,我和我手下的人都高高兴兴地带着钱财上了船,一个人也没
留下。

"我们先是朝丹麦驶去,我想在那儿可以找到我妹妹。可是,
在那里得到另外的消息,说是她和其他姑娘们在海边被海盗抢走
了。苦难再次临头,不幸又开始了。卡里诺和索勒西奥也和我一
样。他们认为,他们的妻子和我妹妹一样又遭到不幸,被人囚禁
起来。"

"他们怀疑得对。"这时候,阿纳尔多说。

贝利昂德罗继续说:

"我们跑遍了这一带海域,附近的岛屿都去过了,到处打听我
妹妹的消息。我总觉得,平心静气地说,世上所有的美人,不论到
了什么地方,黑暗永远遮不住她们脸上的光彩。她们行事审慎,一
定能走出任何迷宫。我们捉住了一些海盗,释放了一些俘虏,把财
产还给原主,也没收了一些人的不义之财。这样一来,我们船上堆
满了成千上万种财富。我手下的人想回去张网打鱼,回家抱孩子。
卡里诺和索勒西奥也设想既然在远处找不到,回家乡总可以找到
自己的妻子了。他们临走前,我们来到一个好像是叫辛塔的岛上。
听说波利卡波正在那儿举行庆祝会,我们大家都想去看看。由于
风向不顺,我们的船无法到达。于是,我们穿上划船手的衣服,登
上了那条长长的船。这些我都说过了。在那儿,我赢得了全部奖
牌,成了各项比赛的冠军。在盛会上,辛弗罗莎想知道我是什么
人,为此她着实费了一番心思。回到船上以后,我的人决定离开
我,求他们把那条小船留给我,作为我们患难与共的纪念。他们

离开了我,如果我要那条大船的话,他们也会给我留下。他们说,
丢下我一个人,没有别的原因,只是因为他们觉得难以同意我的愿
望,从前一阵子大家共同努力的经历来看,要实现这样的愿望是不
可能的。

　　"最后,只有六位渔民愿意跟我走,他们带着我给他们的奖赏
和礼物。我同朋友们一一拥抱后,就和那六名渔民登上小船,掉转
船头,朝蛮子岛驶去。当地人的风俗习惯大家已经知道了。他们
受人蒙骗,相信虚假的预言,这也不用说了,因为据我所知,你们都
已听说了。通过那个岛的时候,我被他们捉住了。他们把我带进
了活地狱。有一天,他们把我提出来,准备把我送上祭坛。这时海
上起了风暴,木筏子被冲散了。我抱住一块木板漂向大海,脖子上
还绕着锁链,两手被铐在一起。我落入仁慈的阿纳尔多王子的手
中,今天他也在这儿。他吩咐我潜入岛上充当密探,查一查我妹妹
是不是在岛上,当时他还不知道我是奥丽丝苔拉的哥哥。有一天,
奥丽丝苔拉穿着男人的衣服被送上祭坛。我认出了她,当时真是
心如刀绞。在她遇害前,我说出她是个女人,陪着她的奶妈也这么
说。至于她们俩是怎样到那里的,她什么时候想说,自会告诉各
位。我讲了这些,再加上我妹妹还要讲一些,你们想知道的有关我
们的确切情况几乎都齐了,你们一定会感到满意了。"

第二十二章

雷纳托的弟弟西尼瓦尔多到来,从法国带来了好消息。他要把雷纳托和欧塞碧娅带回国去。阿纳尔多、毛里西奥、特朗西拉和拉迪斯拉奥搭乘他们的船,贝利昂德罗、奥丽丝苔拉、安东尼奥父子、莉克拉和康丝坦莎登上另一条船去西班牙。鲁蒂利奥留下来当隐修士。

不知道我说得对不对,我冒昧说一句吧,贝利昂德罗总算把故事讲完了,毛里西奥以及其他个别听众心里可高兴了。在通常的情况下,冗长的谈话即使再重要,也会让人倒胃口。奥丽丝苔拉可能就是这么想的。当时,她不想跟着捧场讲自己的经历。自从她在阿纳尔多那里被人抢走以后到贝利昂德罗在蛮子岛上找到她,其实事情并不多,她想还是另找机会再讲。即便她想讲,也没有时间了。大家看见从海上开来一条大船,这条船张着满帆直朝海岛驶来。不大一会儿工夫,大船抵达海岛的一个港湾,雷纳托立刻认了出来,就说:

“先生们,这就是我的仆人和朋友们来看望我的时候常坐的那条船。”

这时候,船上的人发出了号子声,把一只小艇放下水。小艇上坐满了人，朝岸边开过来。雷纳托以及跟他在一起的全体人员都聚在岸上迎接他们。大约有二十来个人上了岸，其中一个相貌英俊，似乎是为首之人。他一看见雷纳托，立刻张开双臂，朝他走过去，边走边说：

"拥抱我吧，哥哥，祝贺我给你带来了你最想听到的好消息。"

雷纳托同来人拥抱。他认出了那正是他弟弟西尼瓦尔多。雷纳托说：

"我的好弟弟啊！看见你比听到什么喜讯都让人高兴！在这个鬼地方，什么高兴的事都不能让我高兴起来。看见你就不同了。我天天过着倒霉的日子，你一来，可打破常规了。"

西尼瓦尔多转过身去，和欧塞碧娅拥抱，还对她说：

"小姐，拥抱我一下吧。你也应该为我带来的消息庆贺庆贺。我得立刻把消息告诉你们，免得再拖长你们的痛苦。先生们，听我说，你们的仇人已经病死了。死前的六天内，一句话也没说。在灵魂离开肉体前六个小时，上天让他开口说话。在那段时间里，他显得后悔莫及，承认他犯下了诬陷你们的过错。还说，他是心怀妒忌，居心不良。最后，他详详细细地坦白了自己的罪孽。他表示，他是以邪恶战胜了你们的善良，愿意接受上帝的秘密审判。他不仅高兴地说出了这一点，还愿意把事实公之于众。国王知道了事实真相后，也公开宣布为你们恢复名誉。哥哥啊，他宣布你们是胜利者，宣布欧塞碧娅为人正直纯洁。他下令寻找你们，找到以后，带你们去见他。要以他的宽阔的襟怀和宏大的气度把你们从狭小的天地里解救出来。如果这些消息值得让你们高兴，那请认真地考虑考虑。"

"这些消息很让人高兴，"阿纳尔多说，"即使多活几年，也无法与之相比；即使得到一笔意外之财，也不能与之相提并论。人世间没有任何好事能和名誉失而复得相媲美。雷纳托先生,祝你长寿,举世无双的欧塞碧娅伴你共享天年。你是一面墙,她就是墙上的常春藤;你是常春藤,她就是常春藤盘绕的榆树。她是映照出你的心情的一面镜子,是善良和知恩图报的楷模。”

大家用不同的话语表示同样的祝贺,然后又问起欧洲和世界其他地方都出了些什么新闻,他们一直在海上漂泊,知之甚少。西尼瓦尔多回答说,现在人们议论最多的是达内亚国王雷奥波尔迪奥及其追随者给丹麦老国王造成的灾祸。他还说,人们还私下议论说,丹麦的太子阿纳尔多不在国内,他父亲已经到了风烛残年,据说,这位王子像只蝴蝶一样紧紧追随一名女俘的美丽的眼睛。大家都不了解这名女俘的出身门第,甚至不知道她父母是谁。

他讲了特兰西瓦尼亚①的战争以及人类公敌土耳其人的活动。他还介绍了西班牙国王及罗马皇帝查理五世光荣去世,反宗教势力大为恐惧,伊斯兰教徒大吃一惊。还讲了其他一些琐细的事,有些消息使人高兴,有些消息令人担心,不管是哪种消息,大家都听得津津有味。只有阿纳尔多沉思不语,自从听到父亲处境窘迫,他两眼一直瞅着地,一手托着腮,过了好长时间,才抬起头来,仰望着天空,大声说道:

“爱情啊!声誉啊!父爱啊!我的心都要挤碎了!原谅我吧,爱情,我不会因为离去而丢下你。等等我,声誉啊!我不会因为有了爱情而不再追求你。放心吧,父亲啊!我就要回去了。臣民们,等等我。爱情从来没把任何人变成胆小鬼,为了保卫你们,我无所畏惧,因为我是世上最好的最懂得爱的人。关于举世无双的奥丽丝苔拉,凡是我知道属于我的,就一定要争到手。作为国

---

① 古代东欧的一个地区,今属罗马尼亚。

王,我能够得到作为恋人得不到的东西。穷苦的恋人,如果不是福星高照,几乎不可能顺利实现自己的愿望。作为国王,我要追求她;作为国王,我要为她效劳;作为恋人,我一定会珍爱她。如果这样我还是得不到她,那我只会怪自己运气不好,而不怪她不了解我。"

所有在场的人听了阿纳尔多的话,全都惊呆了,其中最吃惊的要算是西尼瓦尔多。毛里西奥告诉他,这一位就是丹麦王子,还指着奥丽丝苔拉说,她就是人们说的那个把王子弄得神魂颠倒的女俘。

西尼瓦尔多故意看了看奥丽丝苔拉。他立刻机敏地判断出,阿纳尔多显得那么疯疯癫癫究竟是为什么。前面说过,奥丽丝苔拉容貌俊俏,谁看见她,都会被迷住心,因为她而做了错事,都是可以原谅的。那天,就这么商量定了,雷纳托和欧塞碧娅回法国;阿纳尔多搭乘同一条船回国;阿纳尔多还想带上毛里西奥及其女儿特朗西拉、女婿拉迪斯拉奥。逃跑出来的那条船继续朝西班牙航行,乘船的有贝利昂德罗、安东尼奥父子、奥丽丝苔拉、莉克拉和美丽的康丝坦莎。

鲁蒂利奥看着大家分头搭船,正寻思着自己会分在哪条船上。但是没等别人宣布他上哪条船,他就跪在雷纳托面前,恳求对方让他继承衣钵,留在岛上,哪怕是让岛上有个人管管灯塔,为迷航的人指引一下方向也好。他一直命途多舛,希望能有个好结果。大家都为他这种虔诚的要求说情。好心的雷纳托既虔诚又开通,也就答应了他的要求。他说,希望他留下的东西都能派上大用场,因为都是种地、度日所必不可少的。对此,阿纳尔多补充说,如果国内海晏河清,他保证年年派船来接济他。鲁蒂利奥打算吻吻大家的脚,可是大家都同他拥抱,大多数人为新隐修院主的神圣决定感动得泪流满面。虽然我们的生活还没见好转，看见别人的生活有所改善也很高兴，我们总不至于邪恶到自己倒霉也叫别人跟着倒霉吧。

众人花了两天时间准备各自上路。临出发前，大家客客气气地互相道别，尤其是阿纳尔多、贝利昂德罗和奥丽丝苔拉。虽然他们之间有着爱情纠葛，但是每个人的想法都是正大光明，而且颇有节制，也就没有搅乱贝利昂德罗的心。特朗西拉哭了，毛里西奥眼里含着泪水，拉迪斯拉奥也一样，莉克拉唉声叹气，康丝坦莎非常激动，她父亲和哥哥也是心里发酸。鲁蒂利奥穿上了雷纳托的法衣，在人们中间走来走去，跟大家一一话别。啜泣声和眼泪混杂在一起。最后，风和日丽，风向适于各个航向，大家纷纷上船，扬起风帆。鲁蒂利奥站在隐修院的制高点，为大家祝福。朝圣故事的作者就此结束本书的第二部。

第三部

第 一 章

抵达葡萄牙,在贝伦登岸,通过陆路来到
里斯本,十天后穿着朝圣服出发。

我们的灵魂一直在不停地运动,不会停止,不得安宁,只有在
灵魂的中心——上帝——那里才能得到安息,我们的灵魂就是为
上帝而创造的。因此,我们的思想变化不定,也就没什么奇怪的
了:今天一个想法,明天一个想法;坚持一种想法,放弃一种想法。
只有理解上没有错误的想法,才是最接近宁静的想法,才是最充实
的想法。这番话不外乎是要说明,阿纳尔多轻率地放弃了长期以
来一直坚持的要为奥丽丝苔拉效劳的想法,是情有可原的。不过
还不能说他放弃了这个愿望,只能说是暂时放一放。保持声誉高
于人类的一切活动,荣誉感占据了他的心灵。临行前的那天晚上,
阿纳尔多去找贝利昂德罗,在"隐修院岛"上单独同他交谈,向他
陈述了自己的想法。

他恳求(要求办到必须办到的事情,应该用"恳求",而不是
"要求")贝利昂德罗好好照看自己的妹妹奥丽丝苔拉,好好保护
她,准备让她做丹麦王后。即使在接管王国时运气不佳,为完全正
当的要求而丧失性命,也该把奥丽丝苔拉尊为王子的未亡人。作
为王子的未亡人,她可以另择夫婿。阿纳尔多王子知道,而且还多
次说过,如果奥丽丝苔拉自主择夫,不靠任何其他显要人物,她准
能当上全世界最大的国王的王后,而不是丹麦王后。贝利昂德罗

回答说,感谢阿纳尔多的一番好意,他肯定会悉心照料她,这既是他分内的事,也是他会做的事。关于这件事,贝利昂德罗对奥丽丝苔拉只字未提,因为恋人要是想夸赞心上人几句,那就应该用自己的话说出来,而不是转达别人的话。恋人不能靠别人的客气话谈恋爱,要用自己的话向心上人表心迹。自己唱不好,也不能让别人代唱。自己长得不英俊,就不要让伽倪墨得斯陪酒。最后,我认为,一个人的缺陷不能靠别人的长处来弥补。这些忠告无须对贝利昂德罗说,因为就大自然赋予的财富来说,他算是得天独厚,就命运带来的财富来说,他也不比别人差。

几只船被同一阵风送上了不同的航道,真可谓是航海术上的奇迹。这么说吧,航船冲破的不是透明的水晶,而是蓝色水晶。大海像是铺上了一层垫子,微风对大海毕恭毕敬,只是轻轻拂过水面。航船轻轻地吻着大海的嘴唇,在海上轻快地滑动,似乎没有触及海面。就这样,一路风平浪静,航行了十七天,无须升帆、降帆,或者调整帆的方向。船上的人十分幸福,除了担心会来暴风雨之外,任何人的欢乐都无法与他们相比。过了几天,有一天黎明时分,一名水手从主桅杆顶上发现了土地。他说:

"恭喜恭喜,老爷们!快给赏钱吧,值得出笔赏钱!陆地!陆地!最好还是说,老天啊,老天!咱们准是来到著名的里斯本了。"

一听见这个消息,大家的眼眶里立刻涌出温情、喜悦的泪水,尤其是莉克拉、安东尼奥父子以及女儿康丝坦莎,他们觉得终于回到了盼望已久的土地。安东尼奥伸出两臂,搂住莉克拉的脖子说:

"亲爱的蛮姑,现在你该明白,应该怎样报效上帝了。过去,我跟你念叨过,话比现在多,可意思是一样的。现在,你会看到装饰得金碧辉煌的教堂,里面供奉着上帝。同时,你还会看到这里的人举行的天主教宗教仪式。你会注意到基督的仁慈总是及时到位。在这座城市里，你会看到许多医院为人治病，消除病魔，在医院里死去的人会及时得到无限的宽恕，在天上又死而复活。在这里，爱情和诚实结成一对，形影不离。讲究礼貌待人而不容许态度傲慢；崇尚勇敢，而不容许怯懦。所有的居民都心情愉快，彬彬有礼，豪爽大方，懂得爱人，因为他们都有良好的教养。里斯本是欧洲最大的城市，商业最发达的城市。从远方运来的货物在这里卸下来，再发往世界各地。里斯本港能容下的船只不可胜数，可以说是容得下一座由船只的桅杆组成的活动森林。这里的姑娘十分漂亮，令人惊叹，招人喜爱。这里的男人，正如他们自己说的，个个勇敢大胆，令人惊讶。最后，这块土地为上天做出了巨大的贡献。"

"别再说了，"这时候，贝利昂德罗说，"安东尼奥，还是留下点东西让我们亲眼看一看吧。光唱赞歌，并不能道出所有妙处，还得留点什么让眼睛看看。只有看见了，我们才会再一次感到惊奇，兴趣才会逐步增加，直至极点。"

奥丽丝苔拉眼看着踏上陆地的时刻越来越近，心里非常高兴。这样，就不必受变幻莫测的大海和随心所欲的海风的牵制，从一个港口转到另一个港口，从一个岛转到另一个岛了。尤其是当她得知从这里到罗马可以步行，不喜欢航海的可以不必乘船，更是欣喜万分。大约在中午时分，他们到达桑吉安，进行了船舶登记。城堡长官及其随从上了船，见到奥丽丝苔拉貌若天仙、贝利昂德罗风流倜傥、安东尼奥父子一身蛮装、莉克拉模样俊俏、康丝坦莎美丽动人，感到十分惊讶。城堡里的人得知他们是外国人，要到罗马去朝圣。莉克拉把从蛮子岛带出来的黄金在波利卡波的岛上换成了通用的货币，贝利昂德罗把钱奖赏给水手们，他们技术精湛，顺利地把船开到这里。水手们想到里斯本去用钱买些东西。桑吉安岛的长官给里斯本总督捎去信,说是又有些外国人来到这里。当时国王不在城里,总督是布拉加的大主教。还告诉他,奥丽丝苔拉长得非常漂亮,康丝坦莎也是相貌不俗,她身着蛮装,不仅遮不住她的美貌,反而把她衬托得更美。另外,还不惜夸大其词把贝利昂德罗的潇洒风度以及所有来人的机敏老练着实地夸了一通,说他们根本不野蛮,倒像是廷臣。

大船在里斯本靠岸,大家在贝伦港下船。奥丽丝苔拉久慕当地那座神圣的寺院的美名,很想先去看看,自由自在地、痛痛快快地瞻仰一下真正的上帝,而不必像家乡那样讲求些繁文缛节。海边上人山人海,都出来看在贝伦港登岸的外国人。大家全都跑到那儿去看热闹,一出了新鲜事,总会引起人们一睹为快的愿望。新来的漂亮人儿列队从贝伦港出来。只见莉克拉中等姿色,一身典型的蛮女打扮。康丝坦莎美丽非凡,浑身上下围着毛皮。老安东尼奥四肢裸露,身上裹着狼皮。小安东尼奥同样打扮,不同的是手提硬弓,背挂箭囊。贝利昂德罗身穿绿色天鹅绒上衣,足蹬绿色靴子,一副水手打扮,头戴尖顶窄圆帽,帽子下露出金黄色鬈发。奥丽丝苔拉身着北方的华丽衣服,真可谓婀娜多姿,天姿国色。总而言之,这些人放在一起也好,分开来看也好,都让人大吃一惊,赞叹不已。不过,超群出众的还是举世无双的奥丽丝苔拉和英俊潇洒的贝利昂德罗。

在臣民的簇拥下,他们一路来到里斯本,被带去进见总督。总督见到他们,也面露惊讶之色,随后便不停地问他们是什么人,从什么地方来,到什么地方去。对这类问题,贝利昂德罗早已想好了该怎样回答。这种情况他遇到不止一次,只要他愿意,或者觉得合适,就把故事从头至尾讲上一遍,只是从不透露他的父母是谁,为了让提问的人感到满意,他只用三言两语就讲完大部分(如果不是全部的话）经历。总督安排他们住进市内最好的住处。那正好是葡萄牙一位出色的骑士的宅邸。到那儿去看奥丽丝苔拉的人络绎不绝，只因她一个人的名声传出去，人人都想一睹美人儿的风采。贝利昂德罗认为，大家应该脱下蛮装，换上朝圣服。主要是因为他们穿戴新奇，才招来这么多人看热闹。他们似乎成了老百姓追逐的目标。另外，他们还要去罗马，那身衣服也不合适。说了就办，两天后大家面貌一新，换上朝圣服。有一天，贝利昂德罗正要出门，一个葡萄牙人跪在他的脚下，叫着他的名字，搂着他的腿说：

"贝利昂德罗先生，究竟是什么风把你吹到这儿来的？我直呼你的名字，你不要奇怪。我就是从蛮子岛的大火中逃出来的二十个人中的一个，你已经看到，那个岛全完了。我正赶上葡萄牙骑士马努埃尔·德·索萨·科迪尼奥去世。我和你还有你手下的人在住处告别的时候，毛里西奥和拉迪斯拉奥来住处寻找特朗西拉，他们二人一个是她丈夫，一个是她父亲。我的运气不错，回到了祖国。我把科迪尼奥殉情的事告诉了他的家属亲戚，他们都深信不疑。我虽然没有说是亲眼所见的，可他们都相信了，因为葡萄牙人为爱情而死几乎成了风气。他弟弟继承了他的产业，为他举行了葬礼，在他家族的教堂里为他安放一块洁白的大理石墓碑，似乎他就埋在下面。你们既然来了，我希望你们大家都去看看碑上的铭文。铭文写得词句严谨、妙趣横生，我相信你们看了一定会很高兴。"

从他的话里，贝利昂德罗听得非常清楚，这个人说的是真话。可是，看看他的脸，又记不得这辈子在哪儿见过他。不管怎么样吧，大家还是来到他说的那座教堂，看见了骑士家的小教堂和那块石碑，碑上用葡萄牙文刻着铭文。老安东尼奥几乎是用西班牙语读出了碑文：

这里安葬着永垂不朽的已故骑士马努埃尔·德·索萨·科迪尼奥。若非葡萄牙人，墓主至今仍将健在。墓主并非死于武士之手，而是倒在万能的爱神脚下。望过往行人了解其一生，羡慕其殉情。

贝利昂德罗觉得，那个葡萄牙人称赞这条碑文，还是很有道理的。在撰写碑文方面，葡萄牙民族堪称一绝。奥丽丝苔拉问葡萄牙人，那位修女，就是死者的情人，在得知骑士死后有什么反应。那个人回答说，她得到消息后，没过几天就到另一个更加美好的世界去了，可能是因为她一直心气不宽，也可能是因为骤然遇到意外事件悲伤过度。

从那儿出来之后，他们来到一位著名的画家的家里。贝利昂德罗嘱咐画家把他经历的主要事件画在一幅巨大的画布上。画布一边画着大火熊熊的蛮子岛，靠近囚徒岛旁边一点，是木筏，或者说是些绑扎起来的木头，阿纳尔多就是在那儿找到他的，还把他带到大船上去。画布另一边是雪岛，那位多情的葡萄牙人就是在这个岛上丧命的。然后是阿纳尔多的士兵们凿洞的船。旁边画了小船和小艇各奔东西。表现了陶丽莎两个情人进行决斗和受伤丧命。另一边画的是人们锯开船的龙骨，奥丽丝苔拉和与她一起去的人都被扣在下面。再过去画的是快活岛，贝利昂德罗梦中见到岛上的善与恶的两群人。紧挨着的是画那条船，鲨鱼叼走船上的两名水手，把他们吞入腹中。画家没有忘记画上他们在冰封的大海上被冻僵的情况、袭击船只的战斗和向克拉第洛投降。还画了那匹烈马东奔西突，受惊后由狮子变成绵羊，和其他的马一样，受一次惊就变得十分驯服。在一块不大的地方，草草地画了波利卡波举行庆祝会的场面，贝利昂德罗荣获冠军，戴上桂冠。总之，凡是在故事里占一定地位的主要事件，都毫无遗漏地画了出来。一直画到里斯本和他们身穿来时的服装下船的情况。画面上还能看到波利卡波的岛上燃起大火,安东尼奥用箭射穿克洛迪奥以及塞诺蒂娅被吊在桅杆上。还画了"隐修院岛"和貌似圣徒的鲁蒂利奥。这幅画卷重现了贝利昂德罗的经历,可以不必再详细地讲述了。有人一定要他们讲,小安东尼奥就指点着那幅画讲述各个事件。但是,那位著名画家最出色的成就是为奥丽丝苔拉画出的肖像。据说,他善于画美人儿,但是总还是有点委屈了她,因为奥丽丝苔拉的美貌,如果没有神来之笔,是任何人都画不出来的。

他们在里斯本停留了十天,大家兴致勃勃地参观了各个修道院,沿着笔直的路引导灵魂得到拯救。十天后,经过总督的批准,他们拿到了正式签署的身份证,说明他们是谁,到什么地方去。众人告别了他们的客人——那位葡萄牙骑士——以及殉情者的弟弟阿尔贝托。几天来,他们从阿尔贝托那儿一直得到悉心照料和帮助,然后踏上去卡斯蒂利亚的路。只是不得不在晚上出发。他们虽然换了衣服,人们已经不那么好奇了。但是,要是白天走,还是担心围观的人会妨碍他们上路。

第 二 章

朝圣者动身去西班牙，又遇上了新奇事。

奥丽丝苔拉是妙龄少女，康丝坦莎正值豆蔻年华，再加上莉克拉人到中年，他们出门远行，本该以车代步，一路上吹吹打打，热热闹闹。但是，奥丽丝苔拉许过愿，一旦踏上陆地，就要从登陆地点步行到罗马。她是一片诚心，其他想法也就不在话下了，大家看法一致，就这样，不分男女，一律步行上路。还要说一句，必要的时候，还得挨门乞讨。于是，莉克拉扎紧了钱袋，贝利昂德罗也把奥丽丝苔拉佩戴的钻石十字架收藏好，和其他价值连城的珠宝一起保存起来，以备不时之需。他们只买下一辆马车，用来装载背不动的东西。还准备下几根长拐杖，既可帮助走路，又可用来防身。另外还买了几把锋利的短剑。他们就带着这些简单的必备的行囊离开了里斯本。美的化身离去，此处空余一座孤城；富有机智的人儿远行，里斯本变成倥侗之地。全城居民聚在一起所谈的无不是这些外国朝圣者机智非凡，美不可言。就这样，他们开始了艰难跋涉，日行两三西班牙里。一天，他们到达巴达霍斯。市长是卡斯蒂利亚人，他已经从里斯本得到消息，说有几位新来的外国朝圣者，要路过他那里。朝圣者进了城，住进一家客店。那家客店刚好住着一个由一些著名演员组成的演出团。那天晚上，他们要到市长家里预演一场，以便获准公开演出。演员们一看见奥丽丝苔拉和康丝坦莎的面貌，就和所有初次见到他们的人一样，不免大吃一惊,赞叹不已。谁也没像团里的那位天才诗人那样惊讶万分。这位诗人是顺脚和演员们一起来的。他要补充、修改旧剧本,创作新剧本。这种工作要的是聪明才智,而不会带来声誉;要的是艰苦劳动,而不会带来收益。然而诗的长处就在于洁如清水,可利用一切不洁之物;就在于明如阳光,能穿透一切污泥浊水而一尘不染。诗是一种才干,越是受到尊重,价值就越高;诗是闪电,常从隐蔽之处猛冲出来,不是烧毁他物,只是照亮人间;诗是音色优美的乐器,能使人心旷神怡,在给人享受的同时,还给人带来教益,使人变得忠诚老实。总而言之,我是说,这位诗人为生计所迫,只好把客店当成帕尔纳索斯山①,把路边和客栈的水坑和小溪当成卡斯塔利亚圣泉②和阿加尼佩③。他对奥丽丝苔拉的美貌最为敬仰,立即把她铭记在心,认为她是最优秀的喜剧演员,也不考虑一下她是否懂得卡斯蒂利亚语。他喜欢奥丽丝苔拉的身材,欣赏她的风度。脑子里一会儿想着给她穿上男子的短袍,随后又脱下来,给她换上仙女的衣服,几乎在同一时刻又给她穿上王后陛下的朝服。总之,凡是滑稽可笑的衣服或者庄重大方的衣服都给她试穿过,不管穿上什么衣服,她总是那么端庄、活泼、稳重、机灵,而且特别真诚,这些特点绝对不适合做一个漂亮的滑稽演员。上帝保佑,天才的诗人真能异想天开,硬着头皮要闯重重难关!宏伟的梦想,可惜是空中楼阁!可他认为一切都办妥了,一切都轻而易举,一帆风顺。其实希望虽大,运气却不佳。我们这位现代诗人试图选择贝利昂德罗历险记的画卷为创作题材时,才感到光凭希望、没有运气是不行

---

① 神话中是阿波罗和缪斯的居住地。
② 帕尔纳索斯山下的泉名,到帕尔纳索斯山朝圣的人都用圣泉的水净身。在现代语中,"卡斯塔利亚圣泉"意思是"灵感的源泉"。
③ 帕尔纳索斯山中的泉名,供祭祀缪斯用。

的。看到那轴画卷，他觉得自己有生以来从没有像现在这样兴奋，脑海里萌生一个极其伟大的想法，就是把画上的东西编成戏。不过，他还拿不准这出戏该叫什么：是喜剧，是悲剧，还是悲喜剧。他只是知道一个开头，还不知道中间和结尾，因为贝利昂德罗和奥丽丝苔拉的生活还在演进中，必须根据他们的结局为这出表演他们的戏定名。不过最让他伤脑筋的还是如何在茫茫大海中，插进一个会出主意、又会逗乐的仆人，如何在这么多岛屿中间插入大火和白雪。尽管如此，写出剧本、插进这样一名仆人，他都没有觉得是办不到的事，当然要遵循诗歌的创作规律和喜剧艺术的处理方法。正在他思来想去的时候，刚好有个机会和奥丽丝苔拉谈上话，向她提出了自己的想法，还劝告她说，要是她能出演，那就再好不过了。他说，只要她肯出台两次，黄金就会滚滚而来，因为当时的王子们都像是点金术士，要金要铜，一点就成。不过，他们最喜欢的是向舞台上的仙女、女神和半女神、向假扮的王后和女仆献殷勤。他还说，要是赶上皇家节日盛会，不妨穿上黄金做的短裙，因为所有的（或者大部分）身穿官服的骑士都会来到她家，跪在地上，吻她的双脚。他还把旅游的乐趣描绘一番，可以带上两三名化装的骑士，假扮她的仆人或情人。他特别强调，只要她扮演几个主角，就会赢得声誉和好处，简直是吹得天花乱坠。最后，他说，如果有些什么东西可以证实"名利双收"这句古老的卡斯蒂利亚谚语真实可信的话，那就是当一名漂亮的滑稽演员。奥丽丝苔拉回答说，他说了半天，可她一句也没听懂，她的想法也不同。她的注意力全都放在别的事情上了，尽管事情不那么令人愉快，但是至少是她应该办的。诗人听了奥丽丝苔拉斩钉截铁的回答，不由得大失所望，这才发现自己实在愚昧无知，只好放弃那套疯狂空泛的想法。

那天晚上，演员们要在市长家里预演一场。市长得知有一群漂亮的朝圣者正在本市，就派人去找他们，请他们到家里来观看演出，借此表示一下愿意为他们效劳。关于这些人的身份地位，里斯本方面已经写信告诉他了。贝利昂德罗征得奥丽丝苔拉和老安东尼奥（他们一直把他尊为长者）的同意，接受了市长的邀请。当奥丽丝苔拉、莉克拉、康丝坦莎和贝利昂德罗以及安东尼奥父子走进市长家的时候，市长夫人和本市的许多贵妇人早已聚在那里。一见新来的朝圣者长得英俊无比，在场的人不由得又是赞叹，又是惊讶，又是激动。这些朝圣者态度谦恭，举止得体，又增加了接待者对他们的好感，在聚会上，对他们简直是优礼有加。那天演出的剧目是塞法洛和波克丽丝的故事。女的疑心过重，男的考虑不周，把标枪向女的投过去，结果了她的性命。他呢，也永远失去了生活的乐趣。这个诗剧尽力刻画人的善良，据说是胡安·德·埃雷拉·德·甘博亚的作品，人们给他取了一个不大好听的名字"马甘托"（即"面容憔悴的人"）。他才华横溢，登上了诗歌的最高峰。演出结束后，贵妇们对奥丽丝苔拉的美貌仔细端详，评头品足。大家一致认为，应该说她是"无瑕美玉"。男人们对贝利昂德罗的潇洒风度做出了同样的评价。也有一部分人盛赞康丝坦莎的漂亮模样和她哥哥安东尼奥的英武气概。

他们在城里待了三天。市长表明自己确实不愧是一位豪爽的骑士，市长夫人送给奥丽丝苔拉和其他朝圣者许多礼物和纪念品，显出颇有王后的气度。朝圣者们对主人们感激不尽，欠下了一份人情。他们答应今后无论走到哪里，都会记住把情况报告给市长及夫人。离开巴达霍斯以后，朝圣者向瓜达卢佩圣母城进发。路上走了三天，行程五西班牙里，路过一座山的时候，天就黑了。山上长满橡树及其他粗壮的树木。此时正值昼夜等长，天气变化不大，既不太冷，又不太热，必要的时候在旷野过夜和在村子里留宿相差无几。那里,离村庄比较远,奥丽丝苔拉提出在可以望见的那几座牧牛人的棚子过夜。大家同意她的想法。但是,走进树林大约二百步左右,天就全黑下来了,大家只好停下脚步,仔细寻找牧牛人的灯火。那点灯火就是他们的指路明灯。夜色漆黑,他们感觉到有什么响动,立刻停住脚步,让小安东尼奥准备好那张永不离身的硬弓。这时候,一个人骑着马走过来,看不清楚他的脸,只听他说:

"善良的人们,你们是当地人吗?"

"不,我们不是,"贝利昂德罗回答说,"是从很远的地方来的。我们是外国朝圣者,要去罗马,先去瓜达卢佩。"

"在外国,"骑马的人说,"也讲究慈悲,讲究礼貌?什么地方都有好心肠的人?"

"怎么没有呢?"安东尼奥回答说,"喂,先生,不管你是谁,要是有用得着我们的地方,你会发现你的看法是对的。"

"收下吧,"那位骑手说,"先生们,请收下这条金链子,大约值两百埃斯库多。再请收下这个无价之宝,至少我不知道他价值多少。在特鲁希略城有两位骑士,人人都认识他们。一个叫堂弗朗西斯科·皮萨罗,一个叫堂胡安·德·奥雷亚纳,两个人都是年轻的小伙子,都很慷慨大方,都很有钱,也都爱行侠仗义。请把这个孩子交给他们,交给哪一位都行。"

说着,他把孩子交到莉克拉手里。莉克拉是个软心肠的女人,赶快上前接过孩子。那个孩子哭了起来,他身上裹着襁褓,看不清是富人家的,还是穷人家的。

"请告诉他们两个人中的随便哪个,让他把孩子照料好。他们很快就会知道孩子是谁。只要能把孩子交到他们手里,这孩子就会摆脱不幸,变成幸运儿。请原谅,仇人在追我。如果他们来到这儿，跟你们打听看没看见我，你们就说没看见。我想这样说对你们没有什么不方便。你们要是觉得更好，也可以告诉他们，有三四个骑马的人打这儿路过，边走边说'到葡萄牙去，到葡萄牙去！'愿上帝与你们同在。我不能在此久留。虽说恐惧心催我赶快上路，荣誉心更要我快马加鞭。"

说罢，他用马刺一磕，就像闪电一般疾驰而去。几乎与此同时，他又回转过身来说：

"他还没做洗礼。"

说完就转身继续上路。

说到这儿，请各位看一看我们的朝圣者吧。莉克拉怀抱着婴儿，贝利昂德罗脖子上挂着项链，小安东尼奥把箭绷在弦上，老安东尼奥正要从充当拐杖用的剑鞘中往外抽剑，奥丽丝苔拉被这件事弄得木呆呆的，茫然不知所措。大家都为这件怪事惊讶不已。最后，还是奥丽丝苔拉提出来赶快离开，最好还是赶到牧牛人的棚子里去。在那儿，也许能找到点东西喂喂这个刚出生的孩子。婴儿很小，哭声很弱，像是几小时前刚落地的。众人朝牛棚走去，一路上跌跌撞撞，摔倒了再爬起来。朝圣者刚一到牧牛人的小棚子，还没来得及问一问能不能让他们在那儿过夜，就来了一位妇女。她十分伤心，泪流满面，只是没大声哭出来。从呜呜咽咽的声音里可以听出她是竭力克制住自己，没哭出声来。只见她身体半裸，从身上的衣服看，她是个有钱的大户人家的女子。棚子那儿有两堆篝火，那个女人虽然尽力遮住脸，火光下还是能看出她的模样，她长得又漂亮又年轻，又年轻又漂亮。莉克拉善于辨别人的年龄，估计她有十六七岁。牧人们问她是不是有人追她，还是有什么事情需要帮忙。姑娘十分痛苦地回答说：

"先生们，你们先把我藏到地下去，我是说，先把我藏起来，别让找我的人看见我。其次,给我点儿东西吃,我头发晕,快支持不住了。"

"我们马上去办,"一个老牧人说,"你会看到,我们都有一副慈善心肠。"

说罢,他三步并作两步跑到一棵粗大的橡树跟前。树上挖了个洞,他把几张白羊皮放进去,那是从死羊身上剥下来的皮。用羊皮铺成床,足以应付当时的紧急需要。然后,他拉着姑娘的胳臂,把她藏进树洞,还把能给她的东西给了她。那是一碗加牛奶的汤,要是她想喝酒,也会把酒给她端去。紧接着,又在树洞前挂上几张皮子,像是要把它们晾干。莉克拉看着他布置停当,猜测那位姑娘肯定是她怀里的婴儿的母亲。于是,就走到那位善良的牧人面前说:

"好心的先生,你办好事就办到底吧,我怀里的这个孩子好像是饿了,你也对他发发善心吧。"

她把孩子的来历简单地说了说。老牧人没细听她的话,只是明白了她的来意,就叫来另外一个牧人,吩咐他把孩子抱起来,送到羊圈去。再找只母羊,让孩子喝嘬奶。刚刚安排妥当,孩子的哭声刚好停住,一伙骑马的人就来到小棚子跟前,向牧人打听看没看见一个昏倒的妇女和一个抱小孩的骑手。想打听的消息没打听到,他们就急急忙忙往前赶路。为姑娘帮忙的人都很高兴。那天晚上,朝圣者过得比原想的要舒服得多,牧人也为有这么好的人陪伴,比平时更加高兴十分。

第 三 章

藏在树洞里的少女讲述身世。

橡树怀着胎——姑且这么说吧。乌云越来越浓,它的黑暗遮住了四处打听树中女囚的那些人的眼睛。好心肠的老牧人是牧场的头目。不管出什么事,他都会不慌不忙地照料客人,供给他们需要的东西,让婴儿吮吸羊奶,给在树洞里藏身的姑娘送些粗茶淡饭,为朝圣者另外安排舒适的住处。安顿好了之后,大家都想弄清楚那个可怜的姑娘为什么要到这儿来(看样子,她是逃出来的),还有那个没人照看的婴儿,又是怎么一回事。但是,奥丽丝苔拉认为,最好等到明天再问,因为一个人受了惊吓以后,往往什么也说不清楚,就连讲高兴的事都会有困难,何况讲悲惨的遭遇呢。老牧人时不时往树洞里看看,他什么也不问,只是关心她的身体状况。姑娘回答说,她的身体一直不大好,不过,只要能够摆脱父亲和哥哥的追捕,身体就会大大好起来。老牧人给她盖好了,遮住树洞,离开她,又回到朝圣者们这边。那天晚上,牧人的篝火烧得分外明亮,姑娘的事却糊里糊涂。大家趁着还没有被疲劳带进梦乡,就商量定让那个带孩子找羊奶吃的牧人把孩子抱走,送到老牧人的妹妹家里,她就住在离那儿大约两西班牙里的一个小村子里。朝圣者让牧人把金项链也带上,把它送给村子里愿意抚养孩子的人,就说孩子是离那儿比较远的一个村子里的。就这样,一切安排妥当,即使那些家伙回来,也肯定不露破绽。也许还会有人来寻找失踪的人（至少前一拨人好像是失踪了），那也能糊弄过去。一边办事，一边吃饭，然后闭上眼睛，合上嘴巴，睡一小觉，这一夜也就过去了，白天很快又已来临。天一亮，大家都很高兴，唯独躲在树洞里的那位姑娘心惊肉跳，几乎看都不敢看一眼明媚的阳光。牧人们首先在畜群远近布上岗哨，分段把守，看见有人来立刻报信。随后才让姑娘从树洞里出来，透透空气，顺便向她问清楚他们想了解的事。阳光灿烂，大家看到她那张脸真是美得惊人，简直说不出排在奥丽丝苔拉后面的哪一位最漂亮，是她呢，还是康丝坦莎。无论到什么地方，奥丽丝苔拉都是第一美人，造物主不想再造出一个能和她媲美的人。大家向姑娘提出好多问题，事先还提了许多要求，总归是要她讲一讲自己的经历。姑娘心怀感激之情，礼貌周全地请大家原谅她身体不好，气息微弱。然后讲了起来：

"先生们，尽管我在向各位讲述的经历中，不得不谈出我的一些缺点，这些缺点使我失去了贞操，但是我还是愿意遵从你们的吩咐，做到礼貌周全，也不会忘恩负义，让各位不高兴。我的名字是菲莉西娅娜·德拉·沃斯。我的家乡离这儿不远，是个小镇。我父母都有些钱，门第更是高贵。当初我的容貌不像现在这样憔悴，颇受一些人的称赞和爱慕。那个小镇——也就是上天为我安排的家乡——附近，住着一位富绅，论待人接物，论道德品质，人们都把他看成是正人君子。他有一个儿子，显然继承了乃父的许多美德，也继承了乃父的万贯家财。在同一个镇子上，住着另外一位绅士，也有一个儿子。他们家不很有钱，门第较为高贵，但是在与人交往方面不必低三下四，也不能趾高气扬。我父亲和两个哥哥要我和第二家的那位贵族少爷结婚，把那位富绅向我求婚的事瞒了下来。可是，上天却为我安排了眼前这桩祸事，我想还会有其他祸事。我选择了那位富人做丈夫，背着我父母、兄长委身于他。生母早亡是我的最大不幸。我和他多次幽会,每次都找到合适的机会。有时候眼看着不行了,最后还是抓到了空隙。就这样,多次幽会,偷偷相爱,我穿的衣服变小了,名声也变臭了——如果可以把未婚恋人的幽会称作臭名的话。这时候,我父兄背着我商定把我嫁给那位贵族少爷,而且迫不及待,就在昨天晚上把他带到家里,在他的两位近亲陪伴下,要我们完婚。我看见路易斯·安东尼奥(就是那位贵族少爷)进来时,不由得大吃一惊,更让我惊奇的是,我父亲竟然叫我回卧室去,稍事打扮一下,马上与路易斯·安东尼奥成亲。造物主早已安排好了,两天前我已经觉出就要临产了,听到这意外的消息,我吓得几乎死去。我嘴里答应着回房间梳洗打扮,可一进门就倒在一个侍女的怀里。她知道我的秘密,我当时泪如泉涌,对她说:‘唉,我的列奥诺拉,我想我的末日到了! 路易斯·安东尼奥就在前厅等我去跟他完婚。你看,一个不幸的女人会摊上多么严酷的处境,多么紧迫的关头。我的好妹妹,你要是有办法,就打开我的胸膛。我宁肯先让灵魂出窍,也不愿意让我轻率干下的丑事传扬出去。啊,我的好伙伴,我快要死了,我的命快要完了!’我说着说着,长叹一声,一个婴儿呱呱坠地了。我的侍女从来没见过这样的事,一时惊得呆若木鸡;我也心乱如麻,不知如何是好,只能等着父兄进来,他们不会送我进洞房,只会把我送进坟墓。”

菲莉西娅娜讲到这里,只见派出去站岗放哨的人发出信号,告诉说有人来了。老牧人行动敏捷,十分罕见,他要再把菲莉西娅娜藏进树洞里——那里是不幸的姑娘的保险的避难所。但是,哨兵又发出信号,说已经没事儿,他们看见一伙人马从别的路跑过去了。这下子大家都放了心。菲莉西娅娜·德·拉·沃斯又接着讲她的故事。

"先生们,请你们想想,昨天晚上我的处境多么危险,多么窘迫。新郎在前厅等我,奸夫——如果可以这么叫的话——在我家的花园里等着和我说话,他还不知道我的窘境,也不知道路易斯·安东尼奥已经来了。我呢,面对这件意外的事,昏了过去。我的侍女抱着孩子,不知如何是好。我的父兄一再催促我去参加那倒霉的婚礼。事情如此危急,脑子比我再活泛的人也招架不住,头脑再清楚,思路再敏捷,也难以抵挡。当时我的感觉真不知道该怎样说才好。我失去了知觉,只觉得我父亲好像进来了。他说:'行啦,孩子。甭管怎么样,先出去吧。即使你不穿衣服,你的美貌也能补足一切,那是你最华贵的礼服。'我想,这时候他准是听到了孩子的哭声。想来我的侍女大概也恢复了理智,或许她已经把孩子交给了罗萨尼奥——这就是我自己选择的丈夫的名字。我父亲起了疑心,手里拿着蜡烛看了看我的脸,从脸色上看出我惊慌失色,昏迷不醒。孩子的哭声又刺痛了他的耳朵,他拔出利剑,朝发出哭声的地方走去。我模模糊糊地看见利剑闪着寒光,心底里又是一阵战栗。每个人都很自然地要保住性命。出于对死的恐惧,我脑子里想出了一个办法。没等我父亲转过身来,我就稀里糊涂地顺着旋梯来到我家底层的房间,从那儿轻而易举地到大街上,又从大街来到旷野,也不知道是怎么走出来的。最后,连惊带吓,我脚下像是长了翅膀,走路之快远远超出我的虚弱身体能够承受的程度。多少次我几乎跌倒在路边的坡地上,就此了却一生。多少次我想干脆坐下来,或者躺在地上,谁找我就让他找到。可是,你们棚子里的灯光鼓起了我的勇气,我尽力要躲进棚子里歇歇脚,即使不能把我从不幸中解救出来,也能帮我减轻一些痛苦。于是,我就穿着这身衣服来到了这里,如同你们找到我时所见到的那样,这真是多亏你们的善心和对我以礼相待。先生们,这就是我能告诉你们的我的经历。至于结局如何，只好听天由命。在世上，我会照你们的忠告继续活下去。"

可怜的菲莉西娅娜·德·拉·沃斯讲完了她的故事，听讲人对她的遭遇既感到惊奇，又表示同情。贝利昂德罗接着讲到他是如何遇上那个孩子、接过金项链的，还讲到他遇上的那位骑士的详细情况。

"唉！"菲莉西娅娜说，"难道那么巧，他会是我的宝贝？送孩子的是不是罗萨尼奥？只要我看见孩子，就能认出来，我从没见过他，从脸上看不出来，可我认得包孩子的襁褓。见到孩子就能消除疑团，得到真正的结论。我的侍女没有准备，还能用什么东西包孩子？还不是用卧室里的帐子？这我全认识。即便这还不行，凭血液也许能辨认出来。凭内在的感情联系，验验血一定能告诉你们这孩子是我的。"

老牧人回答说：

"现在孩子在我的村子里，由我妹妹和一个侄女照看着。我要她们今天就把孩子送来。美丽的菲莉西娅娜，你可以验证一下你的想法。眼下你得静下心来。我手下的牧人和这棵橡树就像雾霭一样，能遮住那些搜寻你的人的眼睛。"

第 四 章

菲莉西娅娜愿随他们一起去朝圣;他们
来到瓜达卢佩,路上又遇凶险。

"依我看,哥哥,"奥丽丝苔拉对贝利昂德罗说,"艰难险阻不仅在海上时有发生,在陆地上也到处都是。你身居高山之巅也好,藏在犄角旮旯也好,灾难和不幸都会降到你头上。我听人说过好几次,这就叫'命',据说,它随时随地会夺走你的财富,或者给你财富,不管用什么方式,也不管你是谁。毫无疑问,'命'准是闭着眼睛胡来。照我们看来,它应该把快要摔倒的人扶起,把高高在上的人推下来。哥哥,我不知道自己要说什么。但是我知道我想说,看见那位叫菲莉西娅娜·德·拉·沃斯的姑娘用微弱的声音讲述自己的不幸遭遇,我们并不觉得多么吃惊。我看见她几个小时前还在自己家里,有父亲、哥哥和仆人做伴,正等着找出个巧妙的办法实现自己大胆的心愿。现在又可以说,我看见她躲藏在树洞里,害怕见到空中的蚊子,甚至地上的蚯蚓。确实,她的不幸还不是王子丢失王位;不过,对那些希望过上美满生活的深居简出的大家闺秀来说,倒不失为一种前车之鉴。想到这些,我不由得要恳求你,哥哥啊!你一定要顾及我的名声。自从我离开自己的父亲和你的母亲以来,我一直把自己的名声交在你手里。尽管经验已经充分证实,无论是在孤寂的沙漠里,还是在繁华的城市中,你的善良心肠都是可以信赖的,可我还是担心,时日的变迁也会改变你敏捷的思想。一切全靠你了。我的声誉就是你的声誉，我们只有一个心愿，抱着同一个希望。我们要走的路是漫长的。只要不偷懒、不怠惰，就没有走不完的路。感谢上天把咱们带到西班牙，而且避开了阿纳尔多危险的陪伴。咱们可以放开脚步前进，不再有鲨鱼、风暴和海盗，西班牙是举世闻名的和平圣地，咱们完全可以平平安安地旅行了。"

"噢，好妹妹，"贝利昂德罗回答说，"你这番深思熟虑的话，表达得淋漓尽致！我看得很清楚，作为一个女人，你天天担着个心，作为一个善于动脑筋的人，你又勇气百倍。为了平息你出于好意的猜忌，我想再去寻找新的机会使你能相信我。但是，既然已经做过的事能把恐惧变为希望、把希望变为坚定的信心，当然也使人感到处境不错，那么我就希望再办几件事，证实一下我的一片至诚。在牧人的小屋里，咱们没什么事情可做，对菲莉西娅娜，咱们也只能表示同情，帮不上什么忙。咱们还是设法按照那个送孩子和项链的人的嘱托，把孩子送到特鲁希略去，那条项链看来是作为酬金送给咱们的。"

他们二人正说着话，老牧人和他妹妹抱着孩子来了。是老牧人派人到村子里去把他妹妹叫来的，为的是按照菲莉西娅娜的要求，让她认一认孩子。他们把孩子交给她，她左看右看，解开带子，竟然找不到任何东西可以证明孩子是她生的。更值得注意的是，就连天生的母爱也没有打动她的感情，要认领那个孩子。

"不是，"菲莉西娅娜说，"这件襁褓不是我的侍女抢出来包我那个刚出生的孩子的，这条项链（人们给她看了看项链）我也从来没在罗萨尼奥那儿看见过。这个宝贝恐怕是别人的，不是我的。即使是我的，我也没有这么大的福分，孩子能失而复得。我听罗萨尼奥说过多次，他在特鲁希略有些朋友，他们的名字我一个也没记住。"

"甭管怎么样吧,"老牧人说,"那个送孩子的人嘱咐要把孩子送到特鲁希略去,我猜想把孩子交给朝圣者的人就是罗萨尼奥。所以,我想,要是能在这上头帮点忙,我可以让我妹妹带上孩子,再跟上两个牧人,一起去特鲁希略,看看那两个该接孩子的人当中有没有谁肯收留他。"

听了老人的话,菲莉西娅娜边啜泣边跪在老牧人的脚下,紧紧地抱住了他的双脚。这就说明她赞成老人的看法。所有的朝圣者也都同意。他们把项链交给他,这样办起事来就方便了。前面说过,牧人的妹妹刚生过孩子。她骑上牧场的一匹牲口先回到村子里去,等安顿好自己的孩子,再带上另一个孩子动身去特鲁希略。朝圣者要去瓜达卢佩,稍后也将出发。一切都按照预想的进行,总归事不宜迟。菲莉西娅娜一直沉默不语,她不说话是对那些真心诚意帮她办事的人表示感谢。除此之外,菲莉西娅娜也已知道朝圣者要去罗马,她很喜欢奥丽丝苔拉容貌秀丽、贝利昂德罗彬彬有礼、康丝坦莎和她母亲莉克拉说话亲切、安东尼奥父子和蔼可亲,在和他们短暂的接触当中,她把这些看在眼里、记在心上,还不时称赞几句。最主要的还是她想离开这块埋葬了她的名声的土地。她要求大家把她作为朝圣者带往罗马。过去,她曾经走向罪恶的深渊,现在如果上天允许他们带她走,她要为得到宽恕而去朝圣。奥丽丝苔拉得知她有这个想法,马上答应满足她的要求。奥丽丝苔拉非常同情菲莉西娅娜,希望帮助她摆脱内心的惊惶和恐惧。只是她分娩不久,走路会有困难,就把这话对她说了。但是,老牧人说,女人生孩子和牲畜下崽没什么不同。牲畜下崽以后听凭风吹日晒,享不到什么清福。女人也可以继续活动,不必那么娇气。只是时下都习惯让女人生孩子以后吃好喝好,受到百般照顾。

　　"我敢说,"他又说,"夏娃生第一个孩子的时候,准不是躺在床上,也没有找地方避风,吃不到眼下产后常吃的蜜炸果子。菲莉西娅娜小姐,你要加把劲儿,一定要实现自己的意愿,我几乎认为你的意愿是神圣的,它太符合基督教精神了。"

　　奥丽丝苔拉接着说:

　　"朝圣服倒是不缺。当初做朝圣服的时候,我留了个心眼,一共做了两件。我可以给菲莉西娅娜·德拉·沃斯小姐一件。可我有个条件,你得告诉我,德拉·沃斯①不像是你的姓,能说说这里有什么奥秘吗?"

　　"这不是我家族的姓,"菲莉西娅娜回答,"而是因为我的声音是世界第一流的声音,大家听了我唱歌以后,一致公认我应该叫这个名字。更妙的是,大家都管我叫菲莉西娅娜·德拉·沃斯。要不是我现在只能唉声叹气唱不了歌的话,我会轻而易举地露一露真本事。等到时运好转,我不再流眼泪了,我就给大家唱一首歌,唱不了欢快的歌,至少也要唱几首悲伤的挽歌,唱挽歌也会让人着迷,高兴得流眼泪。"

　　听了菲莉西娅娜的话,大家都巴不得听她唱,不过,又都不敢提出要求,因为正如她自己说的,这还不合时宜。第二天,菲莉西娅娜脱掉她身上没有用的衣服,穿上奥丽丝苔拉给她的朝圣服,摘下珍珠项链和两枚戒指。如果首饰能表明人的身份,那么这些东西可以证明她是富有的贵族。莉克拉把首饰接过来,她是大家的财产的大总管。菲莉西娅娜变成了第二号朝圣者。原来奥丽丝苔拉是第一号,康丝坦莎是第二号。现在有了不同的看法,有的人认为康丝坦莎还是第二号。至于第一号,当时还没有人在相貌上能

---

　　①　西班牙语含义是"声音"。

超过奥丽丝苔拉。菲莉西娅娜一穿上朝圣服，顿觉勇气倍增，一心只想赶快上路。奥丽丝苔拉看出这一点，在征得所有人的同意后，就告别了那位好心肠的老人和棚子里的其他人，大家一起朝卡塞雷斯进发。和以往一样，还是徒步行进，免得劳累。如果哪位妇女走着走着觉得累了，就坐在行李车上，或者坐在小溪、清泉旁边，或者坐在绿油油的草地上，美美地休息一会儿。就这样，边走边歇，有劳有逸。说"逸"就是路走得不多，说"劳"就是不住地往前走。然而，人的大部分愿望是不会毫无障碍地顺利实现的。这支由漂亮人儿组成的队伍，虽说人与人各不相同，愿望却只有一个。不过，上天还是为他们设置了障碍，下面请听我说一说。他们来到一块绿草如茵、景色优美的地方坐下来休息。一条小溪在草丛中缓缓流过，溪水清澈甘美，他们用溪水洗了脸。这里四处长满黑莓和枸杞，密匝匝的好似一面厚墙，正好保护住他们，确实是一处休息的好地方。突然他们看见从杂乱的灌木丛中冲出来一个身着便服的年轻人。他后背上刺进一把剑，剑尖从前胸穿出。转眼间仰面倒在地上，口中说道：

"上帝与我同在！"

话刚说完，就断气了。大家见此奇怪情景，乱哄哄地急忙站起来。第一个跑去救助的是贝利昂德罗。贝利昂德罗发现年轻人已经死了，就大胆地把剑拔出来。安东尼奥父子跳过黑莓丛想查看一下谁是残忍狠毒的凶手。剑是从背后刺进的，说明这是个背信弃义的小人干的。他们没看见任何人，便又回到大家身旁。死者很年轻，身材健美，相貌俊秀，更增添了大家的惋惜之情。大家仔细察看一番，发现在他那件褐色天鹅绒上衣下面的坎肩上，有一条盘绕四圈的精致的金链子，上面坠着一枚十字架，也是金的。在坎肩和衬衣之间，又找到一个精心雕刻的乌木盒，里面有一块光滑的

木片,上面画着一幅美人像,四周是细小清晰的字,写的是一首诗:

> 叶拉,你激动吧,看吧,说吧,
>
> 你是美的奇迹,
>
> 你的形象画在木板上,
>
> 确有无穷魅力!

贝利昂德罗是第一个看到这首诗的。从诗上推测,这位年轻人大概是死在情敌手中。大家又翻了翻他的衣袋,把全身都查遍,就是没找到可以证明身份的物件。就在大家寻找的工夫,四个手持弩弓的人好似从天而降,出现在他们面前。老安东尼奥从他们佩戴的标志上认出他们是"民团"的成员。其中一个人对他们大声说道:

"住手,你们这帮小偷、凶手、强盗!别净想着把他的东西抢光。你们来得正是时候,我们正好送你们去赎罪。"

"不,不是那么回事,无赖!"小安东尼奥回答,"这儿可没有小偷,我们是专门跟小偷作对的。"

"装得倒挺像,"那个人反驳说,"他人死了,东西在你们手里,你们手上有他的血,这就是你们的罪证。你们是小偷、是强盗、是杀人凶手。犯了罪,就得受罚。装出有德行也没有用。你们穿上朝圣服,不过是想掩盖自己的恶心肠。"

小安东尼奥一听这话,立刻把箭搭在弓上,本想射穿他的胸膛,最后还是射中了他的胳膊。其他"民团"成员转身就跑,也许是怕被射中,也许是想找个更保险的办法把他抓住。他们边跑边等,还大声呼叫:

"'民团'的人在这儿哪!快来帮'民团'一把!"

这一叫字号,看得出"民团"果然是"民团"。霎时间,二十多名会员奇迹般聚拢来。他们把弓弩利剑对准了无力自卫的人，抓住了他们，把他们变成了俘虏。对美丽的奥丽丝苔拉和其他漂亮的女朝圣者，一点儿也不客气。把他们连同那具尸体带到卡塞雷斯。市长是圣地亚哥骑士团的骑士。他看了看那名死者和受伤的"民团"成员，又听了其他"民团"成员的汇报，再看看贝利昂德罗身上的血污，便根据副手的意见，要对他们进行严刑拷问。贝利昂德罗据实争辩，为了站住理，还出示了在里斯本拿到的准许旅行和保证旅途安全的证件。另外，还把那幅记录他们历险的画卷拿给市长看。小安东尼奥清清楚楚地讲述了、说明了画上的内容。这些证据都说明朝圣者没有任何过错。掌管钱财的莉克拉对什么是书记员、什么是检察官知之甚少，或是一窍不通。她看到有一个人走到公众面前，看那样子是想帮帮他们，就偷偷地塞给他一笔钱，也不知道是多少，好让他处理一下这个案子。这下子可坏事了。这帮贪赃枉法的刀笔吏嗅出了朝圣者身上有油水，就想照平时那样从他们身上狠狠榨出油来，直到把骨头里的油也榨干为止。倘若老天不让清白无辜的力量压倒邪恶力量，那么事情肯定会是这样。事情也真巧，当地一个开店的看见他们带来的尸体，一下子就认出他来。开店的找到市长，说：

"老爷，'民团'的人带来的这个死人昨天早上在另外一个骑士模样的人陪伴下来到我的客栈。临走前，他来到我的房间，关上房门，郑重其事地对我说：'店主先生，我看你像是个好心人，我求你一件事，六天之后我要是不回来，请你把这封信打开，把它交给法庭。'说着，他把这封信交给了我，现在我呈交给大人。我想，信里面会讲到有关这桩奇案的一些情况。"

市长接过信，打开来，只见上面写着：

"我是堂迭戈·德·帕拉塞斯，×日（上面有日期）离开陛下的京城。我的亲戚堂塞瓦斯蒂安·德·索朗索要我陪他出去旅行。他说,这次出门关乎他的名声和生命。他对我无端猜忌,为了让他放心,我相信自己是无辜的,就宁肯听从他的恶意安排,陪他出来。我知道,他要杀我。如果他杀死我,有人找到我的尸体,就让世人知道,是他背信弃义地杀害了我,我死得实在冤枉。"

下面是签名:堂迭戈·德·帕拉塞斯。

市长急忙差人把信送到马德里。马德里法庭想尽一切办法寻找杀人凶手。凶手当晚回到家中,一听到风声没敢下马,立刻掉转马头,逃之夭夭,以后再没露面。结果罪犯没有受到惩罚,死者也就白白地送了命。被捕的朝圣者获得自由,莉克拉拿出的金链子被拆开来,付了这场官司的开销。那幅美人像就留给市长,供他欣赏,受伤的"民团"成员治好了伤,小安东尼奥又把那幅画卷讲了一遍,大家又是赞叹一番。在整个调查期间,菲莉西娅娜·德拉·沃斯躺在床上,假装有病,免得被人看见。朝圣者又踏上去瓜达卢佩的路。一路上大家谈论这桩奇案,借以消磨时间。另外,都希望能有机会实现自己的心愿,听一听菲莉西娅娜唱首歌。她还真的唱了。因为痛苦往往随时间推移而减轻,或者随着生命的结束而到头。不过,她虽然惨遭不幸,举止还要得体,因此她的歌声简直是如泣如诉。幸亏路上碰见了老牧人的妹妹从特鲁希略回来,菲莉西娅娜的哭诉声才算平息了些。那个女人说,她把孩子交给了堂弗朗西斯科·比萨罗和堂胡安·德·奥雷雅纳。据他们推测,从找到孩子的地点来看,那孩子只能是他们的朋友罗萨尼奥的。在那一带,他们也没有别的熟人敢如此相信他们。

"不管怎么样吧,"那个农妇说,"最后,他们说:'既然他这样信任我们,我们绝不会辜负他的善良愿望。'就这样,先生们,那个孩子就留在了我说的特鲁希略那两个人手里了。要说我还有什么可以为你们效劳的,那就是这条金链啦。我没把它处理掉,我是个基督徒,照我的想法我该干更多的事,不能光想着金子。"

菲莉西娅娜回答说,根本没有必要把金链子处理掉,还是留起来吧,可以放好多年呢。穷人手里的贵重东西不会在家里留很长时间,要么就送到当铺里去,免得让人抢走,要么就卖掉,那就永远也买不回来了。农妇就在这儿同他们告别,大家请她转达对她哥哥及其他牧人的问候。我们的朝圣者慢慢地来到了圣地瓜达卢佩。

第 五 章

在瓜达卢佩,菲莉西娅娜苦到了头,她和
丈夫、父兄一起回家。

巍峨的瓜达卢佩山中间夹着一条峡谷,通往山谷的路共有两
条。虔诚的朝圣者踏上了其中的一条路,每迈出一步,仰慕的心情
就增加一分。当他们看到那座高大宏伟的教堂时,仰慕之情也就
达到极点。教堂的大墙里安放着圣母的神像。这尊神像能使囚徒
获得自由,她是打开铁窗的钢锉,能缓和囚徒的激动情绪。这尊神
像能使病人康复,让断肠人得到安慰,她是孤儿的慈母,是倒运者
的保护神。他们走进教堂,本以为可以看到墙上悬挂着各种装饰
品,像蒂罗的紫红袍服、叙利亚的锦缎和米兰的织锦。但是,映入
眼帘的却是瘸子丢下的拐杖、瞎子丢下的假眼、独臂人的假肢、死
人脱下的裹尸布。所有的人在那块苦难的地上倒下之后,感谢大
慈大悲的圣母对他们大发慈悲,死去的活了过来;生病的康复了;
囚徒们自由了,个个都是高高兴兴的。圣母让圣子在这小小的地
方显灵,救苦救难,大行善事。

教堂里的怪异装饰牢牢地抓住了虔诚的朝圣者的心灵,他们
环顾四周,仿佛看到身披锁链的囚徒在空中飞舞,把锁链挂在神圣
的墙上;仿佛看见病人拖着拐杖,死人拿着裹尸布正在寻找存放的
地方。墙上挂的东西太多,圣殿里已经容纳不下了。

贝利昂德罗和奥丽丝苔拉从来没见过这样的新鲜事,莉克拉、

康丝坦莎和安东尼奥就更甭说了,他们都感到十分惊讶,两眼一直
盯住眼前的东西,不住赞叹想象出来的东西。大家面带基督徒的
虔诚表情,双膝跪倒,向上帝的神像顶礼膜拜,乞求圣母(那尊受
到他们信任和尊重的神像)费心多多照顾他们。不过,其中最值
得称赞的是美丽的菲莉西娅娜·德拉·沃斯,她双腿跪下,两手放
在胸前,热泪夺眶而出,面部表情镇静,双唇紧闭,一动不动,活像
一尊雕像。继而,放开歌喉,向上天倾吐心声。根据记忆,她唱了
几段歌词(后来她把歌词写了下来),在场的人全都听愣了。事实
证明,她对自己声音的夸赞的确不假,同时也满足了朝圣者想听她
唱歌的愿望。她刚唱完四段,从教堂门外进来几个异乡人。他们
按照习惯,虔诚地跪下来。菲莉西娅娜还在唱,他们对她的歌声也
很钦佩。其中一个上年纪的人对身边的人说:

"这个声音,要么是天资卓越的天使的声音,要么是我的女儿
菲莉西娅娜·德拉·沃斯的声音。"

"还能是别人吗?"另外那个人回答,"就是她嘛。要是我这一
剑不刺空,她就不是她了。"

说着,他伸手拔出短剑,面色铁青,神态恍惚,摇摇晃晃地朝菲
莉西娅娜走过去。那位令人尊敬的老人随后扑了上去,从背后搂
住他,对他说:

"噢,孩子,这儿可不是瞎胡闹的场所,也不是惩罚人的地方。
要找个合适的机会,贼丫头她跑不掉。甭着急,你光想治她的罪,
可别自己给自己找罪受。"

他们的谈话声、喧闹声打断了菲莉西娅娜的歌声,也惊动了朝
圣者以及其他在教堂里的人。他们不让菲莉西娅娜的父亲和哥哥
把她从教堂里拉到大街上去。转眼间,几乎全镇的人都聚拢来,法
院也来人了,把她从那两个不像父兄倒像是刽子手的人手里夺走。

做父亲的说那是他女儿，做哥哥的说那是他妹妹。法院一直保护她，直到把情况弄清楚。在这一片混乱当中，从广场一侧过来六个骑马的人，其中二人很快被大家认了出来。一个是堂弗朗西斯科·比萨罗，另一个是堂胡安·德·奥雷雅纳。他们来到混乱的人群当中，和他们一起过来的还有一位骑马的人，脸上蒙着一块黑色塔夫绸面纱。他们打听干吗这么吵吵嚷嚷。有人告诉他们，只知道法院要保护那位朝圣的女人，这两个人要杀死她，说是她哥哥和父亲。堂弗朗西斯科·比萨罗和堂胡安·德·奥雷雅纳正在听他们说，那位蒙面的骑士滚鞍下马，伸手拔出剑来，撩开面纱，站到菲莉西娅娜身边，大声说：

"先生们，要是一个女孩子违背父母之命自主结婚，就算是犯了该死的大罪，那么你女儿菲莉西娅娜的罪，就由我承担吧。菲莉西娅娜是我的妻子，我就是罗萨尼奥。你也看见了，我并不是等闲之辈，你还不至于说我不会用心为自己挑选妻子。我是个贵族，我可以提供证人证明我的贵族身份。说到钱，我足以养活她。路易斯·安东尼奥照你们的意思要夺走我有幸得到的妻子，那是办不到的。你们会认为，我背着你们走到今天这一步，对你们是个冒犯，那就请你们原谅，因为爱情的力量太强大了，往往会使最聪明的人失去理智。看到你们这么偏向路易斯·安东尼奥，我也就没法给你们留面子了，这也请你们原谅。"

罗萨尼奥说这番话的时候，菲莉西娅娜一直依偎在他身上，用手抓住他的腰带，浑身发抖。她非常害怕，十分忧伤，却异常美丽。还没等她父亲和哥哥搭腔，堂弗朗西斯科·比萨罗就抱住了她父亲，堂胡安·德·奥雷雅纳抱住了她哥哥，他们本来就是好朋友。堂弗朗西斯科对她父亲说：

"堂佩德罗·特诺里奥先生，你的机灵劲到哪儿去啦？怎么你想自己给自己找麻烦？难道你看不出来他们这种行为是可以原谅的,不会受到惩罚吗？罗萨尼奥怎么啦,难道就配不上菲莉西娅娜？菲莉西娅娜要是失去了罗萨尼奥,今后该怎么办？"

堂胡安·德·奥雷雅纳对她哥哥也说了大体同样的话,还加了几句。他说:

"堂桑乔先生,一时冲动,发顿脾气,从来不会有好结果。脾气一上来,情绪就很激烈;情绪一激烈,就很难不办错事。你妹妹给自己选了个好丈夫。他们没有照规矩举行婚礼,显得对你们不尊重,你要是为这个进行报复,那可就错了。这么一来,保不定你就会推倒你们家的安宁的大厦。我说,堂桑乔先生,我家里有你们的一个宝贝,就是你的外甥,你不会不认自己,也就不能不认他。他长得太像你啦。"

父亲听了堂弗朗西斯科的话,就走到儿子堂桑乔面前,夺下他手中的短剑。然后又去拥抱罗萨尼奥。罗萨尼奥扑通一声跪倒在他脚下,拼命地吻他的脚。他也只好承认自己是他的岳父了。

菲莉西娅娜也跪在父亲面前,泪如雨下,长吁短叹,最后昏了过去。在场的人无不感到欣喜。做父亲的赢得了办事有分寸的美名,他儿子也是一样。他们的朋友们赢得了机智、老练、善于辞令的美名。市长把他们带回家中,教堂的住持送给他们许多礼品。朝圣者们参观了神圣的古迹,那儿的古迹数量很多,内容丰富。他们还忏悔了自己的罪过,接受了圣礼,前后用了三天的时间。三天后,堂弗朗西斯科派人把农妇送去的孩子接来。那天晚上,罗萨尼奥连同那串项链一起交给贝利昂德罗的正是那个婴儿。孩子长得十分漂亮。一看见他,外祖父怒气全消。一边看着他,一边说:

"愿你的生身父母万事如意!"

老人抱起孩子,泪水滴滴答答地流到孩子脸上。他吻着孩子,把泪水吸干,又用白发把泪水擦净。奥丽丝苔拉要菲莉西娅娜把她在圣像前唱的歌抄给她。当时她只唱了四段。歌词一共是十二段,很值得记下来。于是,她把歌词写了出来:

腋生双翅的灵魂
尚未飞离永恒的心灵,
或快或慢的天球
尚未开始预定的行程,
混混沌沌的黑暗
尚未望见朝暾的金发啊,
上帝已为自己盖起住房,
多么神圣、清洁又纯净。

高大结实的屋基
压在深重的卑微之上,
越是紧紧压住卑微啊,
那房屋越是金碧辉煌。
大地、海洋统统过去,
唯留低垂的风儿,飘飘荡荡,
大火过后,那一轮明月,
依然光华四射,亮亮堂堂。

立柱标志着信仰,
大墙满怀着希望,
这座神圣的建筑啊,
仁慈四溢,如上帝般地久天长。
处处欢歌,而不失之过度,

时时谨慎,而不失之清苦,
它公正、威严宽如大海啊,
却能让人活得舒舒服服。

巍峨壮丽的宫殿啊,
有深井,有清泉,永不干枯,
果园里果实累累,
给人欢乐,向人频频祝福。
看看左首和右首,
翠柏高耸入云,棕榈亭亭玉立,
雪松挺拔,泉水清澈,
光芒四射,相映成趣。

肉桂、香蕉、含生草
覆盖着花园的地面,
就是红润润的小天使啊,
也比不上它们颜色浓艳。
这建筑物矗立在大地之上,
处处是天空、光辉和明亮,
唯有罪孽的阴影啊,
靠不拢它的身旁。

如今,上帝的十全十美
显现在所罗门的庙宇中,
这里完全听不到
右手敲打善举的响动。

如今,耀人眼目的太阳
展现出灿烂的面容,
如今,玛利亚的璀璨星辰
给白昼送来新的光明。

如今,太阳未出,星辰已光照人间,
这是好迹象啊,却又十分罕见,
预示兆头的常规已被打破,
人人心怀喜悦,春风满面。
如今,卑微已达于极点,
如今,开始砸碎陈旧的铁链,
精明睿智的以斯帖①莅临人世,
容貌美丽,比太阳更加灿烂。

上帝的女儿,为我们的幸福降生人间,
你性情温柔,却又刚强沉着,
你双眉紧皱,怒不可遏,
砸烂那凶险狡狯的毒蛇。
上帝的明珠,你使我们起死回生,
只有你灵活机智,手段高明,
上帝和人之间势不两立,
你把它化作和睦相处,共享太平。

如今,公正与和平汇集于你一身,

---

① 以斯帖是波斯王亚哈随鲁的王后,曾冒死拯救犹太族人。

圣母玛利亚啊，
人们互相献上甜蜜的和平之吻，
未来的奥古斯都啊，又将来临。
神圣的太阳，明亮的清晨，
你是第一道曙光惠及万人，
清白者的荣耀，造孽者的希望，
暴风雨过后，你送来一片温馨。

自混沌初开直至今天，
你是苍天的白鸽来到人间，
你是给了圣子干净肉体的那位妻子，
使亚当的欠账得以顺利偿还。
你是上帝的左膀右臂，
阻拦住亚伯拉罕锋利的刀剑，
给我们送来温驯的羔羊，
作为祭品，奉献于真正的祭坛。

美丽的果树啊，你快快成长，
及时散发出甜美的果香，
为了弥天大罪人们身着丧服，
心中盼望着换上华丽的衣裳。
你为众人做出了巨大奉献，
定会得到真正合适的补偿，
你生来拯救万物啊，圣母，
这补偿该来自你的身上。

在碧空中神圣的殿堂，

腋生双翅的报信神准备出发，

或许正在鼓动金色的两翼，

给我们带来正式的信札。

你身上散发出美德的芳香，

圣母啊，发人猛省，催人多思，

人们很快从你身上看到，

万能的上帝威力及于四方。

　　这就是菲莉西娅娜唱的那首歌，后来又把它写了下来。奥丽丝苔拉虽然看不大懂，但是十分珍爱这些诗句。最后，对立双方和好如初。菲莉西娅娜和她丈夫、父亲、哥哥返回自己的家乡。本想让堂弗朗西斯科·比萨罗和堂胡安·德·奥雷雅纳把孩子送过去。但是，菲莉西娅娜不想多等，就自己把孩子带走了。闹来闹去，结果是皆大欢喜。

第 六 章

朝圣者继续朝前走,遇见一位朝圣老妇
和一个波兰人,听他们讲身世。

朝圣者在瓜达卢佩待了四天,瞻仰宏伟的瓜达卢佩大教堂算
是开了个头。我说"开了个头",是因为这座神圣的教堂是永远看
不完的。他们从那儿去了特鲁希略。在特鲁希略受到堂弗朗西斯
科·比萨罗和堂胡安·德·奥雷雅纳这两位贵族骑士的盛情款
待。在那儿,大家又谈起了菲莉西娅娜的事。除了夸奖她的歌喉
外,还把她的机智和她哥哥及父亲的举止得当着实称赞了一番。
奥丽丝苔拉极力褒扬菲莉西娅娜临别时表现出的彬彬有礼。离开
特鲁希略以后,走了两天,他们来到了塔拉韦拉,正赶上那里准备
举行盛大的蒙达节。这个节日早在基督诞生前许多年就有了,后
来基督教徒把它接了过来,加以完善。早期是异教徒纪念维纳斯
女神,现在是纪念和赞美圣母。他们本想留下来观赏一下盛会。
但是,为了不耽误行程,决定继续往前走,只好放弃了这个愿望。

离开塔拉韦拉大约走了六西班牙里,他们看到前面有一位朝
圣的妇女。她踽踽独行,确实是一副朝圣的模样。他们正要招呼
她停下来,那个妇人已经坐在一片绿草地上了,也许是那里景色秀
丽,也许是她走累了。朝圣者走到她面前,看见她那副样子——我
们不得不花些笔墨形容一番。从年龄上看,她已经走出中年,临近
老年。那张脸光剩了一张嘴,就是山猫的眼睛也看不见她的鼻子,

鼻子又扁又平，就是用镊子夹也夹不住一点点。眼睛突出眶外，在鼻子处出了两个黑影。身穿一件破破烂烂的长衫，几乎拖到脚后跟。外边罩了一条披肩，一半是皮子的，皮子碎成一块一块，看不出是生羊皮还是熟羊皮。腰间系着一根草绳，又粗又硬，与其说是朝圣者的腰带，不如说是船上的缆绳。围巾十分粗糙，不过倒也干净洁白。头上戴着一顶旧帽子，既没有系带，也没有饰带。脚上穿着一双烂草鞋，手里拿着一根像法杖似的长手杖，顶端是个钢包头。左边挂着一个不大不小的葫芦，脖子上坠着一串沉甸甸的念珠，每颗珠子都比孩子们弹着玩的球儿还大。总之，她衣衫褴褛，一副悔罪的模样。后来我们才知道她过得很苦。朝圣者走过来，向她表示问候，她也回了礼，扁平的鼻子把她说话的声音弄得瓮声瓮气，显得不大温柔。他们问她要往哪儿去，干吗要去朝圣。朝圣者也和她一样，爱上了那里的秀丽景色，边说边围成一圈坐下来。然后放牲口去吃草，那辆马车是他们的寝室、食品储藏室和酒窖。大家觉着饿了，就愉快地邀她一起进餐，她就大家提出的问题，说：

"我去朝圣和一些朝圣者是一样的，就是说，找个最近便的地方，以便原谅自己的懒散。我想，应该告诉你们，现在我要去托莱多，那是个大城市，去瞻仰当地礼拜堂里的圣像，从那儿去看瓜迪亚圣婴。然后，像挪威游隼那样歇一歇脚，再赶往哈恩，观看圣维罗尼卡神像。等到四月的最后一个星期天，在距离安杜哈城三西班牙里的莫雷纳山深处要举行卡贝莎圣母节。全世界有人的地方都庆祝这个节日。我听说，过去异教徒举行的那些节日，现在在塔拉韦拉还模仿他们的蒙达节，都比不上这个节日，更不可能超过它。我非常喜欢这个节日，要是可能，我真想从脑海里把它拽出来，用语言加以描述，让你们也能见识见识，你们就会明白，我这么称赞它是蛮有道理的。可是，这种活不是我这么傻的人干得了的，得找个更聪明的人。在马德里国王居住的富丽堂皇的宫殿里,有一个画廊,里面画着这个节日的盛况,还是蛮准确的。那儿有一座山,应该说是块大石头,顶上有座修道院,供奉着一尊名叫卡贝莎的神像,神像是根据那块大石头取的名字。从前大石头叫卡贝索①。原因是这座山立在一片没遮没拦的平原上,孤零零的,比周围的山高出一大截子。这座山大约有四分之一西班牙里高,方圆有半西班牙里多一点。卡贝莎山周围的地方又宽敞,又漂亮,风和日丽,四季常青。桑图拉河流过那儿,河水正吻着山脚,就像是朝拜圣像。这个地方,这块巨石,还有神像、奇迹,以及在我刚才说的盛大节日那天,远近的民众赶到那里,真是人山人海。这个地方靠这些在世界上出了名,在西班牙,它的名气胜过人们能记得住的其他所有地方。"

朝圣者听了这位新遇上的朝圣老妇的话,都很吃惊,几乎可以说心潮澎湃,都想跟她一起去看看这天下奇观。但是,他们想走完自己的行程,新的想法也就不可能实现了。

"到那儿之后,"朝圣老妇接着说,"我还不知道再到什么地方去,可我知道,总会找到个地方去消闲,去打发时间,我刚才说了,就像一些朝圣者常干的那样。"

听了她的话,老安东尼奥说:

"这位朝圣的老大姐,我觉得,你提起朝圣好像不大高兴。"

"那倒不是,"她回答说,"我非常清楚,朝圣这件事很神圣,应该做,值得称赞。过去人们一直在朝圣,今后全世界还都会去朝圣。可我讨厌那些居心不良的朝圣者。他们借圣事牟私利,借人人称颂的美德发横财。我指的是那些从真正的穷人手里抢夺施舍

---

① 西班牙语,意为"山顶""山丘"。

的家伙。我不再说了,可说的话多着呢。"

　　这时候,他们看见从旁边的大道上过来一个骑马的人。他来到朝圣者面前脱帽致意,显得很有礼貌。那匹马的前蹄好像踩进一个窟窿里,连人带马整个摔倒在地。大家赶快过去搀扶那个骑马的人,都以为他摔得不轻。小安东尼奥拽住那匹身强体壮的马的缰绳。大家尽力保护住马的主人。碰到这种情况,最常用的办法是给他喝口水。不过,他摔得不像刚才想的那么重。朝圣者对他说,他完全可以再骑上马,继续赶路。可是,那人却说:

　　"各位朝圣的先生们,也许因为我走运才摔倒在这块平地上,就此可以搬掉压在心上的石头。先生们,虽然你们并不想知道,可我要告诉各位,我是个外国人,是波兰人。年轻的时候,我离开故土,来到西班牙,这里是外国人聚集的中心,是各民族共同的母亲。我给西班牙人干活儿,学讲卡斯蒂利亚语,这你们都听见了。我和大家一样,希望见见世面。于是我就去了葡萄牙,看一看那座宏伟的里斯本城。我进入里斯本的当天晚上,就遇上一件事。你们要是相信,当然很好;要是不信,也没啥关系。反正真的就是真的,到哪儿也假不了。"

　　贝利昂德罗、奥丽丝苔拉和其他同来的人听到这位从马上摔下来的过路人突然讲出这么一番有条不紊的话来,都感到很佩服。贝利昂德罗听得津津有味,就对他说,想讲什么就接着讲,大家都会相信的,因为在场的人全都通情达理,饱经风霜。过路人听了这话,劲头来了,就继续说:

　　"刚才说到,我来到里斯本的当天晚上,为了找一家好一点儿的客店,就在城里的一条主要街道上来回溜达,他们那儿管大街叫'大路'。我下马的时候住进去的那家客店不大像样。我路过一个又狭窄又不大干净的地方的时候,撞上了一个蒙面的葡萄牙人,他猛地把我推开，我一下子摔倒在地。我受了委屈，不由得火冒三丈，一伸手拔出剑来要报仇雪耻。那个葡萄牙人也干脆利落地拔出宝剑。夜色漆黑，命运更是不可捉摸，幸亏我交上好运，提剑胡乱一刺，正好刺中对手的眼睛，只见他仰面朝天倒在地上，灵魂飞到只有上帝才知道的地方去了。随后，我为自己干的事感到害怕，简直吓昏了，只好逃之夭夭。我想逃，又不知道往哪儿逃才好。这工夫，我好像听见有人走过来的声音，于是，脚下生风，慌慌张张朝城外跑去，想找个地方躲起来，要么找个地方把剑弄干净。真要是官面上抓住我，也找不到我犯罪的确凿证据。

　　"就这样，我慢慢从昏头昏脑的惧怕中回过神来，看见一个大户人家有灯光。我不知道自己想干什么，就朝那所房子走去。我先是走进一个敞开的低矮的大厅，里面布置得富丽堂皇。再往里走，进入另一个大房间，装饰得也很华丽。我看见从另外一个大房间里射出灯光，就走了过去。房间里摆着一张豪华的大床，床上躺着一位太太。一看见我，她惊叫一声，坐了起来，问我是谁，找什么东西，要往哪儿去，是谁允许我这么冒冒失失地闯进来的。我回答说：'夫人，你提这么多问题，我真是没法回答。我只能告诉你，我是个外国人。我在这条街上杀死了一个人，倒不是我的过错，只因他态度傲慢，运气又不好。我求求你，看在上帝的分儿上，凭你的身份，把我藏起来，躲过官面上的追捕，我估计他们正在追我。'她用葡萄牙语问我：'是西班牙人吗？''不，夫人，'我回答说，'我是外国人，离这儿远着呢。''就说你是地地道道的西班牙人吧，'她回答说，'我也要尽我的力量救你，我会尽力帮你逃脱。你上床来吧，钻到这块壁毯下面，那儿有一个洞，你钻进去，千万别动。如果官面上的人来了，他们会尊重我，相信我说的话。'

　　"我照她说的办，掀开壁毯，找到那个洞，缩紧身子挤了进去，屏住呼吸,祈求上帝保佑有个好结果。正在我心慌意乱、痛苦不堪的时候,一名仆人走进来说:'夫人,有人把我家少爷堂杜阿尔特杀死了,现在抬回来了。右眼被剑刺穿,不知道凶手是谁,也不知道为什么打起来的。几乎没人听见剑碰剑的声音,只是有一个小伙子说,他看见有一个人逃进了咱们家。''毫无疑问,这个人就是凶手了,'夫人回答说,'他跑不了。我多少次担惊受怕,唉!我真是不幸啊!眼见着我儿子的尸体被抬进来,都是因为他傲慢无礼,难逃厄运啊。'

"这时候,另外四个人将死者抬了进来,把他撂在地上,摆在悲恸欲绝的母亲面前。老太太用可怜的口气说:'唉,报仇啊,你声声敲击着我心灵的大门!可是,我要信守诺言,不能随意报复。唉,思来想去,我真是痛得揪心啊!'

"先生们,你们想一想,听见这位母亲面对死去的儿子讲出的这番两面为难的话,我心里该是什么滋味。我觉得,她有一千条一万条办法对我进行报复,她非常清楚,是我杀死了她儿子。但是,我当时除了保持沉默,在绝望中等待以外,还能做什么呢?官府的人走进房间,很有礼貌地对夫人说:'有个小伙子把我们喊来,说杀害那位先生的凶手进入您家,我们就擅自闯了进来。'我连忙竖起耳朵,注意听那位伤心的母亲怎样回答。她表现出豁达的胸怀和基督徒的恻隐之心,回答说:'要是那个人进来了,至少没进这间屋子。你们可以到那边儿找找,但愿上帝不让你们找到他。以命抵命不是好事情,何况又是误伤,不是出于恶意。'

"官面上的人开始搜查,我从失魂落魄中清醒过来。夫人吩咐把她儿子的尸体抬出去,好好入殓,当然还安排了下葬事宜。她还说,让她一个人待一会儿,因为她没精神接待没完没了的前来吊唁的人,包括亲戚、朋友和熟人。

　　"办完这些事以后,她叫来一名侍女,看来是她最贴心的侍女。夫人在她耳边低声说了几句,就叫她出去,并随手关好房门。侍女遵命走了,夫人坐在床上,伸手摸着壁毯,我觉得她好像把手按在我的心上,我心跳加速,说明我害怕极了。她见此情景,用低低的充满怜悯的声音对我说:'小伙子,甭管你是谁,你都看见了,你闷杀了我胸中的气息,夺走了我眼中的光芒,剥夺了我赖以生存的命根子。可是,我知道,那不是你的过错,我要履行自己的诺言,克服复仇心理。你进门的时候,我答应过要让你获得自由,现在我说话算数,可你要按我说的去做。你用手捂住脸,万一我不小心睁开眼,你可别让我认出你来。你从这里出去,有个侍女马上就要过来,你跟着她走,她会把你带到大街上,给你一百个金币,你再用钱设法救自己。这儿没人认识你,你也没有暴露自己。你要静下心来,罪犯慌里慌张的,往往会暴露真相。'

　　"这时候,侍女回来了。我从壁毯后面出来,用手捂住脸,跪下来,一次又一次地吻夫人的脚,表示感激之情。然后,跟在侍女身后。她一言不发,抓住我的胳臂,穿过花园的一扇假门,摸黑把我送到大街上。到大街上以后,第一件事就是要擦干净我那把剑。然后,我迈着四方步,来到一条大街上,找到了我住的客店,走了进去,好像既没出喜事,也没出悲事似的。客店的老板告诉我,有一位绅士刚刚不幸身亡,把他门第如何高贵、为人如何傲慢吹了一通。还说,大家认为,一定是与人暗中结下了仇,才落到这步田地。

　　"那天夜里,我不住地感谢上帝对我的恩赐,不住口地称颂堂娜吉欧玛尔·德·索萨(后来我才知道我的大恩人叫这个名字)表现出的见所未见的可贵的基督精神,以及她那令人敬佩的举止。早晨,我来到河边,看见河里有一条满载乘客的船,乘客们准备去桑吉安换乘一条去东方群岛的大船。我急忙回到客店,把马卖给店主,心里话一句没露,又回到河边,上了那条船。第二天,登上停泊在港口外面的大船。那条船扬帆起航,照预定航线航行。

"我在印度待了十五年,同英勇的葡萄牙人一起当兵服役。我在那儿的经历也许能写出一本真实有趣的故事,特别是战无不胜的葡萄牙民族在那里创造的英雄业绩,不但在今天,而且在今后多少年内,都永远值得称颂。我在印度积攒了一些黄金和珍珠,还有其他一些细软。我们的将军要回里斯本,我也趁机带着珍宝来到里斯本,打算从那儿回国。回国前,打算先游览一下西班牙最好、最大的城市。我把细软换成现金,买了些旅途上可能用得着的东西。我首先想去马德里。伟大的费利佩三世王朝刚刚建立。在人生的大海里,命运之神总是一路顺风地驾驭我那艘幸运的航船。可现在,命运之神厌倦了,让船撞上了沙洲,把一切全毁了。一天晚上,我来到塔拉韦拉,那地方离这儿不远。在一家客店门前下马。对我来说,这不是客店,而是坟墓,是埋葬我名声的坟墓。啊,爱情的力量太大了!我说的是那种轻率的、仓促的、淫荡的、不怀好意的爱情。这种爱情多么轻而易举就能践踏人们的良好愿望、纯洁的意图和郑重的想法!我是说,我正在这家客店里待着,进来一位大约十六岁的少女,至少我看她不会超过十六岁。可是,后来我才知道她已经二十二岁了。她没穿大衣,身材很漂亮。身穿布料衣服,但是极其洁净。她从我身边走过的时候,我似乎闻到五月里鲜花盛开的草原的气味。我觉得,这股香气比阿拉伯的香料更胜一筹。她来到客店的一个伙计身边,在他耳边说了几句话,就放声大笑,转身走出了客店,进入对面的一户人家去。客店的伙计跑去追她,没能赶上,可从背后踹了她一脚,把她踹了个大马趴,跌进自己家里去。客店的一位女工看见了,气呼呼地对那个伙计说:'看在上帝的分上,阿隆索,你这就不对了。你不该踢路易莎!'

'只要我活着,我就要踢她。'阿隆索回答说,'住嘴吧,我的朋友玛蒂娜,对这些爱臭美的丫头片子,不但要动手,还得动脚,手脚一起上。'说完话他就出去了,只剩下我和玛蒂娜。我问她那位路易莎是什么人,结婚了没有。'她还没结婚,'玛蒂娜回答说,'不过,她很快就要跟你刚才看见的那个伙计阿隆索结婚了。在他们两个人的父母撮合下,阿隆索快要娶她了,动不动就踢她几脚,要说她不该挨踢的时候也不多。说实话,客官,这位路易莎胆子也太大了点儿,有点儿风流,还太放肆。我劝了她不知多少回,可她听不进去。你就是挖掉她的眼睛,她也不会改邪归正。说实在的,说实在的,一个姑娘家的,最好的嫁妆莫过于贞操。很久以来我的亲生母亲就是这样的人,她不许我朝大街上东张西望,哪怕是扒着门缝看看也不行,更不能随便迈出门槛了。她说过,她很清楚,女人和母鸡都是一个样。''请你告诉我,玛蒂娜小姐,'我说,'这个毛头小伙子心地这么窄,他怎么会来到这么宽敞的客店干事呢?'玛蒂娜说:'这个嘛,说起来话就长了。'要是有时间或者等我的内心痛苦过去了,我会详详细细地讲给各位听。"

第 七 章

波兰人讲完他的故事。

朝圣者们聚精会神地听那个波兰朝圣者讲故事。大家都知道他身上有伤痛，此时都希望了解一下他心里到底有什么痛苦。因此，贝利昂德罗对他说：

"先生，想说什么就说什么吧，要讲多详细就讲多详细吧。讲清细节往往能增加故事的真实感。在宴席上，一盘精美的山鸡旁边放上一盘新鲜美味的绿色凉菜，就挺不错。不管讲什么事情，故事的作料能发挥语言的功能。所以，先生，继续讲你的故事吧。讲讲阿隆索和玛蒂娜，讲讲阿隆索随心所欲地踢路易莎，跟她结婚了还是没有，她是不是像红隼一样自由放荡。我看过星象，关键不在于她的放荡，而在于她遇上了什么事。"

"我想说，先生们，"波兰人回答说，"有你们这番好意，我就把肚子里藏着的事全都端出来，供各位判断。那天晚上，我凭着当时自己的全部判断力（说实话，我的判断力不怎么样），我翻来覆去地总想着那位举世无双的姑娘的风度、妩媚乃至她的放荡不羁，我还真不知道该叫她邻家的姑娘呢，还是客店老板娘的熟人。我想了上千个主意，梦想自己已经结了婚，有了孩子，谁爱说什么，我都不在乎。最后，我打定主意放弃原来的旅行计划，留在塔拉韦拉，同那位维纳斯女神结婚。在我眼里，那位姑娘尽管挨了客店伙计几脚，可她的美貌绝不亚于维纳斯女神。那天晚上就这样过去了，我估量了一下自己的兴致有多大，这才发现要是不能跟她结婚，一失去兴趣，用不了多长时间我就得完蛋。我的生命将决定于那位姑娘看不看得上我。我不管什么合适不合适，决定找她父亲谈一谈，要她做我的妻子。我给她父亲看了看我的珍珠、我的钱财，还把我的才智和技能吹了一遍，说我不但能保住这些财富，还能不断地增加。他听了我的话，看了我大肆炫耀的财富，就变得比棉花球还软，答应了我的要求。特别是看到我根本不在乎有没有嫁妆，他就更软了。单是他女儿的美貌，我就觉得得到的够多了，对这门亲事也就心满意足了。阿隆索非常恼火，我的妻子路易莎满脸不高兴。十五天之后出了事，我才了解情况。我当然十分痛苦，她也丢尽了脸。我妻子带上我的一部分珠宝和钱财，在阿隆索帮助下，想方设法飞快地逃离了塔拉韦拉，剩下我一个人，遭人戏弄，后悔莫及。人们议论纷纷，说她反复无常，卑鄙无耻。我受人欺负，当然要报复。可除了我自己以外，找谁去报复呢。我一次又一次拿起绳子，想要上吊。但是，命运之神安排好让人欺负我，也许还要保护我，为我伸张正义。她特地安排让我的仇人被关进马德里的监狱。我得到通知，要我起诉，打一场官司。我呢，我决意用他们的鲜血洗刷蒙在我的尊严上的污迹。我要剥夺他们的生命，借以卸掉他们的罪恶压在我肩上的沉重负担，我被压得直不起腰来，被压得疲惫不堪。上帝万岁，一定要处死他们！上帝万岁，我一定要报仇！上帝万岁，让全世界都知道我不会甘心受人凌辱，特别是那种刺伤灵魂的恶毒的凌辱！我要去马德里；现在我的跌伤好些了，可以骑马上路了。愿上帝保佑我不受蚊虫叮咬，不听任何人的劝告，哪怕是神父的求情、老实人的哭泣、好心人的许诺、有钱人的馈赠、大人物的命令和吩咐，不管是什么人出面斡旋，我的尊严必须凌驾于他们的罪行之上，就像油浮在水面上一样。”

　　说着他一跃而起，就要骑马上路。贝利昂德罗看见这种情况，连忙抓住他的手臂，拉住他说：

　　"先生，你是气昏头了。难道你没有发现，你正在到处宣扬、扩散你蒙受的耻辱吗？眼下你只是在塔拉韦拉认识你的人当中丢了脸，你那么干，马德里认识你的人也会知道了。你想做一个像养蛇的农夫那样的人吗？农夫一冬天把蛇放在怀里养着，感谢上天，到了夏天蛇可以放毒的时候，农夫找不到它了，因为蛇溜走了。可农夫不但不感谢上天的恩德，反而想把蛇找回来，让它在家里做窝，把它放在怀里。他压根儿没想到，一个人不去找不该找的东西才是最大的明智。常言说得好，仇人逃跑，就为他架座银桥。人们常说，男人最大的冤家是自己的老婆。不过，这可不是基督教的说法，别的宗教才这么说。其他宗教认为，夫妻结合好比签订协议，就像租一套房子、租一座庄园。可是，天主教认为结婚是一件圣事，只有人死了或者出现比死还要严重的事，才能解除婚约。解除婚约后，夫妻俩可以分居，但是，不能解开曾经把他们连在一起的扭结。要是法庭在一个公开的场合，在众目睽睽之下，把你的仇人五花大绑，让他们跪在你面前，你却站在断头台上挥舞大刀，威胁一定要砍下他们的脑袋，正如你说的，好像他们的血可以洗刷你的耻辱，你想想看，那会出现什么情况？正如我说的，除了把你蒙受的耻辱公之于众而外，还会怎么样呢？复仇可以惩罚人，但不能消除罪过。在这种情况下犯的罪过，不是自愿改正的，因此还会重犯，而且要永久留在人们的记忆中，至少在蒙受屈辱的人活着的时候，一直会是这样。所以，先生，还是清醒一点，要宽大为怀，不要跟着法庭跑。我不是劝你原谅你的老婆，让她回你的家，法律不会强迫你这么做。我只是劝你甩开她，这是你能给她的最大的惩罚。离她远远的，自己过日子。你要是不这么干，还跟她在一起，你还会不断受折磨。遗弃妻子的法律在罗马人当中十分通行。虽说原谅她、收留她、受她的折磨、规劝她，也许是最大的仁慈。但是，这也要看每个人的耐心究竟有多大，是否明智达于极点，很少有人能这样生活下去。再加上生活当中麻烦这么多、这么沉重，就更不行了。最后，我还想请你考虑一下，你要是杀死他们，你就会犯下弥天大罪。为了保持你在世上赢得的声誉，也不能犯这种罪。"

怒气冲冲的波兰人全神贯注地聆听贝利昂德罗的这番道理。然后目不转睛地盯着他，说道：

"先生，在你这个年纪，难得说出这番话，你的稳重超过了你的年龄。你年纪不大，可聪明才智早已成熟。是天使拨动了你的舌头，你的话又打动了我的心。现在，我没有别的想法了，一心只想回到家乡，感谢上天给我的大恩大德。请你扶我站起来。刚才一生气，就来劲了，经过慎重的考虑，可别让耐性的劲跑了。"

"我们大家都很高兴帮助你。"老安东尼奥说。

他和大家一一拥抱，随后，在众人帮助下翻身上马。他说，他想先回塔拉韦拉去办些财务上的事，然后从里斯本乘船回国。他留下了姓名。他叫奥特尔·巴内德雷，相当于卡斯蒂利亚语的马丁·巴内德雷。他再次向大家道谢，掉转马头，朝塔拉韦拉走去。大家对他经历的事以及他讲故事时的那种优雅风度，都感叹不已。那天晚上，朝圣者就在当地度过了。然后，在朝圣老妇的陪同下，走了两天，来到沙格拉德托莱多城，看到了有口皆碑的塔霍河。这条河以河沙细腻、河水清澈著称。

第 八 章

朝圣者来到奥卡尼亚城,路上遇见一件
令人愉快的事。

塔霍河名气很大,国界关不住,居住在天涯海角的人也都有所
耳闻。塔霍河的名声传遍全世界,无人不知,无人不晓,人人都想
一识塔霍河真面。在北方人当中素来有个现象,上层社会的名流
都精通拉丁语,熟悉古代诗人,贝利昂德罗就是这么一个人,是该
民族的重要人物之一。当时,诗人加尔西拉索·德拉·维加①的
名著已经问世,但是诗人并没有受到应有的称赞。贝利昂德罗见
过、读到过、研究过他的诗作,而且十分佩服。因此,一见到清澈的
塔霍河,就说道:

"我们不说'萨利西奥到此停止了歌唱',而是说'萨利西奥到
此开始了歌唱。在这里他的田园诗超越了自己;在这里,他吹响了
牧笛,笛声中,流水停止流淌,树叶停止晃动,微风不再吹拂,好让
他的歌声传遍世界,家喻户晓,人人交口称颂'。啊,清亮的河水,
金黄的细沙,你们多么幸运! 我说的是,金黄的细沙,其实你就是
来自纯金! 收留下我这可怜的朝圣者吧,我从遥远的地方向你表
示爱慕之心,更想在你跟前表示敬仰之情。"

---

① 加尔西拉索·德拉·维加(1503? —1536),西班牙著名诗人,生于托莱多城。
下文中提到的萨利西奥是他的田园诗中的主要人物。

他眼望着宏伟的托莱多城说道：

"啊，沉沉的山城，西班牙的光荣，诸城之光，在你的怀抱里勇武的哥特人的古迹保存了千百年，为的是恢复和弘扬逝去的辉煌，使你成为天主教礼仪的明镜和宝库！祝福你，神圣的山城啊，请接纳我们，允许我们来看望你！"

这是贝利昂德罗说的话，要是老安东尼奥和他一样有学问，一定会说得更好。书本上的教诲往往能更确切地概括出事物的经验，而亲自经历过的人也未必看得出来。原因是认真读书的人一遍又一遍地思考读过的内容，而不经意地随便看看的人，就不会注意到什么，眼见的东西总是超过书本上的东西。就在这工夫，耳边传来一阵乐曲声，那是由无数乐器奏出的欢快的曲调。乐曲声在环绕城市的山谷中扩散开来。朝圣者看见一群人朝他们这里走来，这些人不是全副武装的士兵，而是一群比太阳还美丽的少女。她们个个都是村姑打扮，胸前佩戴着大像章和一串串搭配得当的珊瑚和银饰物，比珍珠和黄金显得更加华丽。胸前没戴黄金饰物，黄金全都熔化在头发里了，姑娘们的长发全是金黄色，披散在后背上，头上戴着碧绿的花环，上面插着芳香扑鼻的鲜花。这一天，在她们身上，昆卡产的帕尔米亚呢胜过了米兰的织锦和佛罗伦萨的绸缎。总之，乡村的服饰胜过宫廷的锦袍玉带。她们身上流露出一种小康人家的质朴，同时又显得极其纯净。她们都是鲜花，都是玫瑰，都那么优雅。她们聚在一起，动作十分协调。虽然舞姿各不相同，每个人的动作都符合上面提到的各种乐器演奏的乐曲的节拍。每一群姑娘的外面都围着许多小伙子。他们身穿白麻布衣，头上缠着绣花头布。这些人或者是姑娘们的亲戚、熟人，或者是住在一起的邻居。一个小伙子敲鼓吹笛，另一个小伙子弹奏萨尔特里欧琴。这个摇铃鼓，那个敲铜镲。这些声音汇合在一起显得十分和谐、十分悦耳，达到了音乐的化境。另一支队伍,或者说一群跳舞的姑娘从朝圣者面前走过时,一位村长模样的人拉住一个姑娘的胳臂,把她从上到下打量一番。然后,满脸不高兴地恶声恶气地说:

"唉,托苏埃洛啊托苏埃洛,你可真不害臊啊!你跳的这叫什么舞,这不是亵渎神灵吗?就这样过节,还让不让人看啊?真不知道上天怎么会允许你们这么瞎胡闹。凭我女儿克莱门塔·科贝尼娅那份聪明劲,要是只能出这么个点子,上帝啊,连聋子都能听见我们说话了!"

村长的话音刚落,另一位村长赶过来说:

"佩德罗·科贝尼奥,要是聋子能听见你说话,那可真是奇迹。咱们能听见自己说的话,就心满意足了吧。咱们得先弄清楚我儿子托苏埃洛究竟是怎么得罪你了,如果我儿子犯了罪,我会秉公执法,好好惩罚他。"

科贝尼奥回答说:

"他犯的罪不是明摆着嘛。他是个男人,可穿上了女人的衣服。而且还不是一般的女人,硬要在节日上扮成圣母的侍女。你看,托苏埃洛村长,他的罪过是不是太过分了。我很担心,我女儿科贝尼娅也在这儿,我看你儿子身上的衣服像是她的。我可不想让魔鬼在这儿兴妖作怪。事先不告诉我们,也不到教堂接受祝福,两个人就同居了,我可不想让他们这样。你知道,这样偷偷摸摸地混在一起,大多不会有好结果,早晚让宗教法庭的人敲顿竹杠,那代价可不小啊。"

好多村姑停下来,听他们说话,其中一个站出来替托苏埃洛回答说:

"村长先生们,说实在的,科贝尼娅是托苏埃洛的妻子、他是她的丈夫,正像我妈妈是我爸爸的妻子、我爸爸是我妈妈的丈夫一样。她已经怀孕，不能跳舞了。让他们结婚吧，让魔鬼滚蛋吧。上帝不管的人，圣彼得会为她祝福。"

"愿上帝保佑，孩子！"托苏埃洛回答说，"你说得很对，他们俩很般配，都是基督徒，谁也不比谁差。论财产，可以说不相上下。"

"那好吧，"科贝尼奥回答说，"你们把我女儿叫到这儿来，让她说清楚，她又不是哑巴。"

科贝尼娅站得并不远，她走过来先说了这么几句：

"遇上这种困难并且陷进坑里的，我可不是第一个，也不是最后一个。托苏埃洛是我的丈夫，我是他的妻子。要是父母不同意，只好请上帝饶恕我们了。"

"这事儿，嗯，孩子，"她父亲说，"丢人现眼的事就别摆在这儿啦，还是扔进乌贝达山里去吧！不过，既然木已成舟，最好请托苏埃洛村长再往前推一把，你们谁也不想往后拖嘛。"

"天哪！"第一个说话的姑娘说，"科贝尼奥村长先生这句话可像是长辈说的！他们直到现在还没结婚，就让他们结了吧，就让他们按照圣伊格莱西亚圣母的吩咐结为一体吧。来吧，到榆树下面跳起舞来，别让这么点小事耽误我们过节。"

托苏埃洛同意那位姑娘的意见。两个年轻人终成眷属，争执就此结束，大家又接着跳舞。如果天下的争执真的都能这样了结，那么法庭书记员手里的那支勤快的笔就得脱毛，干得不成样子。贝利昂德罗、奥丽丝苔拉以及其他朝圣者看到两位恋人的悬案得以解决，都非常高兴，同时又对村姑的美丽赞不绝口。她们一个个都像是出自一位巧匠之手，代表了人类美的开端、发展和极点。贝利昂德罗说，大家不必到托莱多城里去了，老安东尼奥表示了这个意思，因为他家离这儿不远，急于要回到家乡看望父母。他说，托莱多城太宏伟了，看一看要很多时间，而他们行程紧迫，没有足够的时间。出于同样的原因,他们也不想去马德里了。当时马德里是朝廷所在地,担心会在路上遇到麻烦。朝圣老妇也证实了这个看法。她说,朝廷里确有几个宵小之辈,都是有名的纨绔子弟。虽说他们还是羽毛未丰的雏儿,可是,随便看见一个漂亮的女人,就会猛扑上来,也不管你是何等样人。他们的追求完全是随心所欲,根本不顾身份,只要好看就行。

老安东尼奥补充说:

"所以咱们必须学会仙鹤的机敏办法。仙鹤在迁居的时候,路过利马沃山。山上栖息着一些猛禽,要拿它们当饭吃。仙鹤看到了这个危险,就在夜间通过。每只仙鹤嘴里衔着一块小石子,免得发出声来让猛禽听见。有个办法最聪明了,咱们沿着这条有名的河往前走,从右边绕过城市,以后再找机会去观光。先去奥卡尼亚,从那儿再去找我的家乡金塔纳尔德拉奥登。"

朝圣老妇听了安东尼奥的行程计划,就说她要走自己的路,她觉得那样更合适。美丽的莉克拉给了她两枚金币,算作施舍。朝圣老妇满心感激,她礼貌周全地与大家告别。朝圣者们穿过阿兰胡埃斯。当时正值春天,景色秀丽,大家是又惊又喜。那里的街道整齐宽阔,两旁无数棵树木郁郁葱葱,宛如精美的翡翠,为街道立起一道道屏障。他们看到两条著名的河流——哈拉马河和塔霍河——交汇在一处,互相亲吻拥抱。清秀的远山、精巧的花园以及种种奇花异草,一一映入眼帘。他们还看到那里的池塘,只见鱼儿游来游去,黄沙却不多见。还有馥郁的果园,树上果实累累,树枝被压得垂到地面。总而言之,贝利昂德罗总算明白了为什么这个地方会举世闻名,的确是名不虚传。他们从那儿去到奥卡尼亚城。安东尼奥得知他的父母健在,还听到其他一些令人振奋的消息,容下文再说。

第 九 章

朝圣者来到金塔纳尔德拉奥登，遇到一
件大事。蛮子安东尼奥找到了父母，他
和妻子莉克拉留了下来。小安东尼奥和
康丝坦莎陪贝利昂德罗和奥丽丝苔拉继
续前往朝圣。

安东尼奥呼吸到了家乡的空气，感到一阵轻松。大家瞻仰了
埃斯佩兰萨圣母像，心里都很愉快。莉克拉想到很快就会看到公
婆，她的两个孩子想到很快就会看到祖父母，更是兴高采烈。安东
尼奥已经告诉他们，老人还健在，虽说儿子不在膝下，他们心里很
难过。他还得知，他的对手继承了父亲的产业，现在已经去世，而
且生前一直和安东尼奥的父亲友好往来。关于那次决斗的复杂起
因，无数证据表明，安东尼奥并没有侮辱他，因为在争执当中说的
那些话，是在手持利剑的情况下说出来的。利剑的寒光使话语失
去了力量，手持利剑说出来的话不是侮辱人，而是侵犯人。因此，
谁想对说话的人进行报复，谁就不能把自己的行动理解为回击侮
辱，而是惩罚侵犯。比如说，我们来举个例子：假设我说了一句真
话，一个混蛋偏偏说我在撒谎，而且说我每次说的真话都是撒谎。
于是，我手持宝剑进行辟谣，我心里很明白，没有必要再重复一遍
我说过的真话，真话是绝对驳不倒的。但是，我必须惩罚他对我的

不恭敬。所以，要辟谣，就可能和对方干起来，根本不考虑受没受到侮辱；如果不能出这口气，就设法跟人家干。正如我说过的，侮辱和侵犯是有很大区别的。总之，我是说，安东尼奥听说了他父亲和他的对手能够友好相处，交上了朋友，能正确看待争执的起因。听到这些好消息，他心里越发平静，越发舒畅，第二天就和同伴们一起上路了。他把自己知道的事情一五一十都讲给他们听。那个要成为他的对手的人有一个兄弟，继承了他的产业，和他死去的哥哥一样，对安东尼奥的父亲也很友好。安东尼奥要大家都不要离开队伍，他想让大家见见他父亲。不过，他不想让大家就这么去，而是想绕个圈子，让他父亲慢慢地高兴起来。他知道，突如其来的喜悦也许会使人死于非命，如同意外的悲痛常常使人死于非命一样。他们一连又走了三天，黄昏时来到他的家乡，来到他父亲的家门前。他父亲正和他母亲（这是后来才知道的）坐在临街的门口乘凉，当时正是炎热的夏季。大家一起来到老人面前，安东尼奥抢先对他父亲说：

"老爷，说不定在这儿能给朝圣者找个住处吧？"

"那得看房主人是不是基督教徒，"他父亲回答说，"凡是基督教徒的家都可以让朝圣者住宿。要是找不到别的人家，我这儿有地方，房子宽敞，大家都住得下。你们这些人都是贵客，不知道是不是在找投宿的地方啊。"

"老爷，"安东尼奥说，"这个地方怕不是叫金塔纳尔德拉奥登吧？这儿是不是住着几位姓比利亚塞尼奥尔的绅士啊？我是说，我在离这儿很远的地方认识了一位姓比利亚塞尼奥尔的人，他要是在这儿，我和我的同伴就不愁没地方住了。"

"他叫什么，孩子，"他妈妈说，"你是说比利亚塞尼奥尔？"

"他叫安东尼奥。"安东尼奥回答说，"我记得，他跟我说，他父亲叫迭戈·德·比利亚塞尼奥尔。"

"唉,先生,"他妈妈站起来说,"安东尼奥是我儿子,唉,命苦啊,十六年前他离开家了!我为他不知道流了多少眼泪,成天唉声叹气,不住为他祈祷。上帝保佑,在我合眼以前能亲眼看看他!告诉我,"她说,"你在老早以前见过他吗?老早以前就离开他了吗?他身体好吗?想回家吗?还记得他的父母吗?他该回来看看了,没有仇人挡着不让他回来了,当时逼他出走的人已经是朋友了。"

安东尼奥的老父亲听完这些话,大声叫来仆人,吩咐他们点上灯,把这些虔诚的朝圣者让进家里来。他走到还没认出来的儿子面前,紧紧地拥抱他说:

"为了你,先生,就是你没给带来消息,我也会容你们留宿,凡是打这儿路过的朝圣者,我一律招待,这已经成了习惯。现在你给我带来了喜信儿,我更乐意了,我要尽力加倍款待你们。"

说着,仆人们点了灯,领着朝圣者进入家里。在宽敞的庭院当中,出来两位美丽端庄的女郎,她们是安东尼奥的妹妹,是在他离家以后出生的。两位姑娘看见美丽的奥丽丝苔拉、苗条的康丝坦莎(她们的侄女)、眉清目秀的莉克拉(她们的嫂子),就一个劲地亲她们,为她们祝福。她们正等着父亲把新来的客人带进家门,却看见和他们一起进来的还有乱哄哄的一群人。这群人肩上扛着一把椅子,上面坐着一个人,活像个死人。后来大家才知道此人是他们过去的仇人的弟弟,如今继承了哥哥的产业成了伯爵。来人吵吵嚷嚷,她们的父母慌里慌张,还得照料新来的客人,简直乱成一团,她们都不知道该去接待谁,不知道找谁打听一下怎么会这么乱糟糟的。安东尼奥的父母来到伯爵面前。驻扎当地的两个连的士兵和地方部队发生冲突,在冲突中伯爵背部中弹,子弹从背上穿透胸膛。他受伤后,吩咐仆人把他带到他的朋友迭戈·德·比利亚塞尼奥尔家里,正赶上这位老先生为自己的儿子、儿媳、孙子、孙女以及贝利昂德罗、奥丽丝苔拉安排住处。奥丽丝苔拉拉着安东尼奥妹妹的手,要她们把她带到一个别人见不着她的房间,躲开这场混乱。她们对奥丽丝苔拉举世无双的美貌一直非常赞赏,就照她说的办了。康丝坦莎心中沸腾着血缘亲情,她不愿意也不能离开两位和她年龄相仿、长得同样秀美的小姑。小安东尼奥也有同样的感觉,什么尊重他人啊,表现出良好的教养啊,按留宿者的身份行事啊,全都置之脑后,竟然流露出真情,十分兴奋地拥抱他的姑姑。见此情景,一名家仆说:

"当心啊,朝圣者先生,你把手放老实些。这家的老爷可不是随便让人涮着玩的。不然的话,你再敢放肆,他就会让你放规矩些!"

"看在上帝的分儿上,好兄弟,"安东尼奥回答说,"我才干了多少事啊,想干的比这个多着呢。只要上天肯帮忙,我不过是想为这两位小姐和全家人做点儿事。"

这时候,人们已经把伯爵安顿在一张豪华的床上,叫来两位外科医生给他止血,检查伤势。大夫说他受的是致命伤,人世间还没有医治的办法。村民们全都拿起了武器,准备和士兵干一仗。士兵们也列队出发,来到旷野,单等村民一动手,马上就应战。连长们行动谨慎,苦口婆心地劝说大家,村里的神父和教士本着基督教的精神劝说,士兵们就是不肯讲和。大部分村民为了些许小事就会大闹一场,越闹越凶,就像微风吹起海浪一样,和风吹来吹去,变成西北风,带来狂风暴雨,掀起冲天巨浪。天很快就亮了,连长小心谨慎地把士兵们劝阻在一边,村民们也没有越过界线,尽管他们火气很大,对那些士兵不依不饶。最后,安东尼奥说说停停,慢条斯理地对父母讲明自己是谁,并向他们介绍了孙子、孙女和儿媳。

两位老人听了不由得连连吃惊,泪流满面。看见奥丽丝苔拉的容貌秀丽、贝利昂德罗英俊潇洒,他们是一脸的惊奇神色,敬佩得五体投地。

这种喜悦非寻常可比,来得又很突然,他们根本没想到儿子会回来,结果是日常活动中断了,思绪被搅乱了,他们几乎完全忘记了伯爵的不幸遭遇,而伯爵的伤势正在不断恶化。尽管如此,老人还是把孩子们介绍给伯爵,再一次请他留在他们家里养伤,家里的东西,只要有利于他的康复,都供他随便使用。当时,伯爵本人即使想动一动,回到自己的领地,也是不可能的。他康复的可能性实在太小了。奥丽丝苔拉和康丝坦莎出于天性,一步也不离开伯爵的床侧。她们怀着基督徒的爱心充当他的护士,尽力关怀照料他。她们的做法,两位外科大夫不以为然,他们要求让病人一个人静养,至少身边不要有女人。但是,上天自有安排,个中天机我们不得而知,人间的事情一律听从老天的安排。按照上天的旨意,伯爵走到了生命的最后时刻。在告别人寰的前一天,他已经知道自己不久于人世,就把迭戈·德·比利亚塞尼奥尔叫来,同他单独谈了下面的话:

"我离开家,本想今年到罗马去。教皇打开了教会金库里的箱子,通知我们说,在大赦年,常会得到数不清的恩赐。我匆匆上路,那副模样完全像个贫穷的朝圣者,而不是富有的骑士。我走进你们村,正赶上这里发生冲突,这情况你已经知道,先生,是当地驻军和居民发生了冲突。我介入了,本想保住别人的性命,自己反而丢了性命。可以这么说,是有人从背后打了我一枪,伤势严重,正在一点点夺去我的生命。我不知道是谁打的枪,因为俗人争斗不免是一场混战。我死不足惜,只是不要让更多人赔上性命,不要为了伸张正义或者为了复仇,再去惩罚人。此外,作为骑士和基督教徒,我在这方面应该做的、可以做到的,就是饶恕杀死我的人以及所有和他一起犯罪的人。另外,我要说明一点,我很感谢你在家里给予我的照料。为了表示感激之情,我不能随便说说就算,我要拿出人们能够想象的最好的行动来。这儿有两个大箱子,里面放着我的财物,估计有价值两万杜卡多①的金银珠宝,而且不占多少地方。如果还嫌太少,我在波托西的地下室还存放着大量财物,我也一并送给你。趁我还活着,你收下吧,先生,要么让你孙女儿堂娜康丝坦莎小姐拿走,算我送给她的彩礼和嫁妆。我还想成为她的丈夫,虽说她很快就要守寡,可她既是贞洁的少女,又是十分贞洁的寡妇。请你把她叫来,把我和她的证婚人也请来。她的人品,她的基督教徒的品性,她的美貌,完全配做天下第一夫人。先生,听了我的话,你不要感到惊奇,请相信我的话,一个有爵位的人同一位乡绅的女儿结婚绝不是瞎胡闹。她具备一切高尚的品德,能成为誉满天下的夫人。这是上天的旨意,也是我的愿望。你是个稳重的人,你有义务不为这件事设置障碍。去吧,别驳回我的话,把我和你孙女儿的证婚人请过来,还有写文书的人,要明确写上,我作为丈夫要把这些珠宝和金钱交给她,免得有人造谣伤害她。"

比利亚塞尼奥尔听完这番话愣住了。他以为伯爵一定是失去了理智,快要死了。在这种时候,大部分人都会说出几句大彻大悟的话,要么就是胡说八道。所以,他回答说:

"先生,我希望上帝能保佑你恢复健康,到那时候你就不会被痛苦折磨得稀里糊涂了,眼睛一亮,你就会看到你拿出的财产有多少,你选择的妻子是什么样。我孙女儿和你不般配。至少差距不是很小,很难成为你的妻子。我不是那种贪心的人,不想利用你对

---

① 西班牙古金币名。

我的好意白捡个荣誉，一般的人总爱朝歪处想，我估计他们会说我把你留在家里，弄得你精神恍惚，是我一心贪图钱财，才逼得你出此下策。"

"别人爱怎么说就让他说去。"伯爵说，"凡人总爱自己欺骗自己，他们这么想你，不外乎也是自欺欺人罢了。"

"算了吧，"比利亚塞尼奥尔说，"我还不那么糊涂，连找上门的好事都不欢迎。"

说罢，他走出房间，把伯爵说的话告诉了他妻子、孙子、孙女以及贝利昂德罗和奥丽丝苔拉。他们认为，千万不要坐失良机，一定要紧紧抓住机会，立刻把办事的人找来。说干就干，不到两个小时，康丝坦莎就和伯爵完了婚。钱财和珠宝都落在她的掌握之中，而且尽可能办完一切例行手续。婚礼上没有音乐，只有哭泣声和哀叹声，因为伯爵已经奄奄一息了。最后，在举行婚礼的第二天，伯爵接受完一切圣礼之后，就死在他妻子康丝坦莎伯爵夫人的怀里。康丝坦莎头戴黑纱，双膝跪下，仰面朝天，说道：

"我要许个心愿……"

她的话还没说完，奥丽丝苔拉就问她：

"想许什么心愿，夫人？"

"我想当修女。"伯爵夫人回答说。

"行啊，那就不用许愿了，"奥丽丝苔拉回答说，"为上帝献身，切不可匆忙行事，也不能让人觉得是偶发事件促成的。你丈夫去世，你许下心愿，今后或许不能够、或许不愿意照你今天说的去办。你的意愿还是让上帝和你一起安排吧，你也好，你的父母兄长也好，都是办事稳重的人，自会做出最佳选择，引你走一条正路。现在赶快安排你丈夫下葬的事吧，相信上帝，既然上帝出乎意料地让你当上了伯爵夫人，一定还会、还愿意赐给你其他称号，让你比现在能够更长久地享受荣华富贵。"

伯爵夫人接受了她的意见,吩咐安葬伯爵。这时候,伯爵的弟弟来了,他正在萨拉曼卡读书,消息传到了那里。弟弟为哥哥的去世失声痛哭。但是,为能继承哥哥的爵位又感到高兴,很快就擦干了眼泪,得知事情的原委之后,他拥抱住嫂嫂,对任何事都没提出异议。他把哥哥的遗体安顿好,准备以后迁回家乡。然后,赶往京城,要求惩办凶手。官司有了进展,两名连长被斩首,许多村民也受到惩罚。康丝坦莎得到了彩礼和"伯爵夫人"的称号。贝利昂德罗准备继续他的旅程,老安东尼奥和他的妻子莉克拉走了这么多路都觉得太累,不打算陪他去了。可是,小安东尼奥和新伯爵夫人并不觉得累,他们实在丢不下奥丽丝苔拉和贝利昂德罗。

直到这个时候,还没有把那幅记述他们的故事的画卷给老人看。有一天,安东尼奥把画卷拿出来让老人看。他说,画上还缺一部分,就是奥丽丝苔拉去蛮子岛,和贝利昂德罗在岛上相遇,每个人都身穿异性的衣服,奥丽丝苔拉女扮男装,贝利昂德罗男扮女装,真可谓变化多端。奥丽丝苔拉说,她用几句话就可以把事情说清楚。当时,在丹麦海岸有一群海盗把她、科洛埃丽娅和两个渔家姑娘抢走,去到一个荒无人烟的岛上分赃。结果是分赃不均,一个头目要把我留下,还要和别人平分赃物。我单独一个人落入他们手中,没人和我共患难。患难中有人陪伴,总会感到轻松一些。那个人让我穿上男装,怕我身穿女人衣服招来风险。我随他游历各地,走了好多日子。只要他不坏我的贞操,我就尽力侍候他。最后,我们到了蛮子岛,不承想被蛮子们俘虏了。为了保护我不被掳走,他死在战斗中。我被带进了囚徒洞,在那儿遇上了我的奶妈科洛埃丽娅,她也吃了不少苦,被人带到那里。她向我介绍了蛮子们的情况,说他们盲目迷信,还讲了那个又可笑又虚假的预言的事。

她还说,有迹象表明我哥哥贝利昂德罗来到了岛上,只是蛮子们急着要拿他去献祭,没来得及和他说话。我当时身穿男人的衣服,本想跟科洛埃丽娅一起去查明真相,可她拦着不让我去。我不顾她的劝说,自己跑了去,自愿充当蛮子们的祭物。我心里想,死神随时都威胁着我的性命,与其慢慢地被折磨死,还不如干脆一下子死去更好。我没什么可说的了,从那以后发生的事,大家都知道了。比利亚塞尼奥尔老人恨不得把这些事加到画卷上去,但是大家都认为不但不应该加上去,还应该把原画抹掉,理由是这些千古难逢的大事不能画在薄薄的麻布上,应该刻在铜版上,铭刻在人们的记忆中。不管怎样,比利亚塞尼奥尔还是要把那幅画保存下来,起码可以看一看他孙子孙女以及艳丽的绝代佳人奥丽丝苔拉和风度潇洒的贝利昂德罗惟妙惟肖的画像。大家又花去几天的时间准备去罗马,希望能实现先前的心愿。老安东尼奥留下来,小安东尼奥不想留下来,新伯爵夫人更不想留下来。前面说过,她非常爱慕奥丽丝苔拉,不仅要随她去罗马,还会陪她到另一个世界,如果另一个世界也可以陪伴前往的话。出发的那天到了,人们紧紧拥抱,挥泪告别,伤心叹息。特别是莉克拉,看到孩子们要走,心都碎了。老爷爷向大家祝福,有了老人的祝福,他们的境遇似乎就得以改善。他们带上一名家仆,好在路上伺候他们。大家上路了,人去楼空,只留下孤寂的老人。他们悲喜交集,继续结伴旅行。

第 十 章

路遇几名囚徒后发生的事。

在朝圣的长途跋涉中,总会出现各种各样的事件。多样性是由各种不同的事物构成的,这里的情况自然也是如此。这部故事向我们清楚地表明了这一点,其中各种事件打断了故事的线索,让人拿不准在哪里才能接上茬儿。因为不是所有的事情都适于讲出来,事情发生了,不讲也不会影响故事的完整。有些行为的确伟大,但应该闭口不谈;有些行为确实卑下,但不应该说出口。故事的精彩之处就在于它描写的任何事情都能使人咂摸出故事本身的真实性。这是寓言所不具备的东西,寓言应该把情节安排得十分精确、有趣、逼真,尽管它编造的东西让人理解起来觉得不大和谐,然而却构成一种真正的协调。

我想用这个道理说明下面这件事情。话说这一伙漂亮的朝圣者继续旅行,来到了一个不大不小的地方,地名记不得了。他们来到当地的广场中央,那里是必经之地。只见许多人聚在一起,大家正在聚精会神地观看两个年轻人,听他们讲解铺在地上的一幅画中的人物。从衣着上看,两个人像是刚刚获释的囚徒。看样子,他们刚才卸下沉重的锁链,铁链就丢在身边,是他们过去经历的苦难的标志和证明。其中一个人大约二十四岁光景,他声音清朗,口齿十分伶俐,手里拿着一条鞭子,不时抽打得山响。换句话说,他挥舞手中长鞭,发出刺耳的噼啪声,直冲云霄,就像是车夫在空中挥动响鞭,抽打或者吓唬骒马一样。

在聆听他们的长篇谈话的人群中,有镇上的两位镇长。两个人都是上岁数的人,其中一位年纪稍轻。获释的囚徒是这样开始他的长篇讲话的:

"先生们,诸位看到的这幅画上画的是阿尔及尔城,它是地中海沿岸一带的妖魔鬼怪,也是全世界海盗的避风港,是强盗的庇护所和安身之处。他们乘船从这里画着的小小的港口出发,闹得世界上不得安宁,他们胆敢越过海格力斯之柱①,到偏远的海岛上去打家劫舍。海岛周围是汪洋大海,岛民本以为处境安全,至少能避开土耳其船只。各位在这儿看到的这条船,受画面限制,尺寸缩小了,其实是一条可以乘坐二十二人的大船。船主兼船长是个土耳其人,他站在舷侧通道上,手里拿着从大家看到的那个基督徒身上割下来的一只胳臂。他拿人的胳臂当鞭子,抽打其他被捆绑在凳子上的基督徒。大家看见了,这儿有四条船,他害怕船只赶上来把他抓住。第一条凳子上的第一个囚犯就是我,让他用那只死人胳臂抽打得满脸是血,模样全变了。我在这条船上当划船手的领班,我旁边的那个人就是我这位伙伴,他挨打少一些,不像我那样满脸是血。先生们,请注意听我说,也许诸位透过这个悲惨的故事能够听到这条船的船主德拉古特这条老狗的辱骂恫吓的声音。他是著名的凶狠残暴的海盗,其残暴不亚于西西里的暴君法拉里斯或者布西里斯。至少现在我耳边还回响着什么罗斯佩尼、马纳奥拉、德尼马尼约克的余音②,他凶神恶煞般地用这些土耳其话侮辱、责骂那些信基督教的囚犯。管他们叫犹大、废物、黑心贼、没良心的,更

---

① 直布罗陀海峡两岸对峙的两座峭壁。神话里所说的"海格力斯之柱"有"极限"的意思。

② 此三个词,原文无可查证,权且音译。

让人感到害怕的是他用死人的胳臂抽打活人的身体。"

一位镇长好像被囚禁在阿尔及尔多年,他压低声音对另一位镇长说:

"到现在为止这个囚犯说的看来都是真话,大体上他不像是假装的。不过我还要考查他一下,看看究竟如何。我想告诉你一句,我在那条船上待过,可我记不得他是划船手的领班。领班的叫阿隆索·莫克林,是贝莱斯-马拉加人。"

于是,他转身对囚徒说:

"朋友,请告诉我,追赶你们的船是谁家的? 你们是不是借助他们才得救的?"

"那四条船,"囚徒回答说,"是堂桑乔·德·雷瓦的。他们没赶上我们,当时我们没跑出来。我们是后来才得救的,我们劫了一条从萨及尔开往阿尔及尔运小麦的船。我们乘那条船来到奥兰,又从奥兰去到马拉加。在马拉加,我和我的伙伴启程前往意大利,打算跟随陛下——愿上帝保佑——一起去打仗。"

"朋友们,请告诉我,"镇长又说,"你们是一起被囚禁的吗? 是一下子就把你们带到阿尔及尔呢,还是带到巴巴利海岸的其他地方?"

"我们不是一起被抓来的,"另一个囚徒回答说,"我是在阿利坎特附近,在一条开往热那亚的运羊毛的船上被捉住的。我的伙伴是在马拉加的佩切莱斯被捉的,他是当地的渔民。我们是在得土安的一个地牢里相识的。我们成了朋友,好长时间以来一直同甘苦、共患难。就为往画布上扔下块儿八毛的,镇长先生,你追问得也太紧了。"

"不紧,漂亮的小伙子,"镇长回答说,"勒刑用的绳子还没绕完呢。听着,告诉我,阿尔及尔有多少扇门,有多少泉水,有多少甜水井?"

"这问题问得太蠢了，"第一个囚徒回答说，"有多少住家就有多少扇大门；有多少泉水，我不知道；有多少眼水井，我也没见过。我在那儿受苦受罪，把我自己都忘掉了。要是镇长先生不愿意发善心，我们马上把钱收起来，拆掉棚子，立刻滚蛋，反正在这儿，在法国，面包做得一样香。"

这时候，镇长从周围的人群里叫出来一个男人，看样子像是当地的差役，也许必要的时候是个刽子手。对他说：

"希尔·贝鲁埃科，你到广场上去，碰上毛驴，就牵回几头来。为了我王陛下，这两位囚徒先生一定要骑驴游街。他们竟然肆无忌惮地抢夺真正的穷苦人拿到的施舍，说瞎话哄骗他们。其实他们壮得像头牛，完全有力气拿起锄头，而不必把鞭子甩得噼啪响。我在阿尔及尔当过五年奴隶，我知道他们刚才讲的那些事没有一件会出在阿尔及尔。"

"天哪！"囚徒回答说，"我们两个身无分文，难道镇长先生一定要我们成为记忆超人的富豪吗？为了一件不值一钱的儿戏，难道非要我们两个这样优秀的学生当众丢丑不可吗？难道你想借此为国王陛下除掉两名勇敢的战士吗？我们要去意大利，去佛兰德，为的是击败那些反对天主教神圣信仰的人，粉碎他们，杀得他们死的死、伤的伤。说句实话，实话正是上帝的女儿，我想告诉你，镇长先生，我们不是囚徒，我们是萨拉曼卡的学生。在学习当中，在学习的黄金时刻，我们突然想见见世面，我们已经尝到了和平生活的滋味，还想亲身体味一下战争生活。恰巧有几个囚徒打那儿经过，也许他们和我们现在一样是假扮的。为了创造条件，使我们的愿望得以实现，我们就从他们手里买下这幅画，还了解到阿尔及尔的一些情况，我们觉得，掌握这些情况是必不可少的，足以让人相信我们编造的谎言。我们以低价卖掉了书本和珠宝，带着这件东西来到这里。要是镇长没有别的吩咐，我们想继续赶路了。"

"我呀，"镇长回答说，"我就想给你们每人一百鞭子，省得你们到弗兰德去舞枪弄棒。我要给你们一支桨，派你们到船上去划船，也许比起你们挥舞刀枪更能为陛下效劳。"

"难道说，镇长先生，"说话的小伙子回答说，"你想充当雅典的法官？把你执法如山的名声传到最高法院各位先生的耳朵里，让他们觉得你铁面无私，执法严明，从而委你以重任，你也能在那里严肃纲纪，伸张正义？别忘了，镇长先生，俗话说，道高一尺，魔高一丈啊。"

"瞧你，这是怎么说话呢，兄弟，"第二位镇长说，"我们这儿从不滥用刑罚。本镇历届镇长过去、现在和将来都是清正廉明的，可以说是清如水、明如镜，你还是少说两句吧，对你自有好处。"

这工夫，差役回来了，他说：

"镇长先生，广场上没碰见一头毛驴，只看见了贝鲁埃科和克雷斯波这两名议员在广场上散步。"

"我是让你去找毛驴，笨蛋，不是找议员。不过，你回去一趟，把他们俩叫来，不管他们肯不肯来。在我判刑的时候，希望他们在场，刑总是要判的，不管有驴还是没驴。老天保佑，这儿有的是驴。"

"镇长先生，"小伙子回敬道，"你要是再这么蛮干下去，老天是不会给你好报的。看在上帝的分上，请你想一想，我们没有拿人多少钱，既不必上税，又立不了长子继承权。我们不过是靠自己的技能维持可怜的生计，我们像军官、雇工一样得好好干活儿。父母双亲没有教给我们任何手艺，要是会什么手艺，可以用手去干，而我们却不得不靠个人的机智。该受惩办的是那些行贿受贿分子、溜门撬锁的小偷、拦路抢劫的强盗、收人钱财的假证人、共和国里那些吃喝嫖赌的坏蛋以及游手好闲、无所事事的闲汉。这些人只会增添社会败类,此外,毫无用处。还是让那些苦命人走正路,用自己的双手和聪明才智去为陛下效劳吧。再好的士兵也比不上投笔从戎的人,没有一个学生出身的士兵不是最优秀的士兵,因为在他们身上,力量和智慧、智慧和力量能够结合起来,协调一致,形成一个神奇的整体,战神会为此感到高兴,和平会有保障,国家能够兴旺发达。"

贝利昂德罗和所有在场的人听了小伙子的这番话都很佩服,对他的流利的口才称赞不已。小伙子又接着说:

"镇长先生,请你仔细查看我们,一遍一遍地看看我们,翻查一下我们的衣缝。要是能从我们身上找出六个雷亚尔来,那就不是抽我们一百鞭子,而是六百鞭子。咱们看看,就赚这么一点点钱,该不该受人凌辱,该不该在船上服苦役。我再说一遍,镇长先生要好好考虑一下,千万不要凭一时冲动,感情用事,急匆匆地干完了,事后也许会后悔莫及。谨慎的法官只惩办罪犯,而不采取报复行为。行动慎重的人和富有同情心的人善于把公平和法律结合起来,宽严适度,从而表现出他们良好的理解力。"

"上帝保佑!"第二位镇长说,"这个小伙子说得对,虽然他的话太多。我不仅不同意鞭打他们,我还要把他们带回家,帮他们上路,只要他们走正道,而不是东游西逛。否则,他们不像是穷苦人,倒像是游手好闲的人。"

第一位镇长性情温和,仁慈宽厚,心肠软,富有同情心,他说:

"我不想让他们到你家去,还是去我家吧。我想给他们讲一讲阿尔及尔的情况。今后再讲起编造的故事,别人就不会抓住他们的小辫子了。"

　　囚徒们对此表示感谢,在场的人都称赞镇长的英明决定。朝圣者看到事情圆满解决,都很高兴。第一位镇长转身对贝利昂德罗说:

　　"你们,朝圣者先生们,是不是也带来画卷给我们看啊？是不是也带来什么故事,虽说也是瞎编的,都要我们信以为真啊？"

　　贝利昂德罗没有回话,因为他看见安东尼奥从怀里掏出各种旅行证件、通行证和文书。他把证件交给镇长说:

　　"从这些文件上,阁下可以看出我们是什么人、要到哪里去。本来不必拿出文件,因为我们没有求乞,也没有必要讨饭。我们是自由的过路人,你们可以让我们自由通行。"

　　镇长接过证件,可他不识字,就把证件交给了另一位镇长。另一位也不识字,证件就转到书记员手里。书记员很快地看了一眼,把证件还给安东尼奥,说:

　　"镇长先生,这几位朝圣者都是有身份的好人,清秀的面容透露出博大的胸怀。如果他们想在这儿过夜,我的家就是他们的客店,我的心愿就是安顿他们的宫殿。"

　　贝利昂德罗对他表示感谢。那天天色已晚,他们就留下来过夜。在书记员家中受到盛情款待,气氛温馨,饭菜丰盛,还很洁净。

第十一章

讲述路经摩尔人居住地发生的事情。

转眼到了第二天，朝圣者感谢过主人的款待，又上路了。刚离开小镇，就碰上那两个假囚徒。他们说，这次得到镇长的指点，从今往后，再谈到阿尔及尔的事情，就不会有人说他们是蒙骗了。"也许，"其中一个人——也就是那个说话较多的人——说，"也许现在该由法庭批准行骗，好骗得堂堂正正。我是说，有些时候，法庭的贪官污吏同罪犯沆瀣一气，坐地分赃。"他们一起来到一个交叉路口。囚徒们取道卡塔赫纳，朝圣者们去巴伦西亚。次日黎明，从朝东的阳台上望去，只见朝霞正在扫除空中的星辰，为太阳沿着惯常的轨道运行打开一条通路。巴托洛梅——我觉得这好像是车夫的名字——看着太阳高高兴兴地出来了，太阳用五颜六色为天空中的白云镶上花边。没有任何东西能比这个更赏心悦目、更令人愉快了。他用乡下人的稳重口气说：

"前几天，传教士在我们镇上布道的时候说的话果然不假。他说，天和地向人宣示我主的伟大。天哪！凭着我父母和家乡的神父、老人教给我的东西，我没能认识上帝。可是看到这片天空如此广阔，我突然能跟上上帝，对上帝有了认识。听人家说，天空有好多，至少有十一个。这颗照耀我们的太阳也很伟大，虽说看上去不如护胸盾大，可它比整个大地要大好多倍。还有，虽说它这么大，有人说它又很轻，二十四小时能走三十多万西班牙里。说实在的，我不相信这是真的。但是，许多好人都这么说。我费了好大的劲去理解，现在总算相信了。不过，最让我感到惊讶的是在我们的脚下还有另外一些人，他们叫作'对跖人'。我们在上面的人脚踩着他们的头走路，我觉得这简直是不可能的。要顶住我们这些人的分量，他们的脑袋非得是铜铸铁打的不可。"

贝利昂德罗听了这个小伙子讲述的粗俗的星相学，不由得笑了，他说：

"巴托洛梅啊！我真想找些合适的话让你明白你弄错了，再帮你了解一下世界的真实情况。为了弄清楚这一点，必须从头说起。不过，我得有所限制，以适合你的理解水平，我只想跟你说一件事。就是说，我希望你能明白，地球是天体的中心，这是千真万确的真理。我所说的'中心'是个不可分的点，周围所有的线都汇集到这儿。我看你恐怕还是不明白。这么着吧，咱们不用这些名词啦。我想，只要你弄明白一件事就够了，整个大地的上面是青天，地球上有人居住的任何一个地方，都一定是在青天覆盖之下。正像你看见的天空盖在我们头上，天空同样也盖在'对跖人'的头上，他们也是这么说。当然啦，这是造化的安排，造化是真正的上帝的管家，是天地的创造者。"

小伙子听了贝利昂德罗的话，没有表现出不高兴的神情。奥丽丝苔拉、伯爵夫人及其兄长也很爱听。贝利昂德罗边走边教给他这类事情，借以消磨时间。这时候，从他后面过来一辆大车，六名火枪手徒步随行，还有一个人骑马，一支猎枪挂在前面的鞍架上。他来到贝利昂德罗身边，说道：

"朝圣的先生们，也许你们的贮备品里带着什么可以送人的食物吧，我想你们一定会带着的。你们外表潇洒，不像是穷苦的朝圣者，更像是有钱的骑士，要是有的话，请给我一点儿，我要去搭救一个昏迷的年轻人,他就在那辆车上,被判处在船上服两年苦役。另外还有十二名士兵。前些天,一位伯爵暴死,他们正好在现场,也被罚去划船。为首的罪过更大,估计已经被朝廷处绞刑了。"

这时,美丽的康丝坦莎不禁热泪盈眶,因为眼前又出现了那位刚结婚即丧命的丈夫死去的情景。可是,基督徒的同情心克服了复仇的愿望,她回到车上,拿出一盒食品。然后走到大车旁边,问道:

"这儿有谁昏倒了?"

一名士兵回答说:

"就在那边,躺在那个角落里,脸上涂着车轴上的油。他不愿意死去的时候,面孔还那么好看。他挺固执,不吃不喝,快要死了。"

脸上涂油的小伙子听见这番话,抬起头来,把盖在脸上的破帽子从额头上掀起来,在康丝坦莎眼前露出了一张丑陋、肮脏的面孔。接着,他伸出手来,拿过食品盒,然后说道:

"愿上帝保佑你,小姐!"

说罢,又把帽子盖在脸上,重新陷入悲痛之中。他又蜷缩在角落里,等待死神的降临。朝圣者和押车的卫兵交谈了一会儿,最后分道扬镳。从那儿又走了几天,我们这支漂亮的队伍来到一个摩尔人居住的地方。这个地方位于巴伦西亚王国境内,离海岸大约一西班牙里。在这儿,他们没去住客店。各家各户纷纷腾出舒适的住处,邀请他们去住宿。安东尼奥见这种情景,说道:

"不知道是谁净说这些人的坏话,我看他们都像是圣徒。"

"他们这些人,"贝利昂德罗说,"在耶路撒冷鼓掌欢迎我主,可没过几天就把他钉在十字架上了。现在好啦,正如人们常说的,听天由命吧。这位善心的老人邀我们到他家去住,咱们接受他的邀请吧。"

事实的确如此。一个摩尔老头拽住他们的披肩,几乎是强行把他们推进家门。他表示要用基督徒的方式而不用摩尔人的方式招待他们。老头儿的一个女儿出来伺候他们。她一身摩尔人的打扮,显得很漂亮,就连信基督教的最标致的姑娘也会为长得像她而感到幸运。大自然施惠于人,既给西蒂亚的女蛮子恩典,也照顾到托莱多的女公民。这位美丽的摩尔姑娘讲的是阿尔哈米亚语。她拉住康丝坦莎和奥丽丝苔拉的手,来到一间低矮的小屋,关上门。屋里只有她们三个人,姑娘还是不肯松手。她小心地向四面张望了一下,生怕有人听见她说话。待到心中有底以后,她说:

"唉,小姐们,你们怎么会像温顺又天真的绵羊一样来到屠宰场呢!你们看见的那个老头,我说他是我爸爸的时候,脸上都一阵阵发烧,你们觉得他会热情招待你们吗?你们要知道,他只想充当杀害你们的刽子手。可以这么说吧,今天晚上十六条柏柏尔人的海盗船会把这里所有的人连同他们的财产一起装走,什么东西也不会留下,免得有人再去寻找。这里不幸的人以为,在巴巴利他们的肉体会过得很愉快,灵魂能得到拯救。但是,他们没有注意到,很多村庄的人从这儿迁移过去,几乎是整村整村的人一起去,可没有一个村子的人不后悔的。人人受害,怨声载道。巴巴利的摩尔人宣扬他们那里是极乐世界,这儿的摩尔人闻声前往,结果落入不幸的圈套。你们要想逃过不幸的命运,保住你们生来从父母处得到的自由,你们就立刻离开这里,躲进教堂。那儿会找到人保护你们,他就是教堂的神父,只有他和书记员是这里的老基督徒。你们还会在那儿找到教堂的执事哈里菲,他是我叔叔,表面上是摩尔人,其实是基督徒。你们把经过的事情告诉他们,就说是拉法腊告诉你们的。这样一来,他们就会相信你们,保护你们。如果你们不愿意吃完苦头才明白事理,就千万别拿这事当儿戏。最大的错误莫过于吃后悔药。"

看见拉法腊的举动,听完她这番话,奥丽丝苔拉和康丝坦莎心中感到恐惧不安。她们相信她的话,只顾连声地向她道谢。随后把贝利昂德罗和安东尼奥叫来,把事情的经过告诉了他们。大家表面上不动声色,随即带着自己的东西离开那家。巴托洛梅想休息休息,不愿意搬家,嫌搬家太累。但是,说来说去,还得听主人的。他们来到教堂,受到神父和教堂执事的欢迎。他们把拉法腊说的话讲给神父和执事听。神父说:

"先生们,柏柏尔人的船只来了好多天了,我们都觉得很惊讶。他们到这儿来是常有的事,但是,待这么长时间真让人有点儿不放心。进来吧,孩子们,教堂的塔楼很结实,门是用铁皮包着的。只要不是故意破坏,绝对推不倒也烧不坏。"

"唉!"这时候,教堂执事说,"在我闭上眼睛之前,要是能看到清除掉压在这块土地上的荆棘和杂草,该有多好啊!唉!先祖是著名的星相学家,他预言的那一天什么时候才能到来啊!到那天,基督教将传遍西班牙所有的地方,根基十分牢靠!西班牙将成为世界上接受和笃信基督的真谛的角落!先生们,我是摩尔人,但愿我能不是。不过,并不因此我就不信仰基督。上帝降福于为他效劳的人。你们很清楚,上帝总是让阳光普照众人,不管是好人还是坏人,让雨露普降大地,荫庇守教规的人。我是说,先祖说过,不久前,奥地利家族的一位国王将要统治西班牙,他感到很为难,总是下不了决心把摩尔人从西班牙赶出去,就像把吞噬内脏的毒蛇从怀里甩出去,就像清除小麦地里的黑种草,或者像拔除庄稼地里的野草一样。动手吧,幸运的年轻人啊,明智的国王!把绝妙的驱逐令付诸实施吧,不必担心这块土地会荒无人烟,不必担心对这块土地上受过洗礼的人有什么不好。虽说这些担心都有道理,但是,这样伟大的事业一定会使这些疑虑烟消云散。用不了多长时间,事实就会表明,老基督徒移居到这块土地上来,这里就会繁荣起来,会比现在好得多。土地的主人不再拥有那么多贫苦的臣民,而像过去一样,拥有众多的天主教徒。在他们的保护下,路途会安全可靠,世道会太平,会让大家发财致富,不会有人拦路抢劫。"

说完话,大家一起把大门关严,还顶上几条凳子。然后登上塔楼,把吊梯抽上来。神父随身带上圣物盒,准备下一些石块。有人把两支猎枪装上子弹。巴托洛梅那个小伙子把空车放在教堂门口,和主人一起躲进教堂。大家都睁着警惕的眼睛,空着双手,斗志昂扬地单等有人前来袭击——这是摩尔人的女儿通报给他们的。神父根据星辰的位置推测半夜已过。他从塔楼上极目远望大海,月光下,看见一块云彩,立刻会想到那是土耳其人的船只。他连忙跑到铜钟前,忙不迭地敲起钟。当当的钟声响遍所有的山谷和海岸。海边上的守卫听到钟声马上集合起来,在海岸上巡逻。尽管他们动作敏捷,也没能阻止船只靠岸,把船上的人送上陆地。当地的人携带着细软,等候土耳其人的到来。土耳其人随着竖笛及其他乐器的节奏冲他们高声喊叫。乐曲声营造出一派战斗气氛,显得十分欢快。这些人就地放了一把火,还在教堂门前放了把火,他们不是想冲进去,只是要把坏事干尽。他们砸烂了大车,巴托洛梅只好以步代车。他们推翻了立在村口的青石十字架,高声喊叫"穆罕默德"的名字。他们投靠了土耳其人,这些所谓不用暴力的强盗、赤裸裸的黑心贼,从他们踏上"水面"(有人这么说)开始,就感受到搬迁会给他们带来贫困的威胁,妻子儿女会受凌辱。安东尼奥和贝利昂德罗连连扣动猎枪的扳机,大多弹不虚发。巴托洛梅投出好多石块,全都投在大车左近。教堂执事射出好多支箭。而奥丽丝苔拉和康丝坦莎流出多得多的泪水，不住祈求上帝（上帝就在眼前）保佑他们脱离险境，别让大火烧毁教堂。其实教堂没有起火，倒不是有什么奇迹，而是因为大门是铁制的，火势也不算大。天将破晓时，土耳其人的船只满载掠获物，朝大海驶去。船上的人高兴地唱着"伊利利"，敲起无数面铜鼓，吹响数不清的竖笛。此时，只有两个人朝教堂跑来，一个来自海边，另一个来自陆地。当他们走近的时候，教堂执事认出了其中一个是他侄女拉法腊。她手中举着一个用芦苇做的十字架，大声喊着：

"我是基督徒，基督徒，自由了，感谢上帝的恩典，大发慈悲之心，我自由了！"

另外一个人，他们认出了是书记员。那天晚上，他没在家。听到钟声响起，他赶回来看看出了什么事。妻子儿女都不在家里，他放声痛哭，哭的不是妻离子散，而是家里被洗劫一空，化为灰烬。天亮了，土耳其人的船只开走了，守卫海岸的人又出来巡逻。这时候，他们从塔楼上下来，打开教堂的大门。拉法腊走进教堂，高兴得泪流满面，吃惊过后，她反而显得格外漂亮。姑娘在神像前祈祷后，先吻过神父的手，又拥抱她叔叔。书记员既不祈祷，也不亲吻任何人的手，一心只想着财产丢光，心中非常难过。惊险过去了，这些失魂落魄的人又恢复了原来的心态。教堂执事重新振作起来。他又想起了祖父的预言，几乎可以说是满怀代天宣示的情绪说道：

"豪爽的年轻人啊！战无不胜的国王啊！你要摧毁、粉碎、扫除一切害人虫，让西班牙成为纯洁的净土，摆脱我那恶劣的种族，他给西班牙带来了多少阴影和破坏！啊，英明睿智的参谋，王朝的新顶梁柱，请你多出些主意，使这次必不可少的迁徙得以顺利实现。让你的船只布满大海，装走这些夏甲的子孙，把妨碍基督事业繁荣昌盛的黑莓、荆棘和其他杂草统统抛到彼岸！当初,到达埃及的只有少数几个希伯来人,他们繁衍迅速,离开时已经发展到六百户,如今,他们人数众多,生活更加优裕,叫人多么担心！宗教削减不了他们,战争消灭不了他们,天府之国也吸引不了他们。人人都要结婚,人人——或者大多数人——都要生子,由此推断下去,他们的子子孙孙会无限增长。啊,我再说一遍:走吧,让他们走吧,国王,愿你的王国像太阳一样光辉灿烂,像天空一样鲜艳美丽！"

朝圣者在那儿待了两天,补充了短缺的东西。巴托洛梅准备好行装。朝圣者感谢神父的热情接待,称赞教堂执事的美好思想,和拉法腊拥抱后,就与众人告别,继续上路。

第 十 二 章

一件不寻常的事。

　　一路上大家谈起刚刚过去的危险,教堂执事情绪有多好,神父如何勇敢,拉法腊如何热心。当时,他们忘记问问她是如何逃脱登陆抢劫的土耳其人之手的。据他们想,她多半是趁乱躲藏在某个地方,以便实现自己的愿望:活着是基督徒,死后还是基督徒。离巴伦西亚不远了,可他们不打算进城,免得耽误时间。不过,不断有人告诉他们说,那个地方如何宏伟,居民如何优秀,风景如何秀丽,总而言之,有了这一切,那里不仅比西班牙的所有城市,而且比欧洲的所有城市都更美丽富饶。人们还特别称赞那里的女人如何漂亮,特别爱干净,语言非常动听,只有葡萄牙语才能在甜美悦耳上和它一争高低。朝圣者决定去巴塞罗那,虽说旅途会延长,大家会更加疲劳。他们听说,那里有几条船要靠岸。他们想乘船去热那亚,可以不经过法国。朝圣者穿过景色秀丽的比利亚雷亚尔市。刚一出城,突然从密林中蹿出一位姑娘,是个巴伦西亚的牧羊姑娘。只见她一身村姑打扮,纯洁如太阳,美丽得像太阳,又像月亮,操着一口动听的语言,既没有开场白,也没有客套话,一张口,就开门见山地说:

　　"先生们,我得去求呢,还是送上门儿呢?"

　　贝利昂德罗回答说:

　　"美丽的牧羊姑娘,如果你指的是情欲,那就既不要求,也不要送。要是求呢,会有损于你的自尊心;要是送呢,会有损于你的名誉。如果爱你的人有理智、了解你的价值,自然会尊重你、爱你。如果他缺少理智,你何必非要他爱你呢?"

"说得好。"那位姑娘回答说。

她说声"再见",转身进入密林中。大家听到她提出的问题,看见她动作麻利,长相漂亮,都很惊奇。

在去巴塞罗那的路上还发生过其他一些事,都无关紧要,值不得浪费笔墨。只有一件事值得一提。他们远远望见神圣的蒙塞拉特山。大家怀着基督徒的虔诚朝大山拜了拜,只是没想上山,免得耗费时间。他们及时赶到巴塞罗那,正好有四只西班牙船靠了岸。船只拉响大炮,向巴塞罗那城鸣炮致敬。随后放下四条小艇,其中一条小艇上铺着豪华的莱万特地毯和大红靠垫。船上端坐着一位衣着华丽的少妇,后来才看清楚,她长得很美。和她一起的还有一位老妇人和两位精心打扮的俊俏使女。从城里出来好多人。按照当地的习俗,他们出来看船只和从船上下来的人。我们的朝圣者也好奇地来到小艇跟前,他们离船很近,几乎快够着从船上下来的那位贵妇人了。夫人看了看大家,特别盯住康丝坦莎看了看。下船后,她说:

"漂亮的朝圣姑娘,到这儿来。我想带你到城里去。到那儿以后,我想还清欠你的一笔债,看起来你可能不大清楚。请你的同伴们也一起来,因为没有理由丢下这么漂亮的旅伴。"

"看起来,"康丝坦莎回答说,"还是陪伴您更重要。要是拒不接受,那就太不懂事了。您要到哪儿去,我们都陪着,我的同伴们也一起去,他们不会丢下我。"

夫人拉着康丝坦莎的手,在许多从城里出来迎接他们的先生以及船上的头面人物的陪同下,向城里走去。一路上,康丝坦莎目不转睛地看着她,想不起来在什么地方和她见过。城里人把夫人以及和她一起下船的人安顿在一个大宅院里,当然也不会让朝圣者到别处去投宿。一切安排妥当后,夫人讲了下面这些话:

"先生们,你们看见我特别精心地照顾你们,一定会感到奇怪,还是让我把事情说清楚。我叫安布罗西娅·阿古斯蒂娜,出生在阿拉贡城。我哥哥是堂贝尔纳多·阿古斯丁,是停泊在海边的那四只船的队长。阿尔坎特拉骑士团的骑士孔塔里诺·德·阿博朗切斯趁着我哥哥不在,亲戚们又不肯多嘴,就爱上了我。我呢,我受命运的驱使,更确切地说,我为人随和,只看到接受他的爱情,成为他的妻子,也没什么不好,就把肉体和心灵许给了他。就在我允婚的那天,他接到国王陛下的一封信,派他立即率领一支由伦巴第开往热那亚的西班牙步兵团前往马耳他岛。当时,土耳其人正想占领那个岛。孔塔里诺对分派给他的事情一向服从,一丝不苟,根本顾不上收获结婚的果实。他突然接到来信,随即立刻出发,压根儿不顾我已经哭成了泪人儿。我觉得天好像塌下来了,我的心、我的灵魂被挤压在天地之间。过了不几天,我左思右想,反复考虑,决定立即行动,这样一来,我丢尽了脸面,还险些丢掉性命。

"我没对任何人说,就离家出走,向一个小听差要了一套衣服,女扮男装,到离家大约八西班牙里的一个地方,为一支连队的鼓手当差。没过几天,我敲鼓的技术就赶上了主人。我还学会了干这行的人惯说的那些粗话。后来,另一支连队与我们会合,两支连队一并开往卡塔赫纳,再乘坐我哥哥的四条船,我的打算是去意大利找我丈夫。我想,他虽然出身高贵,大约还不至于认为我的大胆行动有失体统,也不会怪罪我的想法。我一心只想找到丈夫,根本没有考虑搭乘我哥哥的船只,有被人认出来的危险。在爱人的心中没有不可逾越的障碍、没有不能克服的困难、没有不能战胜的恐惧。我填平了崎岖的山路,克制住恐惧的心理,即使在绝望中也满怀希望。然而,往往事与愿违;我这个愿望确实考虑不周,缺乏依据,结果我陷入了困境,你们马上就会听到。我刚才说的那两位连长率领的连队为宿营问题和拉曼查的一个镇上的居民发生了激烈冲突。一位骑士受伤身亡,据说他是位伯爵,只是不知道是哪个领地的。朝廷派来一名调查官,他逮捕了连长,士兵被调防。此外,还抓了一些人,其中包括我这个没有任何过错的不幸的人。他罚我们这些人服两年划船苦役,我也和他们一样倒霉。我喊冤叫屈,全都无济于事,眼看着自己的打算落空了。我想一死了之,又怕到了另一个世界处境会更糟糕。手里的刀子变钝了,套上脖子的绳索又摘掉了。于是,我把脸上涂了泥浆,尽量把自己弄得丑陋不堪。他们把我们装上一辆车,我躲在车子里大哭特哭,不肯吃东西,想让眼泪和饥饿完成绳子和钢刀没完成的事情。我们来到卡塔赫纳,可是船只还没有到。他们把我们关在王宫里,派人把我们严加看管。我们待在那儿,毫无盼头,只是担心会发生不幸。先生们,不知道你们记不记得,在小店附近遇到一辆车子,这位漂亮的朝圣姑娘,”她指了指康丝坦莎,“送去一盒食品,救助一名昏倒的罪犯。”

“是啊,我记得。”康丝坦莎说。

“听我说,你救助的那个人,”安布罗西娅小姐说,“就是我。我透过车子的席篷缝隙看见了你们大家。我敬佩你们,一想你们气度不凡,让人不能不敬佩。后来,船来了,其中两只船还在路上截获了一条摩尔人的双桅帆船。当天,他们在船上给士兵们戴上镣铐,让他们脱下身上的衣服,换上划船手的服装。这个变化的确让人伤心,让人痛苦,不过还算过得去。苦役只要不伤人命,习惯了也就觉得没什么了。该轮到我脱衣服了。船长要我洗脸,可我连抬胳臂的力气都没有了。为囚犯理发的师傅看了看我,说道:

'给你刮胡子我倒可以省点儿剃刀。真不明白,把这么个嫩小子送来干什么,好像我们的船是用奶糖做的,划船手是甜面糊做的。你犯了什么罪,小家伙,要服这份苦役?不用说,我估摸着准是别的罪犯闹事,把你也卷了进去,才走到这步田地。'接着,他跟船长说:'说真的,船长,依我看,最好让这个孩子戴上脚镣到船尾去给将军当差吧,他根本划不动船。'听了他们这番谈话以及对我的情况的议论,我觉得心灵受到极大的压力,我的心受到挤压,人昏了过去,像死人一样。他们说,过了四个小时,我醒了过来。这中间,大家用了许多办法抢救我。幸好我失去了感觉,否则我感到最遗憾的是他们发现我不是男人,而是女人。我从昏迷中醒过来,第一眼看到的就是我哥哥和我丈夫的脸,我正躺在他们的怀里。我真不明白,此刻死神的阴影怎么会没有遮住我的眼睛,真不明白我的舌头为什么没有和上颚粘在一起,我仅仅知道,我听不明白自己说了些什么,只是听到哥哥在说:'怎么穿这样的衣服,妹妹?'我丈夫说:'你怎么变成这样了,我的心肝?要不是你心地善良足以证明你守身如玉,我早让人把你这身衣服换成裹尸布了。''她是你妻子?'我哥哥对我丈夫说,'这件事可太新奇了,就像我看见妹妹穿上这身衣服一样。说实在的,这要是真的,我倒觉得是个安慰,刚才看见妹妹落到这个地步,我太伤心了。'这当儿,我从失魂落魄中逐渐地恢复过来,记得我说了这么几句话:'哥哥呀,我是安布罗西娅·阿古斯蒂娜,是你的妹妹,同时也是这位孔塔里诺·德·阿博朗切斯先生的妻子。噢,哥哥!你不在家,我爱上了他,他成了我的丈夫。还没有和我共享欢乐,他就离开了我。我一时冲动,没有好好考虑,就换上这身衣服,仗着胆子出来找他。'

"我把全部经历都讲完,你们也都听到了。我的命运逐渐好转,他们都相信我,同情我,还告诉我说,曾有两条船去热那亚,我丈夫在一条船上，途中被摩尔人俘虏了，前一天黄昏时分才获得自由。因此，还没来得及见到我哥哥，只是在发现我昏迷的时候，他们才相见。事情很离奇，你们可能不相信。不过，事情的确就像我说的那样。和我同船的这位夫人带她的两个孙女去意大利，她儿子在西西里的皇庄上供职。她们把自己的衣裳给我穿上。我哥哥和丈夫都很高兴，很愉快；今天带着大家登陆，好散散心。他们在城里有不少朋友，也想和他们欢聚欢聚。先生们，如果你们去罗马，我让我哥哥把你们带到离罗马最近的港口。我要把你们送到你们认为最合适的地方，就算我偿还那盒食品吧。即使我不去意大利，也会求我哥哥把你们送去。朋友们，这就是我的经历。如果你们觉得难以相信，我也不会感到奇怪。真实的情况也难免会有出入，但不会完全走样。人们都说相信人是懂礼貌的表现，我相信你们都是非常有礼貌的人。"

美丽的阿古斯蒂娜说到这儿，结束了她的全部叙述。听话的人都感到极为惊讶。大家仔细地琢磨起这件事的来龙去脉。康丝坦莎、奥丽丝苔拉拥抱了俏丽的安布罗西娅。安布罗西娅按照她丈夫的意见，决定回家乡去，因为不管她多么漂亮，带着女人打仗总是件尴尬的事情。那天晚上，大海掀起了波涛，只好把船只拖离海滩，停在那儿不大安全。彬彬有礼的加泰罗尼亚人，生起气来实在令人可怕，可是平静下来又非常温和。为了维护尊严，他们可以豁出命去，为了维护尊严，保护生命，他们会勇往直前，会超过世界上一切民族。他们前来看望安布罗西娅·阿古斯蒂娜小姐，而且尽其所有，倾囊相赠。她哥哥和丈夫回来以后，多次对大家一一道谢。奥丽丝苔拉经历了海上风暴，吃够了苦头，不想再乘船。她要去法国，那样会平静一些。安布罗西娅回到了阿拉贡，船只继续原来的航程；朝圣者也踏上征途，从佩皮尼扬进入法国。

第十三章

朝圣者进入法国,讲述同尼穆尔公爵的
一个仆人之间发生的事。

　　我们这支朝圣队伍打算从佩皮尼扬踏上法国的土地。一路上,又把安布罗西娅的事谈论了好几天。大家认为,她太年轻,犯些错误是可以原谅的。另外,她是因为爱自己的丈夫才干出这种鲁莽事,也是可以原谅的。正如前面说过的,安布罗西娅返回家乡,大船继续原来的航程,我们的朝圣者也踏上征途。他们来到佩皮尼扬,住进一家客店。客店大门旁摆着一张桌子,桌子周围有很多人观看两个人掷骰子,其他人没有参加。朝圣者觉得,这么多的人看,这么少的人玩,可是件新鲜事。贝利昂德罗问了问原委,有人回答说,在两个掷骰子的人当中,谁输了,谁就失去自由,被抓去为国王划六个月船;谁赢了,就能得到二十枚金币。这二十枚金币是朝廷大臣给输家的,让他试试赌运。两个人当中有一个人试了试运气,没玩好,赌输了,马上有人给他戴上铁链;给赌赢了的那个人解开铁链,当初是怕他输了逃跑才给他戴上的。倒霉的游戏,不幸的命运!输的、赢的都太不公平了!

　　这时候,只见一群人拥到客店,其中一个男人没穿大衣,相貌不俗,身边围着五六个四到七岁的孩子。和他一起来的还有一名妇女,哭得挺伤心,手里拿着一个钱布袋,用凄苦的声音边走边说:

　　"先生们,收回你们的钱吧,把我的丈夫还给我。他拿这些钱不是因为染上恶习，而是为生活所迫。他不是在赌钱，他是在卖身，他想用自己的劳动维持我和孩子们的生活。苟延残喘啊，我和孩子们这口饭吃得不是滋味啊！"

"别说了，老婆子，"那个男人说，"钱你自管用，我的胳臂有力气，能还清这笔账。我能学会划桨，那不比使锄头难。我本来不想冒这个险，在赌场上败下阵来。现在，我失去了自由，你们有饭吃就行啦。"

孩子们哭声震天，几乎让人听不清这对夫妻的凄惨的对话。同来的大臣们对他们说，把眼泪擦干，就是泪水装满大海，也不能还给他失去的自由。孩子们大声哭喊着对爸爸说：

"爸爸，别丢下我们，你要是走了，我们都得饿死。"

这件新奇事打动了我们的朝圣者的心，特别是掌管钱财的康丝坦莎。大家纷纷恳求这些大臣还是痛痛快快地把钱拿走算了，就当世上没有这个人。还说，千万不要让女人成为寡妇，让这么多的孩子成为孤儿，否则大家心里怪不落忍的。总而言之，他们很会说话，又一再恳求，结果钱总算交给了原主，那个女人得到了丈夫，孩子们得到了父亲。美丽的康丝坦莎当上伯爵夫人之后，手头上富裕了，成了善心的基督徒，不再是女蛮子了。她征得哥哥安东尼奥的同意，总给那些赌输了的可怜人五十金币，让他们赎身。这些人得到了自由，一个个高高兴兴的，一再感谢上苍，感谢朝圣者们给予他们从未见过、意想不到的施舍。

第二天，朝圣者踏上法国的土地，经过隆格多克，进入普罗旺斯。在一家客店里遇见了三名绝色的法国女子。要不是因为世上有了奥丽丝苔拉，她们真可以当上美女之最了。从仪表上看，她们像是大家闺秀。一见到朝圣者，她们就为贝利昂德罗和安东尼奥的英俊潇洒、奥丽丝苔拉和康丝坦莎的出众美貌惊叹不已。她们把奥丽丝苔拉和康丝坦莎叫过去,满面春风、客客气气地同她们攀谈起来,问她们是什么人,用的是西班牙语,因为她们看出了朝圣者是西班牙人。在法国,无论男女都会讲卡斯蒂利亚语。就在这几位小姐等着奥丽丝苔拉回答她们提出的问题的时候,贝利昂德罗和一个像是这些法国名门闺秀的仆人模样的人聊了起来。他向仆人打听她们是谁、要到什么地方去,那个人回答说:

"尼穆尔公爵是本王国的一位血统高贵的公爵,一位英武的骑士,为人老成持重。可又爱随心所欲。不久前,继承了爵位。他决意自择配偶,不按别人的意志行事,即使有人甘愿为他扩大领地、增加产业,他也不干;即使违抗王命,也在所不惜。他说过,国王可以把女人送给随便哪一个臣子,可是,无法让臣子高高兴兴地接受。他怀着这样的奇思异想、疯狂念头或者是慎重考虑,或者还能找到更确切的词,派出几名仆人到法国各地寻找可以和他成亲的女人,除了地位尊贵外,一定要容貌美丽。至于财产嘛,根本不必计较,因为他认为对方的地位和美貌就是最令人满意的嫁妆。他听说这三位小姐的情况,就派我来看看。我是他的仆人,和我一起来的还有一位著名的画家,他要画家为她们画像。这三位小姐都还没有婚配,年纪很轻,这你都看到了。最大的那位名叫黛拉西,为人十分稳重,但是家境贫寒。居中的那位叫贝拉米尼娅,英姿飒爽,风度优雅,家道小康。最小的那位叫菲利斯·弗洛拉,比前两位富有得多。她们都知道公爵的心愿,据我所知,都想有幸成为公爵的妻室。今年是教皇大赦百周年,她们趁此机会离开家乡,前往罗马,还想路经巴黎,与公爵见上一面。她们相信这次见面也许会给每个人带来美好的希望。但是,后来,朝圣的先生们,你们来到这里,我决定给主人捎个信去,劝他完全放弃在这三位小姐身上寄予的任何希望。我是想把你们这位朝圣小姐的画像给他送去,她才是人世间独一无二、美貌出众的人。如果她的出身和她的美貌相当,我们这些仆人就不必再找,公爵也就别无他求了。请告诉我,先生,你一定要说准,这位朝圣姑娘是否已经结婚、她叫什么名字、父母是谁?"

贝利昂德罗听了他的话,哆里哆嗦地说:

"她叫奥丽丝苔拉,要到罗马去。她从来没跟父母说过旅行的事。我可以肯定,她尚未婚配,这一点我非常清楚。不过,这里还有一层,她一向自由自在,很有主见,地上没有一位王子能让她屈服,因为她已经献身于上天之子了。我刚才说的全是实话,这你得弄清楚,我想告诉你,我是她哥哥,我知道她内心深处想的是什么。所以说,画下她的像来也没有用处,只会搅乱你家主人的情绪。我父母出身贫贱,弄不好他会考虑取消地位尊贵这一条。"

"不管怎么样,"对方回答说,"我非得带走她的画像不可,哪怕是出于好奇,这个新发现的美的奇迹一定要在法国传开。"

说完话,两人互相告别。贝利昂德罗打算马上离开这个地方,不容画家给奥丽丝苔拉画像。巴托洛梅立刻去准备行装。贝利昂德罗这么着急离开,惹得他心里不大高兴。公爵的仆人看见贝利昂德罗要马上离开,就走到他身边说:

"先生,我真心实意恳求你们在这儿多待一会儿,哪怕是等到晚上也成。我那位画师也好安安稳稳、从从容容地把你妹妹的脸画下来。不过,你们要走,就自管走。画师说啦,他已经牢牢记住了令妹的模样,即便独自作画,也能像两眼看着令妹一样把画画好。"

贝利昂德罗暗自咒骂画师这一绝招。不过,他还是要走。随即同三位俏丽的法国姑娘告辞。她们紧紧拥抱奥丽丝苔拉和康丝坦莎,说如果她们愿意,就陪她们一直到罗马。奥丽丝苔拉把她学会的所有客气话全都用了出来,对她们表示感谢。她说,她要听哥哥贝利昂德罗的安排,康丝坦莎的哥哥安东尼奥和她哥哥都要走,因此她们不能在这里逗留。就这样,朝圣者离开了那里,又走了六天,来到普罗旺斯的一处地方。后事如何,下章再说。

第十四章

再次遭逢前所未有的危险。

故事、诗歌和绘画互相交融，彼此相似。你写故事的时候，也是在绘画；你绘画的时候，也是在作诗。故事的分量并不总是一样，绘画也不总是画宏伟博大的东西，诗歌也不总是对天而吟。故事里允许讲低贱的东西，绘画允许画野草和金雀花，诗歌也允许歌颂卑微的事物。朝圣队伍的车夫巴托洛梅向我们充分展现了这一真理。在我们的故事里，他大抵也讲话，也有人听他讲。那个为养活孩子而出卖自由的人的故事在他脑海里翻来覆去。有一次，他对贝利昂德罗说：

"先生啊，那种让父母抚养子女的力量肯定很大，不然的话，那个人怎么会说，他本来不想赌输，输掉自己只是为了维持贫困的家庭生活。我听人说，无论人家给多少钱，自由是不能卖的。可是他呢，只是为了他老婆手里拿的那点钱，就卖掉了自由。我记得还听我家长辈们说，有一个老头被送上绞刑架，神父想帮他得到个善终，他对神父说：'各位请放心，就让我慢慢地死吧，我眼前这一步的确可怕，可我还经历过好多更可怕的事。'神父忙问他是什么事。他回答说，天亮的时候，六个孩子围在他身边，跟他要面包，他却没东西给他们。'我为生活所迫拿起了撬锁的家什，脚上绑上毛毡，好去偷东西。我没有偷钱的瘾，我是被逼无奈。'他这些话传到那位判他绞刑的老爷耳朵里，这才把严刑改为宽大处理，赦免了他的罪行。"

针对他的话,贝利昂德罗回答说:

"父亲为子女干事也就是为自己干事,因为儿子就是另一个自己,父亲在儿子身上延续,在儿子身上伸展。因此,每个人为自己忙活,也就是为儿子忙活,那是天经地义的事。子女为父母干事就不是天经地义的了。父亲对儿子的爱是自上而下的,走下坡路是轻而易举的事。儿子对父亲的爱是自下而上的,好比是走上坡路。所以才有这样一句谚语:'一父养百子,百子不养一父。'"

走在法国的路上,大家东拉西扯,倒也十分开心。法国人口众多,地势平坦,气氛宁静。乡间别墅比比皆是,别墅的主人几乎全年都住在里面,没什么必要住到镇上或城里。我们的朝圣者来到离大路不远的一幢别墅。此时已是中午,烈日炎炎,阳光直射大地。天气燠热,他们就躲在那幢别墅的大塔楼的阴影下,酷暑难挨,都盼着午休片刻。殷勤的巴托洛梅打开行李,在地上铺了一块毯子,大家围坐一起,一个个饿得发困,准备饱餐一顿巴托洛梅精心备下的食物。大家刚刚抬起手,拿着食物要往嘴里送,巴托洛梅抬眼看了看,大声喊道:

"先生们,快躲开,不知道从天上掉下个什么人来,千万别让他砸着你们。"

大家抬头仰望,只见一个人已经掉到地上,几乎就落在贝利昂德罗脚边。那是个非常漂亮的女子,她被人从高塔上扔下来,身上的衣服好似一口大钟和翅膀,她双脚落地,却一点也没伤着。这事完全可能,算不上什么奇迹。这个女人直惊得目瞪口呆,就跟那些看见她飞下来的人一模一样。他们又听见塔楼上有喊叫声。那是一个女人在喊叫,她抱住一个男人,好像是两个人在争斗,要把对方推下去。

"救命,救命!"那个女人说,"救命啊,先生们,这个疯子要把我推下去!"

先前飞落下来的那个女人,慢慢恢复过来了。她说:

"要是有人敢从那扇门上去,"她指了指塔楼下面的一扇门,"就能把我的孩子和楼上的另外一些弱者从死亡的危险中解救出来。"

贝利昂德罗天生爱行侠仗义,便从那扇门进去了。不一会儿,大家看见他登上塔顶和那个疯子似的男人抱在一起,从他手中夺下利刃进行自卫。但是,命运之神注定要造成悲剧结局,让他们两个人都跌落到塔下。那个疯子被贝利昂德罗手中的刀刺穿了胸膛。贝利昂德罗也摔得眼睛、鼻子、嘴巴鲜血直淌。他没有宽大的衣服托着,摔了个结结实实,几乎丢掉性命。奥丽丝苔拉见状,以为他必死无疑,就猛扑过去,不顾一切地把嘴对着他的嘴,只盼着他一息尚存,还能帮他收收魂。然而,他的牙关紧闭,无法伸进舌头,即使他魂灵尚在,她也无法收下。康丝坦莎万分激动,简直迈不开步,不能过去救助他。只是待在原地,一动不动,活像一座大理石雕像,两只脚粘在地上,就像生了根一样。她哥哥安东尼奥跑过去,把半死半活的人拉开,把他认为死去的人分在两处。巴托洛梅眼睛里流露出心中的万分痛苦,伤心地痛哭流涕。

正如我说的,大家都陷入悲痛之中,没有一个人说出自己的痛苦感情。这时候,他们看见一大队人马朝他们走过来。来人在大道上就看见有人摔下来,连忙过来看看出了什么事。这队人马正在陪送漂亮的法国小姐黛拉西、贝拉米尼娅和菲利斯·弗洛拉。刚到现场,一眼就认出了奥丽丝苔拉和贝利昂德罗,正如有些人容貌出众,见上一面就能铭记在心一样。他们满怀同情,翻身下马,打算看看能不能帮上忙。突然,不幸的事又来了,六七个武装人员从背后向他们袭击过来。安东尼奥一看有人攻上来,便拿出随身携带的弓箭,既可以进攻,又可以自卫。一名武装人员粗暴无礼地抓住菲利斯·弗洛拉的胳臂,把她放在马鞍前面,转身对其他伙伴说:

"事情办妥了,有这个就行了。咱们回去吧。"

安东尼奥从来容不得无礼行为,把恐惧丢在一旁,搭弓上箭,左臂尽量伸开,右手将弓弦拉至右耳,直拉得弓的两端几乎靠在一起。对准那个抢走菲利斯·弗洛拉的人直射过去,利箭没有碰着菲利斯·弗洛拉,只是擦了一下她的头巾,随即穿透了强人的胸膛。另一名强人赶来报仇,不等安东尼奥再搭上另一支箭,就击伤了他的头部。安东尼奥跌倒在地上,落得个半死不活。康丝坦莎一看,再也不发呆了,急忙跑过去抢救哥哥。亲情能使人热血沸腾,情谊极其深厚的时候,血液常变得冰冷,这两种情况都是友爱至深的表现。这工夫,一些武装人员从那幢别墅里出来,三位小姐的仆人抄起石块(我是说他们没有武器)保护他们的小姐。强盗们发现头目已死,又有这么多人出来抵抗,再打下去不会捞到什么便宜,特别是考虑到为一个不能奖赏他们的人去冒险拼命,那简直是发疯,于是就转身撤出战场,逃之夭夭了。

战斗到此结束。既没听到多少击剑声,也没听到多少火器响。活着的人对死者的感情往往不会公开爆发,满腔怒气只是停留在苦涩沉静的舌头上。只能在嘶哑的呻吟声中听到几声唉声叹气。特别是可怜的奥丽丝苔拉和康丝坦莎,她们胸中发闷,抱住各自的兄长,甚至无法哀叹几声减轻一下内心的痛苦。但是,老天最后还是决定不让他们就这样不发怨言,匆忙地死去,开启了她们紧贴在上颚的舌头。于是,奥丽丝苔拉说出了下面的话:

"真是不幸啊,我不知道怎么样才能从死者身上找到一口气息。即使你还有一口气,我也不知道怎么样才能感觉到,我已经没了气息,说不清自己是在说话,还是在喘气。唉,哥哥啊,瞧你摔成什么样子了,我的希望也随之破灭了,你门第高贵,竟然也抗拒不住厄运!反过来说,假如你不是出身于高贵门第,你的厄运又何至于这么大?雷电击中高山,抗拒越强,损失就越大。你就是高山,但你是低首下心的高山,你用机巧智谋的黑影遮住人们的眼睛。你想在我的幸运中寻求自己的幸运。然而死神把我引向坟墓,也就截断了你的生路。要是你意外死亡的消息传到王后的耳朵里,她怎么能相信呢?唉,又剩下我一个人,流落他乡,就像一棵无依无靠的青草!"

奥丽丝苔拉的话里提到了王后、高山和高贵门第,引起了周围听者的注意。康丝坦莎又说了一番话,越发使大家感到惊讶。她把受伤的哥哥抱在怀里,按住他伤口。好心的菲利斯·弗洛拉用自己的头巾轻轻地为他挤血,她觉得安东尼奥是为了使自己免遭侮辱才身负重伤的,心中十分感激。

"唉,我的靠山啊!"康丝坦莎说,"既然命运之神要把我贬为不幸的人,又何必先把我扮成伯爵夫人?哥哥啊,你要是让我清醒过来,你就快快苏醒吧。不然的话,仁慈的上天啊!就让相同的命运使我们合上眼睛,把我们的遗体埋进同一座坟墓。意外的好处不会是七折八扣,只会迅速消失。"

说完,她就昏迷过去,奥丽丝苔拉也一样,两个人都像死人一样,比受伤的人更像死人。从塔上掉下来的那位夫人——贝利昂德罗摔伤主要是为她——连忙吩咐从家里出来的众多仆人,把贝利昂德罗抬到她丈夫多米西奥伯爵的床上,还吩咐埋葬掉她丈夫的尸体。巴托洛梅抱起他的主人安东尼奥,菲利斯·弗洛拉抱起康丝坦莎,贝拉米尼娅和黛拉西抱起奥丽丝苔拉。这支悲悲切切的队伍迈着痛苦的步子,朝那幢宫殿似的别墅走去。

第 十 五 章

贝利昂德罗和安东尼奥伤愈。在三位法
国小姐的陪伴下,大家继续赶路。安东
尼奥帮助菲利斯·弗洛拉逃脱一次巨大
的危险。

　　康丝坦莎和奥丽丝苔拉悲恸欲绝,三位法国小姐左说右劝,
仍然无济于事。刚刚遭受不幸,无论怎样劝说,也不能使人感到
安慰。痛苦和灾难突如其来,心地再宽,一时间也难以自慰。脓
肿不软,就会疼痛不止。而脓肿变软又需要时间,直至破裂为
止。因此,当一个人痛哭、呻吟的时候,当引得他哀怨、叹息的人
尚在眼前的时候,施用烈药未必是多好的办法。那么,就让奥丽
丝苔拉再哭一会儿吧,就让康丝坦莎再叹息一会儿吧,听任她们
拒绝任何劝慰吧,就在这时候,美丽的克拉莉西娅向大家讲述了
她丈夫多米西奥是怎样变疯的。她对法国姑娘说,多米西奥在
和她结婚之前,爱上了他亲戚家的一位姑娘,那位姑娘满以为能
和他结成良缘。但是,命运却使她希望落空,从此屡遭厄运。克
拉莉西娅说:"洛雷娜(就是多米西奥那位亲戚的名字)看到我
丈夫结了婚,怀恨在心。但是,她忍下气恼,反而给我丈夫送来
许多各式各样的礼物。礼物虽然不算贵重,却显得非常大方,很
像样子。有一次,她给我丈夫送来几件衬衣,布料昂贵,做工精

细，就像假仁假义的德伊阿妮拉①送给赫拉克勒斯的长袍一样。我丈夫穿上一件衬衣，立刻失去了知觉，一连昏死了两天。后来，大家想到洛雷娜有个女奴会施妖术，恐怕是她在衬衣上施了魔法，这才给他脱下衬衣，我丈夫醒过来了，可是神志恍惚，精神错乱，举止疯癫。他不是那种温和的疯病，而是狂暴残忍，任意胡来。因此，只好用铁链把他拴住。"那天她待在塔楼上，疯子挣脱了铁链，来到塔楼，把她从窗口扔下去。幸好衣服宽大，上天才救了她一命。更确切地说，是仁慈的上帝在关照无辜的人。她还讲到那位朝圣者是如何登上塔楼，救下一名使女。当时，疯子正要把她扔下去，接着还要把塔上的两个幼小的孩子推下去。但是，事不如人愿，伯爵和那位朝圣者一起跌落在坚硬的地面上。伯爵受了致命伤。朝圣者手里拿着一把刀，像是从多米西奥手里夺过来的。他的伤势也很重，就凭摔这一下，就足以要他的命。这时候，贝利昂德罗躺在床上昏迷不醒，医生到床边为他诊治，把脱臼的骨头复了位，还给他喝了治伤的汤药。贝利昂德罗慢慢地有了脉，稍稍能够认出周围的人，特别是奥丽丝苔拉，他用含含糊糊的几乎听不清的声音说：

"妹妹，我会死去，可仍然怀着对天主教的信仰，仍然深深地爱着你。"

他没有说更多的话，也不能说得更多了。医生为安东尼奥止住血，检查了他的伤口，说伤势很重，但是没有生命危险，感谢上天保佑，他很快就会康复。医生向他妹妹讨喜钱。康丝坦莎正要给钱，菲利斯·弗洛拉抢先一步赏了喜钱。随后，康丝坦莎又给了一份，医生们收下双份的喜钱，一点也没犹疑。两个病人治疗了一个

---

① 古代希腊神话中赫拉克勒斯的妻子。她给丈夫误送有毒的长袍，将他烧死。

多月,三位法国小姐一直不愿离开他们。他们之间结下了友谊,三位小姐非常喜欢听奥丽丝苔拉、康丝坦莎以及她们的两位兄长的精彩谈话。尤其是菲利斯·弗洛拉,她一直不肯离开安东尼奥的床边。她颇有节制地爱着他,这种爱没有越过善意和感恩之情。是他用箭把她从鲁贝蒂诺手中解救出来。据菲利斯·弗洛拉说,鲁贝蒂诺是一位骑士,他那座城堡离她家所在的城堡不远。鲁贝蒂诺一直追求她,紧追不舍,要娶她为妻,但他并非出于美好的恋情,而是出于邪恶的淫欲。她呢,根据千百次的经验,根据他的名声(名声是很少骗人的),了解到鲁贝蒂诺是个粗鲁残暴的家伙,为人反复无常、随心所欲,所以一直不肯答应他的要求。据她推测,鲁贝蒂诺遭人白眼后气急败坏,这才要拦路抢劫,想用武力得到想得到而没有得到的东西。可是,安东尼奥用箭挫败了他全部残暴的、居心不良的诡计,这件事让她十分感动。

菲利斯·弗洛拉说的全是真话,一点儿不差。病人终于康复了,开始有了力气。于是,他们又开始张罗起原来想干的事情,至少重新上路。大家立刻忙活起来,准备好一切必要的东西。刚才说过,那几位法国姑娘不愿意离开朝圣者,对他们充满钦佩敬重之情。奥丽丝苔拉边哭边说的那些话在她们心中形成一种印象,觉得他们一定是贵人。也许是国王陛下微服私访,也许是贵人身着平民服装。总而言之,她们满腹狐疑地望着他们。这些人的随从都可怜巴巴的,像是中等人家;但是,他们风度翩翩,容貌俊秀,又让人觉得他们的地位高不可攀。就这样,她们将信将疑,难以释然。法国小姐吩咐大家骑马赶路,原因是贝利昂德罗摔伤之后,两脚无法走动。菲利斯·弗洛拉感谢蛮子安东尼奥的一箭之恩,寸步不离他身边。一路上,他们谈起鲁贝蒂诺的胆大妄为,他们已经使他命丧黄泉,埋入地下;谈起多米西奥伯爵的离奇故事,他表妹的赠物使他丧失理智,又丢掉性命;还谈起他妻子奇迹般地飞落下来,此事让人感到惊讶,又难以置信。就这样,他们来到一条河边,涉水渡河有些困难。贝利昂德罗主张找找桥,其他人都不同意。他们像一群被困在一个狭窄地段的驯服的羔羊一样,一个人先过去,其他人紧随在后面。贝拉米尼娅先跳进河里,其他人都跟上来。贝利昂德罗一步不离奥丽丝苔拉,安东尼奥挨着菲利斯·弗洛拉,同时也拉着妹妹康丝坦莎。命运折腾得菲利斯·弗洛拉失去信心,河水弄得她头晕目眩,站不住脚跟,跌倒在河当中。礼貌周全的安东尼奥急匆匆地扑了过去,把她扛在肩上,就像又扛起一个欧罗巴①。他把她放在对岸的干沙子上。菲利斯·弗洛拉看到安东尼奥搭救了她,就对他说:

"你真是礼貌周全,西班牙人。"

安东尼奥回答说:

"要不是因为你遇上危险我伸手帮忙,我的行为或许还值得一提。但是,这一次全是因为你遇到了危险,我心里并不高兴,只是觉得对自己不满。"

正像我过去说过的,最后,这支漂亮的队伍在黄昏时分来到一家农户。这里也是一家客店,大家很愿意在那儿投宿。在那里发生了什么事,且容我用新笔法在下一章里再讲。

---

①　希腊神话中腓尼基王阿革诺耳的女儿,宙斯化作一头白牛,把她劫走。

第 十 六 章

路遇波兰人的妻子路易莎,鲁佩塔伯爵
夫人的侍从讲述的故事。

天底下的事总是这样:事情发生前,即使你能设想它会是如此,也未必能十分准确。因此,很多事情十分离奇,人们把它看成是凭空捏造的,不相信事情果真如此。说话的人就必须赌咒发誓,至少要凭良好的信誉。所以,根据西班牙一些古诗的告诫,我总是说还是不讲为宜。古诗云:

离奇之事,

不说不讲;

事实真相,

人人迷茫。

康丝坦莎遇到的第一个人是一位二十二岁上下的窈窕女子,一身西班牙人打扮,干净整洁。她来到康丝坦莎身边,用卡斯蒂利亚语说:

"多亏上帝保佑,我才见着个人,您要不是我的同乡,也得是我的同胞,西班牙人!我再说一遍,多亏上帝保佑,我能听到您说话,不用找哪方先生大人,连厨房小帮工的话我都爱听!"

"这么说,"康丝坦莎回答说,"小姐,您准是西班牙人了。"

"当然是喽!"她回答说,"我还是卡斯蒂利亚最好的地方的人呢。"

"什么地方?"康丝坦莎问道。

"塔拉韦拉德拉雷纳。"她回答。

康丝坦莎听她这么一说,立刻想到她大概是波兰人奥特尔·巴内德雷的妻子。这个女人与人通奸,在马德里被抓起来了。她丈夫听从贝利昂德罗的劝告,丢下她,回老家去了。康丝坦莎脑子里立刻闪现出一大堆事情,这些事一一应验,和她想的一模一样。于是,她就拉着那个女人的手,来到奥丽丝苔拉待的地方,把她和贝利昂德罗叫到一边,对他们说:

"先生们,你们总是怀疑我猜事的本领是真是假,我的本事不在于说出什么事就要发生,只有上帝才知道未来。如果有人说准了,那只是碰巧,要么是他经历过类似事件,看出了某种迹象。我要是讲几件已经发生过的事情,这些事我没听人说过,也不可能传到我这儿来,你们会怎么说?想试试看吗?咱们眼前这位好姑娘是塔拉韦拉德拉雷纳人,她和一个波兰人结了婚,我如果没记错的话,他叫奥特尔·巴内德雷。她同她家对面客栈的一个小伙计有了私情,激怒了她的丈夫。都怪她水性杨花,年轻无知,离开了父母的家,和那个青年私奔了,在马德里同奸夫一起被捕。在监狱里和来这儿的路上,一定吃了不少苦头。我想让她给大家讲一讲,我是这么猜的,她能讲得更准确、更生动。"

"哎哟,我的天哪!"那个女人说,"这位小姐把我的心思看透了,她是谁啊?这位能掐会算的小姐对我生活中那段不光彩的经历知道得一清二楚,她是谁呀?小姐,我就是那个与人通奸的女人,那个女犯,我被判处十年流放,因为我确实无话可说,眼下我落在一个西班牙士兵手里,他正要去意大利。我吃饭不香,度日如年,有时真想一死了之。我的第一个情人死在狱中。现在这位,我也说不清楚该是第几位了,把我从监狱里救了出来。正如我刚才说的,他带着我四处奔波,他倒是高兴了,可我却苦透了。我还不至于傻到不知道这种流浪生活会给我带来什么危险。先生们,你们是西班牙人,是基督徒,从仪表上看,你们都是有地位的人。为了上帝,请你们把我从这个西班牙人手里救出来吧,这就等于把我从狮子的爪子下面救出来一样。"

贝利昂德罗和奥丽丝苔拉对康丝坦莎的聪明机智非常佩服。他们表示支持她、鼓励她、相信她,并且愿意竭尽全力设法帮助那个失足的女人。那个女人还说,她那个西班牙士兵并不总是跟她在一起,有时候早来一天,有时候晚来一天,为的是迷惑警方。

"这都很好嘛,"贝利昂德罗说,"我们来替你想想办法。这位小姐既然能猜出你的过去,当然也会安排你的未来。你要好好做人,没有善良的心地,就不会得到好报。眼下,你先别离开我们,你这个年纪,你这个相貌,在异国他乡都对你大大不利啊。"

那个女人哭了。哭得康丝坦莎心软了,奥丽丝苔拉也是一样,贝利昂德罗只好赶快为她想个办法。这时候,巴托洛梅走过来说:

"先生们,快来看看你们一生当中从来没见过的奇观吧。"

他说话的时候,面带惊恐神色,好像让什么东西吓住了似的。奇观嘛,大家都想看看,就跟着巴托洛梅来到离朝圣者和法国姑娘住宿处不远的一个偏僻的房间。透过几片席子,大家看到一间摆满丧物的房间,屋里昏昏暗暗,看不清是些什么东西。他们正在那儿看着,过来一个老头,全身穿的是一套丧服。老头说:

"先生们,再过两个小时,大约午夜一点钟,你们要是想看看鲁佩塔夫人,又不让她看见,我可以设法让你们看。一看见她,论人品,论美貌,你们都得大吃一惊。"

"先生,"贝利昂德罗说,"我们这个仆人请我们来是要大家看什么奇观。到现在为止,我们只看见了这间挂满孝布的房间,没什么奇观啊。"

"到我说的那个时辰再来,"服丧的老人说,"你们就会大吃一惊了。想必你们知道,这间屋子里住的是鲁佩塔夫人。也就是一年前吧,她嫁给了苏格兰的朗贝托伯爵。这次结合害得伯爵丧了命,她随时也有丢掉性命的危险。原因是这样:苏格兰有一位地位显赫的骑士,名叫克劳迪奥·鲁比贡。这个人有财有势,专横傲慢。我家夫人年轻的时候,他就深深地爱上了她。可是,夫人虽然还说不上厌恶他,至少是瞧不起他,她和我家伯爵老爷结婚就证明了这一点。我家夫人快刀斩乱麻,做出决定,鲁比贡却觉得自己受到侮辱,遭了白眼,好像漂亮的鲁佩塔没有父母做主,不一定非这么办不可。再说,打算结婚的人年龄合适才更好。可能的话,一般丈夫的年龄要比妻子大十岁,或者再大几岁,这样夫妻俩就能同时进入老年。鲁比贡是个鳏夫,他儿子快二十一岁了,长得一表人才,人品也比他爸爸强。如果说是他出面反对我家夫人的决定,那么伯爵老爷今天还会活着,夫人一定也会很快活。后来,有一次鲁佩塔夫人和她丈夫一起到他们的乡间别墅去休息。不料,在一个人烟稀少的地方碰上了鲁比贡,他身边跟随着好多仆从。他一见我家夫人,立刻想起夫人对他的侮辱,他就是这么看的。就这样,由爱生恨、由恨生出要加害我家夫人的念头。相爱过的人之间要是进行报复,势必要超过蒙受的耻辱。鲁比贡满腔怒火,胆大包天,按捺不住性子,随即拔剑出鞘,朝伯爵老爷冲过去。我家老爷对此毫无所知,根本没想到会大祸临头。鲁比贡用利剑刺入他的胸膛,说道:'你不欠我的债,可我要你偿还。如果说这样做太残忍,那你妻子对我更加残忍。她瞧不起我,夺走了我的性命,而且不是一次,而是上千次。'发生这些事情的时候,我都在场,亲耳听见了他的话,亲眼看见了,还用手摸了摸老爷的伤。我还听见夫人号啕大哭,哭声震天。我们安葬了伯爵,入土的时候,夫人下令割下他的头。几天后,给他头上涂了些什么东西,肌肉全部消失,只剩下头骨。夫人让人把头骨放进一个银匣子里。她两手按住匣子,立下誓言。我还忘了说了,鲁比贡那个残暴的家伙,或许是出于蔑视,或许是出于凶狠,或者也许是一时慌乱,总之,把那把剑留在我家老爷的胸膛上,直到现在剑上面的血还是新鲜的。我刚才讲到她立下这样的誓言:'我是不幸的鲁佩塔,上天只给了我一个好听的名字,我两手放在痛苦的遗骨上,对天发誓,我要用自己的力量和机智为我死去的丈夫报仇。即使要我上千次用可怜的生命冒险,也在所不辞,不怕苦难,不求助于人。我的心愿虽说不合基督精神,却正确无误。我发誓:在我的心愿实现以前,我要永远身着孝服,房间保持光线昏暗,铺上黑台布,永远与孤独为伴。遗骨将放在桌上,不断折磨着我的灵魂。头骨不会说话,但它告诉我一定要报仇雪耻。我似乎看见这把剑血迹未干,它让我热血沸腾,此仇不报,我永远不得安宁。'说完这些话,她那涌流不止的泪水似乎止息了,痛苦的叹息稍稍停止了。她要动身去罗马,到意大利要求当地的王子们帮忙惩办杀死她丈夫的凶手,因为凶手也许害怕了,还在威胁她的性命。一只蚊子惹起的祸事往往超过一只老鹰可能带来的福音。先生们,正如我刚才说的,两小时后你们再看吧。如果你们并不感到惊讶,那就是我没讲清楚,要么是你们心如铁石。"

戴孝的仆人结束了他的谈话,朝圣者们还没有见到鲁佩塔,已经开始感到惊讶了。

第 十 七 章

鲁佩塔伯爵夫人的恨事结局圆满。

据说，愤怒是心脏左近的血液在运行。每当看到凌辱人的事，或许忆起凌辱人的事，血液就在胸中胡乱运行。复仇就是愤怒的最后归宿和终结。不管有理无理，受辱的人要报了仇才会平静下来。美丽的鲁佩塔受到欺负，义愤填膺，她可以帮助我们弄懂这个道理。她一心只想找对手报仇，尽管她知道仇人已经死了，还要把气出在他的子孙身上，可能的话，不留一个活口。女人的愤怒是没有止境的。

朝圣者赶去看她的时间到了，她却看不见他们。朝圣者见她确实美丽非凡，从头到脚一身洁白的丧服。她坐在一张桌子前，桌上放着盛她丈夫头颅的银匣、凶手用来杀死她丈夫的那把剑，还有她丈夫的那件衬衣，她认为衬衣上血迹还没有干。这些令人伤心的物件激起她的愤怒，不须别人提醒，她的愤怒从未平息过。她站起身来，将右手放在丈夫的头骨上，把戴孝的侍从适才说过的誓言和心愿重述了一遍。只见她泪如雨下，滴滴泪水弄湿了寄托着她的情感的遗物。从胸中突然发出几声哀叹，远近的空气为之凝固。除却平日的誓言外，又加上了几句话，使誓言更有分量。从她眼里流出的似乎不是眼泪，而是团团怒火；从她嘴里发出的似乎不是哀叹，而是阵阵烟雾。她一心一意只想报仇雪恨。你看见她哭了吗？看见她叹气了吗？看见她神情恍惚了吗？看见她挥舞起杀人的宝

剑了吗？看见她亲吻血衣,听见她泣不成声了吗？再等一等,等到
天亮吧。到那时,你会看到一些东西长存人间,值得谈上几千年。
鲁佩塔的痛苦在渐渐消失,几乎快要转为高兴了,因为一个人把威
胁的话说出口以后,也就出了口闷气。这时候,一名身着丧服的仆
人像团黑影似的走到她身边,用含糊不清的话对她说:

"夫人,克罗里亚诺公子,也就是你的仇人的儿子,带着几名
仆人刚刚在外面下马。你看,是回避一下呢,还是让他见见你,还
是怎么办好,你该多考虑考虑。"

"别让他见着我,"鲁佩塔说,"告诉全体仆人,千万不可疏忽
大意提到我的名字,不要故意暴露我的身份。"

说罢,她收拾好心爱的物件,命人关上房门,不许任何人进来
找她。朝圣者也回到自己的住处,剩下她独自一人,沉思不语。她
下面的自言自语是怎样传出来的,我也说不清楚。她说:

"鲁佩塔啊! 你要注意,仁慈的上天已经把仇人的心肝送到
你手上,供你拿他当祭品。儿子,只有儿子才是父母的心肝。嘿,
鲁佩塔! 忘掉你是个女人吧。如果不愿意忘掉,就想一想你是个
受人侮辱的女人。你丈夫的鲜血在大声呼唤,那颗没有舌头的头
颅在对你说:'报仇呀,我亲爱的妻子,我没有罪,他们却杀了我!'
我知道,狂暴的赫罗弗尼斯并没有吓倒卑微的犹迪①。说实话,她
干的事业和我大不相同。她惩罚的是上帝的敌人,我要惩罚的那
个人连我自己也不知道是不是我的仇敌。她出于爱国之心拿起利
刃,我是出于爱夫之心拿起宝剑。但是,我干吗要做这样荒唐的比
照呢? 我要闭上眼睛,把利剑刺入他儿子的胸膛,除此之外,还能

---

① 见天主教与东正教的《圣经·犹迪传》。犹太女子犹迪深夜潜入敌阵,智取敌
将赫罗弗尼斯的人头,拯救同胞免于遭受失败。

怎么办？这岂不是他的罪过越小，而我的报复就越大了吗？我将得到'复仇的女人'的恶名，爱怎么样就怎么样吧。想要实现自己的愿望，就不能考虑合适不合适，哪怕是置人于死地。我一定要实现自己的愿望，我要以死相拼。"

说罢，她一边策划，一边下令。那天晚上她要潜入克罗里亚诺的房间。克罗里亚诺的一名仆人被她收买，为她提供方便。也许那个仆人会想，他把像鲁佩塔这样俏丽的女子送到主人的床上，是为主人办了一件大好事。鲁佩塔躲在一个别人看不见、感觉不到的地方，一切听天由命，不敢发出半点声响，等待时机刺杀克罗里亚诺，以满足自己的心愿。她带了一把尖刀作为杀人的凶器。这把刀使用方便，不会碍手碍脚，她觉得十分合用。还带了一盏封闭式提灯，里面点着蜡烛。她精神绷得紧紧的，连大气都不敢喘。一个被激怒的女人，什么事干不出来？计策已定，什么困难的大山不能推倒？在她眼里，多么残暴的行为都是温文尔雅，是不是呢？不再多说了。在这种情况下，要说的实在太多，还是适可而止吧，再说也找不到那么多夸赞的词。最后，时间到了。克罗里亚诺躺了下来。一路劳累，很快入睡了。他根本不知道死到临头，只想好好歇一歇。鲁佩塔竖起耳朵，仔细听着克罗里亚诺是不是睡着了。克罗里亚诺躺下了好大一会儿工夫，呼吸深沉，只有睡着的人才会这样喘气。鲁佩塔见此情景，心中有底了。她没有画十字，也没有祈求任何神灵保佑，就打开提灯，屋里一下子亮了。她看了看该朝哪里迈步，不至于碰着东西，就可以走到床边。

啊！美丽的杀人犯，温柔的暴怒，兴奋的刽子手，发泄你的愤怒吧！出出你那口恶气吧！把你蒙受的屈辱从世上一扫而光吧！他就在你眼前，你可以下手了。不过，听着，美丽的鲁佩塔啊！如果你愿意，千万别去看那个就要出现在你眼前的漂亮的丘比特。

不然的话,你那周密的计划会全部毁于一旦。最后,她来到床边,双手瑟瑟发抖,一眼就看到了沉睡的克罗里亚诺的那张脸,那是一张大理石的脸,好似中了美杜莎①的魔法。鲁佩塔看到那位青年如此英俊,不禁将尖刀扔在地上,并且意识到自己要干的事情该有多么严重。她看到,克罗里亚诺的美貌就像太阳驱散浓雾一样,赶走了要害他一死的阴影。就在这一瞬间,她放弃了把他选作刀下鬼的念头,而是把他作为满足自己心愿的圣物。

"唉!"她自言自语地说,"英俊的小伙子啊,如果你不是我复仇的对象而是我的丈夫,那该有多好啊!你爸爸犯下的罪行,你有什么过错?惩罚无辜的人,太不应该了。你好好享受吧,好好享受吧,好样的小伙子,让复仇之心、残忍之心埋在我的胸间吧。一旦被人发现,大家会给我一个美名,说我是慈善的人,而不是复仇的女人。"

她心中又烦乱又悔恨,说着话的时候手中的灯掉在克罗里亚诺的胸膛上,烛火一下子把他烫醒。屋里顿时一片漆黑。鲁佩塔想出去,但是找不到门。克罗里亚诺大叫一声,顺手抄起宝剑,翻身下床,在卧室里走了几步,正碰上浑身颤抖的鲁佩塔。她说:

"别杀我,噢,克罗里亚诺!我是个女人,一小时前本想杀死你,而且能够杀死你。可现在,我却不得不求你饶命了。"

这时候,仆人们听到响声,拿着灯走了进来。克罗里亚诺定睛一看,看到了那位漂亮的寡妇,宛如看到一轮白云缭绕的灿烂的月亮。

"这是怎么回事,鲁佩塔夫人?"他说,"是复仇的念头把你带到这里?是你有意让我偿还父亲欠下的债?我看到这儿有一把

---

① 希腊神话中的蛇发女,谁看她一眼,就会变成石头。

刀,你到这儿来是不是要我抵命?我父亲已经死了,死人无法满足受过他欺负的人。活人倒是可以补偿一二。我父亲给你们造成的伤害,现在我代表他,愿意尽可能以最好的方式给予补偿。但是,你得先让我满怀善意地摸摸你,我想看看到这儿来的是不是一个幽灵,是要杀死我、哄骗我,还是要让我走好运。"

"是让我走背运,"鲁佩塔回答说,"老天有办法让我倒霉,昨天我来到这家客店的时候还在想着你。你居然也来到这里。不过,你进来的时候,我没看见你。一听到你的名字,我就怒气冲天,就想报仇。我和你的仆人商量好,让他今天晚上把我关在这间屋子里。我要他别说出去,给了他几个小钱,封住他的嘴。我走进房间,准备了这把刀,一心只想杀了你。我觉得你睡着了,就从躲藏的地方出来。我随身带来一盏灯,借着灯光看到了你,看到了你的脸。这张脸让我肃然起敬,刀锋变钝了,复仇的念头消失了。那盏灯从我手里掉下去,烛火把你烫醒。你喊叫起来,我吓得心慌意乱。以后的事你都看见了。我不再想报仇,不再念念不忘受过的侮辱。放心吧,我要做第一个化干戈为玉帛的女人。你没有错,我原谅了你。"

"夫人,"克罗里亚诺说,"我父亲希望和你结婚,可你不愿意。他一气之下杀死了你丈夫。后来,他也死了,把这件罪过带到另一个世界去。我留在世上,作为你的一部分,要为他的灵魂做些好事。我刚才说过,假如你不是哄骗我的幽灵,又想让我把心灵交给你,就请你嫁给我吧。大福大禄从天而降,总不免会使人有些疑惑。"

"把胳臂伸过来,"鲁佩塔说,"你看,先生,这是我的身体,不是幽灵。我把这颗心交给你,它质朴、纯洁又真诚。"

克罗里亚诺的仆人们,也就是拿着灯火进来的人,亲眼看见了他们互相拥抱,结为夫妻。那天夜里,光辉的和平战胜了一场恶战,战场变成了新婚的洞房,愤怒变成了和气,死化作了生,气恼变成了快乐。天亮了,大家看到这对新婚夫妇紧紧地拥抱在一起。朝圣者早已知道他们之间的往事,起床后很想知道可怜的鲁佩塔如何处置仇人的儿子。新婚的喜讯传开,他们按照常理,进去向新人贺喜。刚一进屋就看见那个向他们讲述鲁佩塔经历的老侍从从夫人的房间出来,手捧着装有鲁佩塔前夫头骨的银匣,还有她的泪水弄湿过的那件衬衣和宝剑。他说他要把这些东西送到一个地方,免得现在办喜事的人想起过去的不幸。他低声嘟囔着,抱怨鲁佩塔办事轻率,抱怨女人一般办事都太轻率,往轻处说,她们也太任性了。新人们一见朝圣者进来,马上站起身,鲁佩塔和克罗里亚诺的仆人们个个兴高采烈。客店变成了王宫,供两位高贵的新人享用。最后,贝利昂德罗、奥丽丝苔拉、康丝坦莎和她哥哥安东尼奥跟新人们说了一会儿话,介绍了各自的经历,至少是可以说出来的那部分经历。

第十八章

客店起火。一位名叫索尔迪诺的占星术
士救出大家,把他们带到洞中,预言好事
即将降临。

这时候,从客店门外进来一个人,从他那雪白的长须上看,当已年过八旬。从服饰上看,既不像朝圣者,也不像教徒,却又都有点儿像。光着头,没戴帽子,头顶光秃秃的,两边垂着雪白的长发。手持一根弯曲的木棍,权当拐杖,支撑着弯腰驼背的身体。总之,整个看来,这位老人从头到脚确是一副令人尊敬的长者模样。客店的老板娘一见到他,立刻跪倒在他面前说:

"索尔迪诺神父,今天真是我一生中的好日子,居然有幸在我家中见到你。没有好事,你是从不登门的。"

她转过身,又对在场的人说:

"各位看到的这位老人,像一堆白雪,又像活动的大理石雕像,他就是著名的索尔迪诺,他的名声不仅传遍法国,而且传遍世界各地。"

"好心的夫人,别夸我了,"老者说,"盛名之下,其实难副。进门来不能让人交好运;出得门去,才能办到。如果善的结局是恶,那就不是善,而是恶。不过,不管怎么样吧,我不会让你们白白说这番好话。今天,你要看好自己的家,这里举行婚礼,大家欢天喜地地庆贺,不免会引起一场大火,把全店烧得精光。"

克罗里亚诺听完以后,就对他的妻子鲁佩塔说:

"这个人肯定是魔法师,或者是算命先生,他正在预卜未来。"

老人隐约地听到了他的话,就说:

"我不是魔法师,也不是算命先生,而是星相学家。掌握了星相学,差不多就能预卜未来。先生们,至少这一次请相信我。赶快离开这里,到我那儿去,就在附近的森林里。那里虽不是多么宽敞的住所,倒也十分安全。"

他的话音刚落,安东尼奥的仆人巴托洛梅闯了进来,大声喊道:

"先生们,厨房起火了。厨房边上有一大堆干柴,火势太猛,看来用所有的海水也扑不灭。"

他刚说完,其他仆人也喊叫起来,同时传来烈火的噼啪声。事实证明索尔迪诺所言不假。贝利昂德罗根本没想到先看看大火能否扑灭,就拉着奥丽丝苔拉,对索尔迪诺说:

"先生,快把我们带到你家里去,这儿太危险了。"

安东尼奥也拉走他妹妹康丝坦莎和法国姑娘菲利斯·弗洛拉,黛拉西、贝拉米尼娅紧跟在后面。塔拉韦拉那位悔过自新的女人抓住巴托洛梅的腰带,巴托洛梅拽住拉行李车的牲口的缰绳,大家一起,和那两位新人以及那位深知索尔迪诺预言准确的老板娘,紧跟着索尔迪诺往前走。索尔迪诺蹒跚着在前面带路。客店的其他人不知道索尔迪诺的预言,都留下来忙着救火。但是,火势凶猛,大家终于发现要想灭火,简直是白费力气。客店的火整整烧了一天。这把火要是在夜里着起来,有人能够逃出来讲一讲火势如何,那可真是奇迹了。最后,大家跑到树林子里,看到一座不大的隐修院。院里有一座大门,再往里好像是一个黑洞。进院之前,索尔迪诺对跟来的人说:

"这些浓荫蔽日的树木可以作为金色屋顶。这块秀丽的草地上的青草就是各位的床铺,虽然不太洁白,至少十分软和。我把这几位先生带到洞里去,因为那儿对他们更合适,而不是居住条件有多好。"

然后,他叫上贝利昂德罗、奥丽丝苔拉、康丝坦莎、三位法国姑娘,还有鲁佩塔和安东尼奥、克罗里亚诺,把其他许多人留在外面。他们进洞以后,随手关上了大门和洞门。巴托洛梅和那个塔拉韦拉女人一看自己没被选中,索尔迪诺没叫他们进去,心中大为不快,或许是两个人都是生性轻浮,于是一拍即合,共同商定巴托洛梅抛弃自己的主人,那个女人把悔恨置于脑后。他们偷走了朝圣者的行李。女的骑马,男的步行,想和大家一样也去趟罗马,和善心的小姐、正直的主人玩了个恶作剧。又像人们常说的,所有不真实的、不可能的事都得写进故事里,如果没人相信,也就失去了价值;但是,对于写故事的人来说,就只能讲真话,不管你信还是不信。根据这条准则,本书作者想说:索尔迪诺带着这群先生小姐们在黑洞里拾级而下,快到第八十级台阶的时候,洞内豁然开朗,天空一片明亮,几片平坦秀美的草地呈现在眼前,令人心旷神怡。索尔迪诺要一起下来的人围成一圈,说道:

"先生们,这可不是魔法。咱们走过的山洞是从上面到达这条山谷的一条小路,从这条路过来可以少走一西班牙里,而且道路平坦,进出方便。那座隐修院是我修的,我用自己的双手不停地干活,才挖了这个洞,这条山谷就算是我的了。这里有水、有野果,足够维持我的生活。我在这儿逃脱了战争,找到了和平。在上面的人世间——假如可以这样说的话——人们啼饥号寒,在这儿则是丰衣足食。这儿没有我为他们效过力的统治人世的王子和君主,只有这些不会说话的树木,它们高大茂密,但又谦卑温顺。这里听不到帝王的轻蔑呵斥,听不到大臣的厉声责备。这里看不见瞧不起人的贵妇人,也没有不好好干活的仆人。我在这儿是自己的主人,襟怀坦荡,可以向上天直抒胸臆。我在这儿研究过数学,观察过星移斗转、日月运行。我在这儿找到了令我喜怒哀乐的根源,虽说还是未来的事,但是据我想,都是非来不可的,而且会与事实完全相合。现在,就在现在,我看见一名彪悍的海盗被人砍下了头。他是出生在奥地利的一位勇猛世家的子弟。噢,要是你们和我一样能看见就好了!我看见他在水面上挥动旗子,撇着嘴用海水洗弯刀,割掉长长的马尾式头发,放火烧船,砍杀生灵,把人大卸八块!哎呀,还有一位王族的青年人平躺在干沙地上,身上被摩尔人刺得千疮百孔,我看了真心疼。他们一个是查理五世的孙子,一个是他儿子。查理五世被称为'可怕的战争霹雳',他从来没受到过应有的称赞。我曾经为他效力多年,如果不是因为我愿意弃武奉神,那就会为他效劳一生!我在这里,没有书籍,只有在长时间孤独生活中获得的经验。噢,告诉你,克罗里亚诺!仅凭经验,我早就知道你的名字,可我们从来没见过面,我相信你和你的鲁佩塔一定能白头偕老。贝利昂德罗,我担保你这次朝圣一定会成功,你妹妹奥丽丝苔拉很快就不再是你妹妹,当然不是说她很快会丢掉性命。噢,康丝坦莎!你将由伯爵夫人上升为侯爵夫人。你哥哥安东尼奥也会高升,地位自能和本事相称。这几位法国小姐,虽然不能如愿以偿,也会实现其他愿望,享受荣华,活得愉快。我预言过要起火;没见过你们,可是知道你们的名字;我刚才说的那几起杀身之祸,早在发生之前我就看到了。如果你们愿意,这些事足以使你们相信我的话。当你们发现巴托洛梅果真带着行李和那个卡斯蒂利亚女人逃之夭夭,把你们丢在这里的时候,就会更相信我的话了。你们不必去追他,你们也追不上他。那个女人不是天仙,只是地上的凡人,她不会听从你们的劝说,而要自行其是。我是西班牙人,我懂得礼貌,待人以诚。出于礼貌,我愿把这几片草地上的出产赠给各位;出于真诚,我把全部经验告诉了各位。看到一个西班牙人待在异国他乡,你们会觉得奇怪;但是,你们却看到了世上确实有对人有益的好地方,对我来说,这个地方强过任何其他地方。附近的地方,周围的村落、镇子,住的都是信奉天主教的善良人。必要时,我接受圣礼,得到农村无法提供的东西,以保证过上人的生活。这就是我的生活,我想由此进入永恒的世界。现在,没什么可说的了。咱们上去吧,给身体加点油,在下面咱们的心灵已经加过油了。"

第 十 九 章

离开索尔迪诺的山洞,继续赶路,途经米
兰,到达卢卡。

晚饭做好了,简简单单,还不大干净,对四位朝圣者来说吃一
餐粗茶淡饭倒也不算新鲜。他们不禁想起了蛮子岛和隐修院(鲁
蒂利奥还留在那里),在那儿吃到树上的野果就算是美味佳肴了。
他们还想起岛民们的荒唐预言、毛里西奥的许多预言以及教堂执
事的摩尔式预言,最后还有西班牙人索尔迪诺的预言。他们好像
被预言团团围住,陷入星相学的核心之中。要不是他们的亲身经
历一再证实了这些预言,他们确实很难相信。

吃罢简单的饭菜,索尔迪诺和大家一起出来,在路上互相告
别。这次上路,少了那个卡斯蒂利亚女人和巴托洛梅,行李也没有
了。没了行李也就没了钱、没了食物,不免有些难过。安东尼奥很
气恼,想去追巴托洛梅,据他想,反正不是那个女人拐走了他,就是
他拐走了那个女人,说得更确切些,是他拐她,她也拐他。但是,索
尔迪诺对他说,不要难过,也不必去找他们,因为他的仆人改天会
为偷窃行为感到后悔,把拿走的东西偷偷送回来。大家都相信他
的话,安东尼奥也就不再坚持去找他了。菲利斯·弗洛拉答应借
钱给安东尼奥,足够他和他的同伴从这儿到罗马的全部需要。安
东尼奥对她慷慨相助表示万分感谢,还答应将手头现有的一件首
饰送给她,那件首饰的价值超过五万金币。他还想把奥丽丝苔拉

的两颗珍珠中的一颗送给她。奥丽丝苔拉的两件宝物,还有那枚镶钻石的十字架,一直带在他身边。菲利斯·弗洛拉不敢相信那东西有那么贵重,不过她还是照自己说的办了。这时候大家看见从大路上过来八个骑马的人,从他们眼前过去了。其中一名妇女骑着一头骡子,鞍鞯十分华美。只见她身着行路穿的衣服,上下一身绿,连帽子也是绿的。帽子上插着几根华丽的羽毛,随风飘荡。脸上戴着绿色面罩。骑马的人从他们眼前经过,没说一句寒暄的话,只是点了点头表示问候,随即扬长而去。站在路边上的人也没说话,只是点头致意。这一行人当中走在后面的那个来到他们面前,很有礼貌地向他们讨点儿水喝。他们给完水之后,就打听走在最前面的是什么人、那位身穿绿衣的夫人是谁。赶路的人回答说:

"走在最前面的那位先生叫亚历杭德罗·卡斯特鲁乔,是卡普阿的绅士,不但在卡普阿,而且在整个那不勒斯王国都是有数的富豪。那位夫人是他的侄女,叫伊莎贝拉·卡斯特鲁乔。她出生在西班牙。父亲死后埋在西班牙。婶娘带她到卡普阿出嫁。依我看,她是不大乐意的。"

"可能是,"鲁佩塔的那位身穿孝服的侍从说,"不是因为要出嫁,而是路途太远。照我看,没有一个女人不想知道她那另一半,也就是她的丈夫,是什么样。"

"我听不懂这些哲理,"行路人说,"我只知道她心里难过。至于为什么,那只有她自己清楚。上帝保佑,我的主人已经走远了。"

过路人策马飞驰而去。随后,大家一一和索尔迪诺拥抱告别,也都走了。有件事我还忘记说了。索尔迪诺奉劝那几位法国姑娘直接去罗马,不要绕道巴黎,还说这样对她们有好处。姑娘们把他的劝告视为神谕,征求完朝圣者的意见后,决定从多菲内出境,离

开法国,路经皮埃蒙特和米兰省,过佛罗伦萨,然后去罗马。他们
又把这条路线研究了一番,反正到这儿来已经走好多天了,索性再
延长些日子。第二天天刚破晓,他们看见管行李的巴托洛梅回来
了。大家都把他看成是贼,可他把行李又带来了,身上穿了一件朝
圣服。朝圣者认出他以后,就高声喊叫起来,纷纷问他是怎么逃走
的,穿的是什么衣服,怎么又回来啦。他双膝跪倒在康丝坦莎面
前,带着哭声对大家说:

"我也不知道是怎么逃走的。我这件衣服你们都看见了,是
朝圣服。我这次回来是要把这些东西送来,也许,没什么也许了,
你们一定认为我是小偷。康丝坦莎小姐,行李在这儿,里面的东西
一样也不少,只是短了两件朝圣服,一件我身上穿着,另一件让那
个塔拉韦拉的妓女穿上去朝圣了。她说谁是魔鬼,谁是小人,哪儿
有爱情,我全信了。最糟糕的是我认识了她,还决定投在她麾下当
一名士兵。我总爱和缺少知识的人打交道,要改也没有那么大的
力量。请您为我祝福,放我回家去,路易莎还在等着我呢。请您看
看,我这次可是空着手走的。我宁愿两手空空,也不能放弃我那有
姿色的女人。我这双手,从来没偷过东西,只要上帝让我头脑正
常,如果我能活上几千年,今后也决不会偷。"

贝利昂德罗好话说了上千万,劝他放弃这个怪念头,奥丽丝苔
拉也说了好多话,康丝坦莎和安东尼奥说得更多。不过,正像人们
常说的,全都成了耳旁风,简直是对牛弹琴。巴托洛梅擦干了眼
泪,留下行李,转身飞快地离开了。他要追求这么一种爱情,头脑
居然这么简单,大家都感到很惊讶。安东尼奥见他跑得那么快,就
把箭搭在弓上——他向来箭不虚发,想射穿他的胸膛,把他的恋情
和疯劲全射出来。菲利斯·弗洛拉一直没离他左右,伸手按住弓,
说道:

"让他去吧,安东尼奥。他去投奔那么一个疯女人,受她的摆布,有他的罪受了。"

"你说得对,小姐,"安东尼奥回答说,"你既然放他一条生路,谁又能硬要他的命呢?"

最后,他们又走了好多天,没发生什么值得一说的事情。他们来到米兰,观赏了宏伟的米兰城、数不清的宝物和黄金饰物。这儿的黄金可不是一星半点,而是到处都有。还有那些叮当乱响的铁器店,似乎火神伏尔甘的家什就是在那儿打造的。水果不可胜数,寺庙宏伟壮观,最后,当地居民才智过人。听当地一个人说,米兰最值得一看的是"王冠学院",里面有不少才高八斗的院士,他们的精辟见解一直享誉全世界。他还说,那一天是"学院日",辩论的题目是:能否存在没有妒忌的爱情。

"是的,当然会有,"贝利昂德罗说,"证实这一点,不必费很多时间。"

"我不知道什么是爱情,"奥丽丝苔拉反驳说,"我只知道喜欢。"

贝拉米尼娅说:

"我不明白你们在说什么,也分不清楚爱和喜欢有什么区别。"

"这一点嘛,"奥丽丝苔拉说,"喜欢可以是没有什么强烈的原因引起你内心激动,比如你可以喜欢服侍你的丫鬟,可以喜欢你觉得很好、很让你赏心悦目的雕像或是绘画。这些都不引起妒忌,也不可能引起妒忌。但是,人们所说的爱情,那是一种情绪上的强烈激动,即使不引起妒忌,也会让人担心,甚至会夺走人的性命。依我看,在任何情况下,爱情都摆脱不开担心。"

"小姐,你说得不少啦,"贝利昂德罗说,"有了心爱的东西,任何人都担心会失掉。没有长期不变的好运,总会反反复复;没有结实的钉子可以阻挡住命运的车轮。如果大家不急着赶路,我今天也许能在学院里论证一下可以存在没有妒忌的爱情,但是不可能存在没有担心的爱情。"

　　谈话就此结束,他们在米兰停留了四天,只是开始领略到米兰的宏伟,因为要想看完,四年也不够。离开米兰以后,他们来到卢卡。这是一座小城市,但是,很美丽,也很洒脱。在帝国和西班牙的保护下,它巍然耸立,傲视所有想染指于此的王公贵族所辖的城市。在这里,西班牙人受到的欢迎和接待超过任何其他地方。在这里,西班牙人不是发号施令,而是有求于人,西班牙人在这里停留不会超过一天,来不及显露趾高气扬的傲气。本书中讲述的最为奇特的冒险故事中,有一件就让朝圣者在这里碰上了。

第 二 十 章

伊莎贝拉·卡斯特鲁乔讲述她为爱上安
德雷阿·马鲁洛如何装作中邪。

卢卡的各家客店足能容下一连士兵。他们这支队伍住进了一家客店。他们是由城门看守带到这家客店的,看守把他们交给老板,要他当面点清人数,第二天早晨客人走的时候,老板还要如数上报。一进门,鲁佩塔夫人就看见走出来一位医生。从装束上看,从他和客店老板娘的谈话上看,都能断定他是位医生,他说:

"我呀,夫人,一下子弄不清这位姑娘是疯了还是中邪了。为了不至于搞错,我只好说她既中了邪,又是疯了。不管怎么样吧,我相信她能恢复健康,只要她叔叔不急着走就行。"

"唉,耶稣啊!"鲁佩塔说,"难道咱们要住进一家既有中邪的,又有疯子的客店里? 说实在的,说实在的,如果问我的意见,咱们根本就不该进去。"

老板娘听了她的话,就说:

"尊敬的夫人,请您老(这是意大利的尊称)放心。住下吧,还有人从一百西班牙里开外赶来光顾小店呢。"

大家纷纷走进客店。奥丽丝苔拉和康丝坦莎听到了老板娘的话,就问她店里有什么东西那么值得一看。

"跟我来,"老板娘回答说,"一看就知道啦,我刚才说什么,你们也会说什么。"

老板娘头前引路,大家随后跟上。他们看见了一位美丽非凡的姑娘,看样子她也就十六七岁。两臂交叉被人用带子捆绑在床头的栏杆上,好像是不许她随便动胳臂。有两个护士模样的女人正在四处抓她的腿,也要捆起来。病人对她们说:

"捆上胳臂就行了。我这个人老实着呢,其他部位,我自己管得住。"

她又大声对几位女朝圣者说:

"天上的神仙,肉身的天使!没错,我想你们是来给我治病的。这么漂亮的人到这儿来,这么善心的人来访,不会有别的事。你们都是贵人,都是大人物,请你们下个令,让他们给我松绑吧。我自己把胳臂咬上四五口就行了,我不会再干坏事。我这样子像是疯子,其实我没疯得那么厉害。那个折磨我的人也不至于残酷到让我自己咬自己。"

"可怜的孩子,我的侄女,"一位老人走进屋里说,"你刚才说的那个不让你自己咬自己的人,跟你有什么关系!求求上帝吧,伊莎贝拉,尽量吃点东西。千万别吃你的细皮嫩肉,要吃就吃叔叔给你的东西,叔叔非常疼爱你。天上生的,地上长的,水里养的,我都给你送来。你有的是钱,我又很疼你,什么东西都能给你弄来。"

悲痛万分的姑娘说:

"让我跟这几位天使单独待会儿吧。也许我那个魔鬼冤家不敢跟她们见面,会逃开。"

她用头表示让奥丽丝苔拉、康丝坦莎、鲁佩塔和菲利斯·弗洛拉留下来,还说,其他人都出去。那位上年纪的叔父十分伤心,只好主动恳求大家出去。大家从老人那里得知,她就是他们从西班牙智者的山洞里出来时,在路上遇见的那位漂亮的绿衣女郎。当时,一名仆人落在后面,对他们说她叫伊莎贝拉·卡斯特鲁乔,要去那不勒斯王国成亲。

病人看见大家出去了，又朝四周看了看，就让留下的人去看看，除了她点到的那几个人之外，屋里是不是还有别人。鲁佩塔看了看，仔细检查了一番，对她说，除了她们几个没有旁人了。伊莎贝拉听到这话，才尽力在床上坐起来，表示她打算说几句话。只听她长叹一声，随着这声叹息，她的灵魂似乎也出了窍。叹息过后，她又倒在床上，昏迷过去，就像死人一般。在场的人高声喊叫，要人赶快送点水来，给伊莎贝拉洗洗脸，再耽搁一会儿，她就要到另一个世界去了。可怜的叔叔进来了，一手拿着十字架，一手拿着蘸过圣水的刷子。和他一起进来的还有两位神父，他们认为伊莎贝拉是魔鬼附体，所以一直没离她左右。老板娘也端着水进来了。他们往伊莎贝拉脸上洒了点水，她这才苏醒过来，说道：

"这些办法现在都用不着，我很快就要走了。不过，不是按你们安排的时间，而是我认为合适的时候。比如像刚才我正想说几句话，突然长叹了一声，没能说下去，我就觉着安德雷阿现在在萨拉曼卡学习，根本不管这里发生的事。"

大家听了伊莎贝拉的话，更认为她是中邪了。很难想象她怎么会知道胡安·巴蒂斯塔·马鲁洛是什么人，还有他儿子安德雷阿。后来有人找到胡安·巴蒂斯塔·马鲁洛，把这位中了邪的美丽姑娘谈到有关他和他儿子的话转告给他。伊莎贝拉再次要求让她单独和她指定的几个人待一会儿。神父们冲着她读了段福音书，毫无疑问，大家都认为她是中了邪，只好尊重她的意愿。离开的时候，跟她商定，一旦魔鬼离去，马上发出哪种信号。菲利斯·弗洛拉又把房间搜查一遍，随即关上门，对病人说：

"就剩下我们几个人啦。喂，小姐，有什么话，快说吧。"

"我是想，"伊莎贝拉说，"让你们把绳子给我解开。绳子虽说不硬,可是碍手碍脚的,弄得我挺累。"

大家立刻动手给她解开绳子,伊莎贝拉坐在床上,一只手拉着奥丽丝苔拉,另一只手拉着鲁佩塔,还让康丝坦莎和菲利斯·弗洛拉坐到床上,紧靠着她。几位美人儿挤在一起,伊莎贝拉泪汪汪地压低声音说:

"小姐们,我是不幸的伊莎贝拉·卡斯特鲁乔。蒙父母恩典,我出生在贵族之家。父母给了我好运、财富,上天给了我一副好面孔。我父母出生在卡普阿,我是在西班牙出生的,在叔叔家里长大,他现在就在这儿。他家在帝王居住的京城。愿上帝保佑,我干吗要把倒霉的命运扯这么远呢!父母双亡后,我被寄养在叔父家里,他成了我的保护人。有一天,一个小伙子来到京城,我是在一座教堂里看见他的,故意盯了他两眼。小姐们,你们不要以为我为人轻浮放荡,你们只要想想我是个女人,就不会那样看了。我是说,我在教堂里看了他几眼,回家以后他老在我眼前晃荡,他那副模样深深地刻在我心上,脑子里怎么也赶不走他。最后,我设法打听到他是谁,身份如何,来京城干什么,到什么地方去。我弄清楚他叫安德雷阿·马鲁洛,是本市一位名叫胡安·巴蒂斯塔·马鲁洛骑士的儿子。出身贵族,还算有钱。他要到萨拉曼卡去读书。他在京城待了六天,我找个机会给他写了封信,告诉他我是什么人。还说我很有钱,至于我的相貌如何,在教堂里他已经亲眼得见。我还告诉他,我知道,叔叔要我嫁给一位堂兄,这样家产就不至于外流。那个人我不喜欢,和我也不般配,这是实情。我还说,我给他一个机会,要他赶快抓住,不要错过时机,以致后悔莫及,也不要因为我行动轻率而瞧不起我。他在教堂里不知道又见了我多少次,然后,答复我说:无须什么高贵门第、万贯家财,单凭我本人,只要有机会,就能成为世界皇后。他恳求我,既然有意爱他,就要坚持下去,再等一段时间,至少等到他把一位好友留在萨拉曼卡,他们是一起去到那儿读书的。我回答他说,我一定照办,因为我对他的爱情既非贸然行事,也不是轻举妄动,决不会今天答应、明天变卦。他给我留下的印象是为人正直,他不肯失信于朋友。临走那天,他从我家门前的大街上走过,我看见他两眼淌着热泪,恋恋不舍,不肯离开我,我虽然没有走,而心却随他去了。有一天,谁能相信呢! 厄运竟然这样快就落到不幸人的头上! 我是说,有一天,叔叔决定带我回意大利去。拒绝去吧,找不到借口,装病也不行,因为我的脉搏体温都表明我身体健康。叔叔不相信我有病,认为我只是因为对婚事不满,才寻找借口不肯离开。

"这时候,我给安德雷阿写了一封信,告诉他我的处境,说我是被迫离开的。可是我要设法路过这个城市,在这儿假装中邪,容他腾出时间离开萨拉曼卡,赶到卢卡来。在这儿,不要说我叔叔,就是全世界的人出来阻挠,我也要他做我的丈夫。我的命运,还有他的命运,全都取决于他是否行动迅速,如果他愿意表露一下对我的感激之情。如果信已经到他手里,我想邮路畅通,如果信到了,三天前他就该到这儿了。我呢,能做的我都做了。我现在被一群魔鬼缠身,或者说,爱情占据着我的心,我们身处两地,却心心相印。小姐们,我的故事就是如此,我发疯,我犯病,就是因为这个。对爱人的思念就是折磨我的魔鬼。我忍饥挨饿,为的是等着饱餐一顿。但是,尽管如此,我还是缺乏信心。正如卡斯蒂利亚人常说的,人在倒霉的时候,面包渣拿到嘴边也会冻得硬邦邦。小姐们,请你们一定要假装相信我的谎话,为我多说几句,告诉我叔叔,在我康复之前,先别让我上路,在这儿再待几天,也许上天会叫安德雷阿赶到这里,我心满意足的那天就会到来。"

听了伊莎贝拉的故事,大家会不会感到惊讶,那就不用问了,因为故事本身就够让人惊讶的,足以使听者牢记在心。鲁佩塔、奥丽丝苔拉、康丝坦莎和菲利斯·弗洛拉一口答应照计行事。不看到结局,大家就不离开那里。按理说,也不会耽搁太久了。

第二十一章

安德雷阿·马鲁洛赶来,伊莎贝拉去掉
伪装,二人喜结良缘。

美丽的伊莎贝拉·卡斯特鲁乔急急忙忙再次装疯中邪,四位
女友也急急忙忙夸大她的病情,找出种种理由,说明确实是魔鬼附
在她身上对人说话,为的是让人看看什么是爱情,让恋人个个像是
着了魔似的。这工夫可就快到黄昏了,医生第二次来出诊,也许是
他带着胡安·巴蒂斯塔·马鲁洛,也就是正在热恋中的安德雷阿
的父亲一块来的,医生进入病人的房间时说:

"您瞧啊,胡安·巴蒂斯塔·马鲁洛先生,这位姑娘多可怜,
魔鬼附在她那天使般的身上,您说该不该吧。不过,还有一线希
望,总算让人得到一点安慰。她说,她很快就离开这里,只要安德
雷阿先生,就是您的儿子一到,她马上就走。现在正在等他呢。"

"我已经听人说了,"胡安·巴蒂斯塔先生回答说,"我很高兴
啊,与我相关的事居然作为喜讯四处传开。"

"感谢上帝,幸亏我办事麻利,"伊莎贝拉说,"要不是我,现在
他还得待在萨拉曼卡,干什么事,只有上帝知道。请你相信我,胡
安·巴蒂斯塔先生,您儿子俊秀超过圣洁,是学生,更是多情公子。
年轻人着意打扮,穿得花花绿绿,对共和国危害不浅。再加上马刺
不灵便,刺尖不尖利,驿站多,租来的骡子跑不下来,事情就
更糟。"

她一口气说出一大串胡言乱语,应该说,这是一语双关。她的密友们是一种理解,其他在场的人是另一种理解。女友们了解她的本意,其他人把她的话当作语无伦次的胡说八道。

"小姐,"马鲁洛说,"你是在哪儿见到我儿子安德雷阿的?是在马德里,还是在萨拉曼卡?"

"都不是,是在伊列斯卡斯,"伊莎贝拉说,"那是在圣胡安节早上天刚亮的时候,当时他正在摘樱桃,说句真心话,我要说这简直是奇迹,我总是看见他在眼前,心里老是想着他。"

"还算好,"马鲁洛说,"我儿子在那儿摘樱桃,没有抓虱子,那才是学生们干的事呢。"

"绅士家的学生,"伊莎贝拉完全陷入幻境,她回答说,"很少抓虱子,经常抓痒痒。世间这种普普通通的小动物胆大包天,王子的裤子、医院的毛毯,它全敢钻进去。"

"什么你都知道,坏蛋,"医生说,"看起来你是个老头子。"医生认为魔鬼附在伊莎贝拉身上,这句话是对魔鬼说的。

这时候,真像是撒旦下了令,伊莎贝拉的叔叔兴高采烈地走了进来。他说:

"恭喜,恭喜,我的侄女。恭喜,我的心肝!这位胡安·巴蒂斯塔先生的儿子安德雷阿·马鲁洛先生来了!啊,你是我甜蜜的希望,你说过,只要见到他,你就能自由自在,那就兑现你的诺言吧!啊,该死的魔鬼,快滚蛋吧,到外面去,甭管这里打扫得多么干净,你也别想再进这间屋子!"

"过来,过来,"伊莎贝拉说,"你这个假托的伽倪墨得斯,你这个假想的阿多尼斯①,答应做我的丈夫吧,做一个自由自在、身强

---

① 古希腊神话中的美少年。

体壮、无忧无虑的丈夫吧。我一直在这里等你,像磐石一样坚定地立在大海之中,任凭波涛击打,从不动摇。"

安德雷阿·马鲁洛走了进来。他在家里就听人说,有一个叫伊莎贝拉的外国姑娘生病了,正等着他去,他一到魔鬼就会离开。小伙子生性稳重,从伊莎贝拉寄到萨拉曼卡的信中已经得知此事。到卢卡追上她以后应该怎么办,心里早有准备。他还没脱下马靴,就径直来到伊莎贝拉投宿的客店。走进房间后,他傻呆呆、疯癫癫地说:

"出去,出去,出去! 走开,走开,走开! 英勇无比的安德雷阿来了,要是判官还不管事,我就是地狱里的阎王爷!"

他大喊大叫,即使了解内情的人也大吃一惊。这时候,大夫和他父亲几乎同时说:

"他和附在伊莎贝拉身上的魔鬼一个样。"

伊莎贝拉的叔叔说:

"我们本来以为小伙子一来,能给我们帮上忙,我看他是来帮倒忙的。"

"安静点,孩子,安静点,"他父亲说,"你真像疯了似的。"

"他看到了我,"伊莎贝拉说,"难道不该发疯吗? 难道我不是他日夜思念的人吗? 难道我不是他的意中人吗?"

"是的,确实是,"安德雷阿说,"你就是我的意中人。我劳累时,你能让我得到休息;我死去,你能让我还阳。答应做我的妻子吧,小姐,把我从奴役中解放出来,让我在你的桎梏下获得自由吧! 我再说一遍,答应做我的妻子吧,我的宝贝,让卑微的安德雷阿·马鲁洛成为伊莎贝拉·卡斯特鲁乔的高贵的丈夫吧。一切妄想阻挠我们结成良缘的魔鬼,都滚蛋吧! 天作之合,谁也甭打算拆散。"

"说得好,安德雷阿先生,"伊莎贝拉说,"这里没有阴谋诡计,没有甜言蜜语,做我的丈夫吧,我要成为你的妻子。"

安德雷阿伸出了手。这时,奥丽丝苔拉大声说:

"把手递给他,两只手合在一处。"

伊莎贝拉的叔叔一下子惊呆了,他也愣怔怔地伸出手,拦住安德雷阿的手,随即说道:

"这是怎么回事,先生们? 难道这地方时兴魔鬼跟魔鬼结婚?"

"不是的,"医生说,"大概是嬉闹一番好把魔鬼赶走吧。这种逢场作戏的事,人们难以预料。"

"不管怎么样,"伊莎贝拉的叔叔说,"我想听你们两个亲口说一句,你们结亲,到底算什么,是动真格的,还是开玩笑?"

"是真的,"伊莎贝拉说,"安德雷阿·马鲁洛没有发疯,我也没有中邪。我爱他,选他做我的丈夫,条件是他也爱我、选我做他妻子。"

"我们既不疯,也没中邪。我的理智,正如当初上帝恩赐的一样,完好无损。"

说着,他拉起伊莎贝拉的手,伊莎贝拉也拉着他的手。两个人互相认可,毫不含糊地结为夫妻。

"这算什么事?"卡斯特鲁乔说,"又来了? 上帝啊! 怎么能这样羞辱一个白发苍苍的老人呢?"

"从我来说,这可不是什么羞辱人的事。"安德雷阿的父亲说,"我是个贵族。虽说不是多么富有,也还不至于穷得要求人帮衬。这种事,我没有卷进去过。两个孩子结婚,事先我也不知道。在恋人的心中,那股慎重劲超过他们的年龄。年轻人的确常常会蛮干,可很多时候,他们是干对了。一旦干对了——哪怕是碰巧呢,就会大大胜过深思熟虑的行动。尽管如此，还是请各位想一想，这件事能不能继续发展下去，要是事情遭到破坏，我绝不拿伊莎贝拉的财产来改善我儿子的处境。"

在场的两位神父说婚姻有效。开始的时候，他们俩像是一对疯子，临到确认婚事，他们确实是神志清醒的。

"我们再一次表示认可自己的婚事。"安德雷阿说。

伊莎贝拉也是这么说。伊莎贝拉的叔叔听了以后，一下子心全凉了，只见他头低垂到胸前，长叹一声，一翻白眼，急病突然发作。仆人们连忙把他抬到床上。伊莎贝拉从床上起来，安德雷阿把她（已经是他的妻子了）带回父亲家里。两天后，一个小孩儿——就是安德雷阿·马鲁洛的弟弟——到教堂去接受洗礼，安德雷阿和伊莎贝拉去教堂举行婚礼，同时安葬叔叔的遗体。世上的事多么奇怪啊，在同一个时间内，有人接受洗礼，有人举行婚礼，还有人举行葬礼。尽管如此，伊莎贝拉还是穿了孝服。这就叫死神将洞房和坟墓混在一起，把婚服与孝服合于一身。我们的朝圣者等一行人在卢卡停留了四天，受到新婚夫妇和高贵的胡安·巴蒂斯塔·马鲁洛的盛情款待。作者就此结束本书的第三部。

第四部

第 一 章

贝利昂德罗和奥丽丝苔拉之间的谈话。

我们这支朝圣队伍不止一次地争论,伊莎贝拉·卡斯特鲁乔玩了那么多花招,她的婚姻究竟是否有效。对此,贝利昂德罗一再说是有效,这件事也轮不上他们去调查。不过,他觉得,洗礼、婚礼、葬礼一并举行,总是有点别扭。医生又那么无知,竟然没有发现伊莎贝拉耍花招,也不知道她叔叔病情危险。他们一会儿议论这件事,一会儿又谈论他们经历的种种风险。克罗里亚诺和他妻子鲁佩塔一直注意打听贝利昂德罗和奥丽丝苔拉以及安东尼奥和康丝坦莎究竟是何等人。对于三位法国姑娘,他们倒是没有打听,从见到她们起,就知道她们是谁了。就这样,又走了几天,来到位于罗马附近的阿夸本登特。贝利昂德罗和奥丽丝苔拉抢在别人前头进入这座小镇,好不让别人听见他们的谈话。贝利昂德罗对奥丽丝苔拉说:

"噢,小姐!你很清楚,咱们离开家乡,放弃舒适的生活,是完全正确的,非常必要的。罗马的清风已经吹拂到脸上,希望在心中沸腾。依我看,期待已久的事情就要实现了。你瞧,小姐,你最好回顾一下自己的思想,检查检查个人的意志,看看是不是坚定如初,或者说,在你的心愿实现以后,还会不会那么坚定。对此,我一点儿也不怀疑。你身上纯真的血液绝不会生自哄骗人的诺言和两面三刀的计谋。至于我,我要告诉你,噢,美丽的西吉斯蒙达!站在你眼前的贝利昂德罗就是你在我父亲的王宫里见到的贝雪莱斯。我要说，就是那个在我父亲的王宫里答应做你丈夫的贝雪莱斯。即使厄运把我们带到利比亚的荒漠，我也绝不食言。"

奥丽丝苔拉目不转睛地看着他，对贝利昂德罗怀疑她的信念感到大为惊讶，她说：

"贝雪莱斯啊！我这辈子只有一个意愿，大约在两年前，我就把心交给你了，而且完全心甘情愿，毫不勉强。如今，我的意愿和当初向你吐露时一样坚定，始终如一。如果说它还可能增强的话，那么在咱们一起经历了种种磨难之后，如今它确实更加强烈，更有分量了。看到你信守诺言，我心中十分感激。待我还愿之后，一定会让你如愿以偿。咱们已经被拴在同一根轭绳上，脖子套进同一个木轭中，你说说看，还能怎么样？咱们远离故土，人地生疏，颠沛流离，无依无靠。我说这些话，不是因为我缺乏和你一起忍受人间各种磨难的勇气，而是因为你要是稍有闪失，我就会痛不欲生。到现在为止，或者稍稍往前一些时候，我的心一直是孤独的。从今往后，我会觉得你我这两颗心一起受折磨。不过，我说两颗心是不对的，它们早已合在一起了。"

"嗯，小姐，"贝利昂德罗说，"任何人都不能左右自己的命运，尽管人们说每一个人从生到死都是命运的缔造者。因此，好运把我们结合起来之后应该怎么办，现在我还不能回答你。现在先克服把我们隔开的障碍，咱们结合以后，自会有土地养育咱们，有茅舍容咱们栖身，有衣服遮盖咱们的身体。正如你所说的，咱们两颗心合成一颗，世界上就没有比咱们更快乐的人，任何金碧辉煌的房屋也比不上咱们的草舍。咱们会有办法让我母后知道咱们在什么地方，她也会有办法接济咱们。① 在这期间，你手里的钻石十字架

---

① 上一部第十九章曾提到贝利昂德罗想将一颗珍珠送给菲利斯·弗洛拉，据此推断，菲利斯·弗洛拉并未收下。

和这两颗价值连城的珍珠会帮助咱们。我只是担心，如果把这些珍宝抛出去，咱们的机关就会被人识破。怎么会有人相信如此贵重的宝物竟会藏在一块破披肩下面呢？"

他们看到其他同伴要赶上来了，就结束了谈话。这是他们第一次谈及双方感兴趣的事。奥丽丝苔拉十分正派，从来不给贝利昂德罗偷偷找她谈话的机会。在所有到那时为止同他们相识的人当中，他们一直以兄妹的身份出现，而且做得十分巧妙，万无一失。只有已故的、心术不正的克洛迪奥早就起了疑心，怀疑他们是假兄妹。

那天晚上，他们来到一个地方，离罗马还有一天的路程。在一家客店里（离奇古怪的事总是发生在客店里），他们遇到了一件事——如果可以称为奇事的话，就算是一件奇事吧。大家围坐在一张桌子跟前，客店的老板和伙计们忙前忙后，在桌子上摆满了食物。这工夫，一位英俊的朝圣者从一间客房里走出来，左臂上挎着文具盒，手里拿着个笔记本，向在座的人一一点头致意后，用西班牙语说：

"朝圣服本身赋予了穿朝圣服的人一种义务，那就是要向人乞讨点什么。我穿上朝圣服，就有义务向你们各位求些东西。我一不要金银首饰，二不要值钱的珠宝，我要的东西既新鲜，又能带来很多好处，可以使我发一笔财。我嘛，先生们，我是个好奇心很盛的人。我的心一半受战神玛斯控制，另一半受墨丘利和阿波罗控制。我打过几年仗，另外几年，也就是风华正茂的那几年，又弃武从文。打仗期间，我落得个好名声；从文期间，也颇受人推崇。我出过几本书，外行人没有说坏的，内行人也没有说不好的。常言道，困顿是启迪智力的老师。我智力充沛的脑子里，不知道是突发奇想呢，还是富于创造性，反正我产生了一种新奇古怪的想法，那就是要靠别人的才智出一本书。我刚才说过,别人干活,好处归我。这本书应该叫《朝圣格言精粹》,就是说,汇集从真实生活中得出的格言,做法是这样:在路上或者其他地方,我遇上某个人,一看他饱经风霜,像个才高八斗、品德高尚的人,就请他把他知道的某个警句或者他认可的某个格言写在这个本子上。我用这种办法收集了三百多条格言,全都值得一读,值得印出来。不用我的名字,只用作者的名字,他们说完以后就把名字签在格言下面。我向各位要的就是这个,我把它视为人间至宝。"

"这位西班牙先生,"贝利昂德罗说,"把你要的东西给我们个样子,我们好看看怎么写。剩下的只要我们的智力能达得到,一定为你效劳。"

"今天上午,"西班牙人说,"一对西班牙朝圣者来到这里,随后就走了。他们是西班牙人,我把自己的想法告诉了他们,那个女的不识字,要我替她写,她说:

"'我宁愿做一个有希望改恶从善的坏人,也不愿意做一个想成为坏人的好人。'

"她还让我签下了她的名字:塔拉韦拉的朝圣者。那个男的也不会写字,他要我这么写:

"'最沉重的负担莫过于轻浮的女人。'

"我为他签的名字是'拉曼查人巴托洛梅'。这些就是我所要的格言。希望各位雅士提供的格言能使其他格言更突出,为它们增加光彩。"

"情况清楚了。"克罗里亚诺回答说,他从朝圣者手里接过笔和笔记本,"我呢,我先交差吧,我这样写:

"'在战斗中牺牲的战士,远比临阵脱逃的生还者光荣。'"

接着,他签下了"克罗里亚诺"这个名字。然后,贝利昂德罗

拿起笔,写道:

"在战斗中得知君主在看着自己的士兵是幸福的人。"

他也签上名。接下去是蛮子安东尼奥,他写道:

"用钢钎刻在青铜版上的战功,比任何荣誉都更牢靠。"

他的签字是:蛮子安东尼奥。这儿没有别的男人了,朝圣者要求女士们也写点什么,第一个写的是鲁佩塔。她写道:

"与贞洁相伴的美貌才是美貌,否则,只是好模样。"

她也签了字。接着是奥丽丝苔拉。她拿起笔写道:

"上流社会的女人最好的嫁妆是贞洁,美貌和财富皆会随时间而消逝,或被命运毁掉。"

她签了名。接下去是康丝坦莎,她写道:

"女人往往不是按照自己的看法,而是按照别人的看法选择丈夫。"

她签了名。菲利斯·弗洛拉也写道:

"强制服从的法则逼人太甚,而兴趣的力量逼人更甚。"

她签了名。贝拉米尼娅接着写道:

"女人应该像白鼬,宁肯被抓住,也不肯沾上污泥。"

她签了名。最后一位留言的是美丽的黛拉西,她写道:

"命运的好坏主宰着人的一生的全部行动,特别是主宰婚姻。"

这些就是各位朝圣的女士和男人写下的留言。那个西班牙人感到很高兴,对他们表示感谢。贝利昂德罗问他是否记得其他人在上面写的格言。西班牙人回答说,他只记得一个,因为他对写格言的人的签字非常感兴趣。他说:

"什么也别想要,你就会成为世界上最富有的人。"

签字是:迭戈·德·拉托斯,家住老卡斯蒂利亚,靠近巴利亚多利德的托德西利亚斯,老鞋匠,驼背人。

"天哪!"安东尼奥说,"这个签名可真够长的,够拖泥带水的,格言倒是想得好,言简意赅! 事情是明摆着的,一个人要想得到的是自己没有的东西;什么都不想要的人,就是什么都不缺,所以是世界上最富有的人。"

西班牙人还讲了其他人的一些格言,给谈话和晚饭增添了不少乐趣。西班牙朝圣者和他们坐在一起,边吃饭边说:

"如果马德里的书商不给我两千金币,我就不把这本书的版权给他。在那儿,没有人肯白白奉送版权,至少价钱不能太低,那会贬低那本书的作者。说实在的,人们买下版权,出一本书常常是为了赚钱,可是,书里包含的劳动和财富却白白丢掉了。咱们这本格言集既是善举,又能赚钱。"

第 二 章

朝圣者到达罗马附近,在森林里遇见决
斗中受伤的阿纳尔多和尼穆尔公爵。

西班牙朝圣者的那本书完全可以题名为:"不同作者之朝圣史"。据已经参与的以及正在参与的作者的情况来看,此说的确不假。看了那位老鞋匠迭戈·德·拉托斯的签名,大家不禁开怀大笑。拉曼查人巴托洛梅写下的警句也发人深省。他说最沉重的负担莫过于轻浮的女人,这说明他已经觉得那个塔拉韦拉女人是个沉重的包袱。

第二天,他们就这样说说笑笑地辞别了那个西班牙人——编写内容新奇、脍炙人口的读物的新现代派作者。同一天看见了罗马城,大家直觉得心情舒畅,心里一高兴,身体也结实了。贝利昂德罗和奥丽丝苔拉眼见得自己的愿望即将实现,不由得心潮澎湃。克罗里亚诺和鲁佩塔以及三位法国姑娘因为顺利抵达目的地而很兴奋,康丝坦莎和安东尼奥同样高兴。烈日当空,尽管当时太阳离地球最远,却显得特别灼热,晒得人浑身发疼。朝圣者发现右边有一片树林,就决定躲到树林里去挨过炎热的晌午,甚至就在那儿过上一夜,第二天他们有的是时间进入罗马。

于是,大家走进树林。越往里走,越觉得到这地方是来对了。此地景色秀丽,绿草丛中流淌着汩汩泉水,潺潺小溪穿过树林进到密林深处,回首望去,大路上过往行人早被绿荫遮住。树林中不同地方各具特色,到处都景色宜人,清幽恬静,究竟在哪儿落脚,真是颇费踌躇。奥丽丝苔拉偶一抬头,看见绿柳枝头上挂着一幅肖像画,木板有四开纸大小,画的是一幅美人头像。定睛再看,这才清清楚楚地认出了画的正是自己的脸。她一下子惊呆了,马上指给贝利昂德罗看。与此同时,克罗里亚诺说,草地上到处是血,还把沾上热血的脚给大家看。那幅画像(后来贝利昂德罗把它从树上摘下来)以及克罗里亚诺脚上的血,把大家搞糊涂了。他们都想找那幅画像的主人,弄清楚是谁流了这么多血。奥丽丝苔拉想不出究竟是谁,在什么地方、什么时候画下了她的面孔。贝利昂德罗也没想起尼穆尔公爵的仆人跟他说过的话。他说,那位给三个法国姑娘画像的画师只看过奥丽丝苔拉一眼,就能把她画下来。倘若他想起这件事,心中的疑团也就很容易解开了。克罗里亚诺和安东尼奥跟着血迹搜寻过去,一直走到附近的一片茂密树林里。他们发现在一棵大树下面,一位英俊的朝圣者坐在地上,只见他浑身是血,双手捂住靠近心脏的部位。二人见状大吃一惊。克罗里亚诺走到受伤者跟前,用手抬起他低垂在胸前的脑袋,看见他满脸是血,就用块布给他擦了擦,这才确切地认出来受伤的正是尼穆尔公爵,克罗里亚诺更是惊慌失色。尽管公爵换了衣服,克罗里亚诺还是把他认出来了,因为他们本来就是至交。那位受伤的公爵,至少看上去是公爵,两眼被鲜血糊住,他没睁开眼,嘴里嘟嘟哝哝地说:

"哼,不管你是谁,都是我的死敌,不让我安息!要是你把手略微抬高一点,就正好刺中我的心脏,那才算干得漂亮呢。你才能在我心里找到那幅画像,它比你从我怀里抢走后挂在树上的那幅画像更生动、更真实。在决斗中,它没有为我充当圣物和盾牌。"

康丝坦莎天生一副软心肠,处处怜恤人。她也赶到现场,而且跑过去查看伤情，为受伤的人止血，根本没留意他说的那些惹人同情的话。贝利昂德罗和奥丽丝苔拉遇到了几乎完全同样的情况。他们也是循着血迹往前走，查找血是从哪儿来的。在一丛茂密的绿藤中，发现了另一位朝圣者，只见他躺在那里，满身是血，只有那张脸干干净净的，因此用不着给他擦脸，也用不着费力辨认，一眼就看出他是阿纳尔多王子。他还没死，只是昏迷过去了。他第一个动作就是打算站起来，这说明他还活着，他同时说：

"你这个背信弃义的家伙，你拿不走，那幅画像是我的，是我心里的画像。你把它偷走了，我没招你没惹你，你反而想要我的命。"

奥丽丝苔拉没想到会在这儿见到阿纳尔多，直惊得浑身发抖。虽然她觉得自己应该过去照料他，可是贝利昂德罗也在场，她没敢走上前去。贝利昂德罗感激王子的恩情，同时出于礼貌，跑过去抓住王子的双手。他想，也许王子不愿意让他大肆张扬，希望他保持沉默，就压低声音说：

"快醒醒，阿纳尔多先生，你睁开眼看看，在这儿的都是你最好的朋友，上天没有抛弃你，你不至于老是走背运。睁开眼看看，我是说你会看见你的好朋友贝利昂德罗，还有对你感恩不尽的奥丽丝苔拉。我们和往常一样，愿意为你效劳。把你的不幸和全部遭遇都告诉我们吧，相信我们，我们一定会竭尽全力帮助你。说呀，你是不是受伤了，是谁伤害你，伤在什么地方，我们马上想办法为你治伤。"

这当儿，阿纳尔多睁开眼，认出眼前的这两个人。先是抱住了贝利昂德罗的双脚，又十分费力地扑向奥丽丝苔拉的双脚。即使到这步田地，阿纳尔多依然尊重奥丽丝苔拉的圣洁。他两眼盯住奥丽丝苔拉说：

"小姐,你不可能不是真正的奥丽丝苔拉,你不会只是一幅画像,哪一个精灵也不敢如此放肆、如此大胆,不会隐藏在如此美丽的外貌下面。你是奥丽丝苔拉,一点儿没错。我,一点儿没错,我就是那个一直渴望为你效劳的阿纳尔多。我是来找你的,你是我的主心骨,找不到你,我的心永远不得安宁。"

就在这时候,有人告诉克罗里亚诺和其他人,说是又找到一个朝圣者,好像也受了重伤。康丝坦莎已经为公爵止住了血。听见这话,她就跑过来看看第二个受伤者需要些什么帮助。一认出是阿纳尔多,她立时惊呆了,心里乱成一团。她定了定神,二话没说,就让对方把伤口露出来。阿纳尔多用右手指了指左臂,表示伤在那里。康丝坦莎帮他把袖子卷起来,发现上臂被利刃刺透。血还在流,她立刻为他止住血,同时告诉贝利昂德罗,那边那个受伤的是尼穆尔公爵,还说最好把他们送到附近的小镇上去治一治,眼下最大的危险是失血过多。阿纳尔多一听到公爵的名字,顿时浑身一震,已经凉下去的忌妒心通过热乎乎的血管(血几乎流光了)又涌入心田。于是,他不管不顾地说:

"公爵和国王有所不同,可是,不管是公爵的封地,还是国王的领地,或是全世界所有的君主的领地,都容不下奥丽丝苔拉。"

他又接着说:

"千万别把我和公爵送到同一个地方去。欺负人的家伙在场,无助于治好挨欺负的人的病痛。"

阿纳尔多带来两名仆从,公爵也带来两个人。按照主人的吩咐,他们都离开了现场,先到附近的地方为各自的主人安排住处,他们之间还不认识。

"还有件事,"阿纳尔多说,"周围这么多树,你们去看看奥丽丝苔拉的画像是不是还挂在一棵树上。我和公爵就是为这幅画像决斗的。把它拿来,交给我,我为它流了这么多血,画像的所有权是我的。"

公爵对鲁佩塔、克罗里亚诺以及身边的其他人几乎也说了同样的话。为了让大家满意,贝利昂德罗就说,画像在他手里放着,以后找个更合适的机会让它物归原主。

"画像确实是我的,"阿纳尔多说,"难道还能有什么怀疑吗?自从我见到她,她本人就铭刻在我的心里了,难道上天不知道吗?贝利昂德罗,我的好兄弟,画像就放在你那儿吧。在你手里,追求她的人即使心怀忌妒,态度傲慢,心里窝火,也无可奈何。快把我抬走吧,我又要晕倒了。"

大家尽量设法安排两位受伤的人离开。伤口很深,主要是失血过多,正在慢慢地夺去他们的生命。大家赶紧把他们送到仆人们安排好的最好的住处。直到这时候,公爵还不知道自己的对手是阿纳尔多王子。

第 三 章

众人进入罗马，投宿在一个名叫马纳塞
斯的犹太人家中。

三位法国姑娘看到公爵十分珍爱奥丽丝苔拉的画像，远远超过她们三个人中的任何一个人的画像，不免又妒忌又羞愧。前面说过，受公爵委派去为她们画像的那个人曾经对她们说过，公爵总是随身携带她们的画像，和其他一些珍贵物品放在一起，而对奥丽丝苔拉的画像却当作偶像顶礼膜拜。她们知道了这件事，内心十分痛苦。当美人发现有人和自己一样美的时候，特别是有人拿她们比来比去的时候，绝不会感到高兴，而是心情十分沉重。正如人们常说的：“人比人，气死人。”若是美人相比，那更会把人气得死去活来了；不管是友情，还是亲情，不管是品德高尚，还是地位显要，都无法抵挡住这种可恶的忌妒的力量。被人比来比去的美人，心中燃起的就是这种忌妒心。

据公爵的仆人说，他家主人爱上了那幅画像，就从巴黎出来寻找朝圣者奥丽丝苔拉。那天上午，他手拿画像坐在一棵大树底下，对着那幅死画像就像跟活人说话一样，嘴里不停地咕哝着。这时候，另外一个朝圣者悄悄地来到他背后，把公爵对画像说的话听了个一清二楚。我和另一个伙伴没大在意，也就没能阻止他。最后，我们跑过去告诉公爵有人偷听，公爵回头一看，看见了那个朝圣者。对方一句话也没说，伸手就抢那幅画像。他从公爵手里夺走画像,事情来得很突然,公爵想护住画像也来不及了。只听他说(至少据我的理解是这么说的):"强盗,胆敢抢走天国之宝,别用你那双肮脏的手亵渎你手中的宝物。快把画放下,那上面画的是天国美人,她是我的,你根本配不上。""不,不,"那个朝圣者说,"我要是不能说服你相信这个事实,我手杖里藏着的这把锋利的短剑会帮你纠正错误。我,确实是这位举世无双的美人画像的真正主人,我是在离这儿很远很远的地方用奇珍异宝买下来的。我真心爱她,我曾经用自己的双手殷勤地为她本人效劳过。"这时候,公爵转过身来,用斩钉截铁的口气要我们立刻走开,让他们单独留下来,还要我们到这个地方来等他。我们没敢回头看看他们就走了。另外那个朝圣者也吩咐和他一起来的两个人离开,看样子那两个人也是他的仆人。尽管如此,对主人的吩咐,我还是没有完全照办。受好奇心的驱使,我扭过头来看了看,只见是一个朝圣者把画像挂在一棵树上,我看得不大准,估计是这样。我看见他随即从手杖里拔出一把剑,至少我看着像是一件武器。他向我家主人发起进攻。我知道我家主人的手杖里也有一把剑,他也抽出剑来迎战。双方的仆人想回去把交战双方分开。可我不赞成,我跟他们说,他们只有两个人,旗鼓相当,不担心也不疑心有人去帮忙,还是让他们去吧,咱们走咱们的路。照他们的话办事,不会有错;要是回去,也许会出岔子。现在,甭管怎么说吧,当时确实不知道究竟是因为出完高招呢,还是心里发怵,反正两只脚懒得走动,两只手像是被捆起来似的,也不知道是不是因为两口利剑的寒光(当时还没有染上鲜血)弄得我们眼花缭乱,反正我们看不清返回决斗场地的那条路,只能看见通往现在待的这个地方的路。我们来到这儿,急忙找到住宿的地方。大家又热烈地争论一番,这才赶回来看看各自主人的运气如何。我们看到的情况,你们都看到了。

要不是你们赶来抢救,我们就是赶来也没用了。

仆人说了这番话,几位法国姑娘都听得很仔细,就像是公爵的真正恋人一样感到很难过。如果说她们当中有人曾经产生过、萌发过与公爵结婚的奇想或是幻想,现在也都烟消云散了。迅速萌生的爱情,从一开始就受到对方的轻蔑,会很快从记忆中消失或者被抹掉。爱情从一开始就受到的轻蔑,那股力量就和人挨饿一样。再勇敢的人也战胜不了饥饿和困倦,兴致再高也忍受不了轻蔑。事实上,这种情况往往出现在开始阶段,一旦爱情长时间地占据整个身心,轻蔑和醒悟反而会刺激人如电光石火般地把自己的想法付诸实现。

受伤的人得到了治疗,准备八天后启程去罗马,此前从罗马来了几位外科医生为他们看病。在这段时间里,公爵得知他的对手是丹麦王国的王位继承人,还得知他有意娶奥丽丝苔拉为妻。这件事进一步肯定了他的想法,他和阿纳尔多的想法是一样的。他认为,可以做王后的女人也可以成为公爵夫人。但是,在这些想法、这些考虑、这些胡思乱想当中,掺杂着忌妒心理,所以他还是感到心情苦涩,心绪不宁。最后,出发的日子到了。公爵和阿纳尔多分别进入罗马没让别人知道。我们的朝圣者终于看到了罗马。他们站在一座高高的小山上,发现了罗马。大家跪下来,像面对圣物一样纷纷朝拜起来。他们当中有一位大家不认识的朝圣者,眼含泪水,说了下面一段话:

> 我心中的罗马啊,
> 多么宏伟,多么强大,又多么神圣!
> 新来的朝圣者向你鞠躬,卑微又虔诚,
> 你如此美丽,我怎能不万分惊讶。

人们满怀柔情,赤足前来,

瞻仰你的圣容,对你顶礼膜拜;

真是百闻不如一见啊,

天才人物也会惊得发呆。

我凝视你脚下的土地,

殉道者的血混在其间,

那是地上万物的陈迹。

你是上帝缔造之城,

伟大的楷模,

处处是典范啊,无处不神圣。

　　朝圣者念完这首十四行诗,回过头来,对周围的人说:

　　"大概在几年前,有一位西班牙诗人来到这座神圣的城市。此人自己跟自己作对,是个民族的败类。他写了一首十四行诗,辱骂这座伟大的城市和它的优秀的居民。如果他被人抓住,喉咙要为舌头付出代价。我呢,我不是作为诗人,而是作为基督徒,写下了你们刚才听到的这首诗,这算是抵消他的罪过吧。"

　　贝利昂德罗要他再念一遍。他又念了一遍。众人交口称赞。随后,大家从山坡上下来,穿过马达马草地,从波普洛门进入罗马。他们一次又一次地亲吻这座圣城的大门的门槛和门框。在他们进城之前,来了两名犹太人。他们走到克罗里亚诺的仆人身边,问他们这一伙人是否都有熟悉的住处,准备在哪儿住。如果没有,他们可以提供一个好住处,连王子都可以在那儿落脚。

　　"先生,先听我说,"他们中的一个人说,"我们是犹太人。我叫萨布隆,我的同伴叫阿比乌德。我们的职业就是根据客人的身份,为他们要的住房配备一切必要的东西。客人愿意付多少钱,我们就可以配备相应的东西。"

那个仆人回答说:

"我的另一位同伴昨天就到罗马了。他是根据我家主人和其他一起来的人的身份安排住房的。"

"准是昨天来的那个法国人,"阿比乌德说,"说得不对,你们可以把我宰了。他看上了我的伙伴马纳塞斯的房子,布置得像王宫似的。"

"那,咱们就走吧,"克罗里亚诺的仆人说,"我的同伴一准是等着接我们呢。要是那家不像你说的那样,我们就考虑到萨布隆先生家里去住。"

说着,大家继续往前走。在城门口,两个犹太人看见了他们的同伴马纳塞斯。克罗里亚诺的仆人和他在一起。大家这才知道那两个犹太人所说的住处就是马纳塞斯开的那座豪华客店。几个人高高兴兴地在前面带路。这时,我们的朝圣者正站在葡萄牙拱形门旁。几位法国姑娘刚一进城,立刻引起几乎所有人的注意。那天正好是假日,波普洛圣母大街上挤得人山人海。看见法国小姐,围观者慢慢产生了爱慕之情,但是,一看见举世无双的奥丽丝苔拉和英姿飒爽的康丝坦莎,围观者一下子就显得仰慕万分。她们俩走在一起,恰似两颗明星在天空中并行。一个罗马人(看样子是位诗人)说:

"我敢打赌,一定是维纳斯女神同过去一样来到这座城市,前来瞻仰亲爱的埃涅阿斯的遗骨。天哪,市长大人没派人把这尊活动的神像的脸盖上,这事办得可不好。也许他是想让老实持重的人大吃一惊,让少不更事的人神魂颠倒,让无知的人把她视为偶像?"

伴随着极度夸张的、毫无必要的赞美词,这支漂亮的队伍一直向前走,来到马纳塞斯的客店。这里足可以住下权势显赫的王子和一支不大不小的部队。

第 四 章

阿纳尔多和贝利昂德罗之间发生的事
情,尼穆尔公爵和克罗里亚诺之间发生
的事情。

　　法国小姐到来的消息当天就传遍了全城,据说随同前来的还
有一支漂亮的队伍。尤其是奥丽丝苔拉美貌出众的消息四处传
开,虽说她本人不如传言说的那样,至少那些最老练的辩士得以展
示一下口若悬河的本领。顿时,许多好奇心盛的人挤满了我们的
朝圣者落脚的旅店,公开提出要美人一起出来,他们要一睹美人的
风采。事情越闹越大,他们甚至站在大街上齐声高呼,要法国小姐
和朝圣女郎站到窗前往外探探头。不过,她们全都休息了,不想跟
别人见面。街上的人特别提出要见一见奥丽丝苔拉。但是,她们
当中谁也没出来。阿纳尔多和公爵身穿朝圣服,也来到拥在门前
的人群中间。两个人刚一碰头,立刻就觉得小腿发颤,心脏怦怦乱
跳。贝利昂德罗从窗户往外看,一下子认出了他们,就跟克罗里亚
诺说了。两个人一起下楼,来到大街上,尽力设法阻止这两个醋劲
大发的家伙之间发生不幸。贝利昂德罗带走了阿纳尔多,克罗里
亚诺带走了公爵。下面就是阿纳尔多对贝利昂德罗说的一番话:

　　"奥丽丝苔拉给我带来了许多负担,其中最沉重的一个就是
我得知那位法国先生,据说他是尼穆尔公爵,拿到了奥丽丝苔拉的
画像,我为此十分痛苦。如今画像在你手里,看样子这也是他的意

思,反正没在我手里就行。你瞧啊,贝利昂德罗,我的朋友,情人管这种病叫作吃醋,我看最好还是管它叫作狂暴的绝望吧。这种病会引发忌妒心,使人不顾一切。这种病一旦控制了恋人的心灵,人就会变得不可理喻,而且无药可医。虽然引起病痛的只是一些小事,可是后果却很严重,起码会使人丧失理智,甚至会夺去人的性命。对一个正在吃醋的恋人来说,与其酸溜溜地活着,不如绝望地死去。真正的恋人不应该贸然责备自己所爱的人另有所爱。既然他做人完美,不肯为此责备恋人,那就只好怪自己不好,我是说,怪自己命运不济,靠命运也不可能过上安定的生活。珍贵的东西,一旦掌握在手,或者说一旦爱上了它,时时刻刻都会担心失掉。这是一种热恋中的人内心难以摆脱的情绪,好似一种并发症。我的朋友贝利昂德罗啊!如果一个连自己的事情都拿不定主意的人还可以奉劝别人的话,我想奉劝你一句,请你考虑一下,我是国王,我追求幸福,经过上千次的接触,你一定会了解到,我这个人是说话算数的,你对此会感到满意。我说过,我要娶你妹妹、举世无双的奥丽丝苔拉为妻子,无须别的嫁妆,只要她的高尚品德和美貌。我不想查清楚她是否出身高贵,因为事情很清楚,造化既然给了她这么多天然美德,也不会拒绝给她财富。低贱者身上从来不会具备崇高的美德,或者很少会是这样,肉体的美多是心灵美的标志。总而言之,我只想重复一下我过去多次对你说过的话:我爱奥丽丝苔拉,不管她是生自天国,还是来自世间的最底层。她已经来到罗马,在这里她又让我满怀希望。我的兄弟啊,请你帮我实现我的愿望吧,我愿和你从此分享王位和我的王国。千万不要看着我被公爵气死,或者遭受心上人的白眼而自寻短见。"

贝利昂德罗听了他这番表白、要求和许诺后,回答说:

"要是说公爵惹你发火,我妹妹也有一份责任的话,那即使不惩罚她,至少也得责骂她几句,对她来说,责骂就是最大的惩罚。不过,据我所知,她没有责任,所以我也没有什么可回答你的。至于你说她来到罗马,你又满怀希望,我不知道她到底给了你多大希望,所以也无从回答。你以前和这一次对我做出种种许诺,我非常感激。做出许诺的是你,得到好处的是我,所以我应该报答你。尊贵的阿纳尔多啊!打个不大像样的比喻,这件朝圣服上的披肩也许是一片云彩,虽然它很小,可是往往能挡住阳光。现在,请你冷静一下。我们昨天才到罗马,在这么短的时间内,不可能提出什么想法,策划什么方案,拿出什么高招,以便行动起来,顺利实现我们想达到的目标。你要尽量避开公爵,因为一个被人瞧不起、希望又渺茫的恋人,常常会不顾一切地为希望创造机会,不管会不会损害他心爱的事物。"

阿纳尔多答应一定照办,还送给贝利昂德罗一些珠宝和钱财,让他维持阔气的门面,支付他以及法国姑娘的花销。克罗里亚诺与公爵的谈话就完全不同了。公爵只要能收回奥丽丝苔拉的画像,阿纳尔多承认画像不是他的,一切问题就算解决了。公爵还要求克罗里亚诺为他做说客,请求奥丽丝苔拉答应嫁给他。论地位,他不比阿纳尔多差;论血统,也不比欧洲的名门望族低。总之,他显得有些高傲,醋劲不小,跟一般热恋中的人一模一样。克罗里亚诺答应了他的要求,一旦奥丽丝苔拉对她是否有幸嫁给公爵有所表示,一定把答复转告他。

第 五 章

巴托洛梅和塔拉韦拉的女人被判死刑，
克罗里亚诺从中调解，使二人获释。

　　两个争风吃醋的情敌怀着渺茫的希望，各自告别了贝利昂德罗和克罗里亚诺。他们要在一切事情上抑制内心的冲动，掩饰受到的屈辱，至少要等到奥丽丝苔拉表明态度。每个人都希望她的表态于自己有利。一个要奉献出一个王国，另一个要奉献出像公爵封地那样富庶的地方，他们完全可以相信这足以动摇任何坚强的意志，改变选择别样生活的主意。追求权势，渴望改善处境，本来就是天经地义的事。特别是在女人身上，这种想法就更为强烈。然而，奥丽丝苔拉对这些非常冷漠，当时她一心只想弄清楚什么是拯救自己灵魂的真谛。她出生在偏远地方，天主教的真正信念在故乡还不够完善，她必须在天主教的真正发祥地锤炼自己的信念。

　　贝利昂德罗辞别阿纳尔多之后，一个西班牙人来到他面前，对他说：

　　“按照我带来的地址，如果您是西班牙人，这封信就是给您的。”

　　他把一封封口的信放在贝利昂德罗手里，信封上写着：“烦交尊敬的安东尼奥·德·比利亚塞尼奥尔先生，又名蛮子。”贝利昂德罗问他是谁把这封信交给他的。送信的人说，是一个被关在名叫诺纳塔的监狱里的西班牙犯人。他和他的女友，一个人称“塔拉韦拉女人"的漂亮姑娘，因为犯了杀人罪至少被判处绞刑。贝利昂德罗一听这两个名字，差不多就能猜到他们犯了什么罪，就说：

"这封信不是给我的，是给那位朝圣者的，他正朝这边走过来。"

这时候，安东尼奥正好走过来，贝利昂德罗把信交给他。两个人避到一旁，打开信，只见信上说：

"恶有恶报。人有两只脚，一只脚是好的，只要另一只脚瘸了，也得瘸着腿走路。与恶人交往，培养不出好习惯。悔不该和那个塔拉韦拉女人交上朋友，直落得我和她都被判处了绞刑。那个从西班牙把她弄出来的男人，在罗马碰上她，发现她和我在一起。他非常气恼，当着我的面打了她一巴掌。我这个人不爱闹着玩，不肯受人的气，专好以牙还牙。我为那个女人回过来用棍子活活把那小子打死了。我们正在逃离现场的时候，又来了一个朝圣者，他照方抓药，从背后给了我几棍子。那个娘儿们说，她认识打我的人，也是她的丈夫，是波兰人，他们是在塔拉韦拉结的婚。她担心那个人结果我之后会对她下手，因为她欺骗过他。于是，她拔出一把尖刀（她随身带着两把刀，平时插在刀鞘里），漂漂亮亮地给了他一下子，一刀刺进他的腰部。这一刀伤在致命处，倒也无须找人医治了。总而言之，她的男友被棍棒打死，丈夫被刀刺死，顷刻间两个人死于非命。尽管我们一百个不情愿，还是被他们抓进监狱。他们录下了口供，我们无法否认自己的罪行，只好老老实实招供，免得受皮肉之苦。立案审理比我们预想的还要快。结案后，我们被判处流放，从这个世界流放到另一个世界去。先生，我是说，我们被判处绞刑。塔拉韦拉女人悔恨万分，心情烦躁，难以自持。她亲吻您的双手，亲吻康丝坦莎小姐、贝利昂德罗先生以及奥丽丝苔拉小姐。她说,她真盼望能获得释放,届时到各位的府上亲吻你们的手。她还说,但愿举世无双的奥丽丝苔拉肯出面,为我们得以释放出把力,这对她来说是易如反掌的事,像她那样姣好的美女出面,哪怕是向铁石心肠的人求情,有什么要求不能实现呢?她还说,如果你们也不能为我们求得宽恕,至少争取换一个刑场——他们要在罗马行刑,她希望改在西班牙。那个女人听人家说,这里不能保证受绞刑的人享受相应的权利。受刑人要步行上去,不让任何人看见;连为他们做祈祷的人也没有,特别是受绞刑的人是西班牙人。如果有可能,她希望死在故土,死在自己人中间,那里总会有个把亲戚可怜她,为她合上眼睛。我也这样认为,我喜欢按情理办事,我在监狱里心情很不好,为了不挨监狱里的臭虫咬,我宁肯明天就上绞架。我的老爷,告诉您吧,这儿的法官和西班牙的法官没什么两样,他们都是彬彬有礼,公事公办。只要没人提出法办,他们也不乏怜悯之心。如果你们的宽阔胸怀中也充满恻隐之心(我想这是肯定无疑的),那就请可怜可怜我们。我们到底是身在异乡,身陷囹圄,臭虫和其他肮脏的虫子快把我们吃了。这些虫子个头儿不大,数量太多,就像大个儿虫子一样惹人发火。特别是我们现在一贫如洗,急需找到代理人、代诉人和公证人。愿上帝大发慈悲,解救我们。阿门。

"伫候佳音,心情急切,犹如塔楼上的幼鹳嗷嗷待哺。

不幸的拉曼查人

巴托洛梅"

两个人津津有味地看罢信,旋即为他们的磨难感到难过。然后,他们对送信的人说,快去告诉那个犯人,请他放宽心,总能找到办法的。奥丽丝苔拉和其他人一定会通过送礼、许诺设法营救他,当即议定了要办几件事。第一步由克罗里亚诺去找法国大使谈

谈,大使是他的亲戚和朋友,让官方不要马上行刑,以争取时间提
出要求和申诉。安东尼奥决定给巴托洛梅写一封回信,再次表示
收到他的信十分高兴。但是,他把这个想法告诉给奥丽丝苔拉和
他妹妹康丝坦莎以后,她们俩都认为不要写回信,说他们够痛苦的
了,不要再给他们增加痛苦。他们很可能把玩笑当真事,心里会更
加痛苦。最后,大家把这件事交给克罗里亚诺和他的妻子鲁佩塔
去办,鲁佩塔恳求丈夫把事情办好。六天后,巴托洛梅和塔拉韦拉
女人出现在街头。人情托到了,礼物送到了,再崎岖的道路也能填
平,再大的困难也能克服。

　　在这段时间里,奥丽丝苔拉终于弄清楚了一件事,这就是:照
她看来,在认识天主教信仰方面还缺少哪些东西,至少弄清楚了家
乡人们说不清道不明的东西。她通过忏悔牧师找到了听取她表白
愿望的人,做了一次真正完全彻底的忏悔,她聆听了对方的教诲,
想知道的事情都听到了。忏悔神父尽其所能以最精辟的语言,向
她阐述了天主教信仰的最重要最有益的奥秘。从路西法的忌妒和
傲慢开始,讲到他和三分之一的星星的跌落,一起坠入深渊。跌落
后,天上出现空位,堕落的天使由于愚蠢的过失而失掉了在天上的
位置。他们还说明了上帝设法补上空位,就创造了人。人的灵魂
能够承继堕落的天使失去的光荣。他们还谈到创造人和创造世界
的真实情况,谈到"道成肉身"这种充满爱人精神的神圣的奥秘,
讲得头头是道。他们概述了"三位一体"的深不可测的奥秘。他
们还讲到三位当中的第二位,也就是上帝的儿子,怎样变成了人。
他作为人,上帝即可为人弥补罪过。上帝本来可以作为上帝为人
补过。神人合一时,只能由上帝弥补那无限的罪过。上帝可以无
限地弥补过失;人自身是有限的,不能无限地弥补过失,而上帝自
身又不能受苦受罪。因此,二者合一,既能成为无限,也就能无限

地弥补过失了。他们还对她讲述了基督是怎样死的,讲了基督一生遭受的磨难,从他诞生在马槽里开始直到被钉在十字架上。他们还夸张地介绍了圣物的力量和效力,用手指指出让人脱离苦海的可靠的办法,那就是忏悔。不忏悔,就没法打开通向天堂之路,这条路总是不许罪孽通过。他们还让她看了看耶稣基督,说他就是活着的上帝。只见他坐在圣父的右边,虽然在地上舍身,却仍然和在天上一样栩栩如生,完美无缺。他的神圣存在永远保持完整,永远不会消失,因为上帝的最大属性之一(所有属性都是一样)就是无所不在、无所不能、无处不善。他们还言之凿凿地对她说,上帝腾云驾雾来到人间,判断是非曲直,还说天主教教会如何稳定和牢靠,地狱的大门,更确切地说,地狱的力量无法与之抗衡。他们还谈到罗马教皇的权力,他是上帝在地上的总督,掌管天堂的钥匙。最后,凡是他们认为应该让奥丽丝苔拉和贝利昂德罗知道的东西,全都讲到了,好让他们彻底弄明白。奥丽丝苔拉和贝利昂德罗听了这些教诲,心里十分高兴,完全忘记了自己。他们的灵魂到天上四处漫游,因为他们一心只想着天国。

第 六 章

阿纳尔多和尼穆尔公爵争购奥丽丝苔拉
的画像。

　　从此以后,奥丽丝苔拉和贝利昂德罗开始用另一种眼光互相
看待。至少贝利昂德罗对奥丽丝苔拉是另眼相看。他认为,奥丽
丝苔拉来到罗马,还了心愿,可以无拘无束、自由自在地认他为夫。
不过,当奥丽丝苔拉还是半个异教徒的时候就喜爱贞节,如今,在
听人讲解教义之后,她更是十分珍爱贞节。这倒不是因为她把结
婚和保持贞节对立起来,而是因为还没有人对她施压或者苦苦哀
求,她也就没有透露出柔情蜜意。此外,她还在等待着有朝一日上
天会给她某种启示,向她指出结婚后该怎么办。回家乡吧,她认为
这种想法未免又冒失又荒唐。原因是贝利昂德罗的哥哥一心要娶
她为妻,当他看到希望落空,也许会在她和他弟弟贝利昂德罗身上
出这口窝囊气。思前想后,担惊受怕,弄得她面容消瘦,整天陷入
沉思。
　　法国小姐们参观了庙宇,四处祈祷,每到一地,都是大讲排场,
威风十足。前面说过了,克罗里亚诺是法国大使的亲戚,要说摆摆
谱,那可是要什么有什么。他每次出去,总要带上奥丽丝苔拉和康
丝坦莎。她们一出门,几乎半个罗马城的人都尾随其后。有一天,
他们经过一条叫班科斯的大街,看到墙上挂着一幅画像。画像上
的人物是从头到脚的全身像。头上的王冠从中间分开,人像脚下

画的是整个世界。大家一看见画像,立刻就认出画的是奥丽丝苔拉的面容。这幅画像画得活灵活现,毫无疑问,就是她。奥丽丝苔拉吃惊地问这幅画是谁的,是不是肯出售。画的主人(后来才知道他是一位著名的画家)回答说,他打算出售那幅画,只是不知道画的是谁。他只知道他的一位朋友,也是位画家,让他在法国临摹的。据那位朋友说,画上的人是一位外国姑娘,身穿朝圣服,到罗马来了。

"头上画着王冠,脚下是地球,"奥丽丝苔拉又问,"而且王冠分成两半,这是什么意思?"

"这个嘛,小姐,"主人说,"就是人们说的画家的虚构,或者说,是别出心裁。也许是说,那位姑娘配得上头戴美丽的王冠漫游世界。不过,我想说一句,小姐,你就是画中人的原型。您该戴上一顶完整的王冠,不是漫游画上的世界,而是漫游实实在在的真实世界。"

"这幅画像,你要卖多少钱?"康丝坦莎问道。

主人回答说:

"有两位朝圣者到这儿来过,一位出价一千金币,另一位说,一个钱也不少给我。我觉得他们是在开玩笑,所以没卖,他们出价太高,弄得我心里疑惑。"

"你不必多疑,"康丝坦莎说,"这两个朝圣者,如果是我想的那两个人,他们会加倍付钱,让你完全满意。"

法国小姐、鲁佩塔、克罗里亚诺和贝利昂德罗看到画像上的奥丽丝苔拉的容貌如此逼真,都惊得目瞪口呆。正在看画像的人发现画像与奥丽丝苔拉一模一样,慢慢地有人开始说话了,其他人都随声附和:

"这幅要出售的画像就是车上那位朝圣者。咱们干吗要看画像,不看真人呢?"

于是,人们把车子团团围住,拉车的马前进不得,后退不得,贝利昂德罗连忙说:

"奥丽丝苔拉妹妹,快用面纱把脸遮起来吧。光线刺眼,照得我们都看不清路了。"

奥丽丝苔拉用面纱遮住面孔,大家又往前走。但是,还是有许多人跟在后面,等着她取下面纱,好一睹为快。车子刚离开那里,阿纳尔多就身穿朝圣服来到画像主人面前。他说:

"我答应过你,用一千金币买这幅画。你要是愿意出售,就带上画跟我一起走,我如数付给你金币。"

另一位朝圣者,就是尼穆尔公爵,说:

"兄弟,不要考虑价钱,你跟我来。想要多少,你只管说,我用现金支付。"

"先生们,"画家说,"请你们二位商量好,到底谁要这幅画。我不想为价钱的事伤脑筋。我看你们付钱不是为买画,倒是为了了却一桩心事。"

许多人都注意听他们谈话,都想等着看这桩买卖的结果如何。看上去这两个人都是朝圣者,竟然会出几千金币,真像是在开玩笑。这时候画像的主人说:

"谁想要,就先交定金,然后带我去。我马上把画摘下来送去。"

阿纳尔多听了他的话,从怀里掏出一条金链子,上面坠着一件钻石首饰,他说:

"你先把这条金链子拿去,加上这件首饰,共值两千多金币,把画像给我吧。"

"这件值一万,"公爵说,同时把一件钻石首饰交给画像的主人，"把画送到我家里去。"

"我的天哪！"一个围观的人说，"这是幅什么画啊？这两位是什么人啊？这是些什么首饰啊？这事可太离奇了。跟你说呀，画家兄弟，你先检验那条链子，再看看钻石是否精致，然后再把那幅宝贝画给他们。那条链子和首饰八成是假的。他们出的价太高，太可疑了。"

一听这话，两位王子大为恼火。不过为了不在街头的观众中暴露自己的想法，他们同意让画像的主人验明首饰的真假。班科斯大街上的人闹哄哄的，有的欣赏画像，有的打听朝圣者是什么人，还有的观看首饰。大家都很关注这件事，等着看画像落入谁的手里。他们都看出来了，这两个朝圣者的想法一样，不管出多大价钱都不会放弃。要是让画像的主人随意出售，他要的价钱一定要低得多。这当儿，罗马市市长正经过班科斯大街，听到人们吵吵嚷嚷的，就问出了什么事。他看了看那幅画，又看了看那些首饰。他认为，这绝不是普通朝圣者的宝物，其中必有奥秘。于是，他让人把首饰收起来，把画带回他的家中，还把两个朝圣者抓了起来。

这下子画家慌了手脚。眼看着希望破灭，那幅宝贝画还要被当局拿走，什么东西只要进了衙门口，即使能拿出来，也不会是原样的了。画家连忙去找贝利昂德罗，把卖画的事一五一十地告诉他，还说他担心市长会把画像留下。据他说，那幅画是一位画家在葡萄牙照本人画的，他是在法国买的。贝利昂德罗觉得这很有可能，因为奥丽丝苔拉在里斯本的时候，有人给她画了好多画像。尽管如此，他还是付给画家一百金币，让他收回成本。画家很满意，虽说价钱降低很多，由一千落到一百，他还是觉得卖了好价钱。

那天下午，贝利昂德罗和其他西班牙朝圣者参观了七座教堂。在朝圣者当中，他又遇上了那位望见罗马时朗读十四行诗的诗人。

两人一见面就认出来了。他们互相拥抱,问寒问暖。朝圣的诗人说,前一天发生了一件令人惊奇的事,值得讲一讲。他听说有一位宫廷主教大人,很有钱,喜欢猎奇。他有一座世界上最不寻常的博物馆,里面没有展出过去实有人物的形象,当代人物也没有,只是陈列着一些木板,准备把将来会出现的杰出人物,尤其是今后几百年内会出现的著名诗人画上去。朝圣的诗人说,他见过其中的两块。一块木板的顶头上写着:"托尔夸托·塔索①",靠下一点写着《被解放的耶路撒冷》。另一块木板上写着"萨拉特"②,下面是《十字架和君士坦丁》。"我问陪我参观的人,那两个人名是什么意思。他说,人们期待着一位名叫托尔夸托·塔索的诗人很快会降临人间,他将超过迄今为止所有的诗人,以最令人愉快的充满英雄主义的风格歌颂恢复后的耶路撒冷。紧接着还会出现一位名叫弗朗西斯科·洛佩斯·德·萨拉特的西班牙诗人,他的声音将传遍五湖四海,他的美妙的声音将大唱君士坦丁大帝发动的战争,从而使基督十字架黯然失色,那才是真正孔武有力、充满宗教色彩的诗篇,确实无愧于诗的称号。"

贝利昂德罗说:

"这么早就准备好为将来出现的人画像的木板,我实在是难以置信。事实上,在这座堪称世界之首的城市,还有其他更让人钦佩的奇观哩。"贝利昂德罗又问:"还有为其他未来诗人准备的画板吗?"

"有啊。"那位朝圣者说,"不过,我看了头两个就挺高兴,没停下来看别的标题。我这么粗略地看了看,就完全明白了,到他们出

---

① 托尔夸托·塔索(1544—1595),意大利杰出诗人,《被解放的耶路撒冷》是其代表作。
② 即洛佩斯·德·萨拉特(1580—1658),西班牙著名诗人。

现的那个年代，据向导说不用过很久，各式各样的诗歌一定会有个极大的丰收。上帝是万能的，愿上帝指明一条坦途。"

"至少，"贝利昂德罗说，"诗歌的丰收年，常常也是饥荒年。如果造化不创造奇迹，每产生一位诗人，就会多一条穷汉。如此下去，诗人越多，穷人也就越多。穷人多了，年景也就差了。"

那位朝圣者和贝利昂德罗正说着话，犹太人萨布隆来到他们身边。萨布隆告诉贝利昂德罗，下午他想带贝利昂德罗去看望伊波丽塔·拉·费拉雷莎，她是全罗马，乃至整个意大利的最漂亮的女人之一。贝利昂德罗回答说，他很愿意去见她。犹太人只说她是个美人，没说她是干什么的。否则，贝利昂德罗就不会说这话了。贝利昂德罗为人十分正派，不会追求那种下三烂的玩意，不管它有多美。在这方面，造化是把他和奥丽丝苔拉放在一个模子里造出来的。贝利昂德罗是背着奥丽丝苔拉去看伊波丽塔的。那个犹太人使用欺骗手段带他前去，根本不是出于他的自愿。好奇心也许会使最正派的人栽跟头。

第 七 章

因烟花女存心不良,贝利昂德罗遇上怪
事和巨大危险。

彬彬有礼,服饰华丽,家中摆设豪华阔气,这些能掩饰许多缺
陷。彬彬有礼的人不会欺负别人。服饰华丽的人不会惹人生气。
家中摆设阔气只会使人高兴。这些条件,烟花女伊波丽塔全都具
备。论财富,她可以与古代的佛洛拉①相匹敌。论礼仪,确乎是彬
彬有礼。凡是认识她的人,无不对她表示敬慕。她的美貌令人着
迷,她的财富令人肃然起敬,她的彬彬有礼(如果可以这么说的
话)令人爱慕不已。爱情有了这三条,就能冲破铁石心肠,打开铁
钱匣,征服磐石般的意志。这三条加上蒙骗、奉承,就是那些公开
卖弄风骚的女人的最常见的特点。难道世界上会有明察秋毫的
人,看到我描述的这类美人,对她的美貌视而不见,反倒去考虑她
的行为是否卑鄙?美丽,一半是阴暗,一半是光明。追随阴暗一
面,就会随心所欲;紧跟光明一面,则会考虑周全。贝利昂德罗走
进伊波丽塔家里的时候,哪一面也没考虑到。但是,爱情的阴谋也
许就常常建立在对方疏忽大意的基础之上。眼下的阴谋贝利昂德
罗没有想到,虽然他无此心,而伊波丽塔却早有此意。想找到这类
人们称为恶女人的娘儿们,的确不用费多大的劲,但是,碰上她们,

---

① 古罗马神话中的女花神,司百花、青春与欢乐。

总是后悔莫及。

伊波丽塔是在大街上看见贝利昂德罗的。贝利昂德罗英俊洒脱，风度翩翩，一下子就打动了她的心。尤其是她想到对方是西班牙人，冲他是西班牙人，就一定能从他那儿得到意想不到的馈赠和美妙的乐趣。她把这些想法告诉了萨布隆，要求他把贝利昂德罗带到家里来。她的家布置得十分华丽、干净、整洁，让人觉得不像是安顿朝圣者的地方，而更像是洞房。伊波丽塔小姐（在罗马，人们都这样称呼她，仿佛她真是千金小姐似的）有一位男朋友名叫皮罗，是卡拉布里亚人。此人生性暴戾，喜欢打架斗殴，无恶不作。他建立家业靠的是锋利的宝剑、灵敏的双手，还有伊波丽塔的骗人勾当，他靠这些屡屡得手，从来没栽在别人手里。不过，皮罗所以能活到今天，更多的还是靠腿快，他自认为他的腿比手更要紧。他最为得意的还是，无论他表现如何，温情脉脉也好，生硬粗暴也好，总是能让伊波丽塔感到事出意外。像她这类温顺的鸽子总会受到老鹰的追逐，总会被恶鸟撕成碎片。头脑简单的俗人与人交往就是这么卑下！我是说，在犹太人和贝利昂德罗走进伊波丽塔家的时候，这位绅士（只是徒有其名而已）恰巧在家。伊波丽塔把他叫到一边，对他说：

"快滚吧，宝贝，顺便带上这条金链子，这是今天早上这个朝圣者让萨布隆带给我的。"

"瞧你在干什么呀，伊波丽塔，"皮罗说，"我看这家伙那样子，像是西班牙人。他还没碰你的手就甩出这条金链子，大概得值上百金币吧。我看不简单啊，怪让人担心的。"

"皮罗啊！你拿着吧，把金链子拿走吧。不管他耍什么西班牙人的招数，我来对付他，反正不能把东西还给他。"

皮罗接过伊波丽塔给他的金链子。其实这是她今天上午买来的,为的是堵住他的嘴,顺便让他离开家。伊波丽塔清除了障碍,摆脱了羁绊,无拘无束地走到贝利昂德罗跟前。她装模作样,仪态万方,一上来就伸出胳臂要搂贝利昂德罗的脖子,说道:

"真的,我倒要看看西班牙人是不是像大家伙传说的那么有胆子。"

贝利昂德罗看见她如此放荡,就觉得整个房子都要塌下来似的。他把手横在伊波丽塔的胸前,先挡住她,再把她推开,口中说道:

"伊波丽塔小姐,我这身朝圣服可不能随便亵渎,至少我绝不能让人亵渎它。朝圣者,虽说是西班牙人,在无关紧要的小事上也无须表现有胆量。不过,小姐,你想要我在什么地方显示胆量呢?只要对咱们两人都没有害处,我会听你的,绝不驳你的面子。"

"我想,"伊波丽塔说,"朝圣者先生,既在心灵上,也在肉体上。你说你要照我说的办,你跟我一块儿到里面去,我想给你看看我的珍藏室和密室,对咱俩都不会有害处。"

贝利昂德罗回答说:

"虽说我是西班牙人,可我胆子太小,我害怕你胜过害怕一支敌人的军队。你先找个人给我们带路,然后再到你想让我去的地方。"

伊波丽塔叫来两名使女,还有犹太人萨布隆。大家来到之后,她吩咐他们带路前往珍藏室。大厅的门开了,据贝利昂德罗后来说,里面的布置就像是全世界最好奇、最富有的王子的宫室。里面有巴赫西斯、波利格诺托、阿佩莱斯、宙克西斯、提曼特斯①的杰作,那是伊波丽塔用金玉珠翠买来的。还有人人喜爱的乌尔比诺

_____
① 以上均为公元四五世纪的古希腊著名画家,多为宫廷作肖像画。

的拉斐尔的作品和下笔如神的米开朗基罗的作品。这些稀世之
宝,只应该也只能由身居高位的王公拿出来在人前炫耀。辉煌的
王宫、威严的城堡、宏伟的寺院、贵重的绘画,这些都是王公贵族家
资巨万、堆金积玉的真正标志。尽管光阴似箭,日月如梭,这些奇
珍异宝与时光反复较量,依然显示出过去岁月的辉煌。伊波丽塔
啊! 只有这件事你算是做对了! 要是在这么多的画像当中能有一
张表现你举止端庄的画,同时让贝利昂德罗能保持自尊自重,那就
好了。藏珍室中有一张非常洁净的桌子,上面摆着许多东西,贝利
昂德罗直看得眼花缭乱,惊得目瞪口呆,心里想这屋子里有多少宝
贝啊。桌上从一端到另一端摆满了十分精致的鸟笼,各种不同的
小鸟啁啾不已,奏出杂乱无章却又婉转动听的乐曲。总之,在他看
来,过去听人说过的赫斯珀里得斯①的果园、女魔法师法莱丽娜的
花园、其他著名的园林以及所有名震寰球的花园,都比不上这里的
大厅和藏珍室的装饰。不过,此时,他心怀惊惧,再加上他为人正
派,直感到好似被夹在两块木板中间,看不清这些东西的本来面
目。相反,看到这么多令人赏心悦目的东西,他心里反而觉得厌
烦;看到所有的东西都不合自己的兴味,心中不免有气。他不顾礼
貌不礼貌的,只想离开那间珍藏室。要不是伊波丽塔一再阻拦,他
早就走出去了。为了能够脱身,他不得不比比画画说些粗话,显得
颇不客气。伊波丽塔抓住贝利昂德罗的披肩,解开他的上衣,发现
了那枚钻石十字架。这枚钻石十字架经历了多少风风雨雨一直伴
随他到今天。伊波丽塔一见十字架,立时觉得眼花缭乱,神志不
清。她看到,尽管她软磨了一阵,贝利昂德罗还是要走,于是就想
出一个主意,假如她能再坚持一会儿,玩得再漂亮点,贝利昂德罗

———————

① 希腊神话中负责看守极西方赫拉金苹果圣园的仙女,是三姐妹。

肯定会讨不到便宜。可是，贝利昂德罗干脆连披肩也不要了，把它丢给这个婆娘，帽子也不戴，手杖也不拿，腰带也不系，连忙跑到大街上。在这类战斗中，要想取胜，只能一跑了之，千万不能等待。伊波丽塔立刻跑到窗前，冲着街上的行人大声喊叫，说：

"抓住那个小偷，他人模狗样地进了我的家，偷走了一件价值连城的宝贝！"

恰巧教皇的两名卫兵在那条街上。据说他们可以当场抓人。听到有人大喊捉贼，他们马上行使让人怀疑的那种权力，捉住贝利昂德罗，伸手从他胸前摘下十字架，还放肆地打了他几下。对待新冒出来的罪犯，即使罪行还没查清，法律也允许打人。贝利昂德罗眼见得十字架被人夺走，自己又被人钉在十字架上，就用德语对他们说，他是个有身份的人，不是小偷，那枚十字架是他的。他让那两个德国卫兵好好看看，伊波丽塔不可能有那样的宝物。他还要他们把他带到市长那儿去，他希望会很快查清事情真相。他给了卫兵一些钱，再加上他用德语同他们交谈，虽然彼此素不相识，情绪总算缓和下来了。德国卫兵不再搭理伊波丽塔，把贝利昂德罗带到市长那里。伊波丽塔见状，也离开了窗口，两手抓挠着脸对仆人们说：

"唉，姐妹们，我真是办了件傻事啊！本想款待他，反而伤害了他。他是我的心上人，反而让人当小偷抓走了。你们瞧吧，这叫什么柔情啊，这叫什么美意啊？本来是个自由自在的人，我弄得他被人抓走了，本来是个老实人，我又坏了他的名声。"

接着她告诉大家，教皇的两名卫兵是怎么捉走了那个朝圣者的。同时吩咐下去为她备车，说她要赶去为他开脱。眼看着自己的"眼珠"被人伤害，心里受不了。她宁肯做伪证，也不能对人残忍。对人残忍，是无法谅解的；做伪证，倒说得过去。她可以把一切统统归罪于爱情,为了表露爱情,表白心迹,可以干出许多荒唐事,甚至伤害心爱的人。她来到市长家的时候,正好看见市长手里拿着那枚十字架,正在询问贝利昂德罗是怎么回事儿。贝利昂德罗一看伊波丽塔来了,就对市长说:

"这位刚进门的小姐说,您手里拿着的那枚十字架是我从她那儿偷来的。如果她能说出来那枚十字架是什么样、值多少钱、上面有多少颗钻石,我就承认她说的是真话。假若没有天使或者哪位了解详情的神灵告诉她,她肯定说不上来,她只是在我胸前见过,而且只有一次。"

"伊波丽塔小姐,对这件事你有什么可说的?"市长说。

市长边说边收起十字架,为的是不让她看清楚。伊波丽塔回答说:

"我只想说,我爱上了他,爱得发了狂,爱得瞎了眼。这位朝圣者没有罪。我呢,我只等着市长大人处罚我,处罚我犯了爱情罪。"

她把她和贝利昂德罗之间发生的事一五一十地说了一遍。市长对伊波丽塔的爱情不觉得有什么,倒是对她的胆大妄为感到吃惊。干些荒淫无耻的事本来就是她们这种人的天性。市长责怪她行为不检点,要求贝利昂德罗原谅她一次。随后便释放了贝利昂德罗,把十字架还给他,也没在案卷上记下半个字,这可太幸运了。市长想了解一下那两位用珠宝做抵押打算购买奥丽丝苔拉画像的朝圣者是什么人,还问贝利昂德罗是什么人,奥丽丝苔拉又是谁。贝利昂德罗回答说:

"画像画的是我妹妹奥丽丝苔拉。那些朝圣者可能有许多贵重得多的珠宝。不过,这枚十字架是我的。等将来有必要的时候,我会说出我是什么人,眼下还不想说,得看我妹妹的意思。您手上

的那幅画像,我已经从画家手里买下来了,价钱合适,买的时候没
什么争执。他们之间争来争去,都是因为缺乏理智,互相怨恨,胡
思乱想。"

市长说,他想用同样的价钱把画像买下,好为罗马增添一份光
彩。当地最杰出的画家的作品使罗马名扬海内外,可都比不上这
幅作品。

"我索性把它送给您吧,"贝利昂德罗回答说,"我认为这幅画
像有您这样一位主人,那是它的无上光荣。"

市长对贝利昂德罗感谢了一番。当天就释放了阿纳尔多和公
爵,把珠宝也还给了他们。市长把画像留下了,因为他认为留下点
儿东西总是合情合理的。

第 八 章

阿纳尔多讲述他跟贝利昂德罗和奥丽丝
苔拉在隐修院岛分手后发生的事。

伊波丽塔回家的时候,心里只觉得乱糟糟的,倒是不怎么后悔。她左思右想,仍然情意绵绵。爱情刚刚萌发就受到冷落,往往因此而告终,虽然这是实情,但是贝利昂德罗对她的冷落,却更激起她的欲望。她认为,一个朝圣者不会是个铁石心肠的人,见她双手奉上的礼物不会毫不动心。不过,她还是暗地里对自己说:

"如果这位朝圣者是个穷光蛋,身上就不会戴着那么贵重的十字架,十字架上那么多珍贵的钻石清楚说明他很有钱。这块顽石用挨饿的办法治不了他,得用别的计谋、别的招数制服他。难道说这个小伙子另有心上人?难道说奥丽丝苔拉不是他妹妹?他对我这般冷落,难道说是想讨得奥丽丝苔拉的欢心?上帝保佑,我看我是找到解开扣子的办法了!得!让奥丽丝苔拉早点完蛋吧,用魔法治她,至少要看看那个野汉子的心有什么反应。一旦施展魔法,奥丽丝苔拉就得病倒,贝利昂德罗就会失去眼中的太阳。失去了美貌——这可是一见钟情的首要原因——爱情是不是也会随之消失,我们不就可以看到了。事情很可能是这样:先夺走他的奥丽丝苔拉,空出来的位置我来补上,也许他就回心转意了。至少我得试一试,人们常说,好事冒出头,试试没坏处!"

想到这里,她的心情稍微好了一些。回到家里,正好碰上萨布隆,就把这番打算和盘端了出来。她知道,萨布隆认识一个罗马有名的巫婆。她要他先给巫婆送点礼,再许下一些诺言,请她想个办法。当然不是要改变贝利昂德罗的心愿,她知道那是做不到的。只要弄得奥丽丝苔拉病倒就行,必要的话,在短期内要了她的性命。萨布隆说,这事好办,他老婆就有这个能耐。他收下第一批酬金,谁知道是多少,答应从明天开始就让奥丽丝苔拉身体坏下去。伊波丽塔当即满足了萨布隆的要求,也说了几句威胁的话。对付犹太人,小恩小惠外加恫吓,他就什么都会答应,还真能干出些难办的事。

贝利昂德罗向克罗里亚诺、鲁佩塔、奥丽丝苔拉和三位法国姑娘,还有安东尼奥和康丝坦莎讲述了他如何被捕、伊波丽塔怎样爱上他,以及他是怎么把奥丽丝苔拉的画像送给了市长。奥丽丝苔拉听到那个烟花女子爱上了贝利昂德罗,心里好大不高兴。她早就听说过,那个娘儿们是罗马最漂亮、最放荡、最有钱、最机灵的女人之一。吃醋像只小虫子,哪怕只有一个,哪怕比蚊子还小,却能在恋人心中勾起比奥林匹斯山还要大十分的担心。在这种时候,正派人总是管住自己的舌头,不吐怨言,不说话,只好折磨灵魂,这就等于一点一点地消耗生命。前面说过,消除妒意的最好办法是静听对方解释。如果还不能谅解,那就只有连生死也不顾了。奥丽丝苔拉宁肯一千次失去生命,也不会对贝利昂德罗的诚心发出一句怨言。

那天晚上,巴托洛梅和塔拉韦拉女人第一次前来看望自己的主人。此时,他们虽然已经出狱,可是并没有获得自由,反倒被更结实的婚姻枷锁束缚住了,他们结婚了,那个波兰人一死,路易莎也自由了。波兰人受命运的驱使前来罗马朝圣,在返回祖国之前,在罗马遇上了那个他不想见到的人。这时候,他想起了贝利昂德罗在西班牙的时候向他提出的忠告。然而，尽管他并不情愿，到底无法与命相争。

那天晚上，阿纳尔多也来看望各位小姐。告诉她们说，在平定国内战争之后，他出来寻找她们，还讲述了一路上发生的事。他说，他又回到"隐修院岛"，没见到鲁蒂利奥，只见过另一位住持取代了他的位置。那个人说，鲁蒂利奥在罗马。他还去了渔人岛，在岛上看见那两对新婚夫妇以及其他据说是随贝利昂德罗一起乘船出海的渔民们，他们都很自由，身体健康，心情愉快。他还听说波利卡帕已经死了，辛弗罗莎不想再结婚。还讲到又有人在蛮子岛上居住，岛民们仍然相信那套虚假的预言。毛里西奥和他的女婿拉迪斯拉奥、他的女儿特朗西拉离开了祖国，到英国过上了安居乐业的生活。他还讲到达内亚国王雷奥波尔迪奥在战后的情况。为了让王国后继有人，他娶了妻室，还原谅了那两个背信弃义的人，就是贝利昂德罗和渔民们遇到他的时候看见的那两个被抓起来的人。雷奥波尔迪奥国王对贝利昂德罗的礼貌周全、待人客气，表示十分感激。在他不能不提到的人名当中，大约还有贝利昂德罗的父母和奥丽丝苔拉的父母。两个人听到父母的名字，都不禁心惊肉跳，不约而同地想起了家中的威势以及他们的不幸遭遇。阿纳尔多还说，在葡萄牙，特别是在里斯本，人们十分珍爱她们的画像。康丝坦莎和四位法国小姐一路走来，她们的美貌传遍全法国。他说，克罗里亚诺挑选了举世无双的鲁佩塔做妻子，从而赢得了行侠仗义和机智过人的美名。他还说，在卢卡，人们对伊莎贝拉·卡斯特鲁乔的精明以及安德雷阿·马鲁洛的短暂的恋爱经历议论纷纷，上天让一个假扮的魔鬼把他带走，过着天使般的生活。他还讲了人们把贝利昂德罗从塔上坠落视为奇迹。还说，他在路上遇见一位朝圣的年轻诗人。对方不愿意和他一起赶路，只想慢慢地走，好把贝利昂德罗和奥丽丝苔拉的遭遇写成一部喜剧。诗人在葡萄牙见过一幅画卷,上面画着他们的经历,他全都记了下来,还表示,如果奥丽丝苔拉愿意,他一定要和她成亲。

奥丽丝苔拉表示感谢诗人的好意。要是他衣服破了,她现在就可以答应送他一件。一位好诗人,即使只有个愿望,也应该好好酬劳他一番。

阿纳尔多还说,他去过康丝坦莎小姐和安东尼奥的家。他们的父母和祖父母都很好,只是不知道孩子们的身体如何,十分挂念。他们希望康丝坦莎小姐回去,嫁给她那位当上了伯爵的小叔子。伯爵认为他哥哥的选择很英明,他也想照办,也许是为了少拿出那两万金币,也许是康丝坦莎配得上他。总之,大家都非常高兴,特别是贝利昂德罗和奥丽丝苔拉,他们喜爱康丝坦莎和安东尼奥就像喜爱自己的亲兄妹一样。

听了阿纳尔多的话,大家心中又生出新的疑惑。他们揣想,贝利昂德罗和奥丽丝苔拉一定是大人物。有关伯爵的婚事和几万金币的事,不能不使人猜想他们是出身名门望族。

阿纳尔多还说,在法国遇见了雷纳托。这位法国乡绅和人正面冲突,落得一败涂地,后来,对手良心发现,他才免陷囹圄。总而言之,这段精彩的故事中,许多情节,凡是他经历过的都一一讲到,遗漏的很少。有些事他当时没有提及,只说了一下他要留下奥丽丝苔拉的画像的事。贝利昂德罗不顾公爵和他本人的反对,硬是把画像扣下了。他说,为了不惹贝利昂德罗生气,他就忍下了这口气。

"如果我知道画像是你的,"贝利昂德罗说,"阿纳尔多先生,我本来可以把它还给你。公爵凭着运气,不辞辛苦把那幅画弄到手,你又从他那儿强行夺走。所以你没什么可抱怨的。恋人不能

单凭自己心愿强烈不强烈来判断是非曲直。什么事都得讲个
'理'字,按情理办事,也许不能满足他们各自的愿望。不过,阿纳
尔多先生,我出个主意,八成你会感到高兴,公爵也会满意。还是
让我妹妹奥丽丝苔拉把画像留下吧,因为画的是她,不是别人。"

　　阿纳尔多对贝利昂德罗出的主意表示满意,奥丽丝苔拉也同
样高兴。谈话到此结束。第二天早晨,萨布隆的老婆胡莉娅的妖
术、毒药、魔法和恶毒的手段开始在奥丽丝苔拉身上起作用了。

第 九 章

奥丽丝苔拉中了萨布隆的老婆那个犹太
娘儿们的妖术,病倒在床。

病魔不敢面对面地向奥丽丝苔拉发起攻击,它担心自己的丑陋面目吓不住人,反被奥丽丝苔拉的美貌吓住。于是,它从背后发起进攻,让她觉得后背忽冷忽热,天亮的时候弄得她起不了床。然后,又弄得她食欲不振,眼神失去活力。病人时常是过一段时间才昏迷不醒,可是奥丽丝苔拉一下子就完全失去知觉。贝利昂德罗也是迷迷瞪瞪的。随后,他又闹腾起来,担心会发生种种祸事,尤其是时运不利的人担心的大祸。奥丽丝苔拉得病还不到两个小时,红润的脸蛋已经变得苍白,红艳艳的嘴唇变得青紫,珍珠般晶莹的牙齿开始泛黄,连头发似乎也变了颜色。她两手握得很紧,五官几乎都挪了位。但是,贝利昂德罗并没有觉得她不好看,他看到的不是躺在床上的奥丽丝苔拉,而是他心中的奥丽丝苔拉,她的相貌早已刻在他的心头了。两天后,奥丽丝苔拉说话的声音他听起来十分微弱,话语含混不清。几位法国小姐也吓坏了,她们悉心照料奥丽丝苔拉,就像照料自己的身体一样。她们叫来医生,从中挑选出最好的,至少是名声最好的。只有诊断正确,才能对症下药。经常有些运气好的医生,他们和红运高照的士兵一样。运气好,好运气,反正都是一样。有时候装在粗呢口袋里,有时候装在银柜里,都能送到不幸者的门前。然而,银的也罢,粗呢的也罢,反正好运没来叩击奥丽丝苔拉的大门。康丝坦莎和安东尼奥兄妹心中暗暗感到绝望。公爵的态度恰好相反,他爱奥丽丝苔拉,爱的是她的容貌,她的美貌逐渐消失,他的爱情也逐渐消散。爱情只有在心灵中深深扎下根,一个人才能伴随心爱的人走到坟墓边沿。死十分丑陋,离死最近的是疾病。爱上丑陋的东西确实异乎寻常,堪称奇迹。

总之,奥丽丝苔拉日益清瘦,凡是认识她的人都对她能否康复失去了希望。只有贝利昂德罗一个人看法不同,只有他坚定不移,只有他爱心不泯,只有他挺起胸膛,大胆地与厄运和死神抗争,因为厄运和死神正威胁着奥丽丝苔拉。尼穆尔公爵等了十五天,打算看看奥丽丝苔拉的病情能否好转。十五天当中,他天天向医生询问奥丽丝苔拉的病情,可是,没有一位医生敢保证她能康复,因为他们都没找到发病的准确原因。公爵看到这情况,又看到几位法国小姐不搭理他,还看到奥丽丝苔拉已经从光明天使变成了黑暗天使,便故意编造出几条理由(不说全有道理吧,有些也还说得过去),找了一天来到患病的奥丽丝苔拉的床边,当着贝利昂德罗的面说:

"美丽的小姐,命运一直和我作对,不让我实现娶你为妻的心愿。我已经绝望了,绝望得丢掉了性命,在我丢掉灵魂以前,打算另选一条路线试试运气。确实,我的命一直不好,虽然我努力争取过,可得到的总是我不希望得到的厄运,我早晚会从人世间消失,但只会死于不幸,不会死于绝望。我母亲叫我回去,为我选定了妻子。我想听从她的安排。回去的路途很长,死神会找到机会向我袭来,因为我心中会念念不忘你的美貌和你的病情,愿上帝保佑,不要让我知道你已经离开人世。"

他眼里好像噙着几滴泪珠。奥丽丝苔拉没有回答,也许是不愿意回答,免得在贝利昂德罗面前说出什么错话。她把手伸到枕头下面,拿出那幅画像,还给公爵。公爵一看她如此大方,连忙吻了吻她的双手。但是,贝利昂德罗一伸手,把画像拿过来,对他说:

"噢,尊贵的先生,我知道你很喜欢这幅画像。我恳求你把画借给我用一下。我可以用它来履行我的诺言,对你又没有损害。假如我说话不算数,那肯定会对我大大不利。"

公爵把画还给他,并且慷慨地表示他愿意为这幅画献出自己的财产、生命和名誉,可能的话,还要献出其他东西。从此他与这兄妹俩分手,不想再在罗马见到他们。真是个聪明的恋人,也许是第一个善于抓住时机的恋人。这些情况足以提醒阿纳尔多考虑一下,他的希望有多么渺茫,这次朝圣计谋全部落空了。正如前面所说,死神几乎踩着了奥丽丝苔拉的衣裙。阿纳尔多已经打定主意随公爵一起走,即使不是同路,起码目标一致,他要回丹麦去。不过到底还是他爱着奥丽丝苔拉,为人又很豪爽,不忍心撇下无可告慰的贝利昂德罗和他的妹妹——生命垂危的奥丽丝苔拉。他去看望了她一趟,再次表示愿意帮忙。尽管疑虑重重,他还是决心等待情况好转。

第 十 章

犹太女人解除妖术,奥丽丝苔拉恢复健
康,并向贝利昂德罗表示不想结婚。

伊波丽塔看见狠心的胡莉娅法术高强,奥丽丝苔拉的健康备
受摧残,心中十分高兴。八天之内使她完全变了模样,除了声音之
外,大家已经认不出她来了。医生们束手无策,熟人们万分惊异。
几位法国小姐像对待自己的亲姐妹一样悉心照料她的健康,尤其
是菲利斯·弗洛拉对她特别有好感。奥丽丝苔拉病情十分严重,
除了她自身之外,也波及周围人的身上,贝利昂德罗首当其冲。倒
不是因为那个心狠手毒的犹太女人直接对他放毒、施行妖术,像对
待奥丽丝苔拉那样,专门对他施法术,而是因为他对奥丽丝苔拉的
病情深感忧虑,也和奥丽丝苔拉一样落得一身是病。他日渐消瘦,
大家开始担心他会和奥丽丝苔拉一样,生命危在旦夕。伊波丽塔
见此情景,掐指一算,才知道贝利昂德罗是怎样得的病,这不啻是
她磨剑自刎。她立即设法为他治病,那就得同时治好奥丽丝苔拉
的病。奥丽丝苔拉已经憔悴不堪,面无血色,似乎生命正在叩击死
神家的门环。她毫不怀疑,大门即将慢慢地打开。因为她已经懂
得了天主教教义,就想通过举办圣事为灵魂离开躯体做好准备。
她极其虔诚地完成了各种必不可少的事项,表明自己思想善良,证
明自己行为端正,说明已经把在罗马听到的教诲牢记在心,甘心投
入上帝的怀抱,心里十分平静,什么王国、安逸、权势,统统抛在

脑后。

前面说过，伊波丽塔见到奥丽丝苔拉奄奄一息，贝利昂德罗也会随之而去，就去找那个犹太娘儿们，要她把摧残奥丽丝苔拉的妖术减弱一些，或者完全解除。她不愿意一下子害死三条人命：奥丽丝苔拉死了，贝利昂德罗也得丧命；贝利昂德罗死了，她自己也活不成。犹太娘儿们按照她的要求办了，好像他人的生死存亡都在她掌握之中，好像惩罚一切罪恶也如犯罪行为一样不取决于上帝的意志，然而上帝毕竟有责任（如果可以这样说的话）处理我们犯下的罪孽。为了惩罚罪孽，他允许巫婆用妖术夺走他人的健康身体。毫无疑问，上帝允许使用流言蜚语和毒素，在短暂的时间内夺取某人的性命，而此人却无法避开危险，因为没人知道置人于死地的缘由是什么。要想消灾免祸，只有靠上帝大发慈悲，对症下药。奥丽丝苔拉的病情停止恶化，这就意味着开始好转。她的美丽宛如朝阳一般开始在她脸上闪现出熠熠光华。双颊的玫瑰花再吐芬芳，眼睛里露出欢乐的光芒，忧郁的阴影消散了。声音依然柔和悦耳，嘴唇变得红润润的，牙齿白如象牙，和过去一样好似珍珠般晶莹。总之，在短短的时间内，她的美貌全然恢复过来，还是那么姣美，那么欢快，那么兴奋。同样的情况也出现在贝利昂德罗、法国小姐以及其他人，像克罗里亚诺、鲁佩塔、安东尼奥和他妹妹康丝坦莎身上。大家都随着奥丽丝苔拉的欢乐而欢乐，随着她的悲伤而悲伤。奥丽丝苔拉一再感谢上天对她的恩赐，无论是生病的时候，还是身体健康的时候，都很照顾她。有一天，她小心谨慎地设法避开众人，把贝利昂德罗叫来，对他说：

"我的好哥哥，两年来，上天一直让我用这个甜蜜而正当的称谓称呼你，不许我有意无意地用别的称谓称呼你，什么称呼都不如这种称呼真诚、愉快。这样的幸福能够继续下去，直到生命结束。

好运越长久越好,越长久越真诚。你非常清楚,正如有人在这里告诉我的,我们的心灵一直在不停地活动,只有到了上帝那里,到了中心,才会停止。人的一生中,欲望是无限的,一个欲望连着一个欲望,一环扣着一环,渐渐形成一个链条,也许能上通天堂,也许能下入地狱。哥哥,如果你认为这不是我能说出来的话,超过了在我这个年龄能够受过的教育和我的浅薄的教养,那就请你看一看,在我纯净的心灵上,经验绘出了、书写了更重要的东西。主要是:只有了解上帝、看到上帝,才能得到最大的荣耀。一切能够达到这个目的的手段都是好的,都是神圣的,都是令人愉快的,就跟仁慈、正直和贞洁一样。至少,我是这样理解的。除此而外,我还知道你对我爱得十分深切,甚至我喜欢什么你就喜欢什么。我是一个王国的继承人,你知道我亲爱的母亲为什么要把我送到你父母的王宫里。她是担心会发生一场大战,让我避开这场战祸。由此,我才和你一起出走,完全听从你的意愿,从未偏离半步。你是我的父亲,你是我的兄长,你是我的影子,你是我的保护者,最后你还是护卫我的天使,是我的指路人和老师。是你把我带到这座城市,我在这里成为一名基督徒,干了我应该干的事。现在,如果可能,我想进入天国,直截了当,平心静气,一点儿也不犹疑。我亲口答应过愿意做你的妻子,已经成为你的一部分,如果你不把这部分还给我,我就无法进入天国。先生,把诺言还给我吧,我要尽力改变自己的意愿,不管多么勉强。为了达到像天国这样崇高的境界,一切人间的东西都要放弃,包括父母和丈夫。我离开你,并非另有所爱。我离开你,只是为了上帝。你为了上帝而离开我,会从上帝那里得到补偿,我有一个小妹妹,和我长得一样美丽,如果能把我死去的外貌称作美丽的话。你可以和她结婚,可以得到该由我继承的王国。这样一来,我的愿望可以圆满实现,你的心愿也没有完全落空。哥

哥,你怎么耷拉着脑袋?为什么两眼盯着地板?难道我的想法惹
你不高兴?你认为我的想法是误入歧途?告诉我,回答我。至少
让我了解你的想法,也许我会稍稍改变一下主意,另找一条路,既
能合你的心愿,又多少能符合我的想法。"

　　贝利昂德罗一声不吭地听着奥丽丝苔拉讲话,一时间脑袋里
闪现出成千上万个念头,结果对他自己都很不利。他认为,奥丽丝
苔拉厌弃了他,生活中出现这样的变化无异于要他的命。他心里
肯定非常清楚,奥丽丝苔拉不想成为他的妻子,他也就没有必要活
在世上。他左思右想,找不到什么话可以回答奥丽丝苔拉。贝利
昂德罗从座位上站起来。这时候,菲利斯·弗洛拉和康丝坦莎小
姐正好从外面进来。他借着迎上去的机会,丢下奥丽丝苔拉,离开
了房间。我不知道她是不是后悔了,可是我知道她陷入沉思,心情
十分慌乱。

第十一章

贝利昂德罗听了奥丽丝苔拉的话,一怒
之下自行出走。

装在一根细管子里的水,越急着往外流,流得就越慢。前面的
水和后面的水挤在一起,流也流不动,你不让我过去,我也不让你
过去,最后,冲出一条路,水才能全流出来。失恋的恋人心里闷着
好多话,也会出现类似的情况。也许是千言万语一起涌到舌尖,你
挤我碰,不知从何说起才能一吐衷肠。所以,往往是一声不吭反倒
能表达所思所想。贝利昂德罗对那几位到奥丽丝苔拉房间来的人
显得礼貌不周,就表现了这一点。他当时心潮翻腾,思绪万千,憋
了一肚子的话,直觉得自己受到冷落,希望落空,这才快快不乐地
离开了奥丽丝苔拉的房间,对方说了千言万语,他竟然没有回答一
个字,不知道也不想回答。安东尼奥和他妹妹来到奥丽丝苔拉身
边,发现她好像刚从噩梦中醒来,自言自语,每个字说得非常清楚
明白:"我错了,不过,有什么要紧?让哥哥知道我的想法岂不更
好?我及时离开弯弯曲曲的小路,离开前途不明的山径,踏上平坦
大道,而且这条大道明明白白引导我们顺利抵达旅途的终点,这样
岂不更好?我承认,贝利昂德罗在我身边,绝不会阻止我进入天
国。不过,我觉得,没有他的陪伴,我会走得更快一些。我更要对
自己负责,而不是对别人负责。为了天国和荣耀的利益,应该把亲
戚关系往后放一放,何况我和贝利昂德罗也没有什么亲戚关系。"

"我说，"这时，康丝坦莎说，"奥丽丝苔拉姐姐，你说的这些话可能会解开我的疑团，却使你自己陷入迷惘。如果贝利昂德罗不是你哥哥，你和他谈得就太多了。如果他是你哥哥，你有什么必要不高兴他陪伴你呢？"

这时候，奥丽丝苔拉醒悟过来了，听了康丝坦莎的话，她想补救一下刚才的疏忽大意。但是，一时找不到合适的话。为了圆一次谎，就得急急忙忙造出许多谎话，结果是越描越黑，让人更加怀疑。

"不知道，妹妹，"奥丽丝苔拉说，"我不知道自己刚才说了些什么，也不知道贝利昂德罗是不是我哥哥。我只想告诉你，他是我的灵魂，至少我活着是为了他，我为他呼吸，为他而死，为他而坚持。上面说的这些，我都是凭理智行事，不夹杂任何想法，而且一直保持着正派和尊严，就像一位有身份的女人对待一位有地位的哥哥那样。"

"我不明白，奥丽丝苔拉小姐，"这时，安东尼奥说，"听了你的话，我觉得贝利昂德罗是你的哥哥，可又不是。要是说出来没有什么妨碍的话，请你告诉我们他是谁、你又是谁。现在，不管他是不是你哥哥，至少你不能否认你们是有身份的人。我们，我是说，我和我妹妹康丝坦莎历尽沧桑，已经不是小孩子了，无论你讲出什么情况，我们都不会大惊小怪。不久前，咱们离开蛮子岛，你也看到了，咱们共同经历的那些苦难，教咱们学会很多东西。只要你有所表示，再难办的事，我们也能理出头绪来，特别是涉及爱情的事。看样子，正是爱情的事引出了你的一些话，诸如，贝利昂德罗不是你哥哥，又能怎么样？你是他的合法妻子，又能怎么样？还有，迄今为止，你一直是老老实实，正直贤淑，在上苍面前纯洁无瑕，在见过你的人眼里极其坦诚。并不是所有的爱情都是仓促从事和胆大

妄为,也不是所有的恋人都是想占有对方,而是用心灵的力量征服
对方。既然如此,我的小姐,我再次恳求你告诉我们,你是谁,贝利
昂德罗是谁。他从这儿出去的时候,我看他眼睛里好像有一座火
山,嘴巴好像塞上了东西。"

"唉,我真倒霉!"奥丽丝苔拉说,"要是我永远封住自己的嘴
就好了!我要是不说话,他的嘴上就不会像你说的塞上东西了!
我们这些女人啊,就是这么冒失。吃点苦,受不了,心里有话,更是
憋不住。我不说,心里会很平静。话说出来了,结果失去了他。我
刚刚失去他,可我想和他一起结束我的生活悲剧。既然上苍让咱
们成为真正的兄妹,我就老实告诉你们:贝利昂德罗不是我哥哥,
也不是我的丈夫和恋人。有些恋人喜欢随心所欲,不顾心爱的人
的操守,至少他不是这种恋人。他是国王的儿子,我是国王的女儿
和王国的继承人。论血统,我们门当户对。论地位,我比他略强一
些。论意志,不相上下。所以我们二人情投意合,心心相印,而且
都是极其真诚。唯有命运之神一再捣乱,使我们难以如愿,强迫我
们等了又等。现在贝利昂德罗心里难过,如骨鲠在喉,我同样也憋
得难受,因此我不想多说别的,先生们,只是恳请各位帮我去找他。
他既然不辞而别,自行出走,不去找他,他是不会回来的。"

"那就快起来吧,"康丝坦莎说,"咱们去找他。爱神用丝线把
有情人连在一起,你就别让钟情于你的丝线远走高飞。来吧,咱们
会很快找到他,你会很快见到他,马上就会心满意足。如果你不想
让周围的人多加猜疑,就赶紧和他订婚,答应贝利昂德罗的请求。
你们一定下亲,一切闲言碎语自会消失。"

奥丽丝苔拉站起身来,在菲利斯·弗洛拉、康丝坦莎和安东尼
奥的陪同下,出去寻找贝利昂德罗。这三个人已经知道她是女王,
自然对她另眼相看,对她倍加敬重,愿意为她效劳。大家忙着寻找

贝利昂德罗,可他偏要远远离开寻找他的人。他踽踽独行,步出罗马。陪伴他的只有苦涩的孤独、伤心的叹息、不停的啜泣。除此而外,思绪纷乱,缠得他一刻不得安宁。

"唉!"他自言自语地说,"美丽无双的西吉斯蒙达,你是天生的女王,国色天姿。感谢造化的恩赐,你无比端庄,总是那么令人愉快!小姐啊,你有我这样一个哥哥,该有多么省心,论举止、论思想,我和你真正的兄长分毫不差,尽管有人出于恶意进行过调查,尽管有人绞尽脑汁出谋划策!如果你想独自一人进入天国,只要你的所作所为不由别人操纵,只是听从上帝的安排和你自己的意志,那么现在正是时候。不过,我只希望你注意到一点:你本来无心造孽,在你踏上自己选择的道路的时候,千万别害死我。小姐啊!你本来应该哄骗我几句,把你的想法埋在心里。你明明知道会把我心中的爱情连根拔掉,你就不该向我吐露心曲。我的心早已属于你了。我一切都听命于你的意志,我自己的意志只能彻底埋葬。放心吧,我的心肝,我心里很明白,我能够为你做到的最大的一件事,就是离开你。"

这时,夜幕降临。他离开通往那不勒斯的路,耳边听到树丛中间有潺潺的流水声。于是,他来到河边,一头栽倒在地上,默默无语,只是不停地叹息。

第 十 二 章

贝利昂德罗和奥丽丝苔拉究竟是什
么人。

看来,福祸相距甚近,好像两条往一处交会的线,虽然发自两
个相互间有一定距离的不同的点,但是最终还是交叉在一个点上。
夜光下,贝利昂德罗在潺潺的小溪边不停地啜泣。树木与他为伴,
一阵阵凉爽柔和的清风不时吹干他的泪水。奥丽丝苔拉时时闪现
在他脑海里,他只盼清风能给他带来医治病痛的药方。此时,一个
外国人的说话声传到他耳边。仔细一听,原来讲的是自己故乡的
语言,但听不清那个人是在低声说话,还是在唱歌。出于好奇,他
凑上前去。走近了,才听出是两个人在交谈,不是在唱歌,也不是
在低语。不过,最让他吃惊的是他们讲的竟是挪威话,而这里离挪
威那么遥远。他躲在一棵大树后面,人影、树影叠在一处。他屏住
呼吸,听到第一个人这样说:

"先生,你干吗非得要我相信挪威一天分成两半啊,我在那儿
待过一阵子,还不是因为命不好,我才到了那里。我知道,一年当
中一半是黑夜,一半是白天。那儿的情况我知道,只是不知道为什
么会这样。"

另一人回答说:

"到罗马以后,我找个地球仪,让你亲手摸一摸为什么会出现
这种奇妙的现象。在那种气候条件下,这种现象很自然,就跟二十

四小时分成白天和黑夜一样。我还对你说过,挪威的最北部,几乎就在北极的下面,有一个岛,那个岛是世界最边上的岛,至少在那块地方是如此。岛的名字叫蒂勒,维吉尔①在他的《农事诗》第一卷中管它叫图勒,他说:

……让航海者们
只遵从你的意愿,让极远的图勒服从你。②

希腊语的图勒也就是拉丁语的蒂勒。那个岛很大,比英吉利略小一点儿,物产丰富,人类生活所需物品应有尽有。再往前,就在北极下面,离蒂勒三百西班牙里远就是弗里斯兰达岛。大约在四百年前,人类用肉眼发现了这个岛。岛很大,所以人称王国,是一个不算小的王国。蒂勒的国王是马克西米诺,是欧丝托吉娅王后的儿子。几个月前,他父亲到一个更美好的世界去了,丢下两个儿子。一个是马克西米诺,我刚才说了,他是王国的继承人。另一个是英俊少年,叫作贝雪莱斯,造化赋予他一切最美好的品德,而且深受他母后的钟爱。我不知道怎么样才能对贝雪莱斯的美德做出应有的评价,还是到此为止吧,我拙嘴笨舌,可别损坏了他的形象。我是他的家庭教师,从小就调教他,非常爱他。可说的东西很多,还是不说为好,免得丢三落四的。"

贝利昂德罗一直听着,猛然间明白过来,夸奖他的不是别人,正是他的家庭教师塞拉菲多。听话的那个人不时搭上几句话,从声音上可以听出他正是鲁蒂利奥。贝利昂德罗是否感到吃惊,我想留给读者认真想一想。当听到塞拉菲多(正如贝利昂德罗想象的,此人正是塞拉菲多)说出下面这番话,贝利昂德罗更加感到

---

① 维吉尔(公元前70—前19),古罗马诗人。
② 原文为拉丁文。此诗称颂奥古斯都的权威。

吃惊：

"弗里斯兰达的女王欧塞碧娅有两个貌似天仙的女儿，主要是老大，她叫西吉斯蒙达，小的和她母亲同名，也叫欧塞碧娅。造化将分给人世间各处的美全都集中在这位母亲身上。不知道出于什么原因，有些敌人要对她发动战争。她就把大女儿送到欧丝托吉娅管辖的蒂勒，让她有个安全的地方存身，免受战火的惊吓，在她家长大成人。不过据我看，这还不是她把女儿送出去的主要原因，她是盼着马克西米诺王子爱上她，娶她为妻。有了绝色美女，何愁不叫铁石心肠化为一派柔情，使两颗相距遥远的心灵合为一体。如果我这种猜疑不一定真切，至少经验可以验证几分。据我所知，马克西米诺王子对西吉斯蒙达爱得要命，西吉斯蒙达来到蒂勒岛的时候，马克西米诺不在岛上。他母后把姑娘的画像和她母亲的信件给儿子寄了去。马克西米诺回信说，要好好招待她，把她留下来，将来做他妻子。这封回信好似一支利箭穿透了我的孩子贝雪莱斯的心。他小的时候，我就调教他，所以管他叫'孩子'。自从听到这个消息后，再听什么他都觉得别扭。他失去了青春的光彩。本来他的一举一动都很招人喜欢，令人难忘，如今却整天寡言少语。尤其是他的身体日益虚弱，完全陷入绝望的境地。医生来为他看病，可他们不知道病因，无法对症下药。心灵的病痛不会显现在脉搏上，所以，很难弄清究竟是什么病，甚至几乎不可能弄清楚。母亲见到儿子病恹恹的，不知道害他的是谁。她一再询问，要他说出病因。他吃尽苦头，不可能不知道犯病的原因。母亲伤心透顶，一再恳求，经过再三说服，贝雪莱斯不再那么固执，不再那么顽梗，终于告诉母亲说，他要死要活就是为了西吉斯蒙达。他说，他宁肯去死，也不愿损坏哥哥应有的体面。母后听了他的表白，才转悲为喜，看到贝雪莱斯有了得救的希望，只是这会惹得马克西米诺很不高兴。不过还是搭救小儿子的命要紧,哥哥生气不生气只好往后放一放了。最后,欧丝托吉娅找西吉斯蒙达谈了谈,她一再强调,如果贝雪莱斯死去,那将意味着失去什么。还说,世上的一切美德都集中在他身上,而马克西米诺正好相反,他习性生硬,有点招人讨厌。她这番话说得有些过头,言过其实,夸大了贝雪莱斯的善良品德。

"西吉斯蒙达是个孤单和自信的女孩子,她回答说,她没有什么定见,也没人可商量,只有听从自己的贞节,贞节能保住,一切愿听王后的主张。王后把她紧紧抱住,随后就把她的回话告诉了贝雪莱斯。两个人商定,在他哥哥回来之前,离开蒂勒岛。等哥哥回来,找不到她,只好请他谅解,就说西吉斯蒙达曾经许过愿,要到罗马去学习天主教教义,因为在北方这一带,她内心感到有些空虚。我们的贝雪莱斯发过誓,一定会谨言慎行,绝不会做出有损于她的贞节的事。就这样,王后给了他们许多珠宝,提了许多忠告,才同他们分别。我刚才说的这些,都是王后后来告诉我的。

"两年多以后,马克西米诺王子回到国内。这两年,他一直忙于同敌人作战。回来后没见着西吉斯蒙达,心中十分不安,就问起她,这才得知她出远门了。他固然相信弟弟为人善良,但也担心恋人间偶然会出现的猜忌。于是,决定立即前去寻找。他母亲知道以后,把我叫到一旁,托付我一定要照顾好她的小儿子的身体健康,担保他人身安全,名声无损。她还让我早出来一步去寻找他,告诉他哥哥正在找他。马克西米诺王子乘坐两艘大船出发,穿过赫拉克勒斯海峡,一路上风风雨雨,来到蒂纳克里亚岛。又从那儿出发,到达那座叫帕特诺珀的大城市。现在已经离此不远了,正在一个叫特腊契纳的地方。那儿是那不勒斯的最后一站,又是罗马的第一站。他水土不服,在那儿病倒了,眼下生命垂危。我是在里斯本下的船,听到了有关贝雪莱斯和西吉斯蒙达的消息。据说来过两个朝圣者,一男一女,两个人的长相轰动全城。我想,只会是贝雪莱斯和西吉斯蒙达,不可能是别人。不然,就是天使下凡。"

"是的,不过,你说他们叫贝雪莱斯和西吉斯蒙达,"那个听塞拉菲多说话的人说,"如果他们叫贝利昂德罗和奥丽丝苔拉的话,我可以告诉你十分准确的消息。好多天前,我见到了他们,我们一起渡过了许多难关。"

然后,他讲到了蛮子岛上发生的事以及其他情况。这时候,天已经蒙蒙亮了。他们没有发现贝利昂德罗。贝利昂德罗丢下他们,回去找奥丽丝苔拉,要把哥哥到来的消息告诉她,问她如何才能避开怒火冲天的哥哥。他觉得自己在这么远的地方听到了消息,真的算是奇迹。他带着新的想法回来见悔恨莫及的奥丽丝苔拉,此时,实现自己心愿的希望几乎完全破灭了。

第 十 三 章

贝利昂德罗返回罗马,带回他哥哥马克
西米诺到达的消息。他的家庭教师塞拉
菲多在鲁蒂利奥的陪伴下也到达罗马。

一个人在刚刚受到伤害的时候,感到痛苦,热血沸腾,怒不可
遏。等到冷静下来以后,又感到疲惫不堪,受了伤害,反而有了耐
性。人们内心的情感也是一样。等到有时间(还要有空间和合适
的地点)思考之后,会感到累得要死。奥丽丝苔拉向贝利昂德罗
表白了心愿,愿望实现了,话说完了,心里也就满意了。她相信贝
利昂德罗不再坚持自己的想法,单等着如愿以偿了。前面说过,贝
利昂德罗一言未发,离开了罗马,接着发生了前面讲过的事情。他
认出了鲁蒂利奥。鲁蒂利奥向他的家庭教师塞拉菲多一五一十地
讲述了蛮子岛发生的事情。他说,他猜想奥丽丝苔拉和贝利昂德
罗就是西吉斯蒙达和贝雪莱斯。还说,在罗马一定能找到他们。
自从他认识这两个人起,他们一直假装是兄妹,一起来罗马。他还
反复向塞拉菲多打听马克西米诺国王和举世无双的女王奥丽丝苔
拉所在的那个遥远的岛上居民的情况。塞拉菲多又向他重述了一
遍蒂勒岛或者图勒岛的情况,这地方现在俗称"冰岛"。它是北部
海域中最后一个岛。"再往前一点是另外一个岛,我说过了,叫弗
里斯兰达,是威尼斯人尼古拉·特莫在一三八〇年发现的。大小
和西西里岛差不多。在这之前,古人们并不知道有这么一个岛。

现在这个岛的女王叫欧丝托吉娅,也就是我正在寻找的西吉斯蒙达的母亲。还有一个岛,也很大,几乎长年积雪,叫作格陵兰。在岛的一端修建了一座叫作圣托马斯的教堂,里面有四个民族的教徒,就是西班牙人、法国人、托斯卡纳人和拉丁人。他们把各自的语言教给岛上的有头脸的人物,在他们离开岛之后,无论走到什么地方,都能互相沟通。我刚才说过了,岛上终年积雪,在一座小山的山顶上有一眼泉水。这眼泉水可是了不起,值得介绍一下。从泉眼里喷出大量热水,泉水流入海里,不仅能融化积雪,而且使大片海水变暖,在那一带可以捕捞到大量各种各样的鱼。教堂以及全岛都靠打鱼为生,还能从中获利。泉眼里还出一种有黏性的石头,可以做成一种黏土,用来盖房子,硬得像大理石。我还可以告诉你岛上的其他一些东西,"塞拉菲多对鲁蒂利奥说,"大家准不信,可都是真的。"

　　这些话贝利昂德罗没有听见,是鲁蒂利奥后来告诉他的。贝利昂德罗对岛上的情况非常熟悉,他认为,许多东西讲得很实在。这时,天已然大亮,贝利昂德罗来到那座堪称欧洲最大最辉煌的教堂——圣保罗大教堂,看见有几个人朝他走过来。这些人当中,有人骑马,有人步行,走近了他才认出,来人正是奥丽丝苔拉、菲利斯·弗洛拉、康丝坦莎和她哥哥安东尼奥,还有伊波丽塔。伊波丽塔听说贝利昂德罗出走,不想让别的女人抢在前面找到他,就根据犹太人萨布隆的老婆提供的消息,紧跟在奥丽丝苔拉的后头。萨布隆的老婆和伊波丽塔一样,专门和没人搭理的人交朋友。贝利昂德罗来到这群美人面前,向奥丽丝苔拉问了问好。从她脸上看,面色已经不像先前那样冷若冰霜,目光也柔和多了。他对大家讲述了昨晚遇见他的家庭教师塞拉菲多和鲁蒂利奥的情况。还说,他哥哥马克西米诺王子不服水土,病倒在特腊契纳,打算到罗马来治病。他改名换姓,乔装打扮,前来寻找他们。他问奥丽丝苔拉及其他人该怎么办。按他哥哥的性子来看,绝不会善罢甘休。奥丽丝苔拉听到这个意外的消息,大惊失色。要想和亲爱的贝利昂德罗结为伴侣,保持自己的贞节,实现良好愿望,通过平坦的大道是不可能的了。

周围的人都开动脑筋,为贝利昂德罗想办法。第一个不请自来拿出办法的是又阔气又痴情的伊波丽塔。她说,她可以拿出全部财产,共十多万金币,把他和他妹妹奥丽丝苔拉送到那不勒斯。卡拉布里亚人皮罗正好在旁边,听到伊波丽塔的话,他认为这无异于判他死刑,而且无可挽回。对于无赖来讲,受人蔑视不至于引发忌妒心,只有利害攸关才会让他心急火燎。这样一来,他会失去伊波丽塔的关怀照顾,渐渐感到身临绝境,不由得对贝利昂德罗咬牙痛恨。前面说过,贝利昂德罗本来就是风流倜傥,此时,在他看来,更是非同寻常。一个人醋劲大发的时候,总觉得情敌的举止太出色,太了不起。

贝利昂德罗对伊波丽塔表示感谢,但是没有接受她的慷慨帮助。其他人还没来得及发表意见,鲁蒂利奥和塞拉菲多就赶到了。两个人一见到贝利昂德罗,就跑过去跪倒在他脚下。他虽然换了衣服,那股潇洒风度依然如故。鲁蒂利奥搂住他的腰,塞拉菲多搂着他的脖子。鲁蒂利奥高兴得流出泪水,塞拉菲多兴奋得泪流满面。

大家目不转睛地瞅着这次奇特又幸福的会面。只有皮罗心里难过,真可谓心如刀绞,忧心如焚。看到贝利昂德罗如此受人崇敬,如此受人尊重,内心的痛苦达于极点。他根本没想到自己在干什么,或者他心里非常清楚,一伸手拔出利剑,从塞拉菲多的双臂之间插过去,刺中了贝利昂德罗的右肩。他气急败坏地狠下毒手,

剑锋竟从贝利昂德罗的左肩穿出来,差不多把两肩斜着穿透。第一个见他行凶的是伊波丽塔。她第一个大声叫喊着说:

"奸贼,你是我的死对头,你怎么能杀害他,他可不该死啊!"

塞拉菲多张开两臂,鲁蒂利奥松开手,手臂上已经沾满了热血。贝利昂德罗倒在奥丽丝苔拉的怀里,奥丽丝苔拉急得说不出话,透不过气,流不出眼泪,只把脑袋垂在胸前,伸开两臂。这一剑刺下去,从表面上看,能置人于死地,实际上没有那么严重。周围的人个个呆若木鸡,脸色煞白,如同死人一般。贝利昂德罗失血过多,死神急速进入他的躯体。如果他撒手而去,大家都不知道今后的日子该怎么过。奥丽丝苔拉用牙咬住死神,要把它一口吐出去。塞拉菲多和安东尼奥向皮罗猛扑过去,尽管他像野兽似的奋力反抗,还是把他抓住了,和赶来的人一起把他送进监狱。四天后,市长认为他是死不悔改的杀人凶手,把他处以绞刑。他这一死却给伊波丽塔打开一条活路,她才能从此生活下去。

第十四章

马克西米诺病中来到罗马,因水土不服
而死。贝利昂德罗和奥丽丝苔拉喜结良
缘,大家都知道他们是贝雪莱斯和西吉
斯蒙达。

人能否享福是件很不保险的事,谁也不敢说有什么把握。奥
丽丝苔拉向贝利昂德罗吐露衷肠后,非常后悔,随即又高高兴兴地
去找他。她认为,只要她一松手,只要她一后悔,贝利昂德罗马上
就会回心转意。据她想,她就是贝利昂德罗命运之轮的轴心,是他
思想活动的圈子。她确实没有想错,因为贝利昂德罗的想法一直
跟着奥丽丝苔拉的心愿转。可是,变化多端的命运多么会捉弄人
啊!大家都已看到,霎时间,奥丽丝苔拉完全变成了另外一个人。
她本想开怀大笑,却不住啼哭;本想好好活下去,却身陷死地;本想
高高兴兴地看见贝利昂德罗,可眼前出现的却是他哥哥马克西米
诺王子。王子带着大队人马车辆正从特腊契纳的大道进入罗马。
他望见一群人围着受伤的贝利昂德罗,就让车子转过去看一看。
塞拉菲多连忙迎上去,说道:

"噢,马克西米诺王子,我想向你报告一个消息,真是糟透了!
眼前这位倒在那个美丽姑娘怀里的受伤的人就是你弟弟贝雪莱
斯,她就是举世无双的西吉斯蒙达。你紧找慢找,总算找到了她,

可是时机不巧,情况紧急。恐怕你没有机会款待他们,只能送他们去坟地了。"

"他们去,也不会是单独去,"马克西米诺回答说,"我来了,就陪他们一起去吧。"

马克西米诺把头探出车外,尽管贝利昂德罗浑身浴血,他还是认出了自己的弟弟,他也认出了面无血色的西吉斯蒙达。西吉斯蒙达吓得面色铁青,但是,容貌依然美丽。遭此不幸前,她长得很美,在这之后,更是变得美丽无比,也许痛苦常会增添人的姿色吧。他从车上跌下来,倒在西吉斯蒙达的怀里。此时,她已经不是奥丽丝苔拉,而是弗里斯兰达的女王,在他脑海里,她是蒂勒王后。这些千奇百怪的变化完全由人们常说的命运来左右,而命运不是别的,只是上苍的最后安排。马克西米诺前来罗马,本意是要找几位比特腊契纳的医生医术更高明的大夫,给他治病。特腊契纳的医生诊断说,他到不了罗马就会丧命。比起治病来,这些医生在这方面更有经验,更加老实。说实话,水土不服引起的疾病,很少有人能治好。总之,在圣保罗教堂前面的空旷的广场上,丑恶的死神迎头冲向英俊的贝雪莱斯,把他打倒在地,然后又埋葬了马克西米诺。马克西米诺眼见自己病入膏肓,便伸出右手抓住弟弟的左手,拉到自己的眼前,又用左手抓住弟弟的右手,把他的手和西吉斯蒙达的手叠到一起。然后有气无力地断断续续地说:

"你们都不枉是我的孩子,我的好弟弟好妹妹,你们为人正派,我想让你们知道我的意思。兄弟啊!用手抹下我的眼皮,让我合上眼睛就此长眠,再用另一只手抓住西吉斯蒙达的手。我希望你能成为她的丈夫,你握住她的手,就是表示同意,让你这满身鲜血和周围的朋友们担当证婚人吧。父母的王国留给你,西吉斯蒙达的王国由你继承。望你多加保重,益寿延年。"

　　这番话说得十分亲切，又喜又悲，贝雪莱斯不由得兴奋起来。按照哥哥的吩咐，他用手合上哥哥的眼睛，让他安然死去。他悲喜交集，只说出一个"是"字，表示愿做西吉斯蒙达的丈夫。马克西米诺突然痛苦地死去，在场的人无不感到悲伤，到处一片哀叹声，大地上洒满热泪。大家抬起马克西米诺的遗体，把他送进圣保罗教堂。半死不活的贝雪莱斯乘坐死者的车去罗马治伤。到了罗马，没见到贝拉米妮娅和黛拉西，她们和公爵一起到法国去了。

　　看到西吉斯蒙达的新奇婚配，阿纳尔多感到十分遗憾。多少年来，他一直为这位举世无双的美人效劳，为她做好事，无非是要和她安安静静地共享欢乐；眼下一切付之东流，他不免感到伤心。当初，臭嘴克洛迪奥说的话无人相信，他偏偏明白无误地印证了这些话，这更令他心灵倍受折磨。他心里乱成一团，愣愣怔怔，打算瞒着贝雪莱斯和西吉斯蒙达不辞而别。不过，又考虑到他们都是君主，而且也怪不着他们，只是贝雪莱斯交了好运，于是就决定去看望他们。他受到对方的热情欢迎。为了不让他过分伤心，他们提出把西吉斯蒙达的妹妹小欧塞碧娅嫁给他，他欣然接受了。如果不是还要征得父亲的同意，他甚至会跟他们一起走。在结婚这种终身大事上，做子女的应该和父母好好商议。于是，他先帮助未来的连襟治伤，待他痊愈后，就回去见自己的父亲，准备迎亲事宜。菲利斯·弗洛拉决定和蛮子安东尼奥结为夫妻，安东尼奥杀死过她的亲戚，她不敢回去同他们一起居住。朝圣结束后，克罗里亚诺和鲁佩塔回到法国，把化名"奥丽丝苔拉"的那位姑娘的经历带回去，一时成为趣谈。拉曼查人巴托洛梅和卡斯蒂利亚人路易莎去了那不勒斯，据说，在那儿过得不怎么样，结局也不好。贝雪莱斯将哥哥的遗体寄放在圣保罗教堂，把他的仆从召集在一起，又去参观了罗马的教堂。他十分珍爱康丝坦莎，西吉斯蒙达把那枚钻石十字架送给了她,一直陪伴着她,直到她和那位伯爵——她的小叔子——结婚。西吉斯蒙达亲吻过教皇的脚,完了心愿,心情十分平静,同自己的丈夫贝雪莱斯生活在一起。后来,又有了子子孙孙,真可谓多福多寿,福寿绵长。